Los tigres de Mompracem

EMILIO SALGARI

Los tigres de Mompracem

Las Aventuras de Sandokán

EDICIÓN ÍNTEGRA

Traducción de Carlos Mayor
Ilustraciones de Jordi Vila Delclòs

EDITORIAL JUVENTUD, S. A.
Provença, 101 - 08029 Barcelona

Título original: LE TIGRI DI MOMPRACEM
© EDITORIAL JUVENTUD, S. A., 2010
Provença, 101 - 08029 Barcelona
info@editorialjuventud.es
www.editorialjuventud.es
Traducción de Carlos Mayor
Ilustraciones de Jordi Vila Delclòs
Primera edición en esta colección: 2010
Depósito legal: B. 42.987-2010
ISBN 978-84-261-3821-7
Núm. de edición de E. J.: 12.312
Printed in Spain
Limpergraf S.A., Mogoda, 20-31 - Barberà del Vallès

ÍNDICE

Capítulo I

LOS PIRATAS DE MOMPRACEM

La noche del 20 de diciembre de 1849 un violentísimo huracán arreciaba sobre Mompracem, isla salvaje de fama siniestra, guarida de formidables piratas, situada en el mar de Malasia, a escasos centenares de millas de la costa occidental de Borneo.

Por el cielo, impulsadas por un viento irresistible, corrían como caballos desbridados negras masas de vapor que se mezclaban confusamente y, de vez en cuando, descargaban furiosos aguaceros sobre la insondable selva de la isla; en el mar, alborotado por el viento, chocaban sin orden ni concierto y se estrellaban con furia enormes olas cuyos rugidos se confundían con las explosiones de los truenos, ora breves y secas, ora interminables.

Ni en las cabañas alineadas al fondo de la bahía de la isla, ni en las fortificaciones que las defendían, ni en las numerosas embarcaciones fondeadas más allá de los arrecifes, ni en la jungla, ni en la tumultuosa superficie del mar, se divisaba lumbre alguna. Sin embargo, quien, procedente de Oriente, hubiera levantado la vista habría distinguido en la cima de una altísima peña, cortada a pico sobre el mar, el brillo de dos puntos refulgentes, dos ventanas intensamente iluminadas.

¿Quién velaba a aquellas horas y en plena ventisca en la isla de los sanguinarios piratas?

En un laberinto de trincheras derribadas, de terraplenes derrumbados, de estacadas arrancadas, de gaviones reventados, cerca de los cuales se distinguían todavía armas quebradas y huesos humanos, se alzaba una cabaña amplia y sólida en cuyo tejado ondeaba una gran bandera roja con una cabeza de tigre en el centro.

Había una estancia iluminada. Mostraba las paredes cubiertas de pesados tejidos rojos, de terciopelos y de brocados de gran valor, si bien arrugados, rasgados y manchados aquí y allá, y el suelo había desaparecido bajo una gruesa capa de alfombras de Persia, resplandecientes de oro, aunque también en ese caso sucias y laceradas.

En el centro había una mesa de ébano, taraceada de nácar y adornada con orlas de plata, repleta de botellas y vasos del cristal más fino; en las esquinas se alzaban grandes vitrinas en parte destartaladas, repletas de jarrones que rebosaban brazaletes de oro, pendientes, sortijas, medallones, objetos sagrados torcidos o aplastados, perlas procedentes sin duda de los célebres viveros de Ceilán, esmeraldas, rubíes y diamantes que centelleaban como soles a la luz de una lámpara dorada que pendía del techo.

A un lado se encontraba un diván turco con flecos desgarrados aquí y allá; al otro, un armonio de ébano con el teclado arañado, y por todas partes, en mitad de una confusión indescriptible, estaban diseminados alfombras enrolladas, trajes espléndidos, cuadros surgidos tal vez de pinceles famosos, lámparas puestas del revés, botellas de pie o volcadas, vasos enteros o fracturados y finalmente carabinas indias ornamentadas, trabucos de España, sables, cimitarras, hachas, puñales y pistolas.

Los tigres de Mompracem

En aquella estancia amueblada de modo tan insólito había un hombre sentado en un sillón cojo; era de buena estatura, espigado, y hacía gala de una musculatura robusta y unas facciones enérgicas, viriles, bravas y de una extraña belleza.

La larga melena le caía sobre los hombros y una barba negrísima le enmarcaba el rostro, ligeramente bronceado.

Tenía la frente ancha, sombreada por dos cejas que formaban sendos arcos pronunciados, una boca pequeña que mostraba unos dientes afilados como los de las fieras y refulgentes como perlas, y dos ojos negros como el carbón y de un fulgor fascinante, abrasador, que obligaban a bajar toda mirada que se enfrentara a ellos.

Llevaba varios minutos sentado, con la mirada clavada en la lámpara y las manos aferradas con gesto nervioso en torno a la espléndida cimitarra, que llevaba colgada de una ancha faja de seda colorada, colocada sobre una casaca de terciopelo azul con adornos de oro.

Un tremendo rugido, que sacudió la gran cabaña hasta los cimientos, lo arrancó bruscamente de aquella inmovilidad. Se echó hacia atrás la larga y ensortijada melena, se colocó bien el turbante, adornado con un espléndido diamante del tamaño de una nuez, y se puso en pie de golpe para dirigir a su alrededor una mirada en la que se leía cierto aire sombrío y amenazador.

–Son las doce –murmuró–. ¡Las doce y aún no ha regresado!

Vació lentamente un vaso lleno de un líquido ambarino y después abrió la puerta, avanzó con paso firme entre las trincheras que defendían la cabaña y se

9

detuvo al borde del gran acantilado, a cuyo pie rugía con furia el mar.

Permaneció allí durante unos minutos, de brazos cruzados, inmóvil como el despeñadero que lo aguantaba, aspirando con deleite los tremendos soplidos de la tempestad y dirigiendo la mirada al revuelto mar, antes de retirarse a paso lento, regresar a la cabaña y detenerse frente al armonio.

–¡Menudo contraste! –exclamó–. ¡El huracán ahí fuera y yo aquí dentro! ¿Cuál de los dos es más temible?

Pasó los dedos por el teclado y extrajo sonidos rapidísimos que tenían algo extraño, algo salvaje, pero que luego fueron ralentizándose hasta acabar apagándose entre el estrépito de los truenos y los silbidos del viento.

Al cabo volvió la cabeza enérgicamente hacia la puerta, que había quedado entornada. Aguzó el oído durante un momento, inclinado hacia delante, prestando atención, y luego salió con paso acelerado en dirección al borde del acantilado.

Con el destello fugaz de un relámpago distinguió una pequeña embarcación que, con las velas prácticamente arriadas, entraba en la bahía y pasaba a confundirse con las naves que estaban fondeadas. Nuestro hombre se llevó a los labios un silbato de oro con el que emitió tres notas estridentes; al cabo de un instante le respondió un silbido agudo.

–¡Es él! –musitó con intensa emoción–. ¡Ya era hora!

Cinco minutos después se presentaba frente a la cabaña un ser humano envuelto en una holgada capa que chorreaba agua.

–¡Yáñez! –exclamó el hombre del turbante, echándole los brazos al cuello.

–¡Sandokán! –contestó el recién llegado, con un

Los tigres de Mompracem

marcadísimo acento extranjero–. ¡Brrr! Menuda noche infernal, hermano mío.

–¡Ven!

Atravesaron con rapidez las trincheras, entraron en la estancia iluminada y cerraron la puerta tras de sí.

Sandokán sirvió dos vasos y, mientras ofrecía uno al extranjero, que se había librado de la capa y de la carabina que llevaba en bandolera, lo convidó, en tono casi afectuoso:

–Bebe, mi buen Yáñez.

–A tu salud, Sandokán.

–A la tuya.

Vaciaron los vasos y se sentaron a la mesa.

El recién llegado era un hombre de unos treinta y tres o treinta y cuatro años, es decir, algo mayor que su compañero. De estatura media y muy robusto, tenía la piel blanquísima, las facciones regulares, los ojos grises y astutos y los labios finos y burlones, indicio de una voluntad de hierro. A simple vista se hacía evidente no sólo que era europeo, sino que debía de pertenecer a alguna raza meridional.

–¿Y bien, Yáñez? ¿Has visto a la muchacha del cabello de oro? –quiso saber Sandokán, con cierta emoción.

–No, pero sé todo lo que querías saber.

–¿No has ido a Labuán?

–Sí, pero comprenderás que por aquellas costas vigiladas por los cruceros ingleses se hacía difícil el desembarco para gente de nuestra especie.

–Háblame de la muchacha. ¿Quién es?

–Te diré que es una criatura de una hermosura maravillosa, hasta el punto de poder hechizar al pirata más formidable.

–¡Ah! –exclamó Sandokán.

–Me han contado que tiene el pelo rubio como

el oro, los ojos más azules que el mar y la piel blanca como el alabastro. Sé que Alamba, uno de nuestros piratas más intrépidos, la vio una tarde pasear por un bosque de la isla y que quedó tan impresionado por aquella belleza que detuvo su nave para contemplarla mejor, a riesgo de acabar aniquilado por los cruceros ingleses.

–Pero ¿quién es su dueño?

–Hay quien asegura que es hija de un colono, otros dicen que de un lord y algunos afirman que es nada menos que pariente del gobernador de Labuán.

–Extraña criatura –murmuró Sandokán, oprimiéndose la frente con las manos.

–¿Y eso...?

El pirata no contestó. Se había levantado con brusquedad, presa de una profunda emoción, y había ido a situarse ante el armonio para pasar los dedos por las teclas.

Yáñez se limitó a sonreír, descolgó de un clavo una vieja mándola y se puso a pellizcar las cuerdas, diciendo:

–¡Muy bien! Vamos a tocar un poco de música.

Sin embargo, apenas había iniciado una melodía portuguesa cuando vio que Sandokán se acercaba con rudeza a la mesa y la golpeaba con las manos con tal violencia que la hundió.

Ya no era el hombre de antes: en la frente contraída se divisaba la tormenta, de los ojos surgían rayos tenebrosos, los labios fruncidos dejaban entrever unos dientes apretados febrilmente y las extremidades se agitaban. En aquel momento era el formidable cabecilla de los intrépidos piratas de Mompracem, era el hombre que desde hacía diez años manchaba de sangre las costas de Malasia, el que había librado terribles batallas por doquier, el que, gracias a su extraordinaria audacia y su indómito valor, se había ganado el sobrenombre de «Tigre de Malasia».

–¡Yáñez! –exclamó con un tono de voz que ya no tenía nada de humano–. ¿Qué hacen los ingleses en Labuán?

–Se fortifican –contestó tranquilamente el europeo.

–¿Es posible que tramen algo contra mí?

–Eso creo.

–¡Ah! Así que eso crees. ¡Pues que osen alzar un dedo contra mi Mompracem! ¡Diles que traten de desafiar a los piratas en su propia guarida! El tigre los destruirá del primero al último y se beberá toda su sangre. A ver, ¿qué dicen de mí?

–Que ya es hora de acabar con un pirata tan audaz.

–¿Y me odian mucho?

–Tanto que sacrificarían todas sus naves con tal de colgarte.

–¡Ah!

–¿Acaso lo dudabas? Hermano mío, hace muchos años que tus fechorías van a más. En todas las costas se ven las huellas de tus correrías; en todos los pueblos y todas las ciudades se han sufrido tus ataques y tus saqueos; en todos los fuertes holandeses, españoles e ingleses han caído las balas de tus cañones y el fondo del mar está repleto de barcos que has mandado a pique.

–Cierto, pero ¿de quién es la culpa? ¿Acaso los hombres de raza blanca no se han mostrado inexorables conmigo? ¿Acaso no me destronaron con el pretexto de que reunía demasiado poder? ¿Acaso no asesinaron a mi madre y a mis hermanos, incluidas las mujeres, para cortar de cuajo mi descendencia? ¿Qué daño les había hecho yo? Los blancos no habían tenido jamás una sola queja de mí, pero aun así quisieron aplastarme. Ahora los odio, sean españoles, holandeses, ingleses o portugueses, es decir, compatriotas tuyos. Los aborrezco y mi venganza será terrible: ¡lo he jurado sobre los cadáveres de mi familia y cumpliré mi palabra!

»No obstante, y si bien he sido implacable con mis enemigos, espero que se alce alguna voz para decir que en ocasiones me he mostrado generoso.

–Una no, sino un centenar, un millar de voces pueden afirmar bien alto que has sido incluso demasiado generoso con los débiles –repuso Yáñez–. Pueden decirlo todas las mujeres caídas en tu poder a las que has conducido, a riesgo de que los cruceros te mandaran a pique, a los puertos de los blancos; pueden decirlo las débiles tribus que has defendido contra las incursiones de los prepotentes, los pobres marineros privados de sus embarcaciones por las tempestades a los que has salvado de las olas y colmado de regalos, y un centenar, un millar de personas más que recordarán siempre tu benevolencia, oh, Sandokán.

»Pero ahora dime, hermano mío, ¿adónde quieres ir a parar?

El Tigre de Malasia no contestó. Se había puesto a dar vueltas por la estancia con los brazos cruzados y la cabeza inclinada sobre el pecho. ¿En qué pensaba tan formidable hombre? Pese a que lo conocía desde hacía mucho, el portugués Yáñez no lograba adivinarlo.

–Sandokán –dijo transcurridos unos minutos–, ¿qué te ronda la cabeza?

El Tigre se detuvo y clavó la vista en él, pero seguía sin responder.

–¿Te atormenta alguna idea? –insistió Yáñez–. ¡Vaya! Cualquiera diría que te angustias por lo mucho que te odian los ingleses.

También entonces permaneció en silencio el pira-

Los tigres de Mompracem

ta, de modo que el portugués se puso en pie, encendió un cigarrillo y se dirigió hacia una puerta oculta tras un tapiz.

–Buenas noches, hermano mío –se despidió.

Al oír aquello, Sandokán se sobresaltó. Detuvo con un gesto el portugués y dijo:

–Unas palabras, Yáñez.

–Habla, pues.

–¿Sabes que quiero ir a Labuán?

–¡Tú! ¡A Labuán!

–¿A qué viene tanta sorpresa?

–Pues a que eres demasiado audaz y cometerías cualquier locura en la guarida de tus enemigos más feroces.

Sandokán lo observó con ojos que lanzaban llamas y dejó escapar una especie de rugido sordo.

–Hermano mío –prosiguió el portugués–, no tientes en exceso a la suerte. ¡Mantente en guardia! La ávida Inglaterra ha puesto la vista en nuestra Mompracem y puede que tan sólo esté a la espera de tu muerte para abalanzarse sobre tus cachorros y acabar con ellos. Mantente en guardia, puesto que he visto un crucero repleto de cañones y abarrotado de soldados armados que rondaba por nuestras aguas, y ese león únicamente va tras una presa.

–¡Pues se topará con el tigre! –exclamó Sandokán, apretando los puños y removiéndose de pies a cabeza.

–Sí, se topará con él y tal vez sucumba en la contienda, pero su grito de muerte llegará a las costas de Labuán y otros se arrojarán contra ti. ¡Morirán muchos leones, pues eres fuerte y terrible, pero también morirá el tigre!

–¡Yo!

Sandokán había dado un salto hacia delante, con

los brazos contraídos de rabia, los ojos encendidos rebosantes de fuego y las manos agarrotadas como si aferraran un arma, pero fue un chispazo: se sentó a la mesa, apuró de un solo trago un vaso que había quedado lleno y dijo con una voz perfectamente serena:

–Tienes razón, Yáñez; de todos modos, mañana me voy a Labuán. Una fuerza irresistible me arrastra hacia esas playas y una voz me susurra que debo ver a la muchacha del cabello de oro, que debo...

–¡Sandokán...!

–Silencio, hermano mío: vámonos a dormir.

Capítulo II

FEROCIDAD Y GENEROSIDAD

Al día siguiente, unas horas después de la salida del sol, salía Sandokán de la cabaña, dispuesto a emprender la audaz expedición.

Iba vestido para la guerra: se había calzado botas altas de cuero colorado, su color preferido, y se había puesto una espléndida casaca de terciopelo también rojo, adornada con bordados y flecos, y pantalones holgados de seda azul. En bandolera portaba una magnífica carabina india ornamentada de largo alcance; al cinto, una pesada cimitarra con empuñadura de oro, y por detrás, un kris, uno de esos puñales de hoja serpentina y envenenada que tanto aprecian los pueblos de Malasia.

Se detuvo un momento al borde del gran acantilado y recorrió con la mirada de águila la superficie del mar, que se había quedado lisa y límpida como un espejo, antes de detenerla en dirección a Oriente.

–Por allí está –murmuró, tras unos instantes de contemplación–. ¡Extraño destino que me empujas hacia allí, dime si me serás nefasto! ¡Dime si esa mujer de ojos azules y cabello de oro que todas las noches perturba mis sueños será mi perdición!

Sacudió la cabeza como si pretendiera disipar un mal pensamiento y después, con paso lento, descendió por unos estrechos peldaños tallados en la roca que conducían hasta playa. Un hombre lo aguardaba abajo: era Yáñez.

–Está todo listo –informó el portugués–. He hecho preparar las dos mejores embarcaciones de nuestra flota y las he reforzado con dos buenas espingardas.

–¿Y los hombres?

–En la playa están formadas todas las cuadrillas con sus respectivos jefes. Te basta con elegir a los mejores.

–Gracias, Yáñez.

–No me las des, Sandokán; puede que haya organizado tu ruina.

–No temas, hermano mío; las balas me tienen miedo.

–Sé prudente, muy prudente.

–Lo seré y te prometo que regresaré en cuanto haya visto a la muchacha.

–¡Condenada mujer! Me entran ganas de estrangular al pirata que primero la vio y te habló de ella.

–Vamos, Yáñez.

Cruzaron una explanada defendida por grandes baluartes y provista de artillería pesada, de terraplenes y de profundos fosos, y llegaron a la orilla de la bahía, en mitad de la cual flotaban doce o quince veleros de los que se denominan praos.

Frente a una larga hilera de cabañas y de sólidas construcciones firmes que parecían depósitos había trescientos hombres perfectamente alineados, a la espera de la más mínima orden para arrojarse a las naves cual legión de demonios y sembrar el terror por todos los mares de Malasia.

¡Menudos hombres! Los había malayos, más bien bajos de estatura, fuertes y ágiles como los monos, con la cara cuadrada y huesuda y de tez oscura, hombres

Los tigres de Mompracem

famosos por su bravura y su ferocidad; los había bataks, de piel aún más oscura, conocidos por su pasión por la carne humana, si bien dotados de una cultura bastante avanzada; los había dayaks, de la vecina isla de Borneo, individuos de buena estatura y bellas facciones, célebres por sus matanzas, que les habían valido el título de cortadores de cabezas; los había siameses, de rostro romboidal y ojos con reflejos amarillentos; los había cochinchinos, de tez dorada y cabeza adornada con una coleta desmesurada, y también los había indios, bugis, javaneses, tagalos de Filipinas y *negritos*[1] semang de enormes cabezas y repugnantes facciones.

Al hacer su aparición el Tigre de Malasia, un estremecimiento recorrió la larga hilera de piratas; dio la impresión de que se encendía una llama en todos los ojos y de que todas las manos se aferraban a las armas.

Sandokán dirigió una mirada de satisfacción a sus cachorros, como gustaba de llamarlos, y ordenó:

–Patán, acércate.

Un malayo de estatura más bien alta, extremidades fornidas y tez aceitunada, vestido con una simple falda roja adornada con algunas plumas, se adelantó con el balanceo característico de la gente de mar.

–¿De cuántos hombres consta tu cuadrilla?

–Cincuenta, Tigre de Malasia.

–¿Todos buenos?

–Todos sedientos de sangre.

–Embárcalos en esos dos praos y cede la mitad al javanés Giro-Batol.

–¿Y adónde vamos...?

Sandokán le lanzó una mirada que hizo estreme-

---

1.   En español en el original. *(N. del T.)*

cerse al imprudente, por mucho que fuera uno de esos hombres capaces de reírse de la metralla.

–Obedece sin rechistar si deseas vivir –replicó Sandokán.

El malayo se alejó rápidamente y tras él fue su cuadrilla, compuesta de hombres valerosos hasta la locura que ante un gesto de Sandokán no habrían vacilado en saquear el sepulcro de Mahoma, si bien todos ellos eran musulmanes.

–Ven, Yáñez –pidió Sandokán cuando los vio embarcados.

Estaban a punto de llegar a la orilla cuando los alcanzó un feo negro de enorme cabezón y manos y pies de tamaño desproporcionado, un auténtico campeón de los horribles *negritos* semang que se hallan en el interior de casi todas las islas de Malasia.

–¿Qué quieres y de dónde vienes, Kili-Dalú? –preguntó Yáñez.

–Vengo de la costa meridional –contestó el *negrito* con la respiración entrecortada.

–¿Y qué nos traes?

–Una buena nueva, jefe blanco; he visto un gran junco que navegaba por la orilla en dirección a las islas Romades.

–¿Iba cargado? –preguntó Sandokán.

–Sí, tigre.

–Está bien; dentro de tres horas habrá caído en mi poder.

–¿Y luego te irás a Labuán?

–Directamente, Yáñez.

Se habían detenido ante un precioso bote ballenero, ocupado por cuatro malayos.

–Adiós, hermano –se despidió Sandokán, abrazando a Yáñez.

–Adiós, Sandokán. Cuida de no cometer locuras.

–No temas; seré prudente.

–Adiós y que tu buena estrella te proteja.

Sandokán subió de un salto al bote y, con unos pocos golpes de remo, alcanzó los praos, que estaban desplegando sus inmensas velas. Se oyó un tremendo grito procedente de la playa.

–¡Viva el Tigre de Malasia!

–Partamos –ordenó el pirata, vuelto hacia las dos tripulaciones.

Sendos grupos de demonios verde aceituna o amarillo sucio levaron las anclas y, con un par de bordadas, dos embarcaciones se lanzaron a mar abierto para cabecear por las azules olas de aquellas aguas.

–¿Qué rumbo? –dijo Sabau a Sandokán, que había tomado el mando de la embarcación de mayor eslora.

–Directos hacia las islas Romades –contestó el capitán. Después, volviéndose hacia las tripulaciones, gritó–: Cachorros, abrid bien los ojos; tengo que saquear un junco.

El viento era propicio, ya que soplaba del suroeste, y el mar apenas estaba movido y no oponía resistencia al avance de los dos barcos, que al poco tiempo alcanzaron una velocidad superior a los doce nudos, algo poco habitual para los veleros, pero nada extraordinario para las naves malayas, que hacen gala de inmensas velas y cascos sumamente estrechos y ligeros.

Las dos embarcaciones con las que el tigre emprendía la audaz expedición no eran en realidad auténticos praos, de ordinario pequeños y desprovistos de puente. Sandokán y Yáñez, que en asuntos de mar no tenían rival en toda Malasia, habían modificado todos sus veleros, a fin de enfrentarse con ventaja a los barcos que perseguían.

Los tigres de Mompracem

Habían conservado las inmensas velas, cuya longitud alcanzaba los cuarenta metros, y también los palos mayores, pero dotados de cierta elasticidad, y las maniobras de fibras de palma arenga y de ratán, más resistentes que los cabos de cuerda y más fáciles de encontrar, pero habían dado al casco mayores dimensiones, a la carena una forma más esbelta y a la proa una solidez a prueba de todo.

Asimismo, habían construido un puente en todas las embarcaciones, abierto agujeros en los flancos para los remos y eliminado uno de los dos timones que llevaban los praos, así como los balancines, ya que esos elementos podían dificultar los abordajes.

Pese a que los dos praos se hallaban todavía a gran distancia de las Romades, hacia las que se suponía que se dirigía el junco avistado por Kili-Dalú, en cuanto corrió la noticia de la presencia de esa nave los piratas se pusieron de inmediato manos a la obra con el fin de estar preparados para el combate.

Se cargaron los dos cañones y las dos robustas espingardas con el máximo cuidado, se dispusieron en el puente grandes cantidades de balas y de granadas de mano, así como fusiles, segures y sables de abordaje, y en las amuradas se colocaron arpeos de abordaje para arrojarlos sobre las maniobras de la nave enemiga.

A continuación, aquellos demonios, cuyas miradas desbordaban ya un ardiente anhelo, se pusieron a otear el horizonte, algunos en las empavesadas, otros en los flechastes y los demás a horcajadas sobre las vergas, ansiosos todos por descubrir aquel junco que prometía un provechoso botín, procedente casi con seguridad, como era habitual en esas naves, de los puertos de China.

También Sandokán parecía participar de la desazón y la inquietud de sus hombres. Iba de proa a popa con paso nervioso, escrutando la inmensa extensión de agua y aferrando con una especie de rabia la empuñadura de oro de su espléndida cimitarra.

A las diez de la mañana Mompracem desaparecía bajo el horizonte, pero el mar seguía desierto. No había un solo escollo a la vista, ni un penacho de humo que revelara la presencia de un barco de vapor, ni un punto blanco que señalara la proximidad de un velero. Una intensa impaciencia empezaba a asaltar a las tripulaciones de las dos embarcaciones; los hombres subían y bajaban por los aparejos imprecando, castigaban las baterías de los fusiles y hacían centellear las relucientes hojas de sus envenenados kris y de sus cimitarras.

Al cabo de un rato, poco después de las doce, se oyó una voz que gritó desde lo alto del palo mayor:

–¡Eh! Mirad a sotavento!

Sandokán interrumpió su paseo y dirigió una veloz mirada hacia el puente de su embarcación y otra hacia la capitaneada por Giro-Batol antes de ordenar:

–¡Cachorros! ¡A vuestros puestos de combate!

En un abrir y cerrar de ojos, los piratas que se habían encaramado a los palos descendieron a cubierta para ocupar los puestos que tenían asignados.

–Araña de Mar –llamó Sandokán, dirigiéndose al hombre que había quedado en observación en lo alto del palo–. ¿Qué ves?

–Una vela, tigre.

–¿Es un junco?

–Es la vela de un junco, no me equivoco.

–Habría preferido una embarcación europea –musitó Sandokán, frunciendo el ceño–. No siento odio alguno contra los hombres del Celeste Imperio..., pero ¡quién sabe!

Prosiguió su paseo y no añadió nada más.

Los tigres de Mompracem

Transcurrida una media hora durante la cual los dos praos ganaron cinco nudos, la voz de Araña de Mar se hizo oír una vez más:

–¡Capitán, es un junco! Atención: nos ha visto y está cambiando de rumbo.

–¡Ajá! –exclamó Sandokán–. ¡Vamos, Giro-Batol, maniobra para impedirle la fuga!

Las dos embarcaciones se separaron al cabo de un momento y tras describir un amplio semicírculo se dirigieron a toda vela al encuentro de uno de esos pesados navíos llamados juncos, de forma chata y dudosa firmeza, que se emplean en los mares de China.

Al darse cuenta de la presencia de los dos barcos sospechosos, contra los que no podía competir en velocidad, se detuvo para izar un gran estandarte. Al verlo, Sandokán dio un salto hacia delante.

–¡La bandera del rajá Brooke, el exterminador de los piratas! –exclamó, con un odio inefable en la voz–. ¡Cachorros, al abordaje! ¡Al abordaje!

Un alarido salvaje, feroz, surgió de las dos tripulaciones, para las que no era desconocida la fama del inglés James Brooke, convertido en rajá de Sarawak y enemigo acérrimo de los piratas, un gran número de los cuales había sucumbido a sus embestidas.

De un brinco, Patán se colocó ante el cañón de proa, mientras los demás apostaban la espingarda y cargaban las carabinas.

–¿Empiezo? –preguntó a Sandokán.

–Sí, pero que tu bala no se pierda.

–¡Está bien!

De repente resonó una detonación a bordo del junco y una bala de escaso calibre pasó, con un agudo silbido, por entre las velas. Patán se inclinó sobre su cañón y abrió fuego. Las consecuencias no se hicieron esperar: el palo mayor del junco, que se había quebrado por la base, osciló violentamente hacia delante y hacia atrás y se desplomó sobre la cubierta, con las velas y todos sus cordajes. A bordo de la maltrecha embarcación unos cuantos hombres empezaron a correr por las amuradas para luego desaparecer.

–¡Mira, Patán! –gritó Araña de Mar.

Un pequeño bote ocupado por seis hombres se había despegado del junco y huía en dirección a las Romades.

–¡Ah! –exclamó Sandokán, con ira–. ¡Hay hombres que huyen, en lugar de pelear! ¡Patán, dispara a esos ruines!

El malayo lanzó a ras del agua una lluvia de metralla que hundió el bote y fulminó a todos los que iban en él.

–¡Bien hecho, Patán! –gritó Sandokán–. Y ahora arrasa ese barco, en el que veo aún una tripulación numerosa. ¡Luego lo mandaremos a que lo carenen en los astilleros del rajá, si es que los tiene!

Los dos veleros corsarios prosiguieron con aquella música infernal, lanzando balas, granadas y ráfagas de metralla contra el pobre junco, de modo que rompieron el trinquete, hundieron las amuradas y las costillas, cercenaron las maniobras y mataron a los marineros que se defendían a la desesperada a golpe de fusil.

–¡Así se hace! –exclamó Sandokán, que admiraba el valor de los pocos hombres que quedaban en el junco–. ¡Seguid, seguid disparándonos! ¡Sois dignos de enfrentaros al Tigre de Malasia!

Las dos embarcaciones corsarias, envueltas en densas nubes de humo de las que brotaban relámpagos, no habían dejado de avanzar, de modo que a los pocos instantes se colocaron junto a los flancos del junco.

–¡Timón a sotavento! –gritó entonces Sandokán, esgrimiendo la cimitarra.

Los tigres de Mompracem

Su velero abordó al mercante por babor y se quedó pegado a él una vez lanzados los arpeos.

–¡Al asalto, cachorros! –bramó el temible pirata.

Se recogió sobre sí mismo, como un tigre a punto de abalanzarse sobre su presa, e hizo ademán de saltar, pero una mano robusta lo frenó. Se dio la vuelta con un alarido de rabia, mas el individuo que había osado detenerlo se había colocado ante él de un salto y lo cubría con su cuerpo.

–¡Tú, Araña de Mar! –gritó Sandokán, mientras alzaba sobre su cabeza la cimitarra, pero en ese preciso instante surgió del junco un disparo de fusil y el pobre Araña cayó fulminado sobre el puente–. ¡Ah! Gracias, cachorro mío. ¡Pretendías salvarme!

Se arrojó hacia delante como un toro herido, se aferró a la boca de un cañón, se lanzó sobre el puente del junco y se precipitó entre los combatientes con la loca temeridad que todo el mundo admiraba.

Todos a una, los tripulantes de la nave mercante se le echaron encima para impedirle el paso.

–¡A mí, cachorros! –gritó el pirata, mientras abatía a dos hombres con el dorso de la cimitarra.

Diez o doce piratas treparon como monos por los aparejos y saltaron las amuradas para abalanzarse sobre la cubierta, mientras el otro prao arrojaba los arpeos de abordaje.

–¡Rendíos! –gritó el tigre a los marineros del junco.

Los siete u ocho hombres que seguían aún con vida, al ver que otros piratas invadían el alcázar, soltaron las armas.

–¿Quién es el capitán? –preguntó Sandokán.

–Yo –contestó un chino mientras daba un paso al frente entre temblores.

Emilio Salgari

–Eres un valiente, y tus hombres, dignos de ti. ¿Adónde os dirigíais?

–A Sarawak.

Una profunda arruga se dibujó en la amplia frente del pirata.

–¡Ah! –exclamó con voz queda–. Vas a Sarawak. ¿Y a qué se dedica el rajá Brooke, llamado el exterminador de los piratas?

–No lo sé, pues falto de Sarawak desde hace meses.

–No importa. Le dirás que un día iré a soltar el ancla en su bahía y que una vez allí me encargaré de sus barcos. ¡Ay! Ya veremos si el exterminador de los piratas es capaz de vencer a los míos.

Acto seguido se quitó del cuello una ristra de diamantes por valor de tres o cuatrocientas mil liras y se lo entregó al capitán del junco con estas palabras:

–Toma esto, valiente. Lamento haber dejado maltrecho el junco que tan bien has defendido, pero con estos diamantes podrás comprarte otros diez.

–Pero ¿quién es usted? –preguntó el capitán, aturdido.

Sandokán se acercó y, poniéndole las manos en los hombros, contestó:

–Mírame a la cara: soy el Tigre de Malasia.

Luego, antes de que el capitán y sus marineros pudieran recuperarse del asombro y del terror experimentados, Sandokán y los piratas regresaron a sus embarcaciones.

–¿Qué rumbo ponemos? –preguntó Patán.

El tigre extendió el brazo hacia el este y entonces, con una voz metálica en la que se percibía una gran vibración, gritó:

–¡A Labuán, cachorros! ¡A Labuán!

Capítulo III

EL CRUCERO

Una vez abandonado el junco desarbolado y descalabrado, que sin embargo no corría peligro de hundirse, al menos por el momento, los dos barcos de presa reemprendieron el camino de Labuán, la isla donde vivía aquella muchacha del cabello de oro que Sandokán deseaba ver a toda costa.

El viento soplaba del noroeste y era bastante fresco, y el mar seguía tranquilo, lo que favorecía el avance de los praos, que alcanzaban los diez u once nudos por hora.

Tras haber hecho limpiar el puente, volver a atar las maniobras cortadas por las balas enemigas, echar al mar el cadáver de Araña y de otro pirata muerto de un disparo, y por último cargar los fusiles y las espingardas, Sandokán encendió un espléndido narguile procedente sin duda de algún bazar indio o persa y llamó a Patán, que acudió con presteza.

—Dime, malayo —empezó el tigre, clavándole en el rostro dos ojos que daban miedo—, ¿sabes cómo ha muerto Araña de Mar?

—Sí —contestó Patán entre estremecimientos, al ver al pirata tan ceñudo.

—Cuando me lanzo al abordaje, ¿sabes cuál es tu puesto?

–Detrás de usted.

–Pues no estabas allí y Araña ha muerto en tu lugar.

–Es cierto, capitán.

–Debería hacerte fusilar por esa falta, pero eres un valiente y no soy amigo de sacrificar en vano a los audaces. En el primer abordaje te harás matar a la cabeza de mis hombres.

–Gracias, tigre.

–Sabau –llamó luego Sandokán.

Otro malayo, que presentaba una profunda herida de un lado a otro de la cara, se adelantó.

–¿Has sido tú el primero en saltar, detrás de mí, al junco? –preguntó Sandokán.

–Sí, tigre.

–Muy bien. Cuando haya muerto Patán lo sustituirás en el mando.

Dicho eso, cruzó con paso lento el puente y bajó a su camarote, situado a popa.

Durante la jornada los dos praos siguieron avanzando por aquel pedazo de mar comprendido entre Mompracem y las Romades al oeste, la costa del Borneo al este y al noreste y Labuán y las Tres Islas al norte, sin toparse con ninguna embarcación mercante.

La siniestra fama de la que gozaba el tigre se había difundido por aquellas aguas y poquísimos navíos se atrevían a aventurarse por allí. En su mayoría evitaban aquellos parajes, que recorrían continuamente las embarcaciones corsarias, y se mantenían a resguardo de las costas, listos para, ante cualquier peligro, lanzarse a tierra con el fin de salvar al menos la vida.

En cuanto cayó la noche, los dos praos arrizaron las grandes velas para estar preparados ante golpes de viento imprevistos y se acercaron el uno al otro a fin de no perderse de vista y estar preparados para soco-

Los tigres de Mompracem

rrerse mutuamente. Hacia las doce, en el momento en que pasaban frente a las Tres Islas que son las centinelas avanzadas de Labuán, Sandokán se presentó en el puente, presa todavía de una intensa agitación. Se puso a pasear de proa a popa, de brazos cruzados, sumido en un silencio feroz, si bien de tanto en tanto se detenía para escrutar la negra superficie del mar, se encaramaba a las amuradas para abarcar un horizonte mayor y luego se inclinaba y aguzaba el oído. ¿Qué trataba de captar? Tal vez el refunfuño de alguna máquina que revelara la presencia de un crucero, o quizá el fragor de las olas al romper contra las costas de Labuán?

A las tres de la madrugada, cuando las estrellas empezaban a palidecer, el pirata gritó:

–¡Labuán!

En efecto, hacia el este, allí donde el mar se confundía con el horizonte, se adivinaba una sutil línea oscura.

–¡Labuán! –repitió Sandokán, suspirando, como si se hubiera liberado de una gran peso que le oprimía el corazón.

–¿Debemos acercarnos? –preguntó Patán.

–Sí –contestó el tigre–. Vamos a entrar en el río que ya conoces.

Se transmitió la orden a Giro-Batol y las dos embarcaciones se dirigieron en silencio hacia la isla anhelada.

Labuán, cuya superficie no supera los ciento dieciséis kilómetros cuadrados, no era en aquel entonces la impresionante estación naval de nuestros días.

Ocupada en 1847 por sir Rodney Mandy, comandante del *Iris*, por orden del gobierno inglés, que pretendía poner fin a la piratería, no contaba a la sazón más que con un millar de habitantes, casi todos ellos de raza malaya, si bien había unos doscientos blancos.

Hacía poco se había fundado una ciudadela que había recibido el nombre de Victoria y estaba rodeada de varios fortines para impedir que la destruyeran los piratas de Mompracem, que en numerosas ocasiones habían devastado aquellas costas. El resto de la isla estaba cubierto de espesa selva poblada todavía por tigres, y eran escasas las granjas que se habían establecido en las alturas o las praderas.

Tras recorrer durante varias millas la costa de la isla, los dos praos se metieron silenciosamente en un pequeño río, cuyas orillas estaba cubiertas por una vegetación muy exuberante, y lo remontaron unos seis o setecientos metros hasta echar el ancla bajo la oscura sombra de grandes árboles.

Un crucero que hubiera recorrido la costa no habría logrado descubrirlos ni habría llegado a sospechar de la presencia de aquellos cachorros, emboscados como los tigres de los Sundarbans indios.

A las doce de la mañana, Sandokán, que había enviado a dos hombres a la desembocadura del río y a otros dos a la selva, para que no los sorprendieran, agarró la carabina y desembarcó, seguido de Patán.

Había recorrido aproximadamente un kilómetro por la espesa jungla cuando se detuvo bruscamente a los pies de un colosal durián, cuyos frutos deliciosos, recubiertos de espinas durísimas, se agitaban ante los picotazos de una bandada de tucanes.

–¿Ha divisado a algún hombre? –preguntó Patán.

–No, escucha –contestó Sandokán.

El malayo aguzó el oído y distinguió un ladrido lejano.

–Hay alguien de caza –comentó, estirando el cuello.

–Vamos a ver.

Reemprendieron el camino metiéndose por deba-

Los tigres de Mompracem

jo de los pimenteros, cuyas ramas estaban cargadas de racimos rojos, por debajo de las moráceas o árboles del pan y de las arengas, entre cuyas hojas revoloteaban batallones de dragones.

Los ladridos del perro iban acercándose y los dos piratas se encontraron enseguida en presencia de un feo negro, ataviado con unos pantalones cortos rojos, que aferraba la traílla de un mastín.

–¿Adónde vas? –le preguntó Sandokán, impidiéndole el paso.

–Busco la pista de un tigre –contestó el negro.

–¿Y quién te ha dado permiso para cazar en mis bosques?

–Estoy al servicio de lord Guldek.

–¡Está bien! Dime, entonces, maldito esclavo, ¿has oído hablar de una muchacha a la que llaman la Perla de Labuán?

–¿Quién no conoce en esta isla a tan bella criatura? Es el buen genio de Labuán, al que todo el mundo ama y adora.

–¿Es bella? –preguntó Sandokán, con intensa emoción.

–No creo que mujer alguna pueda igualarla.

Un fuerte estremecimiento se apoderó del Tigre de Malasia, que tras un instante de silencio prosiguió:

–Dime, ¿dónde vive?

–A dos kilómetros de aquí, en mitad de una pradera.

–Me basta; vete y, si aprecias la vida, no te des la vuelta.

Entregó un puñado de oro al negro y cuando lo vio desaparecer se echó al pie de una gran morácea y musitó:

–Vamos a esperar a que caiga la noche y luego ya investigaremos los alrededores.

Patán lo imitó y se tumbó a la sombra de una areca, aunque con la carabina a mano.

Serían las nueve de la noche cuando un acontecimiento inesperado interrumpió su espera: un cañonazo retumbó cerca de la costa e hizo enmudecer de golpe a todos los pájaros que poblaban el bosque. Sandokán se puso en pie de un brinco, carabina en ristre, completamente transfigurado.

–¡Un cañonazo! Ven, Patán; veo sangre...

Se lanzó a cruzar la selva a saltos de tigre, seguido por el malayo, al que, pese a tener la agilidad de un ciervo, costaba dificultad mantener el ritmo de su capitán.

Capítulo IV

TIGRES Y LEOPARDOS

En menos de diez minutos los dos piratas alcanzaron la orilla del río. Todos sus hombres habían regresado a bordo de los praos y se dedicaban a arriar las velas, pues había cesado el viento.

–¿Qué sucede? –preguntó Sandokán, mientras subía de un brinco al puente.

–Capitán, nos han asaltado –informó Giro-Batol–. Un crucero nos impide el paso en la desembocadura del río.

–¡Ajá! ¿También aquí vienen a atacarme estos ingleses? Pues, bueno, cachorros, empuñad las armas y vamos a salir al mar. Que se enteren estos hombres de cómo combaten los tigres de Mompracem.

–¡Viva el tigre! –gritaron las dos tripulaciones, con un entusiasmo tremendo–. ¡Al abordaje! ¡Al abordaje!

Al cabo de un instante las dos embarcaciones descendían por el río y tres minutos más tarde salían al mar. A seiscientos metros de la costa, un gran navío de más de mil quinientas toneladas fuertemente armado se movía a poca velocidad y bloqueaba el paso por el oeste.

Sobre su puente se oía un redoble de tambores que llamaba a los hombres a sus puestos de combate y se distinguían las órdenes de los oficiales. Sandokán contempló con frialdad tan formidable adversario y, en lugar de asustarse ante aquella mole, ante su numerosa artillería y su tripulación, que triplicaba o tal vez cuadruplicaba la de los piratas, bramó:

–¡A los remos, cachorros!

Sus hombres se precipitaron bajo el puente y agarraron los remos mientras los artilleros apuntaban los cañones y las espingardas.

–Nos vemos las caras, maldito navío –dijo Sandokán, al ver a los praos moverse como flechas gracias al empuje de los remos.

De repente relampagueó un chorro de fuego en el puente del crucero y una bala de gran calibre pasó silbando entre los palos del velero de Sandokán.

–¡Patán! –gritó éste–. ¡A tu puesto!

El malayo, que era uno de los mejores cañoneros con los que contaba la piratería, abrió fuego. El proyectil se alejó silbando y fue a estrellarse contra el asta de la bandera.

En lugar de responder, la embarcación bélica viró para presentar las ventanillas de babor, por las que asomaban los extremos de media docena de cañones.

–Patán, no desperdicies un solo disparo –ordenó Sandokán, mientras un cañonazo retumbaba en el prao de Giro-Batol–. Haz trizas los palos de esos rufianes, quiébrales las ruedas, desmantélales la artillería y, cuando ya no tengas más objetivos seguros, hazte matar.

En ese preciso instante pareció que el crucero se incendiaba. Un huracán de hierro atravesó el aire y alcanzó de pleno los dos praos, que arrasó. Espantosos gritos de rabia y de dolor surgieron entre los piratas, aunque quedaron sofocados por una segunda descarga que mandó por los aires a remeros, artillerías y ar-

Los tigres de Mompracem

tilleros. A continuación, el barco de guerra, envuelto en torbellinos de humo blanquinegro, viró a menos de cuatrocientos pasos de los praos y se alejó un kilómetro, dispuesto a reemprender el fuego. Sandokán, que había salido ileso pero había ido a dar contra una verga, se levantó de inmediato.

–¡Miserable! –bramó, mostrando los puños al enemigo–. ¡Rufián, tú huye, que te alcanzaré! –Con un silbido llamó a sus hombres a cubierta–. Rápido, montad barricadas ante los cañones y luego adelante.

En un abrir y cerrar de ojos, se acumularon a proa de las dos embarcaciones palos de recambio, barriles llenos de balas, viejos cañones desmontados y chatarra de todo tipo para formar una buena barricada. Veinte hombres, los más robustos, bajaron para colocarse a los remos, mientras que los demás se apretujaron tras las barricadas con las manos aferradas en torno a las carabinas y los dientes apretados contra puñales que resplandecían entre labios temblorosos.

–¡Adelante! –ordenó el tigre.

El crucero había detenido su marcha atrás y avanzaba a escasa velocidad, vomitando torrentes de humo negro.

–Fuego a discreción –bramó Sandokán.

Por ambas partes se reemprendió la música infernal, respondiendo disparo a disparo, bala a bala, metralla contra metralla.

Las tres embarcaciones, decididas a sucumbir antes de retroceder, ya casi no se divisaban, pues estaban envueltas de inmensas nubes de humo que una terca calma mantenía sobre los puentes, pero rugían con la misma rabia y los relámpagos se sucedían a los relámpagos y las detonaciones a las detonaciones.

El navío contaba con la ventaja de su tonelaje y de

su artillería, pero los dos praos, que el valeroso tigre conducía al abordaje, no cedían. Arrasados, horadados en cien puntos, descalabrados, irreconocibles, con el agua ya en las bodegas y las cubiertas llenas de muertos y de heridos, no dejaban de disparar, pese al continuo acoso de las balas.

El delirio se había apoderado de aquellos hombres y lo único que ansiaban era saltar sobre el puente de tan formidable navío y, si no vencer, al menos morir en campo enemigo.

Fiel a su palabra, Patán se había hecho matar al pie del cañón, pero otro hábil artillero había ocupado su puesto; otros hombres habían caído, y otros más, con heridas horripilantes, con brazos o piernas amputados, se debatían desesperadamente entre torrentes de sangre.

Un cañón había acabado derribado en el barco de Giro-Batol y una espingarda ya casi no disparaba, pero ¿qué importaba? En los puentes de los dos veleros quedaban otros tigres sedientos de sangre que cumplían valerosamente con su deber.

El hierro silbaba sobre aquellos valientes, se llevaba por delante brazos y hundía pechos, arañaba los puentes, destrozaba las amuradas, lo trituraba todo a su paso, pero nadie hablaba de retroceder, sino que insultaban al enemigo y lo retaban de nuevo, y, cuando un golpe de viento despejaba los nubarrones que cubrían aquellas pobres embarcaciones, se divisaban, tras las barricadas semidestrozadas, rostros sombríos y fruncidos por la ira, ojos inyectados de sangre de los que brotaba fuego con cada chispazo de la artillería, dientes que chirriaban sobre las hojas de los puñales y, en mitad de aquella horda de auténticos tigres, su capitán, el invencible Sandokán, quien, empuñando la cimitarra con la mirada encendida y la larga melena suelta sobre los hombros, animaba a los combatientes con una voz que resonaba como una trompeta entre el fragor de los cañones.

La encarnizada batalla duró veinte minutos y luego el crucero se apartó seiscientos pasos más para evitar el abordaje.

Un alarido de rabia estalló a bordo de los dos praos ante aquella nueva retirada. Ya no era posible luchar contra aquel enemigo que, aprovechándose de su máquina, evitaba todo abordaje.

Sin embargo, Sandokán se resistía a ceder.

Apartó con un empujón irresistible a los hombres que lo rodeaban, se inclinó sobre el cañón que acababan de cargar, apuntó y abrió fuego. Al cabo de escasos segundos el palo mayor del crucero, arrancado por la base, se precipitaba al mar junto con todos los tiradores apostados en las cofas y las crucetas. Mientras el navío se detenía para salvar a los hombres que estaban a punto de ahogarse y cesaba el fuego, Sandokán aprovechó para embarcar en su prao a la tripulación de Giro-Batol.

–¡Y, ahora, a la costa y a toda velocidad! –bramó.

El barco de Giro-Batol, que se mantenía a flote gracias a un auténtico milagro, quedó desocupado de repente y abandonado a las olas, con su carga de cadáveres y su artillería ya inservible.

Los piratas se lanzaron a los remos y, beneficiándose de la inactividad del navío de guerra, se alejaron a toda prisa para refugiarse en el río.

Les fue por poco. El pobre velero, que hacía aguas por todas partes, a pesar de los tapones metidos de forma apresurada en los agujeros abiertos por las balas del crucero, se hundía lentamente.

Gemía como un moribundo bajo el peso del líquido invasor y se tambaleaba, con tendencia a inclinarse a babor.

Sandokán, que se había colocado al timón, lo dirigió hacia la cercana orilla y lo encalló en un banco de arena.

En cuanto los piratas se percataron de que ya no corrían peligro de hundirse, saltaron sobre el alcázar como una manada de tigres hambrientos, empuñando sus armas con las facciones contraídas por la furia y dispuestos a reemprender la lucha con la misma ferocidad y la misma determinación.

Sandokán los detuvo con un gesto y después dijo, mirando el reloj que llevaba a la cintura:

–Son las seis: dentro de dos horas el sol habrá desaparecido y las tinieblas caerán sobre el mar. Que todo el mundo se ponga a trabajar de inmediato para que a medianoche el prao esté preparado para hacerse de nuevo al mar.

–¿Vamos a atacar al crucero? –preguntaron los piratas, agitando las manos con frenesí.

–No os lo prometo, pero sí os juro que está muy cercano el día en que vengaremos esta derrota. Entre el estruendo de los cañones izaremos nuestra bandera, que se agitará sobre los bastiones de Victoria.

–¡Viva el tigre! –gritaron los piratas.

–Silencio –bramó Sandokán–. Que vayan dos hombres a la desembocadura del río a espiar el crucero y dos más a la selva, para que no nos sorprendan. Curad a los heridos y luego todos manos a la obra.

Mientras los piratas se apresuraban a vendar las heridas sufridas por sus compañeros, Sandokán se dirigió a popa y dedicó unos minutos a la observación, dirigiendo la mirada hacia la bahía, cuyo espejo de agua se vislumbraba por un claro de la selva.

Los tigres de Mompracem

Trataba sin duda de distinguir el crucero, pero daba la impresión que no se había atrevido a acercarse en exceso a la costa, tal vez por temor a quedar encallado en uno de los numerosos bancos de arena existentes.

–Saben lo que se hacen –murmuró el formidable pirata–. Esperan a que volvamos a salir al mar para exterminarnos, pero si creen que voy a lanzar a mis hombres al abordaje se equivocan. El tigre también sabe ser prudente.

Se sentó encima del cañón y llamó a Sabau.

El pirata, uno de los más valerosos, que se había ganado ya el grado de subjefe, tras haberse jugado veinte veces el pellejo, acudió.

–Patán ha muerto –recordó Sandokán con un suspiro–, y también Giro-Batol, que ha caído en su prao, a la cabeza de los valientes que trataban de abordar ese maldito crucero. Ahora el mando te aguarda y te lo otorgo.

–Gracias, Tigre de Malasia.

–Estarás a la altura del valor de tus dos compañeros.

–Cuando mi jefe me mande hacerme matar, me encontraré preparado para obedecerlo.

–Ahora ayúdame.

Uniendo fuerzas llevaron a popa el cañón y las espingardas, y los dirigieron hacia la pequeña bahía a fin de barrerla a golpe de metralla en caso de que las chalupas del crucero trataran de penetrar en el río.

–Ahora podemos estar seguros –afirmó Sandokán–. ¿Has mandado a dos hombres a la desembocadura?

–Sí, Tigre de Malasia. Se habrán ocultado en los cañaverales.

–Perfecto.

–¿Esperamos a que caiga la noche para hacernos al mar?

–Sí, Sabau.

–¿Conseguiremos engañar al crucero?

–La luna saldrá bastante tarde y puede que ni se divise. Veo que se acercan nubes procedentes del sur.

–¿Ponemos rumbo a Mompracem, jefe?

–Directamente.

–¿Sin vengarnos?

–Somos muy pocos, Sabau, para enfrentarnos a la tripulación del crucero y, además, ¿cómo íbamos a responder a su artillería? Nuestra embarcación no está en condiciones de soportar un segundo combate.

–Es cierto, jefe.

–Paciencia por ahora; el día del desquite está muy cercano.

Mientras los dos jefes charlaban, sus hombres trabajaban con febril tesón. Eran todos bravos marineros y entre ellos no faltaban ni los carpinteros ni los maestros en el manejo del hacha.

En apenas cuatro horas levantaron dos nuevos palos, repararon las amuradas, taparon todos los agujeros y renovaron las maniobras, pues contaban a bordo con una buena cantidad de cabos, de fibras, de cadenas y de gúmenas.

A las diez la embarcación no sólo podía hacerse de nuevo al mar, sino afrontar otro combate, pues se habían colocado barricadas formadas por troncos para proteger el cañón y las espingardas. Durante aquellas cuatro horas, ni una sola chalupa del crucero había osado mostrarse en las aguas de la bahía.

El comandante inglés, sabedor de con qué individuos se las veía, no había considerado oportuno comprometer a sus hombres en una lucha terrestre. Por

Los tigres de Mompracem

otro lado estaba absolutamente convencido de poder obligar a los piratas a rendirse o a regresar a la costa en caso de que tuvieran la tentación de atacar o de hacerse al mar. Hacia las once, Sandokán, decidido a intentar la salida al mar, hizo llamar a los hombres que había enviado a vigilar la desembocadura del río.

–¿Está despejada la bahía? –les preguntó.

–Sí –contestó uno de los dos.

–¿Y el crucero?

–Se encuentra delante.

–¿Muy lejos?

–A una media milla.

–Tendremos espacio suficiente para pasar. Las tinieblas protegerán nuestra retirada –murmuró el tigre. Después, volviéndose hacia Sabau, añadió–: Partamos.

Quince hombres bajaron al banco de arena velozmente y, con una fuerte sacudida empujaron el prao hasta el río.

–Que nadie grite bajo ninguna circunstancia –ordenó Sandokán, con voz imperiosa–. En lugar de eso mantened bien abiertos los ojos y preparadas las armas. Estamos a punto de jugar una partida decisiva.

Se aposentó junto al timón, con Sabau a un lado, y condujo la embarcación resueltamente hacia la desembocadura.

La oscuridad favorecía su fuga. No había luna en el cielo, ni siquiera una estrella ni esa vaga claridad que proyectan las nubes cuando el astro nocturno las ilumina desde lo alto.

Unos grandes nubarrones habían invadido la bóveda y bloqueaban casi por completo toda luz. Además, la sombra proyectada por los gigantescos durianes, por las palmeras y por las inmensas hojas de las plataneras era tal que Sandokán tenía que esforzarse mucho para distinguir las dos orillas del río.

Un silencio profundo, apenas quebrado por el leve borboteo de las aguas, reinaba en aquel pequeño curso de agua. No se oía ni el bisbiseo de las hojas, ya que no soplaba el más mínimo viento bajo las densas bóvedas formadas por aquellos grandes árboles, y tampoco surgía del puente de la embarcación el más mínimo murmullo.

Daba la impresión de que todos aquellos hombres situados entre proa y popa habían dejado de respirar por temor a perturbar la calma.

El prao casi había llegado a la desembocadura del río cuando tras una leve fricción se detuvo.

–¿Nos hemos quedado varados? –preguntó brevemente Sandokán.

Sabau se inclinó sobre la amurada y escrutó las aguas con atención.

–Sí –contestó por fin–. Tenemos un banco debajo.

–¿Podremos pasar?

–La marea sube con rapidez y yo diría que dentro de escasos minutos podremos continuar con el descenso del río.

–Esperemos, pues.

Si bien en un primer momento los hombres ignoraban a qué se debía la parada del prao, no se habían movido, aunque Sandokán había oído el chirrido bien claro de los fusiles al armarse y visto a los artilleros inclinarse silenciosamente sobre el cañón y las dos espingardas. Transcurrieron algunos minutos de angustiosa expectación para todos y después se apreció un rechinamiento por la proa y bajo la quilla. El prao, levantado por la marea, que avanzaba deprisa, resbalaba por el banco de arena. Al poco tiempo se liberó de aquel fondo tenaz, ondulando levemente.

Los tigres de Mompracem

–Desplegad una vela –ordenó con concisión Sandokán a los hombres encargados de las maniobras.

–¿Bastará, jefe? –preguntó Sabau.

–Por ahora sí.

Al cabo de un momento se izó una vela latina en el trinquete. La habían pintado de negro para que se confundiera por completo con las sombras de la noche.

El prao aceleró su descenso, siguiendo el serpenteo del estrecho río. Esquivó felizmente los bancos de arena y los arrecifes, atravesó la pequeña bahía y salió en silencio al mar.

–¿El navío? –preguntó Sandokán, mientras se ponía en pie de un salto.

–Allí está, a media milla de nosotros –señaló Sabau.

En la dirección indicada se vislumbraba con cierta dificultad una masa oscura por encima de la cual daban vueltas de vez en cuando diminutos puntos luminosos, sin duda escorias surgidas de la chimenea. Si se aguzaba el oído se oían también los gruñidos sordos de las calderas.

–Aún tiene la caldera encendida –murmuró Sandokán–. Por lo tanto, nos esperan.

–¿Pasaremos desapercibidos, jefe? –preguntó Sabau.

–Eso espero. ¿Ves alguna chalupa?

–Ni una, jefe.

–Primero vamos a ir pegados a la playa, para confundirnos mejor con la masa vegetal, y después saldremos a mar abierto.

Soplaba un viento bastante débil, pero el mar estaba tranquilo como una balsa de aceite.

Sandokán ordenó desplegar también una vela en el palo mayor y después dirigió la embarcación hacia el sur, siguiendo la sinuosa costa.

Al estar las playas cubiertas de grandes árboles, que proyectaban en las aguas una densa sombra, había pocas posibilidades de que divisaran la pequeña nave corsaria.

Sin moverse del timón, Sandokán seguía con la vista clavada en el formidable adversario, que en cualquier momento podía despertar y cubrir el mar y la costa con huracanes de hierro y plomo.

Se esforzaba por engañarlo, pero en el fondo del alma el feroz pirata se lamentaba por abandonar aquellos parajes sin desquitarse. Le habría gustado encontrarse ya en Mompracem, pero también entablar otra gran batalla. El formidable Tigre de Malasia, invencible jefe de los piratas de Mompracem, casi sentía vergüenza por marcharse de aquel modo, a hurtadillas, como un ladrón en plena noche.

Solamente esa idea le hacía hervir la sangre e inflamaba su mirada con una cólera tremenda. ¡Ay, con qué ganas habría acogido un cañonazo, aunque fuera indicio de una nueva derrota aún más desastrosa! El prao se había alejado ya unos quinientos o seiscientos pasos de la bahía y se preparaba para salir a mar abierto cuando a popa, en la estela que iba dejando, apareció un extraño centelleo. Daba la impresión de que de las profundidades tenebrosas del mar surgía una multitud de llamas.

–Vamos a traicionarnos –dijo Sabau.

–Tanto mejor –replicó Sandokán con un sonrisa feroz–. No, esta retirada no era digna de nosotros.

–Cierto, capitán –corroboró el malayo–. Mejor morir arma en mano que huir como chacales.

El mar seguía poniéndose fosforescente. Frente a la proa y detrás de la popa de la embarcación, los puntos luminosos se multiplicaban y la estela resplandecía cada vez más. Parecía que el prao dejara tras de sí un surco de brea ardiente o de azufre licuado.

Era imposible que aquel reguero, que relumbraba con intensidad en la oscuridad circundante, pasara inadvertido a los hombres que estaban de guardia en el crucero. En cualquier momento podía bramar súbitamente el cañón.

También los piratas, situados en el alcázar, se habían percatado de la fosforescencia, pero ninguno había hecho un solo gesto ni pronunciado una sola palabra que pudiera traicionar la más mínima aprensión. Tampoco ellos sabían resignarse a marcharse sin apretar el gatillo del fusil.

Habrían recibido una ráfaga de metralla con un alarido de júbilo. Apenas habían transcurrido dos o tres minutos cuando Sandokán, que no había apartado la mirada del crucero, observó que se encendían las luces de posición.

–¿Puede que se hayan dado cuenta? –se preguntó.

–Creo que sí, jefe –contestó Sabau.

–¡Mira!

–Sí, veo que las escorias salen en mayor número de la chimenea. Están avivando la caldera.

Al instante Sandokán se puso en pie de un brinco, cimitarra en mano.

–¡A las armas! –habían gritado a bordo de la embarcación de guerra.

Los piratas habían despertado de inmediato y los artilleros se habían precipitado sobre el cañón y las dos espingardas. Estaban todos listos para entregarse a la lucha suprema.

Tras aquel primer grito se produjo un breve silencio a bordo del crucero, pero luego la misma voz, que el viento llevaba con nitidez hasta el prao, repitió:

–¡A las armas! ¡A las armas! ¡Los piratas huyen!

Al poco se oyó que doblaba un tambor en el puente del crucero. Llamaban a los hombres a sus puestos de combate.

Los piratas, arrimados a las amuradas o apretujados tras las barricadas formadas con troncos, contenían la respiración, pero sus facciones, que habían adquirido un aspecto feroz, revelaban su estado de ánimo. Retorcían los dedos en torno a las armas, impacientes por apretar los gatillos de sus formidables carabinas.

El tambor seguía sonando en el puente de la embarcación enemiga. Se distinguían el chirrido de las cadenas de las anclas al pasar por los escobenes y los golpes secos del cabrestante.

El navío se preparaba para dejar el lugar de fondeo y atacar a la pequeña nave corsaria.

–¡A tu cañón, Sabau! –ordenó el Tigre de Malasia–. ¡Ocho hombres a las espingardas!

Nada más dar esa orden, una llama brilló a proa del crucero, por encima del castillo, e iluminó bruscamente el trinquete y el bauprés. Retumbó una aguda detonación, seguida al momento por el estertor del proyectil sibilante al cruzar los estratos de aire.

La bala recortó el extremo del palo mayor y se perdió en el mar con un gran destello espumoso.

A bordo de la embarcación corsaria resonó un alarido de rabia. Se hacía necesario aceptar la batalla y eso precisamente era lo que deseaban aquellos audaces piratas del mar de Malasia.

Un humo rojizo surgía de la chimenea del navío de guerra. Se oían las ruedas de paletas, que mordían afanosamente las aguas, así como los gruñidos roncos de las calderas, las órdenes de los oficiales y los pasos

precipitados de los hombres, que corrían a toda prisa a sus puestos de combate.

Los dos faroles cambiaron de posición. El navío se abalanzaba sobre la pequeña embarcación corsaria para cortarle la retirada.

–¡Preparémonos para morir como valientes! –bramó Sandokán, que ya no se hacía ilusiones en cuanto al éxito de tan tremendo asalto.

Un alarido fue la única respuesta:

–¡Viva el Tigre de Malasia!

Con un vigoroso golpe de timón, Sandokán cambió el rumbo y, mientras sus hombres orientaban rápidamente las velas, impulsó la embarcación contra el navío para tratar de abordarlo y lanzar a sus hombres sobre el puente del enemigo.

El cañoneo entre uno y otro bando empezó de inmediato. Disparaban balas y metralla.

–¡Ánimo, cachorros, al abordaje! –bramó Sandokán–. ¡La partida es desigual, pero nosotros somos los tigres de Mompracem!

El crucero avanzaba con rapidez, mostrando su agudo espolón y rompiendo las tinieblas y el silencio con un furioso cañoneo. El prao, un simple juguete frente a aquel gigante, al que bastaba una sola embestida para mandarlo a pique partido en dos, seguía atacando con una audacia increíble, disparando en la medida de sus posibilidades.

Sin embargo, y como había dicho Sandokán, la partida era desigual, sumamente desigual. Nada podía esperar tan pequeña embarcación frente a la poderosa nave hecha de hierro y armada potentemente.

El desenlace, pese al valor desesperado de los tigres de Mompracem, no resultaba difícil de adivinar.

De todos modos los piratas no perdían el ánimo y

Los tigres de Mompracem

quemaban sus cargas a una velocidad admirable, tratando de exterminar a los artilleros de cubierta y de abatir a los marineros de las maniobras, disparando furiosamente contra la toldilla, el castillo de proa y las cofas.

Sin embargo, al cabo de dos minutos su embarcación, abrumada por los disparos de la artillería enemiga, había quedado reducida a escombros.

Los palos habían caído, las amuradas estaban hundidas y hasta las barricadas de troncos habían dejado de ofrecer refugio ante aquella tormenta de proyectiles.

El agua entraba ya por numerosas grietas e inundaba la bodega.

No obstante, nadie hablaba de rendición. Querían morir todos, pero sobre el puente enemigo.

Mientras, las descargas eran cada vez más tremendas. El cañón de Sabau había acabado desmontado y la mitad de la tripulación yacía sobre el alcázar masacrada por la metralla.

Sandokán comprendió que se acercaba el fin de la batalla de los tigres de Mompracem.

La derrota era absoluta. Ya no era posible hacer frente a aquel gigante que a cada instante vomitaba una nueva ráfaga de proyectiles. Tan sólo les quedaba intentar el abordaje, una locura, puesto que ni siquiera sobre el puente del crucero podía sonreír la victoria a aquellos intrépidos.

Apenas quedaban en pie doce hombres, pero eran doce tigres guiados por un jefe de valor incomparable.

–¡A mí, mis valientes! –gritó.

Los doce piratas, con la mirada turbada, echando espuma por la boca debido a la rabia, con los puños cerrados como tenazas en torno a las armas, escudándose tras los cadáveres de sus compañeros, lo rodearon.

El navío corría entonces a toda máquina para abalanzarse sobre el prao y hundirlo con el espolón, pero, nada más verlo a pocos pasos, Sandokán dio un golpe de timón que evitó la colisión y lanzó su embarcación contra la rueda de paletas de babor. Se produjo un choque muy violento. El barco corsario se dobló por estribor, se abrió una brecha de agua y cayeron al mar muertos y heridos.

–¡Lanzad los arpeos! –bramó Sandokán.

Dos arpeos de abordaje se clavaron en los flechastes del crucero. Entonces los trece piratas, locos de cólera, sedientos de venganza, se lanzaron como un solo hombre al abordaje.

Ayudándose con manos y pies, aferrándose a las ventanillas de las baterías y a las gúmenas, treparon por los flancos, alcanzaron las amuradas y se precipitaron sobre el puente del crucero, antes incluso de que los ingleses, aturdidos por tanta audacia, pudieran pensar en rechazarlos.

Con el Tigre de Malasia a la cabeza se arrojaron contra los artilleros y acabaron con ellos al pie de sus cañones, derrotaron a los fusileros que habían acudido a impedirles el paso y después, asestando golpes de cimitarra a diestra y siniestra, se dirigieron a popa.

En aquel punto, obedeciendo los gritos de los oficiales, se habían congregado prontamente los hombres de la batería. Eran unos sesenta o setenta, pero los piratas no se detuvieron a contarlos y se arrojaron con furia sobre las puntas de las bayonetas, entregados a una lucha titánica.

Asestando golpes desesperados, cortando brazos y rompiendo cabezas, gritando para infundir un mayor terror, cayendo y volviendo a levantarse, retrocediendo unas veces y avanzando otras, durante algunos minu-

Los tigres de Mompracem

tos lograron resistir a los numerosos adversarios, pero, atacados con mosquetes por los hombres de las cofas, embestidos con sables por la espalda, acosados por las bayonetas, los valientes acabaron por caer.

Sandokán y cuatro más, cubiertos de heridas, con las armas ensangrentadas hasta la empuñadura, se abrieron paso gracias a un esfuerzo sobrehumano y trataron de ganar la proa, para detener a cañonazos aquella avalancha de hombres.

A mitad del puente alcanzó a Sandokán en pleno pecho una bala de carabina, pero enseguida se levantó, gritando:

–¡Matad! ¡Matad!

Los ingleses avanzaron a paso de carga con las bayonetas caladas. El choque fue mortal.

Los cuatro piratas, que se habían lanzado frente a su capitán para cubrirlo, desaparecieron bajo una descarga de fusiles y se desplomaron sin vida, pero no sucedió lo mismo con el Tigre de Malasia.

El formidable individuo, a pesar de la herida, de la que manaba sangre a borbotones, alcanzó con un salto inmenso la amurada de babor, abatió con el muñón de la cimitarra a un gaviero que trataba de retenerlo y se tiró de cabeza al mar para desaparecer bajo las negras olas.

Capítulo V

LA PERLA DE LABUÁN

Un hombre así, dotado de una fuerza tan prodigiosa, de una energía tan extraordinaria y de un coraje tan grande, no podía morir.

En efecto, mientras el vapor proseguía su carrera transportado por los últimos impulsos de las paletas, el pirata resurgía de las aguas con un vigoroso golpe de talón y se alejaba, para que el espolón del enemigo no lo partiera en dos ni lo abatieran los disparos de los fusiles.

Reprimiendo los gemidos que le arrancaba la herida y frenando la rabia que lo devoraba, se encogió y se quedó sumergido casi por completo, a la espera del momento oportuno para alcanzar la costa de la isla.

La embarcación de guerra viró entonces a menos de trescientos metros. Avanzó hacia el punto donde se había hundido el pirata, con la esperanza de despedazarlo bajo las paletas, y luego volvió a cambiar de rumbo.

Se detuvo un momento, como si pretendiera escrutar aquel pedazo de mar agitado por Sandokán, y después reinició la marcha cortando en todas direcciones aquellas aguas, mientras los marineros, colgados de la red del bauprés y de las mesas de guarnición, proyectaban por doquier la luz de varios faroles.

Los tigres de Mompracem

Convencido de la inutilidad de la búsqueda, por fin se alejó en dirección a Labuán.

El tigre dejó escapar entonces un grito de cólera.

–¡Vete, navío execrable! –exclamó–. ¡Vete, que llegará el día en que te mostraré lo terrible de mi venganza!

Se pasó la faja por la herida sangrante, para detener la hemorragia que podía matarlo, y a continuación hizo acopio de fuerzas y empezó a nadar para alcanzar las playas de la isla.

En veinte ocasiones se detuvo el formidable hombre para mirar hacia la embarcación de guerra, que apenas distinguía, y para lanzarle terribles amenazas. Hubo determinados momentos en que el pirata, herido tal vez de muerte y aún bastante alejado de la costa, se puso a seguir la embarcación que lo había hecho morder el polvo y la desafió con gritos que ya no tenían nada de humano.

Finalmente venció la razón y reemprendió el fatigoso ejercicio, escrutando las tinieblas que ocultaban a sus ojos el litoral de Labuán. Nadó así durante un buen rato, deteniéndose de cuando en cuando para recuperar empuje y deshacerse de la ropa que le estorbaba, pero en un momento dado sintió que sus fuerzas disminuían con rapidez.

Se le entumecían las extremidades, le costaba cada vez más respirar y para colmo de males de la herida no dejaba de manar sangre, lo que le producía dolores agudos debido al contacto con el agua salada.

Se hizo un ovillo y se dejó llevar por la corriente, agitando débilmente los brazos. Trataba de reposar como podía para recuperar energía. Al cabo de un rato sintió un golpe. Había chocado contra algo. ¿Había sido tal vez un tiburón? Ante esa idea, y a pesar de su coraje de león, sintió que se le ponía la piel de gallina.

Alargó la mano instintivamente y aferró un objeto rugoso que parecía flotar. Se lo acercó al cuerpo y comprobó que se trataba de un pedazo de madera de la cubierta del prao que aún llevaba colgados algunos cabos y un pendón.

–Justo a tiempo –susurró Sandokán–. Las fuerzas me abandonaban.

Se subió trabajosamente al madero y dejó al descubierto la herida, de cuyos márgenes, hinchados e irritados por el agua del mar, surgía todavía un hilo de sangre. Durante una hora más, aquel hombre que no deseaba morir, que no deseaba darse por vencido, luchó contra las olas, que golpe a golpe sumergían el madero, pero luego le flaquearon las fuerzas y se desplomó sobre sí mismo, si bien con las manos todavía asidas a la tabla de salvación.

Empezaba a clarear cuando un choque violentísimo lo arrancó de aquel abatimiento, que casi podría haberse llamado desmayo. Se alzó trabajosamente sobre los brazos y miró ante sí. Las olas rompían con estrépito en torno al madero, curvándose y espumeando. Daba la impresión de que rodaban por el fondo del mar.

Por entre una especie de niebla sanguinolenta, el herido atisbó a escasa distancia la costa.

–Labuán –musitó–. ¿Alcanzaré esa tierra, la de mis enemigos?

Sintió una breve vacilación, pero luego, recuperadas las fuerzas, abandonó el tablón que lo había salvado de una muerte casi cierta y, tras sentir bajo los pies un banco de arena, avanzó hacia la costa.

Las olas lo golpeaban por los cuatro costados y aullaban a su alrededor como dogos presas de la rabia, tratando de abatirlo, unas veces empujándolo y otras rechazándolo. Parecía que pretendieran impedirle llegar hasta aquella tierra maldita.

Avanzó tambaleándose por los bancos de arena y, tras luchar contra el último embate de la resaca, alcanzó la orilla, rodeada de grandes árboles, y se dejó caer pesadamente.

Si bien se sentía agotado por la larga lucha sostenida y por la gran pérdida de sangre, desnudó la herida y la observó con detenimiento. Había recibido una bala, tal vez de pistola, bajo la quinta costilla del flanco derecho y, tras deslizarse entre los huesos, el pedazo de plomo se había perdido por el interior, pero sin alcanzar, por lo que parecía, ningún órgano vital. Quizá la herida no era grave, pero podía llegar a serlo si no se curaba pronto, y Sandokán, que entendía un poco del tema, lo sabía. Como oyó a escasa distancia el murmullo de un arroyo, se arrastró hasta allí, abrió los labios de la lesión, que se habían hinchado por el prolongado contacto con el agua de mar, y los lavó detenidamente para luego apretarlos hasta sacar todavía unas cuantas gotas de sangre.

Después cerró la herida y la envolvió con un pedazo de camisa, única prenda que aún llevaba puesta, además de la faja de la que colgaba el kris.

–Sanaré –musitó al terminar, y pronunció esa palabra con tanta energía que se habría dicho que era el árbitro absoluto de su propia existencia.

A pesar de encontrarse abandonado en aquella isla, donde tan sólo podía toparse con enemigos, sin un refugio, sin recursos, mal herido, sin una mano amiga que lo socorriera, aquel hombre de hierro estaba convencido de salir victorioso de tan terrible situación.

Bebió unos cuantos sorbos de agua para calmar la fiebre que empezaba a afligirlo y después se arrastró hasta una areca, cuyas hojas gigantescas, al menos de quince pies de largo y cinco o seis de ancho, proyectaban a su alrededor una fresca sombra.

Apenas la alcanzó sintió que le fallaban nuevamente las fuerzas.

Cerró los ojos, rodeados de un círculo de sangre, y, tras intentar en vano mantenerse derecho, cayó entre las hierbas y se quedó inmóvil.

No recobró el sentido hasta muchas horas después, cuando ya el sol, después de haber alcanzado el ostro, descendía hacia occidente.

Una sed abrasadora lo devoraba y la herida, que de nuevo requería cuidados, le producía dolores agudos e insoportables.

Trató de levantarse para llegar de cualquier forma al arroyuelo, pero al poco se desplomó otra vez. Entonces aquel hombre, que pretendía ser fuerte como la fiera cuyo nombre portaba, hizo un gran esfuerzo, se irguió sobre las rodillas y gritó casi a modo de desafío:

–¡Soy el tigre! ¡Vengan a mí mis fuerzas!

Aferrándose al tronco del betel, se puso en pie y, manteniéndose erguido gracias a un prodigio de equilibrio y de energía, anduvo hasta el pequeño curso de agua y de nuevo se desplomó en la orilla.

Apagó la sed, lavó nuevamente la herida y después recostó la cabeza entre las manos y clavó la vista en el mar, que rompía a pocos pasos de allí, borboteando sordamente.

–¡Ah! –exclamó, apretando los dientes–. ¿Quién iba a decir que un día los leopardos de Labuán derrotarían a los tigres de Mompracem?

»¿Quién iba a decir que yo, el invencible Tigre de Malasia, arribaría hasta aquí, derrotado y herido? ¿Y para cuándo la venganza? ¡La venganza! ¡Todos mis

praos, mis islas, mis hombres, mis tesoros por destruir a esos odiados blancos que me disputan este mar!

»¿Qué importa que hoy me hayan hecho morder el polvo, si dentro de uno o dos meses regresaré con mis embarcaciones para lanzar sobre estas playas a mis formidables cuadrillas, sedientas de sangre?

»¿Qué importa que hoy el leopardo inglés se jacte de su victoria? ¡Pronto será él quien caiga moribundo a mis pies!

»Que tiemblen todos los ingleses de Labuán, ¡porque enarbolaré a la luz de los incendios mi sangrienta bandera!

Al decir esas palabras, el pirata había vuelto a levantarse con los ojos encendidos, agitando amenazadoramente la diestra como si aferrara todavía la terrible cimitarra, enardecido, tembloroso.

Ni siquiera herido dejaba de ser el indomable Tigre de Malasia.

–Paciencia por ahora, Sandokán –prosiguió, y volvió a derrumbarse entre las hierbas y las brozas–. Sanaré, por mucho que tenga que permanecer un mes, o dos, o tres, en este bosque y alimentarme a base de ostras y de fruta, pero cuando haya recuperado las fuerzas regresaré a Mompracem, aunque deba construirme una balsa o asaltar una canoa y tomarla a golpes de kris.

Permaneció durante bastantes horas echado bajo las anchas hojas de la areca, observando con gesto atormentado las olas que iban a morir prácticamente a sus pies con un millar de susurros. Daba la impresión de buscar, bajo aquellas aguas, los cascos de sus dos embarcaciones, hundidas ante aquella costa, o los cadáveres de sus desgraciados compañeros.

Una fiebre fortísima se apoderó de él mientras notaba que oleadas de sangre le subían hasta el cerebro.

Los tigres de Mompracem

La herida le producía espasmos incesantes, pero ningún lamento surgía de los labios de aquel formidable hombre.

A las ocho el sol cayó por el horizonte y, tras un brevísimo crepúsculo, las tinieblas descendieron sobre el mar e invadieron el bosque.

Aquella oscuridad provocó una impresión inexplicable en el ánimo de Sandokán. Sintió miedo de la noche, ¡él, el intrépido pirata, que jamás había temido la muerte y que había afrontado con coraje desesperado los peligros de la guerra y el embate de las olas!

–¡Las tinieblas! –exclamó, levantando la tierra con las uñas–. ¡No quiero que caiga la noche! ¡No quiero morir!

Se apretó la herida con ambas manos y luego se puso de pie como movido por un resorte. Contempló el mar, ennegrecido ya como si fuera de tinta, miró bajo los árboles rebuscando en su lúgubre sombra y finalmente, presa tal vez de un ataque de delirio repentino, echó a correr como un loco y se adentró en la selva. ¿Adónde se dirigía? ¿Por qué huía? Sin duda un extraño miedo lo había dominado. En su ofuscación le parecía oír a lo lejos ladridos de perros, gritos de hombres, rugidos de fieras. Creía quizá que lo habían descubierto ya y que lo seguían.

Muy pronto aquella carrera acabó siendo vertiginosa. Completamente fuera de sí, se precipitaba hacia delante a lo loco, se lanzaba entre los matorrales, saltaba sobre troncos caídos, cruzaba torrentes y charcas, aullaba, maldecía y agitaba como un poseso el kris, cuya empuñadura, cubierta de diamantes, emitía fugaces resplandores.

Siguió así durante diez o quince minutos, internándose cada vez más bajo los árboles, despertando con sus gritos los ecos del bosque tenebroso, hasta detenerse jadeante y sofocado.

Tenía los labios cubiertos por una espuma sanguinolenta y la mirada extraviada.

Agitó como loco los brazos y luego se desplomó como un árbol partido en dos por un rayo.

Deliraba; le parecía que tenía la cabeza a punto de estallar y que diez martillos le golpeaban las sienes. El corazón le daba saltos en el pecho, como si pretendiera salir al exterior, y tenía la impresión de que de la herida surgían torrentes de fuego.

Creía ver enemigos por doquier. Bajo los árboles, bajo los matorrales y entre las raíces que serpenteaban por el suelo, sus ojos vislumbraban hombres escondidos, mientras que por el aire le parecía que daban vueltas legiones de fantasmas, así como esqueletos danzantes en torno a las grandes hojas de los árboles.

Surgían del suelo seres humanos que gemían, que aullaban, unos con la cabeza ensangrentada, otros con las extremidades rotas y los costados desgarrados. Todos reían y se carcajeaban, como si se mofaran de la impotencia del terrible Tigre de Malasia. Sandokán, presa de un delirio espantoso, rodaba por el suelo, se levantaba, se caía, mostraba los puños y los amenazaba a todos.

–¡Fuera de aquí, perros! –aullaba–. ¿Qué queréis de mí...? ¡Soy el Tigre de Malasia y no me dais miedo! Venid y atacadme si os atrevéis...

»¡Ah! ¿Os reís...? ¿Me creéis impotente porque los leopardos han herido y vencido al tigre? No, no os temo...

»¿Por qué me miráis con esos ojos de fuego? ¿Por qué venís a danzar a mi alrededor? ¿También tú, Patán, vienes a burlarte de mí? ¿También tú, Araña de Mar?

Los tigres de Mompracem

Malditos seáis, voy a mandaros de vuelta al infierno del que habéis salido... ¿Y tú, Kimperlain, qué buscas? ¿No bastó mi cimitarra para acabar contigo? Fuera todos, regresad al fondo del mar..., al reino de las tinieblas..., a los abismos de la tierra, o volveré a mataros a todos...

»¿Y tú, Giro-Batol, qué quieres? ¿Venganza? Pues la tendrás, porque el tigre sanará..., regresará a Mompracem..., armará sus praos... y volverá hasta aquí para exterminar a todos los leopardos ingleses, ¡a todos del primero al último!

El pirata se detuvo con las manos entre el cabello, los ojos desencajados y las facciones alteradas de forma espantosa, y entonces se levantó de golpe y reemprendió su alocada carrera, gritando:

–¡Sangre! ¡Dadme sangre que apague mi sed! Soy el tigre del mar de Malasia...

Corrió durante un buen rato sin dejar de aullar y soltar amenazas. Salió del bosque y se precipitó por una pradera al otro extremo de la cual le pareció ver una empalizada que le costaba distinguir; luego se detuvo y una vez más cayó de rodillas. Estaba agotado y jadeaba.

Se quedó así unos instantes, desplomado sobre sí mismo, y a continuación trató de levantarse, pero al cabo de un rato le fallaron las fuerzas, un velo de sangre le cubrió los ojos y cayó redondo al suelo con un último grito que se perdió entre las tinieblas.

Capítulo VI

LORD JAMES GUILLONK

Al volver en sí se llevó una gran sorpresa, pues ya no se hallaba en la pequeña pradera que había atravesado durante la noche, sino en una espaciosa habitación tapizada de papel pintado con flores de tung y echado sobre un lecho cómodo y mullido.

En un primer momento le pareció estar soñando y se frotó los ojos repetidamente como si quisiera despertarse, pero enseguida se convenció de que todo era realidad.

Se incorporó y se preguntó varias veces:

–Pero ¿dónde estoy? ¿Sigo vivo o he muerto?

Miró a su alrededor, pero no vio a nadie a quien dirigirse.

Por consiguiente, se puso a observar la estancia con detenimiento; era amplia y elegante y recibía la luz de dos ventanales tras cuyos cristales se veían árboles de gran altura.

En un rincón vio un piano sobre el que había diseminadas algunas partituras; en otro, un caballete con un cuadro que representaba el mar; en el centro, una mesa de caoba cubierta por un bordado hecho sin duda por las manos de una mujer, y junto a la cama un lujoso taburete con taraceas de ébano y de marfil, sobre

64

el que Sandokán reconoció, con evidente satisfacción, su fiel kris, al lado del cual se encontraba un libro entreabierto, con una flor marchitada entre las páginas.

Aguzó el oído, pero no oyó voz alguna; sin embargo, en la distancia se distinguían delicados sonidos que parecían acordes surgidos de una mándola o de una guitarra.

–Pero ¿dónde estoy? –se preguntó de nuevo–. ¿En casa de amigos o de enemigos? ¿Y quién me ha curado y vendado la herida?

Al cabo sus ojos se posaron otra vez en el libro del taburete e, impulsado por una curiosidad irrefrenable, alargó una mano para cogerlo. En la cubierta vio un nombre impreso con letras de oro.

–¡Marianna! –leyó–. ¿Qué quiere decir esto? ¿Se trata de un nombre o de una palabra que no entiendo?

Volvió a leer y, cosa extraña, lo inquietó una sensación desconocida. Algo dulce sacudió el corazón de aquel hombre, un corazón que era de acero y que permanecía cerrado a las emociones más tremendas.

Abrió el volumen: lo llenaba una letra ligera, elegante y nítida, pero no logró comprender aquellas palabras, si bien algunas le recordaban la lengua del portugués Yáñez. Sin querer, pero incitado por una fuerza misteriosa, tomó con delicadeza la flor que había visto poco antes y la miró detenidamente. La olisqueó varias veces procurando no dañarla con aquellos dedos que tan sólo habían estrechado la empuñadura de la cimitarra y lo inundó de nuevo una extraña sensación, un misterioso estremecimiento, algo desconocido que salía del corazón; después aquel hombre sanguinario, aquel hombre de guerra, se sintió invadido por un intenso deseo de llevársela a los labios...

Volvió a colocarla casi con desagrado entre las

páginas, cerró el libro y lo dejó en el taburete. Justo a tiempo: giró entonces el pomo de la puerta y entró un individuo que andaba con paso lento y con la rigidez característica de los anglosajones.

Era un europeo, a juzgar por su tez, de estatura más bien alta y corpulento. Aparentaba unos cincuenta años, llevaba el rostro enmarcado por una barba rojiza, que ya empezaba a encanecerse, tenía los ojos azules y profundos y el conjunto hacía pensar en un hombre acostumbrado a mandar.

–Me alegro de verlo tranquilo; hacía tres días que el delirio no le dejaba un solo momento de paz.

–¡Tres días! –exclamó Sandokán, estupefacto–. ¿Tres días llevo aquí? Así pues, ¿no estoy soñando?

–No, no está soñando. Está al cuidado de buena gente que va a atenderlo afectuosamente y a hacer lo posible para curarlo.

–Pero ¿quién es usted?

–Lord James Guillonk, capitán de navío de su graciosa majestad la emperatriz Victoria.

Sandokán se sobresaltó y su frente se ofuscó, pero enseguida recuperó la compostura y, haciendo un esfuerzo supremo para no traicionar el odio que sentía contra todo lo inglés, contestó:

–Le doy las gracias, milord, por todo lo que ha hecho por mí, por un desconocido que podría ser su mortal enemigo.

–Era mi deber acoger en mi casa a un pobre hombre, herido tal vez de muerte. ¿Cómo se encuentra ahora?

–Me siento bastante fortalecido y ya no noto dolor.

–Me alegro mucho, pero dígame, si no es molestia, ¿quién lo dejó tan maltrecho? Además de la bala que le extrajimos del pecho, tenía el cuerpo cubierto de heridas de arma blanca.

Los tigres de Mompracem

Aunque esperaba aquella pregunta, Sandokán no pudo evitar un fuerte estremecimiento. Sin embargo, no se traicionó, ni se descorazonó.

–Si tuviera que decirlo me resultaría imposible –respondió–. Vi a unos hombres que en plena noche cayeron sobre mis embarcaciones, nos abordaron y mataron a mis marineros. ¿Quiénes eran? No lo sé, puesto que casi de inmediato caí al mar cubierto de heridas.

–No cabe duda de que lo asaltaron los cachorros del Tigre de Malasia –aseguró lord James.

–¿Los piratas...? –exclamó Sandokán.

–Sí, los de Mompracem, que hace tres días recorrían los alrededores de la isla, aunque luego uno de nuestros cruceros acabó con ellos. Dígame, ¿dónde lo atacaron?

–En las proximidades de las Romades.

–¿Alcanzó nuestras costas a nado?

–Sí, aferrado a un madero. Pero ¿ustedes dónde me encontraron?

–Tendido en la hierba, presa de un delirio tremendo. ¿Y adónde se dirigía cuando lo atacaron?

–Iba a llevar regalos al sultán de Varauni, de parte de mi hermano.

–¿Y quién es su hermano?

–El sultán de Shaja.

–¡Pero si es usted un príncipe malayo! –exclamó el lord, extendiéndole una mano que Sandokán, tras una breve vacilación, estrechó casi con repugnancia.

–Sí, milord.

–Estoy muy contento de haberlo acogido y haré lo posible para que no se aburra una vez se haya curado. En fin, si no le molesta iremos juntos a visitar al sultán de Varauni.

–Sí, y...

Se detuvo y adelantó la cabeza, como si tratara de captar algún ruido lejano.

Del exterior llegaban los acordes de una mándola, tal vez los mismos sonidos que había oído poco antes.

–¡Milord! –exclamó, presa de una intensa emoción cuya causa trataba en vano de explicarse–. ¿Quién toca?

–¿Y eso, mi querido príncipe? –preguntó el inglés, sonriente.

–No lo sé..., pero siento un deseo impetuoso de ver a la persona que toca de ese modo... Tengo la impresión de que esa música me llega al corazón... y me hace experimentar sensaciones que me resultan nuevas e inexplicables.

–Espere un instante.

Le hizo un gesto para que volviera a acostarse y se marchó. Sandokán se dejó caer sobre la almohada pero casi de inmediato se incorporó de nuevo como movido por un resorte.

La inexplicable conmoción que lo había asaltado hacía unos minutos regresaba para apoderarse de él con mayor violencia. El corazón le latía de tal modo que parecía que quisiera salirse del pecho; la sangre fluía con furia por las venas y las extremidades experimentaban extrañas convulsiones.

–Pero ¿qué me sucede? –se preguntó–. ¿Será tal vez el delirio, que vuelve a abordarme?

Apenas había pronunciado aquellas palabras cuando regresó el lord, en esa ocasión acompañado.

Tras él avanzaba, rozando apenas la alfombra, una espléndida criatura ante cuya visión Sandokán no pudo contener una exclamación de sorpresa y de admiración.

Era una muchacha de dieciséis o diecisiete años, de talla menuda, pero esbelta y elegante, con formas

Los tigres de Mompracem

soberbiamente modeladas, una cintura tan estrecha que habría bastado una sola mano para rodearla y la piel rosada y fresca como una flor recién abierta.

Tenía una cabecita admirable, con los ojos azules como el agua del mar y una frente perfilada con líneas incomparables, bajo la cual resaltaban dos cejas hermosamente arqueadas que casi llegaban a tocarse. La rubia cabellera le caía con un pintoresco desorden, cual lluvia de oro, por el blanco bustier que le cubría el seno.

Al ver a aquella mujer que parecía una verdadera niña a pesar de sus años, el pirata sintió una sacudida que le llegó al fondo del alma. Por vez primera en su vida, aquel hombre tan audaz, tan sanguinario, que llevaba el terrible nombre de Tigre de Malasia, se sentía fascinado, y el objeto de su atracción era aquella gentil criatura, aquella graciosa flor surgida de los bosques de Labuán.

Su corazón, que poco antes había latido precipitadamente, se puso a arder, y por las venas le parecía que corrían lenguas de fuego.

–¿Y bien, mi querido príncipe? ¿Qué me dice de esta bella muchacha? –preguntó el lord.

Sandokán no respondió; inmóvil como una estatua de bronce, contemplaba a la jovencita con unos ojos que proyectaban relámpagos de ardiente anhelo y daba la impresión de que había dejado de respirar.

–¿Se encuentra mal? –preguntó el lord, que lo observaba.

–¡No! ¡No! –exclamó vivamente el pirata, con un estremecimiento.

–Pues entonces permítame que le presente a mi sobrina, lady Marianna Guillonk.

–¡Marianna Guillonk! Marianna Guillonk... –repitió Sandokán, con voz apagada.

Emilio Salgari

–¿Por qué le resulta extraño mi nombre? –quiso saber la joven, sonriendo–. Cualquiera diría que le ha causado una gran sorpresa.

Ante aquellas palabras, Sandokán se sobresaltó fuertemente. Jamás una voz tan dulce había acariciado sus oídos, acostumbrados a la música infernal del cañón y a los gritos de muerte de los combatientes.

–No me resulta en absoluto extraño –repuso con la voz alterada–. Lo que sucede es que no es nuevo para mí.

–¡Ah! –exclamó el lord–. ¿Y de quién lo había oído?

–Lo había leído ya en el libro que ven aquí y me había imaginado que su dueña sería una espléndida criatura.

–Será una broma –replicó la joven lady, ruborizada. Luego, cambiando de tono, preguntó–: ¿Es cierto que los piratas lo han herido gravemente?

–Sí, es cierto –contestó Sandokán con voz queda–. Me han vencido y me han herido, pero un día me recuperaré y, entonces, ¡ay de quienes me han hecho morder el polvo!

–¿Y sufre mucho?

–No, milady, y ahora menos que antes.

–Espero que se cure pronto.

–Nuestro príncipe es vigoroso –afirmó el lord– y no me asombraría verlo en pie dentro de una decena de días.

–Eso espero –contestó Sandokán.

Al cabo, y sin haber apartado la mirada del rostro de la joven, por cuyas mejillas pasaba de vez en cuando una nube rosada, se irguió impetuosamente y exclamó:

–¡Milady!

–Dios mío, ¿qué le sucede? –preguntó ella, acercándose.

–Dígame, lleva usted un nombre infinitamente más bello que el de Marianna Guillonk, ¿no es cierto?

Los tigres de Mompracem

–¿Qué quiere decir? –preguntaron al unísono el lord y la joven condesa.

–¡Sí, sí! –exclamó Sandokán con más fuerzas–. Tiene que ser usted la criatura a la que todos los indígenas llaman «la Perla de Labuán»!

El lord hizo un gesto de sorpresa y una profunda arruga surcó su frente.

–Amigo mío –empezó con voz grave–, ¿cómo puede saber eso, si me había dicho que procedía de la lejana península malaya?

–No es posible que ese sobrenombre haya llegado hasta su país –añadió lady Marianna.

–No lo oí en Shaja –contestó Sandokán, que había estado a punto de traicionarse–, sino en las Romades, en cuyas playas desembarqué hace ya días. En ese lugar me hablaron de una muchacha de incomparable belleza, con los ojos azules y el cabello perfumado como los jazmines de Borneo; de una criatura que montaba como una amazona y que cazaba fieras osadamente; de una hermosa joven a la que algunas tardes, al ponerse el sol, se veía aparecer por las orillas de Labuán, y que fascinaba con un canto más dulce que el murmullo de los arroyos a los pescadores de las costas. ¡Ah, milady, también yo deseo oír esa voz algún día!

–¡Cuántas gracias me atribuyen! –contestó la dama entre risas.

–¡Sí, y veo que los hombres que me hablaron de usted decían la verdad! –exclamó el pirata con un impulso apasionado.

–Adulador –replicó ella.

–Mi querida sobrina –intervino el lord–, hechizarás también a nuestro príncipe.

–¡Estoy convencido! –espetó Sandokán–. Y cuando abandone esta casa para regresar a mi lejano país diré a mis compatriotas que una mujer de blanca faz se ha llevado el corazón de un hombre que creía tenerlo invulnerable.

La conversación prosiguió un poco más y pasó a centrarse en la patria de Sandokán, en los piratas de Mompracem o en Labuán, hasta que, habiendo caído ya la noche, el lord y la lady se retiraron. Al verse solo, el pirata permaneció inmóvil durante un buen rato, con los ojos clavados en la puerta por la que había salido aquella bella joven. Parecía sumido en profundos pensamientos y presa de una intensa conmoción.

Tal vez en aquel corazón, que hasta la fecha jamás había latido por una mujer, arreciaba entonces una terrible tempestad.

Al cabo Sandokán se estremeció y algo parecido a un sonido ronco le retumbó en el fondo de la garganta, a punto de escapar, pero los labios permanecieron cerrados y los dientes siguieron apretados con más fuerza aún, rechinando.

Se quedó allí unos minutos, inmóvil, con los ojos encendidos, el rostro alterado, la frente perlada por el sudor y las manos hundidas en la tupida melena, y entonces aquellos labios que no querían abrirse formaron un paso por el que surgió veloz un nombre:

–¡Marianna!

El pirata dejó de contenerse.

–¡Ah! –exclamó, casi con rabia y retorciendo las manos–. Siento que me vuelvo loco..., que la... ¡La amo!

Capítulo VII

CURACIÓN Y AMOR

Lady Marianna Guillonk había nacido bajo el bello cielo de Italia, a la orilla del espléndido golfo de Nápoles, de madre italiana y padre inglés.

A los once años se había quedado huérfana y había heredado un notable patrimonio. Se había hecho cargo de ella su tío James, el único pariente que se encontraba en Europa a la sazón.

Por aquel entonces James Guillonk era uno de los más intrépidos lobos de mar de los dos mundos, propietario de una nave armada y equipada para la guerra, a fin de cooperar con James Brooke, que más tarde sería rajá de Sarawak, en el exterminio de los piratas malayos, terribles enemigos del comercio inglés en aquellos lejanos mares.

Si bien lord James, rudo como todos los marineros, incapaz de sentir el más mínimo afecto, no había demostrado una excesiva ternura con su joven sobrina, antes de confiarla a manos extrañas la había embarcado en su nave para conducirla a Borneo, con lo que la había expuesto a los graves peligros de aquellas duras travesías.

Durante tres años la muchachita había sido testigo de sangrientas batallas en las que habían perecido

millares de piratas y gracias a las cuales el futuro rajá
Brooke había recibido la triste fama que había indigna-
do y conmovido profundamente a sus propios compatriotas.

Sin embargo, un buen día, lord James, cansado de
carnicerías y de peligros, y tal vez recordando que tenía una sobrina, había abandonado el mar para esta-
blecerse en Labuán, en cuyo interior se había internado, rodeado de una densa selva.

Lady Marianna, que contaba por entonces catorce
años y que con aquella vida de peligros había adquirido una fiereza y energía únicas, pese a parecer una
muchacha delicada, había tratado de rebelarse contra
la voluntad de su tío, pues se veía incapaz de acostum-
brarse a aquel aislamiento y a aquella existencia casi
salvaje; no obstante, el lobo de mar, que no parecía sentir mucho cariño por ella, se había mostrado inflexible.

Obligada a soportar aquella extraña reclusión, se
había entregado por completo a completar su educación, que hasta la fecha no había tenido tiempo de cuidar.

Estaba dotada de una voluntad tenaz y poco a poco
había modificado los impulsos feroces adquiridos en
las acerbas y sangrientas batallas, así como la rudeza
surgida del continuo contacto con la gente del mar. De
ese modo había acabado siendo una apasionada de la
música, de las flores, de las bellas artes, gracias a las
enseñanzas de una antigua confidente de su madre,
muerta más adelante por culpa del ardiente clima tro-
pical. Con el progreso de su educación, si bien había
conservado en el fondo del alma algo de la antigua fiereza, se había vuelto buena, generosa y caritativa.

No había abandonado la pasión por las armas y
los ejercicios violentos, y muy a menudo, siendo como
era una indómita amazona, recorría los bosques, tras

Los tigres de Mompracem

las huellas incluso de tigres, o como una sirena se sumergía intrépidamente entre las azules olas del mar de Malasia; pero con más frecuencia se hallaba allí donde se ensañaban la miseria o la desventura, ofreciendo auxilio a todos los indígenas de los alrededores, a aquella gente a la que lord James odiaba a muerte, por descender de antiguos piratas.

Y de ese modo aquella criatura, caracterizada por su intrepidez, su bondad y su belleza, se había ganado el sobrenombre de «la Perla de Labuán», que había llegado muy lejos y había hecho latir el corazón del formidable Tigre de Malasia. Sin embargo, en aquellos bosques, alejada en la práctica de cualquier ser civilizado, la niña, convertida en muchacha, no se había percatado nunca de que era ya toda una mujer, hasta que, al encontrarse frente al fiero pirata, y sin saber por qué, había sentido una extraña turbación.

¿De qué se trataba? Lo ignoraba, pero lo veía constantemente ante sí, y por la noche se le aparecía en sueños, aquel hombre de tan gallarda figura, que tenía la nobleza de un sultán y la galantería de un caballero europeo, aquel hombre de ojos resplandecientes y de larga melena negra, en cuyo rostro se leían con claras palabras un coraje más que indómito y una energía excepcional.

Tras haberlo dejado fascinado con sus ojos, con su voz y con su belleza, había quedado a su vez fascinada y derrotada.

En un primer momento había tratado de reaccionar contra aquel latido del corazón, que era nuevo para ella, como lo era para Sandokán, pero había sido en vano. Seguía sintiendo que una fuerza irresistible la empujaba a volver a ver a aquel hombre y que tan sólo a su lado recuperaba la calma de antes; únicamente era feliz cuando acudía a su lecho y cuando le aliviaba los agudos dolores de la herida con su charla, con sus sonrisas, con su incomparable voz y con su mándola.

Y había que ver a Sandokán en esos momentos en que ella cantaba las dulces canciones del lejano país natal, acompañándolas con las delicadas notas del melodioso instrumento.

Entonces ya no era el Tigre de Malasia, ya no era el sanguinario pirata. Mudo, jadeante, empapado de sudor, contenía la respiración para no turbar con el aliento aquella voz argéntea y cadenciosa y escuchaba como un hombre que sueña, como si quisiera grabarse en la mente aquella lengua desconocida que lo embriagaba, que sofocaba las torturas de la herida, y cuando la voz, tras haber vibrado una última vez, moría con la última nota de la mándola, se lo veía permanecer durante un buen rato en la misma postura, con los brazos extendidos como si pretendiera acercar a la muchacha contra sí, con los ojos encendidos y clavados en los de ella, tan húmedos, con el corazón en vilo y el oído aguzado como si siguiera escuchando.

En esos momentos se olvidaba de que era el tigre, no recordaba su Mompracem, ni sus praos, ni a sus cachorros ni al portugués, que tal vez por entonces, creyéndolo desaparecido para siempre, vengase su muerte a saber con qué sangrientas represalias.

En esa situación los días pasaban volando y la curación, que recibía la intensa ayuda de la pasión que le devoraba la sangre, avanzaba con rapidez.

La tarde del decimoquinto día el lord entró de improviso y se topó con el pirata en pie, a punto de salir.

–¡Ah, mi digno amigo! –exclamó alegremente–. ¡Qué contento estoy de verlo levantado!

–Ya no podía seguir en cama, milord –contestó San-

Los tigres de Mompracem

dokán–. Además, me siento con fuerza suficiente para enfrentarme a un tigre.

–Perfecto. ¡Entonces pronto lo pondré a prueba!

–¿De qué modo?

–He invitado a unos cuantos buenos amigos a la caza de un tigre que acude a menudo a rondar por la valla de mi jardín. Puesto que lo veo curado, esta noche iré a avisarlos de que mañana por la mañana cazaremos a la fiera.

–Participaré en la batida, milord.

–Estoy convencido de ello, pero quiero decirle otra cosa: espero que permanezca durante un tiempo como huésped mío.

–Milord, graves asuntos me reclaman en otro lugar y es necesario que me apresure a dejarlo.

–¡Dejarme! Ni pensarlo; para esos asuntos siempre tendrá tiempo, y le advierto que no le permitiré partir antes de varios meses. Venga, prométame que se quedará.

Sandokán lo observó con ojos llameantes. Para él, permanecer en aquella villa, cerca de la joven que lo había fascinado, era la vida, lo era todo. Por el momento no pedía más.

¿Qué le importaba que los piratas de Mompracem llorasen su muerte, cuando podía volver a ver durante muchos días más a aquella muchacha divina? ¿Qué le importaba su fiel Yáñez, que tal vez lo buscara ansiosamente por las orillas de la isla, jugándose la vida, cuando Marianna empezaba a amarlo? ¿Y qué le importaba haber dejado de oír el bramido de la artillería humeante, cuando podía seguir escuchando la voz deliciosa de la mujer amada, o probar las terribles emociones de las batallas, cuando ella le hacía experimentar emociones más sublimes? ¿Y qué le importaba, por último, correr el peligro de que lo descubrieran, quizá de que lo encarcelaran, cuando podía seguir respirando el mismo aire que alimentaba a su Marianna, vivir entre la densa selva que la rodeaba a ella?

Lo habría olvidado todo para seguir así durante cien años, su Mompracem, a sus cachorros, sus embarcaciones y también su sangrienta venganza.

–Sí, milord, me quedaré todo lo que desee –repuso, con ímpetu–. Acepto la hospitalidad que cordialmente me ofrece y si llega el día, no olvide estas palabras, en que tengamos que encontrarnos sin ser ya amigos, sino feroces enemigos, empuñando las armas, sabré recordar el reconocimiento que le debo.

El inglés lo miró estupefacto.

–¿Por qué me habla así? –preguntó.

–Puede que un día lo descubra –contestó Sandokán, con voz grave.

–No quiero indagar por ahora en sus secretos –repuso el lord con una sonrisa–. Esperaré ese día.

Sacó el reloj y lo miró.

–Tengo que irme de inmediato si quiero avisar a los amigos de la cacería de mañana. Adiós, mi querido príncipe –se despidió, y estaba ya a punto de salir cuando se detuvo y añadió–: Si quiere bajar al jardín, hallará a mi sobrina y espero que le haga buena compañía.

–Gracias, milord.

Era lo que deseaba Sandokán; poder encontrarse, aunque fuera unos pocos minutos, a solas con la joven, quizá para desvelar la gigantesca pasión que le devoraba el corazón.

En cuanto se vio sin compañía se acercó a toda prisa a una ventana que daba al inmenso jardín.

Allí, a la sombra de un magnolio de China cubierto de flores de intenso perfume, sentada sobre el tronco caído de una arenga, se encontraba la joven lady. Estaba sola, en actitud pensativa, con la mándola sobre las rodillas.

Para Sandokán fue una visión celestial. Se le fue toda la sangre a la cabeza y el corazón empezó a latirle con una vehemencia indescriptible.

Permaneció allí, con los ojos ardientemente clavados en la joven y conteniendo la respiración, como si le diera miedo molestarla.

Sin embargo, al cabo de un rato dio un paso atrás y soltó un grito sofocado que pareció un rugido distante. La cara le cambió espantosamente y adquirió una expresión feroz.

El Tigre de Malasia, hasta entonces fascinado y embrujado, se despertaba de repente una vez se sentía curado. Regresaba el hombre fiero, despiadado, sanguinario, de corazón inaccesible a pasión alguna.

–¿Qué estoy a punto de hacer? –exclamó, con voz ronca, pasándose las manos por la frente ardorosa–. ¿Cómo puede ser cierto el amor que siento por esa muchacha? ¿Ha sido un sueño o una locura inexplicable? ¿Cómo puedo haber dejado de ser el pirata de Mompracem para sentirme atraído por una fuerza irresistible que me arrastra hacia esa hija de una raza a la que he jurado odio eterno?

»¡Amar yo! ¡Yo, que no he experimentado más que impulsos de odio y que llevo el nombre de una fiera sanguinaria! ¿Podría acaso olvidar mi salvaje Mompracem, a mis fieles cachorros, a mi Yáñez, que me esperan a saber con qué ansia? ¿Olvido tal vez que los compatriotas de esa muchacha aguardan sencillamente el momento propicio para destruir mi potencia?

»¡Lejos de mí esa visión que durante tantas noches me ha perseguido, lejos esos temblores que son indignos del Tigre de Malasia! Apaguemos ese volcán que me quema el corazón y abramos en su lugar mil abismos entre esa sirena hechicera y yo.

»Vamos, tigre, que se oiga tu rugido, sepulta la gratitud que debes a estas personas que te han curado; vamos, huye lejos de este lugar y regresa a ese mar que sin quererlo te arrastró hasta estas playas, ¡que vuelva el temido pirata de la formidable Mompracem!

Con esas palabras, Sandokán se había situado ante la ventana con los puños cerrados y los dientes apretados, temblando de cólera de la cabeza a los pies.

Le parecía que se había convertido en un gigante y que oía a lo lejos los gritos de sus cachorros, que lo llamaban a la lucha, y el retumbar de las artillerías.

Sin embargo, se quedó quieto, como clavado frente a la ventana, apresado por una fuerza superior a su rabia, con los ardientes ojos siempre fijos en la joven lady.

–¡Marianna! –exclamó al cabo–. ¡Marianna!

Ante el nombre adorado, aquel arrebato de ira y de odio se esfumó como la niebla bajo el sol. El tigre volvía a ser hombre y, aún más, amante.

Se le fueron las manos involuntariamente a la falleba y con un gesto rápido abrió la ventana.

Un soplo de aire tibio, cargado del perfume de mil flores, penetró en la estancia.

Al respirar aquellos aromas balsámicos, el pirata se sintió embriagado y se le despertó en el corazón, con más fuerza que nunca, la pasión que un momento antes había tratado de sofocar.

Se inclinó sobre el antepecho y admiró en silencio, enardecido, delirante, a la hermosa lady. Una fiebre intensa lo devoraba, el fuego se deslizaba por sus venas para acabar en el corazón y le pasaban nubes rojas ante los ojos, pero incluso entre ellas veía en todo momento a quien lo había embrujado.

¿Cuánto tiempo permaneció allí? Mucho, sin duda, puesto que cuando volvió en sí la joven lady ya no estaba en el jardín, el sol se había puesto, habían caído las tinieblas y en el cielo resplandecía una multitud de estrellas.

Se puso a pasear por la habitación con las manos cruzadas ante el pecho y la cabeza gacha, absorto en lóbregos pensamientos.

–¡Mira! –exclamó, regresando a la ventana y exponiendo la frente ardorosa al fresco aire de la noche–. Aquí la felicidad, aquí una nueva vida, aquí una nueva embriaguez, dulce, tranquila; allí Mompracem, una vida tempestuosa, huracanes de hierro, el bramar de artillerías, cruentas carnicerías, mis veloces praos, mis cachorros, mi buen Yáñez. ¿Cuál de esas dos vidas escojo?

»Y es que me arde toda la sangre cuando pienso en esa muchacha que me hizo latir el corazón antes incluso de haberla visto, y por las venas siento correr bronce fundido sólo de pensar en ella. ¡Se diría que la antepongo a mis cachorros y a mi venganza! Y, sin embargo, me avergüenzo al pensar que es hija de esa raza que odio tan profundamente. ¿Y si la olvidara?

»¡Ah, sangras, pobre corazón mío! ¿Te niegas, pues?

»Antes era el terror de estos mares, antes no conocía el afecto, antes no había saboreado más que la embriaguez de las batallas y de la sangre... y ahora siento que ya no sería capaz de saborear nada lejos de ella...

Se calló y prestó atención al susurro del follaje y al silbido de su propia sangre.

–¿Y si se anteponen entre esa mujer divina y yo

la selva, luego el mar, luego el odio...? –prosiguió–. ¡El odio! ¿Podría odiarla? En fin, es necesario que huya, que regrese a mi Mompracem, entre mis cachorros... Si me quedara aquí la fiebre acabaría por devorar toda mi energía, siento que apagaría para siempre mi potencia, que ya no sería el Tigre de Malasia... ¡Vamos, hay que irse aquí!

Bajó la vista: apenas tres metros lo separaban del suelo. Aguzó el oído y no percibió ruido alguno.

Superó el antepecho y saltó con agilidad entre los parterres antes de dirigirse hacia el árbol sobre el que pocas horas antes se había sentado Marianna.

–Aquí ha descansado –musitó con voz triste–. ¡Ah, qué hermosa eras, oh, Marianna! Y no volveré a verte... No volveré a oír tu voz, jamás... ¡Jamás!

Se inclinó sobre el árbol y recogió una flor, una rosa silvestre, que la joven lady había dejado caer. La admiró durante un buen rato, la olisqueó varias veces, la escondió apasionadamente en el pecho y luego se dirigió con buen paso hacia el perímetro del jardín susurrando:

–Vamos, Sandokán; todo ha terminado.

Había llegado bajo la empalizada y estaba a punto de tomar impulso cuando retrocedió con ímpetu, se llevó las manos al pelo con la mirada torva y emitió una especie de sollozo.

–¡No! ¡No! –exclamó, en tono de desesperación–. ¡No puedo, no puedo! Que se hunda Mompracem, que se maten mis cachorros, que se esfume mi potencia, pero yo me quedo...

Echó a correr por el jardín como si tuviera miedo de volver a encontrarse ante la empalizada del perímetro, y no se detuvo hasta llegar al pie de la ventana de su dormitorio.

Los tigres de Mompracem

Allí vaciló otra vez y luego de un salto se aferró a la rama de un árbol y alcanzó el antepecho.

Al volver a verse en aquella casa que había abandonado con la firme decisión de no regresar jamás, un segundo sollozo le retumbó en el fondo de la garganta.

–¡Ah! –exclamó–. El Tigre de Malasia está punto de desaparecer...

Capítulo VIII

LA CAZA DEL TIGRE

Cuando, al despuntar el alba, el lord acudió a llamar a la puerta, Sandokán aún no había cerrado los ojos.

Al recordar la cacería, de inmediato se levantó de un brinco de la cama, se metió el fiel kris entre los pliegues de la faja y abrió diciendo:

–Aquí estoy, milord.

–Perfecto –respondió el inglés–. No esperaba encontrarlo tan preparado, querido príncipe. ¿Cómo está?

–Me siento con fuerza suficiente para derribar un árbol.

–Entonces démonos prisa. En el jardín nos esperan seis valientes cazadores que están impacientes por descubrir el tigre que mis batidores han divisado en un bosque.

–Estoy listo para seguirlo. ¿Y lady Marianna nos acompañará?

–Desde luego. Creo incluso que nos espera ya.

Sandokán contuvo con dificultad un grito de placer.

–Vamos, milord. Ardo en deseos de toparme con ese tigre.

Salieron y pasaron a un salón de paredes tapizadas con armas de tipos muy diversos. En ese lugar fue donde se encontró Sandokán con la joven lady, más be-

Los tigres de Mompracem

lla que nunca, fresca como una rosa, espléndida con su traje azul, que destacaba poderosamente bajo su cabello rubio.

Al verla se detuvo como deslumbrado y luego se le acercó a buen paso y le dijo, estrechándole la mano:

–¿Viene también a la cacería?

–Sí, príncipe; me han dicho que sus compatriotas son muy valientes en estas situaciones y quiero comprobarlo.

–Apuñalaré al tigre con mi kris y le regalaré su piel.

–¡No, no! –exclamó ella, espantada–. Podría sucederle alguna nueva desgracia.

–Por usted, milady, me haría despedazar, pero no tema, el tigre de Labuán no me derribará.

En ese momento se aproximó el lord, que hizo entrega a Sandokán de una magnífica carabina.

–Tome, príncipe. A veces una bala vale más que el kris mejor templado. Ahora vamos, que nos esperan los amigos.

Bajaron al jardín, donde los aguardaban cinco cazadores; cuatro eran colonos de los alrededores y el quinto, un elegante oficial de la marina.

Al verlo, y sin saber exactamente por qué, Sandokán sintió de inmediato una violenta antipatía por aquel joven, pero reprimió el sentimiento y ofreció a todos la mano.

Cuando lo tuvo delante, el oficial lo observó detenidamente y de un modo extraño, y luego, aprovechando un momento en que nadie le prestaba atención, se aproximó al lord, que estaba examinando los arreos de un caballo, y comentó de sopetón:

–Capitán, creo haber visto a ese príncipe malayo.

–¿Dónde? –preguntó el lord.

Los tigres de Mompracem

–No lo recuerdo bien, pero no me cabe duda.

–¡Bah! Se confunde usted, amigo mío.

–Pronto se verá, milord.

–Está bien. ¡Monten, amigos, que está todo a punto! Pero lleven cuidado, que el tigre es muy grande y tiene unas buenas zarpas.

–Lo mataré con una sola bala y le regalaré la piel a lady Marianna –afirmó el oficial.

–Espero acabar con él antes que usted, caballero –repuso Sandokán.

–Ya lo veremos, amigos –terció el lord–. ¡Vamos, arriba!

Los cazadores montaron los caballos que unos cuantos criados habían llevado hasta allí, mientras lady Marianna se subía a lomos de un bellísimo poni de pelaje cándido como la nieve.

A una señal del lord, todos salieron del jardín, precedidos de una buena cantidad de batidores y de dos docenas de grandes perros.

Nada más hallarse fuera, el grupo se dividió para peinar un gran bosque que se prologaba hasta el mar.

Sandokán, que montaba un animal fogoso, se adentró por un estrecho camino que le permitió adelantarse audazmente para ser el primero en descubrir a la fiera; los demás tomaron distintas direcciones y otros senderos.

–¡Vuela, vuela! –clamó el pirata, espoleando furiosamente al noble animal, que seguía a unos perros que se habían puesto a ladrar–. Tengo que demostrar a ese impertinente oficial de qué soy capaz. No, no será él quien regale la piel del tigre a la dama, aunque tenga que perder los brazos o hacerme despedazar.

En aquel instante retumbó en mitad del bosque un toque de trompetas.

–Han localizado al tigre –murmuró Sandokán–. ¡Vuela, corcel, vuela!

Atravesó como un relámpago una zona del bosque cubierta de durianes, palmas, arecas y colosales alcanforeros y alcanzó a seis o siete batidores que huían.

–¿Adónde vais con tantas prisas? –preguntó.

–¡El tigre! –exclamaron los fugitivos.

–¿Dónde está?

–¡Cerca de la charca!

El pirata desmontó, ató el caballo al tronco de un árbol, se colocó el kris entre los dientes y con la carabina bien aferrada se dirigió a la charca indicada.

Se apreciaba en el aire un fuerte olor selvático, una esencia característica de los felinos que permanece durante un tiempo tras su paso.

Miró las ramas de los árboles desde las que podía saltarle encima la fiera y siguió con precaución la orilla de la charca, cuya superficie se había agitado.

–El animal ha pasado por aquí –dijo–. El muy astuto ha cruzado la charca para que los perros perdieran la pista, pero Sandokán es un tigre más listo.

Regresó junto al caballo y montó de nuevo. Estaba a punto de iniciar la marcha cuando oyó, a escasa distancia, un disparo seguido de una exclamación cuyo tono lo sobresaltó.

Se dirigió rápidamente hacia el punto donde había resonado la detonación y en mitad de un pequeño claro se encontró con la joven lady, montada en su blanco poni y con la carabina todavía humeante en las manos.

Se le acercó de inmediato con un grito de entusiasmo.

–Usted... aquí... ¡sola! –exclamó.

–¿Y usted, príncipe, qué hace aquí? –preguntó ella, ruborizándose.

Los tigres de Mompracem

–Seguía la pista del tigre.

–Como yo.

–Pero ¿contra quién ha abierto fuego?

–Contra la fiera. Ha huido sin un rasguño.

–¡Por el amor de Dios! ¿A qué viene jugarse la vida ante una bestia así?

–Pretendía impedir que cometiera usted la imprudencia de apuñalarla con su kris.

–Se ha equivocado, milady. La fiera sigue viva y mi kris está preparado para desgarrarle el corazón.

–¡No lo haga! Es usted valeroso, lo sé, lo leo en sus ojos, es fuerte, es ágil como un tigre, pero una lucha cuerpo a cuerpo con la fiera podría resultar mortal.

–¡Qué importa! Ojalá me provocara heridas tan graves que me durasen un año entero.

–¿Y eso por qué? –preguntó la joven, sorprendida.

–Milady –respondió el pirata, aproximándose más–, ¿es que no sabe que mi corazón estalla cuando pienso que llegará el día en que deberé dejarla para siempre, para no volver a verla jamás? Si el tigre me lacerase, al menos debería permanecer bajo su techo, gozaría de nuevo de las dulces emociones que experimenté cuando, vencido y herido, yacía en el lecho del dolor. ¡Sería feliz, muy feliz, si otras crueles heridas me forzaran a permanecer a su lado, a respirar su mismo aire, a volver a oír su deliciosa voz y a embriagarme otra vez con sus miradas, con sus sonrisas!

»Milady, me ha hechizado, siento que lejos de usted no sabría vivir, no tendría ya paz, sería un desgraciado. Pero ¿qué ha hecho conmigo? ¿Qué ha hecho con mi corazón, que era antaño inaccesible a pasión alguna? Mire: con sólo contemplarla tiemblo de pies a cabeza y noto que la sangre me abrasa las venas.

Ante aquella confesión apasionada e inesperada,

Marianna se quedó muda, estupefacta, pero no retiró las manos que el pirata había tomado entre las suyas y que estrechaba con frenesí.

–No se enfade, milady –prosiguió el tigre, con una voz que llegaba como una melodía deliciosa al corazón de la huérfana–. No se enfade si le confieso mi amor, si le digo que yo, aunque sea hijo de una raza de color, la adoro como a una diosa, y también usted me amará un día. No sé, desde el primer momento en que apareció ante mis ojos ya no he tenido paz alguna en esta tierra, he perdido la cabeza, la tengo siempre aquí, clavada en el pensamiento día y noche.

»Escúcheme, milady, tan potente es el amor que me arde en el pecho que por usted lucharía contra todos los hombres, contra el destino, ¡contra Dios! ¿Quiere ser mía? ¡Haré de usted la reina de estos mares, la reina de Malasia! Bastará una palabra suya para que acudan trescientos hombres más feroces que los tigres que no temen ni al plomo ni al acero e invadan los estados de Borneo a fin de ofrecerle un trono. Diga todo lo que pueda sugerirle la ambición y lo tendrá. Dispongo de oro suficiente para comprar diez ciudades, dispongo de naves, de soldados, de cañones y de poder, de más poder de lo que puede suponer.

–Dios mío, pero ¿quién es usted? –preguntó la joven, aturdida por aquel torbellino de promesas y fascinada por aquellos ojos que parecían arrojar llamas.

–¡Quién soy! –exclamó el pirata, mientras se le ofuscaba la frente–. ¡Quién soy!

Se aproximó aún más a la joven lady y, mirándola fijamente, le dijo con voz cavernosa:

–Me rodean unas tinieblas que es mejor no rasgar, por ahora. Sepa que tras ellas hay algo terrible, algo tremendo, y sepa además que llevo un nombre que no sólo aterra a todas las poblaciones de estos mares, sino que hace temblar al sultán de Borneo y también a los ingleses de esta isla.

–Y dice que me ama, usted que tamaño poder tiene –murmuró la joven con voz sofocada.

–Tanto que por usted sería posible cualquier cosa; la quiero con ese amor que empuja a consumar milagros y también delitos.

»Póngame a prueba: hable y la obedeceré como un esclavo, sin un simple lamento, sin un suspiro.

»¿Quiere que sea rey para otorgarle un trono? Lo seré. ¿Quiere que yo, que la amo con locura, regrese a la tierra de la que partí? Pues regresaré, aunque mi corazón quede martirizado para siempre. ¿Quiere que me quite la vida ante usted? Me la quitaré. Hable, se me turba la cabeza, la sangre me quema... ¡Hable, milady, hable!

–Muy bien... Ámeme –susurró la joven, que se sentía dominada por tanta pasión.

El pirata soltó un grito de los que raramente surgen de una garganta humana. Prácticamente en ese mismo instante resonaron dos o tres disparos de fusil.

–El tigre –exclamó Marianna.

–¡Es mío! –gritó Sandokán.

Clavó las espuelas en el vientre del caballo y partió como un rayo, con los ojos resplandecientes de valor y empuñando el kris, seguido por la joven, que se sentía atraída por aquel hombre que con tal audacia se jugaba la existencia para mantener una promesa.

Trescientos pasos más allá estaban los cazadores. Frente a ellos, de pie, avanzaba el oficial de marina, apuntando con el fusil en dirección a un grupo de árboles. Sandokán saltó de la silla, gritando:

–¡El tigre es mío!

Parecía un segundo tigre; daba saltos de dieciséis pies y rugía como una fiera.

–¡Príncipe! –gritó Marianna, que también había desmontado.

Sandokán no prestaba atención a nadie en aquel momento y seguía avanzando a la carrera.

Al oírlo acercarse, el oficial de marina, que llevaba diez pasos de ventaja, apuntó con rapidez el fusil y abrió fuego sobre el tigre, que estaba situado al pie de un gran árbol, con las pupilas contraídas y las potentes zarpas desplegadas, dispuesto a lanzarse al ataque.

El humo no se había disipado aún cuando se lo vio atravesar el espacio con un ímpetu irresistible y derribar al imprudente y desmañado oficial.

Cuando ya estaba a punto de recuperar el impulso para lanzarse sobre los cazadores, se topó con Sandokán, que, empuñando con fuerza el kris, se precipitó contra la fiera y, antes de que ésta, sorprendida por tanta audacia, tuviera tiempo de defenderse, le aferró la garganta con tal fuerza que sofocó sus rugidos.

–¡Mírame! –gritó–. Yo también soy un tigre.

Luego, veloz como el pensamiento, hundió la hoja serpentina del kris en el corazón de la bestia, que se derrumbó fulminada.

Un hurra ensordecedor saludó aquella proeza. El pirata, que había salido ileso de la lucha, dirigió una mirada desdeñosa al oficial, que estaba levantándose, y luego se volvió hacia la joven lady, muda de terror y de angustia, y con un gesto del que se habría sentido orgulloso un rey anunció:

–Milady, suya es la piel del tigre.

Capítulo IX

LA TRAICIÓN

El almuerzo ofrecido por lord James a los invitados fue uno de los más espléndidos y más alegres de los que se habían celebrado hasta entonces en la villa.

La cocina inglesa, representada por enormes filetes y colosales postres, y la malaya, concretada en pinchos de tucán, ostras gigantescas llamadas de Singapur, tiernos bambúes cuyo sabor recordaba el de los espárragos europeos y una montaña de fruta exquisita, fueron del gusto de todo el mundo y recibieron abundantes alabanzas.

No se hace necesario decir que todo se regó con una buena cantidad de botellas de vino, de ginebra, de brandy y de whisky, que dieron pie a repetidos brindis en honor de Sandokán y de la encantadora, a la par que intrépida, Perla de Labuán.

Al llegar el té la conversación se animó mucho y se centró en los tigres, las cacerías, los piratas y las naves de Inglaterra y de Malasia. Tan sólo el oficial de marina permanecía en silencio. Parecía entregado en exclusiva al estudio del corsario, puesto que en ningún momento lo perdía de vista ni dejaba de prestar atención a una sola de sus palabras o uno solo de sus gestos.

Al cabo de un rato preguntó bruscamente, dirigiéndose a Sandokán, que estaba hablando de la piratería:

–Perdone, príncipe, pero ¿hace mucho tiempo que llegó a Labuán?

–Hace veinte días que me encuentro aquí, caballero –contestó el tigre.

–¿Y por qué motivo no se ha visto su embarcación en Victoria?

–Pues porque los piratas me arrebataron los dos praos que me trajeron.

–¡Los piratas! ¿Lo asaltaron los piratas? ¿Y dónde fue?

–En las proximidades de las Romades.

–¿Cuándo?

–Pocas horas antes de mi llegada a estas costas.

–Sin duda os equivocáis, ya que precisamente en ese momento nuestro crucero navegaba por esa zona y no oímos ningún cañonazo.

–Puede que el viento soplara de levante –contestó Sandokán, que empezaba a ponerse en guardia, sin saber adónde quería ir a parar el oficial.

–¿Y cómo llegó hasta aquí?

–A nado.

–¿No fue testigo del combate entre un crucero y dos embarcaciones corsarias que se dice que iban guiadas por el Tigre de Malasia?

–¡No!

–Qué raro.

–Caballero, ¿pone en duda mis palabras? –preguntó Sandokán, poniéndose en pie de golpe.

–Líbreme Dios, príncipe –contestó el oficial, con una leve ironía.

–¡Ay, ay! –intervino el lord–. Baronet William, le ruego que no organice disputas en mi casa.

–Perdone, milord, no era ésa mi intención –contestó el oficial.

Los tigres de Mompracem

–Pues no se hable más, tómese otro vaso de este delicioso whisky y luego abandonemos la mesa, que ha caído la noche y la selva de la isla es peligrosa cuando está oscuro.

Los invitados hicieron honor una última vez a las botellas del generoso lord y después todos se levantaron y bajaron al jardín, acompañados por Sandokán y la lady.

–Caballeros –empezó lord James–, espero que vuelvan pronto a visitarme.

–No lo dude, no faltaremos –respondieron todos a una los cazadores.

–Y espero que no le falte ocasión de disfrutar de mejor fortuna, baronet William –añadió el anfitrión, dirigiéndose al oficial.

–Apuntaré mejor –contestó éste, dejando caer en dirección a Sandokán una mirada resentida–. Permítame ahora una palabra, milord.

–Dos, querido amigo.

El oficial le susurró al oído varias frases que nadie llegó a oír.

–Está bien –contestó el lord, a continuación–. Y ahora buenas noches, amigos, y que Dios los guarde de los malos encuentros.

Los cazadores montaron y salieron del jardín al galope.

Tras dar las buenas noches al lord, que de repente parecía de mal humor, y estrechar apasionadamente la mano de la joven lady, Sandokán se retiró a sus aposentos. En lugar de acostarse, se puso a pasear presa de una intensa agitación. Una vaga inquietud se reflejaba en su rostro y sus manos retorcían la empuñadura del kris.

Pensaba sin duda en aquella especie de interrogatorio al que lo había sometido el oficial de marina y que podía ocultar una trampa tendida con habilidad. ¿Quién era aquel individuo? ¿Qué motivos lo habían empujado a sondearlo de aquel modo? ¿Tal vez se había topado con él en el puente del vapor aquella noche de sangre? ¿Lo había reconocido o simplemente albergaba una sospecha?

¿Era posible que en aquel preciso instante se maquinara algo contra el pirata?

–¡Bah! –soltó finalmente Sandokán, encogiéndose de hombros–. Si se trama alguna traición sabré desbaratarla, puesto que siento que sigo siendo el hombre que nunca ha tenido miedo a estos ingleses. Vamos, a descansar. Mañana ya se verá.

Se echó sobre la cama sin desvestirse, se colocó al lado el kris y se durmió tranquilamente, con el dulce nombre de Marianna en los labios.

Se despertó hacia las doce de la mañana, cuando el sol entraba ya por las ventanas, que se habían quedado abiertas.

Llamó a un criado y le preguntó dónde estaba el lord, pero se le informó de que había salido a caballo antes del alba para dirigirse a Victoria.

Aquella noticia, que no esperaba en absoluto, lo dejó estupefacto.

–¡Se ha ido! –susurró–. Se ha ido, sin haberme dicho nada anoche. ¿Por qué motivo? ¿Será que en efecto se trama una traición contra mí? ¿Y si esta noche regresa ya no como amigo, sino como feroz enemigo? ¿Qué podría hacer a ese hombre, que me ha curado como un padre y que es tío de la mujer que adoro? Tengo que ver a Marianna y descubrir qué sucede.

Bajó al jardín con la esperanza de dar con ella, pero no vio a nadie. Sin darse cuenta, se dirigió al árbol caído, donde acostumbraba a sentarse la joven, y se detuvo con un profundo suspiro.

–¡Ah! Qué hermosa estabas, oh, Marianna, la noche en que pensé en huir –murmuró, pasándose una mano por la frente ardorosa–. Como un tonto, trataba de alejarme para siempre de ti, adorable criatura, cuando en realidad también me amabas.

»¡Qué extraño es el destino! ¿Quién iba a decir que un día amaría a una mujer! ¡Y cómo la quiero ahora! Tengo fuego en las venas, fuego en el corazón, fuego en el cerebro y fuego también en los huesos, un fuego que no deja de crecer a medida que se acrecenta la pasión. Siento que por esa mujer me volvería inglés, que por ella me vendería como esclavo, que abandonaría para siempre la tempestuosa vida de aventurero, que maldeciría a mis cachorros y este mar que domino y que considero como la sangre de mis venas.

Inclinó la cabeza sobre el pecho y se sumergió en profundos pensamientos, pero al cabo de un rato la levantó con los dientes apretados convulsivamente y los ojos en llamas.

–¿Y si Marianna rechazase al pirata? –exclamó, con voz sibilante–. ¡Ah, no es posible, no es posible! Aunque tenga que hacerme con la sultanía de Borneo para darle un trono o prender fuego a todo Labuán, será mía, mía...

El pirata se puso a pasear por el jardín, con el rostro desencajado, sumido en una agitación violentísima que lo hacía temblar de pies a cabeza. Una voz bien conocida, que sabía llegar a su corazón incluso entre las tormentas, lo hizo volver en sí.

Lady Marianna había aparecido en el recodo de un sendero, acompañada de dos indígenas armados hasta los dientes, y lo había llamado.

–¡Milady! –dijo Sandokán, corriendo a su encuentro.

97

–Mi valiente amigo, lo buscaba –contestó ella, ruborizándose.

Se llevó entonces un dedo a los labios, como para pedirle silencio, lo tomó de una mano y lo condujo a un pequeño quiosco chino, semienterrado en un bosquecillo de naranjos.

Los dos indígenas se detuvieron a breve distancia, con las carabinas armadas.

–Escuche –pidió la joven, que parecía aterrada–. Anoche lo oí decir... Dejó escapar de sus labios palabras que alarmaron a mi tío... Amigo mío, me ha asaltado una sospecha que tiene que arrancarme del corazón. Dígame, mi valiente: si la mujer a la que ha jurado amor le pidiera una confesión, ¿se la concedería?

El pirata, que durante el parlamento de la lady se le había acercado, ante aquellas palabras dio un paso atrás con brusquedad. Sus facciones se descompusieron y pareció vacilar ante un fiero golpe.

–Milady –empezó, tras algunos instantes de silencio y aferrando las manos de la joven–. Milady, por usted todo me resultaría posible, haría cualquier cosa: ¡hable! Si debo hacerle una revelación, por muy dolorosa que pueda ser para ambos, le juro que la haré.

Marianna levantó los ojos hacia su amado. Sus miradas, la de ella suplicante y lacrimosa, la de él resplandeciente, se encontraron y se entrelazaron durante un buen rato.

Aquellos dos seres estaban sumidos en una ansiedad que a ambos hacía daño.

–No nos engañemos, príncipe –dijo Marianna, con un hilo de voz–. Sea quien sea, el amor que ha suscitado en mi corazón no se apagará jamás. Rey o bandido, lo amaré de todos modos.

Un profundo suspiro surgió de los labios del pirata.

Los tigres de Mompracem

–¿Es mi nombre, pues, mi verdadero nombre, lo que deseas saber, criatura celeste?

–¡Sí, tu nombre, tu nombre!

Sandokán se pasó varias veces la mano por la frente, empapada de sudor, mientras las venas del cuello se le hinchaban prodigiosamente, como si hiciera un esfuerzo sobrehumano.

–Escúchame, Marianna –dijo, en un tono salvaje–. Hay un hombre que impera en este mar, que baña las costas de las islas malayas, un hombre que es el flagelo de los navegantes, que hace temblar a la población, un individuo cuyo nombre suena como una campana fúnebre. ¿Has oído hablar de Sandokán, llamado el Tigre de Malasia? Mírame a la cara. ¡El tigre soy yo!

La joven soltó sin pretenderlo un grito de horror y se cubrió el rostro con las manos.

–¡Marianna! –exclamó el pirata, cayendo a sus pies, con los brazos tendidos hacia ella–. ¡No me rechaces, no te asustes de ese modo! Fue la fatalidad la que me convirtió en pirata, del mismo modo que fue la fatalidad la que me impuso tan sanguinario sobrenombre. Los hombres de tu raza se mostraron inexorables conmigo, que no les había hecho mal alguno; fueron ellos los que de los peldaños de un trono me echaron al fango, los que me arrebataron un reino, los que asesinaron a mi madre y a mis hermanos y los que me arrojaron a estos mares. No soy pirata por codicia, soy un justiciero, el vengador de mi familia y de mi pueblo, nada más. Ahora, si así lo deseas, recházame y me alejaré para siempre de este lugar, para no darte más miedo.

–No, Sandokán, no te rechazo, porque te quiero demasiado, porque eres valiente, eres poderoso, eres temible, como los huracanes que asolan los océanos.

–¡Ah! ¿Me amas todavía, pues? Dímelo con esos labios, dímelo otra vez.

–Sí, te amo, Sandokán, más ahora que ayer.

El pirata la acercó contra sí y la estrechó contra el pecho. Una alegría inconmensurable iluminaba su masculino rostro y en sus labios se dibujó una sonrisa de felicidad ilimitada.

–¡Mía! ¡Eres mía! –exclamó, delirante, fuera de sí–. Habla ahora, oh, adorada mía, dime qué puedo hacer por ti, pues todo me es posible.

»Si lo deseas, derrocaré a un sultán para darte un reino; si deseas ser inmensamente rica iré a saquear los templos de la India y de Birmania, para cubrirte de diamantes y de oro; si lo deseas, me haré inglés; si deseas que renuncie para siempre a mis venganzas o que desaparezca el corsario que he sido, iré a incendiar mis praos, para que no podamos piratear más, iré a dispersar a mis cachorros, iré a inmovilizar mis cañones, para que no puedan rugir de nuevo, y destruiré mi guarida.

»Habla, dime qué quieres; pídeme lo imposible y te lo daré. Por ti me sentiría capaz de levantar el mundo y de lanzarlo por los cielos.

La joven se inclinó hacia él sonriendo y cogiéndole con las delicadas manos el robusto cuello.

–No, mi valiente. No pido más que la felicidad a tu lado. Llévame lejos, a una isla cualquiera, donde podamos casarnos sin peligros, sin ansias.

–Sí, si lo deseas te llevaré a una isla lejana, cubierta de flores y de bosques, donde tú no volverás a oír hablar de tu Labuán, ni yo de mi Mompracem, una isla encantada del gran océano donde podremos vivir felices como dos palomas enamoradas; el terrible pirata que ha dejado tras de sí torrentes de sangre y la delicada Perla de Labuán. ¿Me acompañarás, Marianna?

Los tigres de Mompracem

–Sí, Sandokán, te acompañaré. Escúchame ahora, un peligro te acecha: puede que en este preciso instante se trame una traición contra ti.

–¡Ya lo sé! –exclamó él–. Siento esa traición, pero no la temo.

–Tienes que obedecerme, Sandokán.

–¿Qué debo hacer?

–Parte de inmediato.

–¡Partir! ¡Partir! ¡Pero si no tengo miedo!

–Huye, Sandokán, mientras te quede tiempo. Tengo un presentimiento aciago, temo que se cierna sobre ti una calamidad. Mi tío no se ha marchado porque sí: debe de haberlo llamado el baronet William Rosenthal, que te habrá reconocido. ¡Ah, Sandokán! Vete, regresa ahora a tu isla y ponte a salvo, antes de que se desencadene la tempestad sobre tu cabeza.

En lugar de obedecer, Sandokán aferró a la joven y la estrechó entre sus brazos. Su cara, poco antes conmovida, había adquirido otra expresión: los ojos centelleaban, las sienes batían furiosamente y los labios se entreabrían para mostrar los dientes.

Un instante después se lanzó como una fiera por el jardín y cruzó arroyos y fosos hasta saltar la valla, como si tuviera miedo y tratara de huir de algo.

No se detuvo hasta la playa, donde vagó durante un buen rato sin saber adónde ir ni qué hacer. Cuando se decidió a regresar había caído la noche y ya se veía la luna.

Apenas entró en la villa preguntó si había regresado el lord, pero le contestaron que no lo habían visto.

Se fue al salón y se encontró a lady Marianna arrodillada frente a una imagen con el rostro bañado en lágrimas.

–¡Mi adorada Marianna! –exclamó, poniéndola en

pie–. ¿Por qué lloras? ¿Tal vez porque soy el Tigre de Malasia, el hombre execrable para tus compatriotas?

–No, Sandokán. Pero tengo miedo, está a punto de suceder una desgracia. Huye, huye de aquí.

–Pues yo no tengo miedo. El Tigre de Malasia no ha temblado nunca y...

Se detuvo de repente, estremeciéndose contra su voluntad. Había entrado en el jardín un caballo que se había detenido frente a la casa.

–¡Mi tío! ¡Huye, Sandokán! –exclamó la joven–. No me... No me...

En ese momento entraba en el salón lord James. No era ya el hombre del día anterior: estaba serio, ceñudo, torvo, y llevaba el uniforme de capitán de marina.

Con un gesto desdeñoso rechazó la mano que audazmente le tendió el pirata, diciendo con frialdad:

–Si hubiera sido un hombre de su especie, antes de pedir hospitalidad a un enemigo acérrimo me habría dejado matar por los tigres de la selva. ¡Retire esa mano, que pertenece a un pirata, a un asesino!

–¡Caballero! –exclamó Sandokán, que ya había comprendido que lo habían descubierto y se preparaba para vender cara su vida–. ¡No soy un asesino, sino un justiciero!

–¡Ni una sola palabra más en mi casa: márchese!

–Está bien –contestó Sandokán.

Dirigió una mirada prolongada a su amante, que se había desplomado sobre la alfombra prácticamente desmayada e hizo ademán de abalanzarse sobre ella, pero se contuvo y, con paso lento y la mano derecha sobre la empuñadura del kris, la cabeza alta y los ojos fieros, salió de la estancia y bajó los escalones, haciendo un esfuerzo prodigioso, pese a los latidos furiosos del corazón y la profunda emoción que lo invadía.

Los tigres de Mompracem

Cuando llegó al jardín se detuvo y desenfundó el kris, cuya hoja brilló a la luz de la luna.

A trescientos pasos se extendía una hilera de soldados, que, con las carabinas en ristre, se preparaban para abrir fuego sobre él.

Capítulo X

LA CAZA DEL PIRATA

En otros tiempos, Sandokán, aun estando casi indefenso y frente a un enemigo cincuenta veces más numeroso, no habría vacilado un solo instante a echarse sobre las puntas de las bayonetas, para abrirse paso a toda costa, pero ahora que amaba, ahora que sabía que ese amor era correspondido, ahora que aquella divina criatura tal vez lo seguía ansiosamente con la mirada, no deseaba cometer una locura así, que a él podría costarle la vida y a ella a saber cuántas lágrimas.

De todos modos, debía abrirse camino para alcanzar la selva y más allá el mar, su única salvación.

–Regresemos –decidió–. Luego ya veremos.

Volvió a subir, sin que lo vieran los soldados, y entró de nuevo en el salón, empuñando el kris.

El lord seguía allí, ceñudo, de brazos cruzados; en cambio, la joven lady había desaparecido.

–Caballero –dijo Sandokán, acercándose–. Si yo lo hubiera acogido, y yo lo hubiera llamado amigo para descubrir luego que se trataba de un enemigo mortal, le habría señalado la puerta, pero no le habría tendido una vil emboscada. Ahí abajo, en el mismo camino que debía recorrer, hay cincuenta hombres, tal vez cien, dispuestos a fusilarme; ordene que se retiren y me dejen libre el paso.

–¿Resulta que el invencible tigre tiene miedo? –preguntó el lord, con fría ironía.

–¿Miedo yo? No, en absoluto, milord, pero aquí no se trata de combatir, sino de asesinar a un hombre indefenso.

–Eso no me incumbe. Salga, no siga deshonrando mi casa o vive Dios que...

–No me amenace, que el tigre sería capaz de morder la mano que lo ha curado.

–Salga, le digo.

–Primero haga que se retiren esos hombres.

–La cosa queda entre usted y yo, pues, Tigre de Malasia –chilló el lord, mientras desenvainaba el sable y cerraba la puerta.

–¡Ah! Ya sabía yo que trataría de asesinarme a traición –dijo Sandokán–. Vamos, milord, ábrame el paso o me lanzo contra usted.

En lugar de obedecer, el lord descolgó un cuerno de la pared y emitió una aguda nota.

–¡Ah, traidor! –gritó Sandokán, que sintió que le hervía la sangre en las venas.

–Ha llegado el momento, desventurado, de que caigas en nuestras manos –dijo el lord–. Dentro de escasos minutos llegarán los soldados y antes de veinticuatro horas te colgarán.

Sandokán soltó un rugido sordo. Con un salto de felino se apoderó de una pesada silla y se abalanzó sobre la mesa que se encontraba en el centro de la estancia.

Daba miedo; tenía las facciones ferozmente contraídas por la rabia, sus ojos parecían arrojar llamas y un sonrisa de fiera vagaba por sus labios.

En aquel instante se oyó en el exterior un toque de trompeta, y en el pasillo una voz, la de Marianna, gritó con desesperación:

–¡Huye, Sandokán!

–Sangre... ¡Veo sangre! –aulló el pirata.

Levantó la silla y la arrojó con una fuerza irresistible contra el lord, quien, alcanzado en pleno pecho, se desplomó pesadamente contra el suelo. Veloz como un relámpago, Sandokán le cayó encima con el kris en alto.

–Mátame, asesino –espetó el lord.

–Recuerde lo que le dije hace unos días –replicó el pirata–. Le perdono la vida, pero es necesario dejarlo imposibilitado.

Tras esas palabras y con una destreza extraordinaria, le dio la vuelta y le ató con fuerza los brazos y las piernas con su propio cinto.

Después le quitó el sable y se lanzó al pasillo gritando:

–¡Aquí estoy, Marianna!

La joven lady se precipitó entre sus brazos y luego, tras llevarlo a su propio dormitorio, le dijo entre lágrimas:

–Sandokán, he visto a los soldados. ¡Ay, Dios mío! Estás perdido.

–Aún no –contestó el pirata–. Los esquivaré, ya lo verás.

La tomó de un brazo y la condujo hasta la ventana para contemplarla durante unos instantes a la luz de la luna, fuera de sí.

–Marianna, júrame que serás mi esposa.

–Te lo juro por la memoria de mi madre –contestó la joven.

–¿Y me esperarás?

Los tigres de Mompracem

–Sí, te lo prometo.

–Está bien; huyo, pero dentro de una semana o dos a más tardar regresaré a buscarte, a la cabeza de mis valerosos cachorros. Ahora, contra vosotros, perros ingleses, me bato por la Perla de Labuán –exclamó, irguiéndose fieramente cuan alto era.

Se descolgó con rapidez por el antepecho y fue a saltar en mitad de un denso parterre que lo ocultó por completo.

Los soldados, que eran sesenta o setenta, ya habían rodeado todo el jardín y avanzaban lentamente hacia la casa, fusiles en mano, dispuestos a abrir fuego.

Sandokán se había emboscado como un tigre, con el sable en la diestra y el kris en la siniestra, y no respiraba, no se movía; se había hecho un ovillo y se había preparado para precipitarse sobre el cerco y romperlo con ímpetu irresistible.

Su único movimiento fue alzar la cabeza hacia la ventana, donde sabía que se hallaba su querida Marianna, que sin duda aguardaba, a saber con qué angustia, el éxito de la lucha suprema.

Muy pronto los soldados se encontraron a pocos pasos del parterre donde Sandokán seguía agazapado. Junto a aquel punto se detuvieron, como si estuvieran indecisos y los inquietara lo que pudiera suceder.

–Calma, muchachos –dijo un cabo–. Esperemos una señal antes de avanzar.

–¿Teme que el pirata se haya emboscado? –preguntó un soldado.

–Temo más bien que haya asesinado a todos los habitantes de la casa, puesto que no se oye el más mínimo ruido.

–¿Cree que sería capaz de tanto?

–Es un bandido capaz de cualquier cosa –replicó

el cabo–. ¡Ah! Qué alegría me daría verlo danzar del extremo de un madero, con un metro de soga al cuello.

Sandokán, que no se perdía una sola palabra, soltó un gruñido sordo y clavó en el cabo unos ojos inyectados de sangre.

–Espera un momento –murmuró, apretando los dientes–, que el primero en caer serás tú.

En ese instante se oyó el cuerno del lord resonar en la casa.

–¿Otra señal? –susurró Sandokán.

–¡Adelante! –ordenó el cabo–. El pirata campa por los alrededores de la casa.

Los soldados se aproximaron lentamente, dirigiendo miradas inquietas por doquier. Sandokán midió la distancia con los ojos, se irguió sobre las rodillas y luego, de un salto, se arrojó contra los enemigos.

Partir el cráneo al cabo y desaparecer en mitad de los matorrales vecinos fue cuestión de un momento.

Los militares, sorprendidos por tanta audacia y aterrados por la muerte de su cabo, no pensaron de inmediato en abrir fuego. Aquella breve vacilación bastó a Sandokán para alcanzar la valla, salvarla de un solo salto y desaparecer al otro lado.

Gritos de rabia estallaron rápidamente, acompañados de muchas descargas de fusiles. Todos, oficiales y soldados, se lanzaron como un solo hombre fuera del jardín y se dispersaron en todas direcciones, disparando por todas partes, con la esperanza de acertar al fugitivo, pero ya era demasiado tarde. Sandokán, que había escapado milagrosamente de aquel cerco armado, galopaba como un caballo y se adentraba en la selva que rodeaba la finca de lord James.

Libre entre la espesura, donde tenía posibilidad de desplegar mil tretas, de esconderse en cualquier lugar, de oponer resistencia, ya no temía a los ingleses. ¿Qué le importaba que lo siguieran, que lo rodearan por completo, cuando tenía ya el espacio ante sí y cuando, al oído, una voz le susurraba sin tregua: «Huye, que yo te amo»?

–Que vengan a buscarme aquí, en plena naturaleza salvaje –decía, sin dejar de correr–. Se toparán con el tigre liberado, dispuesto a todo, decidido a todo.

»Que surquen incluso sus bribones cruceros las aguas de la isla; que lancen a sus soldados por los matorrales; que pidan ayuda a todos los habitantes de Victoria: yo pasaré igualmente entre sus bayonetas y sus cañones. Eso sí, regresaré muy pronto, oh, muchacha celeste, te lo juro, regresaré a la cabeza de mis valientes, pero no como vencido, sino como vencedor, ¡y te arrancaré para siempre de este lugar execrable!

A cada paso que daba para alejarse los gritos de sus perseguidores y los disparos de los fusiles iban debilitándose, hasta que se apagaron por completo.

Se detuvo un momento al pie de un árbol gigantesco, para recuperar el aliento y decidir el camino que iba a seguir entre aquellos millares de plantas, cada vez más voluminosas y más enredadas.

La noche era clara, gracias a una luna que brillaba en un cielo despejado y derramaba por el follaje de la selva sus rayos azulados, de una dulzura infinita y una transparencia vaporosa.

–Veamos –dijo el pirata, orientándose gracias a las estrellas–. A la espalda tengo a los ingleses; frente a mí, hacia el oeste, está el mar. Si tomo de inmediato esa dirección puedo tropezarme con un pelotón, porque se imaginarán que trato de alcanzar la costa más próxima. Es mejor desviarse de la línea recta y doblar hacia el sur para llegar al mar a una distancia notable de aquí. Vamos, en marcha, con los ojos y los oídos bien atentos.

Reunió toda la energía y todas las fuerzas, dio la espalda a la costa, que no debía de estar muy lejos, y se internó de nuevo en la selva para abrirse paso entre los matorrales con mil precauciones, saltando troncos caídos por decrepitud o abatidos por un rayo, y trepando por las plantas cuando se topaba con una barrera vegetal tan espesa que habría impedido el paso incluso a un mono.

Siguió avanzando de ese modo durante tres horas, deteniéndose cuando un pájaro asustado por su presencia alzaba el vuelo con un chillido, o cuando un animal salvaje huía entre aullidos.

Por fin paró ante un torrente de negras aguas. Se sumergió en él y lo abandonó unos cincuenta metros más allá, tras aplastar millares de gusanos de agua, cuando al verse frente a una gran rama la aferró para subirse a un frondoso árbol.

–Con eso bastará para que hasta los perros pierdan mi rastro –dijo–. Ahora puedo descansar, sin temor de que me descubran.

Llevaba allí una media hora cuando a escasa distancia se oyó un leve ruido que habría pasado desapercibido a un oído menos fino que el suyo.

Apartó lentamente el follaje, conteniendo la respiración, y lanzó hacia la lúgubre sombra del bosque una mirada indagadora.

Dos hombres avanzaban encorvados hasta el suelo, vigilando atentamente a derecha, a izquierda y al frente. Sandokán reconoció a dos de los soldados.

–¡El enemigo! –susurró–. ¿Me he extraviado o me han seguido de cerca?

Los dos soldados, que al parecer buscaban las hue-

Emilio Salgari

llas del pirata, se detuvieron al cabo de unos metros prácticamente debajo del árbol que le servía de refugio.

–¿Sabes, John –comentó uno de los dos con voz temblorosa–, que me da miedo encontrarme en esta espesura tan oscura?

–Y a mí, James –contestó el otro–. El hombre que buscamos es peor que un tigre, capaz de saltarnos encima inesperadamente y de acabar con los dos. ¿Has visto cómo ha matado a nuestro compañero en el jardín?

–No lo olvidaré jamás, John. No parecía un hombre, sino un gigante, dispuesto a despedazarnos a todos. ¿Crees que conseguiremos atraparlo?

–Tengo mis dudas, aunque el baronet William Rosenthal haya prometido cincuenta libras contantes y sonantes por su cabeza. Mientras todos vamos hacia el oeste para impedir que se suba al primer prao que encuentre, puede que corra en dirección norte o sur.

–Pero mañana, o pasado mañana, a más tardar, zarpará algún crucero que le impedirá la huida.

–Tienes razón, amigo. ¿Y bien? ¿Qué hacemos?

–Vamos primero a la costa y luego ya veremos.

–¿Esperamos al sargento Willis, que nos sigue?

–Vamos a esperarlo en la costa.

–Ojalá esquive al pirata. Vamos, en marcha otra vez, por ahora.

Los dos soldados echaron un último vistazo a su alrededor, echaron a andar furtivamente hacia el oeste y desaparecieron entre las sombras de la noche.

Sandokán, que no se había perdido una sola sílaba de la conversación, aguardó una media hora y después se dejó caer delicadamente al suelo.

–Está bien –dijo–. Me buscan todos por el oeste, así que voy a dirigirme al sur, donde ahora sé que no encontraré enemigos. Eso sí, vamos con cuidado. El sargento Willis me pisa los talones.

Reemprendió la silenciosa marcha hacia el sur, cruzó de nuevo el torrente y se abrió camino por una densa cortina vegetal.

Estaba a punto de rodear un gran alcanforero que le impedía avanzar cuando una voz amenazante y autoritaria gritó:

—Si da un solo paso, si hace el más mínimo gesto, ¡lo mato como a un perro!

Capítulo XI

GIRO-BATOL

Sin sobresaltarse por tan brusca advertencia, que podía costarle la vida, el pirata se volvió lentamente, aferrando el sable y dispuesto a utilizarlo.

A seis pasos de él, un hombre, un soldado, sin duda el sargento Willis mencionado poco antes por los dos buscadores de huellas, había surgido de detrás de un matorral y lo apuntaba con frialdad, decidido, al parecer, a cumplir su amenaza al pie de la letra.

Lo contempló tranquilamente, pero con ojos que emitían extraños fulgores, en mitad de aquella profunda oscuridad, y prorrumpió en una carcajada.

–¿Por qué se ríe? –preguntó el sargento, desconcertado y estupefacto–. No me parece que sea el momento.

–Me río porque me parece raro que oses amenazarme de muerte –contestó Sandokán–. ¿Sabes quién soy?

–El jefe de los piratas de Mompracem.

–¿Estás muy seguro? –insistió Sandokán, cuya voz silbaba de un modo extraño.

–¡Ah! Apostaría una semana de mi paga contra un penique a que no me equivoco.

–¡Pues sí que soy el Tigre de Malasia!

Los tigres de Mompracem

–Ah...

Los dos hombres, Sandokán burlón, amenazante, seguro de sí mismo, y el otro asustado por encontrarse a solas frente a aquel individuo de valor legendario, aunque resuelto a no retroceder, se miraron en silencio durante varios minutos.

–¡Venga, Willis, ven a por mí! –dijo por fin Sandokán.

–¡Willis! –exclamó el otro, presa de un terror supersticioso–. ¿Cómo saber mi nombre?

–Nada puede ignorar un hombre huido del infierno –afirmó el tigre con una risa mordaz.

–Me da miedo.

–¡Miedo! –exclamó Sandokán–. Willis, ¿sabes que veo sangre...?

El soldado, que había bajado el fusil, sorprendido, atemorizado, sin sabe si tenía ante sí a un hombre o a un demonio, retrocedió enérgicamente y trató de apuntar, pero Sandokán, que no lo perdía de vista, se le echó encima en un abrir y cerrar de ojos y lo lanzó por los suelos.

–¡La gracia! ¡Le pido la gracia! –balbuceó el pobre sargento, al verse ante la punta del sable.

–Te perdono la vida –dijo Sandokán.

–¿Debo confiar en usted?

–El Tigre de Malasia no promete en vano. Levántate y escúchame.

El sargento se irguió, tembloroso, y clavó en Sandokán unos ojos sobrecogidos.

–Hable –pidió.

–He dicho que te concedo la vida, pero tienes que responder a todas las preguntas que te haga.

–Adelante.

–¿Hacia dónde creen que he huido?

–Hacia la costa occidental.

–¿Cuántos hombre llevo detrás?

–No puedo decirlo; sería una traición.

–Tienes razón; no te lo reprocho, pues te honra.

El sargento lo observó con estupor.

–¿Qué clase de hombre es usted? –le preguntó–. Lo creía un asesino miserable, pero veo que están todos equivocados.

–No me importa. Quítate el uniforme.

–¿Para qué lo quiere?

–Me servirá para huir y nada más. ¿Van soldados indios entre los que me siguen?

–Sí, van algunos cipayos.

–Muy bien: desnúdate y no opongas resistencia si quieres que acabemos como buenos amigos.

El soldado obedeció. Sandokán se puso el uniforme como buenamente pudo, se ciñó la daga y la cartuchera, se colocó el gorro y se colgó la carabina en bandolera.

–Y ahora déjate atar –ordenó entonces al soldado.

–¿Quiere que me devoren los tigres?

–¡Bah! Los tigres no son tan numerosos como tú crees. Además, tengo que tomar medidas para impedir que me traiciones.

Aferró con los robustos brazos al soldado, que no osaba resistirse, lo ató a un árbol con una buena cuerda y luego se alejó a paso veloz sin volver la vista atrás.

–Démonos prisa –decía–. Es necesario que alcance la costa esta noche y embarque, o mañana será demasiado tarde. Puede que con el uniforme que llevo me resulte fácil eludir a mis perseguidores y montar en cualquier nave que vaya directa a las Romades. Desde allí podré alcanzar Mompracem y entonces... ¡Ah! ¡Marianna, pronto volverás a verme, pero como terrible vencedor!

Los tigres de Mompracem

Ante aquel nombre, evocado casi de forma involuntaria, la frente del pirata se arrugó y contrajo las facciones dolorosamente. Se llevó las manos al corazón y suspiró.

–Silencio, silencio –murmuró, con voz lúgubre–. Pobre Marianna. ¿Quién sabe a esta hora qué ansias turbarán su corazón? Tal vez me crea derrotado, herido o encadenado como una bestia feroz, quizá incluso muerto.

»Daría toda mi sangre, gota a gota, para volver a verla un solo instante, para decirle que el tigre está vivo y que regresará.

»Bueno, ánimo, que me hace falta. Esta noche abandonaré estos parajes inhóspitos, llevándome su juramento, y volveré a mi salvaje isla.

»¿Y luego qué haré? ¿Me despediré de mi vida de aventurero, de mi isla, de mis piratas, de mi mar? He jurado todo eso a mi amada y por esa criatura sublime, que ha sabido encadenar el corazón inaccesible del Tigre de Malasia, lo cumpliré.

»Silencio, no debo nombrarla más o me volveré loco. Adelante, continuemos avanzando.

Prosiguió la marcha, con paso más rápido y apretándose el pecho con fuerza, como si pretendiera sofocar los latidos precipitados del corazón. Caminó durante toda la noche, atravesando a ratos grupos de árboles gigantescos y pequeños bosques y a ratos praderas hundidas y repletas de torrentes, de charcas, tratando de orientarse gracias a las estrellas.

Al salir el sol se detuvo cerca de una arboleda de durianes colosales para descansar un poco y también para cerciorarse de que el camino estuviera despejado.

Se encontraba a punto de ocultarse entre un montón de lianas cuando oyó una voz que gritaba:

–¡Eh, camarada! ¿Qué buscas ahí dentro? Cuidado, no se esconda por ahí algún pirata más terrible que los tigres de tu país.

Sandokán, en absoluto sorprendido, seguro de no tener nada que temer con el uniforme que vestía, se volvió tranquilamente y vio echados a escasa distancia, a la fresca sombra de una areca, a dos soldados. Al mirarlos atentamente le pareció reconocer a los dos que habían precedido al sargento Willis.

–¿Qué hacéis aquí? –preguntó, con acento gutural y deformando el inglés.

–Pues descansar un poco –contestó uno de ellos–. Hemos pasado toda la noche de caza y ya no aguantamos más.

–¿También vais detrás del pirata?

–Sí, y puedo asegurarte que hemos descubierto su rastro.

–¡Oh! –exclamó Sandokán, fingiendo estupor–. ¿Y dónde ha sido eso?

–En el bosque que acabamos de cruzar.

–¿Y luego lo habéis perdido?

–No hemos conseguido recuperarlo –reconoció el soldado con rabia.

–¿Adónde se dirigía?

–Hacia el mar.

–Entonces estamos absolutamente de acuerdo.

–¿Qué quieres decir? –preguntaron los dos soldados, poniéndose en pie de un salto.

–Que Willis y yo...

–¡Willis! ¿Has dado con él?

–Sí, y lo he dejado hace dos horas.

–Prosigue.

–Quería deciros que Willis y yo hemos vuelto a dar con el rastro en las proximidades de la colina roja. El pirata trata de alcanzar la costa septentrional de la isla, no cabe ninguna duda.

–¡Entonces hemos seguido una pista falsa!

–No, amigos –repuso Sandokán–. Lo que sucede es que el pirata os ha engañado hábilmente.

–¿De qué modo? –preguntó el mayor de los dos.

–Yéndose hacia el norte, siguiendo el curso de un torrente, el muy listo ha dejado sus huellas por el bosque, fingiendo que huía hacia el este, cuando en realidad ha vuelto sobre sus pasos.

–¿Y ahora qué hacemos?

–¿Dónde están vuestros compañeros?

–Peinan la selva a dos millas de aquí, avanzando hacia el este.

–Dad media vuelta de inmediato y ordenadles que se dirijan, sin perder tiempo, hacia las playas septentrionales de la isla. Daos prisa; el lord ha prometido cien libras y un ascenso a quien descubra al pirata.

No hizo falta más para convencer a los dos soldados. Recogieron precipitadamente los fusiles, se metieron en los bolsillos las pipas que estaban fumando y, tras despedirse de Sandokán, se alejaron a toda prisa y desaparecieron bajo los árboles.

El Tigre de Malasia los siguió con la mirada todo lo que pudo y después volvió a meterse entre las lianas, susurrando:

–Hasta que me despejen el camino me da tiempo de echar una cabezada durante unas horas. Luego ya veré qué puedo hacer.

Bebió entonces unos sorbos de whisky, pues la cantimplora de Willis estaba llena, comió unos cuantos plátanos que había recogido en la selva, recostó la cabeza en la hierba y se durmió profundamente, sin ocuparse más de sus enemigos.

¿Cuánto tiempo durmió? Desde luego no más de tres o cuatro horas, puesto que cuando abrió los ojos el sol seguía estando alto. Iba ya a levantarse para reemprender la marcha cuando oyó un tiro de fusil disparado a breve distancia, seguido de inmediato del galope precipitado de un caballo.

—¿Me habrán descubierto? —murmuró, dejándose caer de nuevo entre los matorrales.

Armó rápidamente la carabina, apartó las hojas con precaución y observó.

Al principio no vio nada, pero sí oyó el galope, que se acercaba a gran velocidad.

Se imaginó que se trataba de algún cazador lanzado tras las huellas de un babirusa, pero muy pronto se dio cuenta de su error. Alguien iba a la caza de un hombre.

Así, al cabo de un instante un indígena o un malayo, a juzgar por su tez entre negra y rojiza, atravesó a la carrera la pradera, tratando de alcanzar un denso grupo de plataneras.

Se trataba de un hombre bajo y membrudo que iba casi desnudo, pues no llevaba más que una falda corta desgarrada y un sombrero de fibras de ratán, pero con la mano derecha empuñaba un nudoso bastón y con la izquierda, un kris de hoja serpentina.

Corría a tal velocidad que Sandokán no tuvo tiempo de observarlo mejor, pero sí lo vio lanzarse, con un último impulso, a mitad de las plataneras, bajo cuyas gigantescas hojas desapareció.

—¿Quién será? —se preguntó Sandokán, estupefacto—. Un malayo, ciertamente.

Al cabo de un rato se le pasó por la cabeza una sospecha.

—¿Y si fuera uno de mis hombres? —se preguntó—.

Los tigres de Mompracem

¿Y si Yáñez ha hecho desembarcar a alguien para venir en mi busca? No ignoraba que me dirigía a Labuán.

Estaba a punto de surgir de entre las lianas para tratar de distinguir al fugitivo cuando por el margen del bosque apareció alguien.

Era un jinete del regimiento de Bengala. Parecía furibundo, puesto que blasfemaba y maltrataba a su montura espoleándola y castigándola con violentos tirones.

A unos cincuenta pasos de las plataneras bajó a tierra de un ágil salto, ató el caballo a la raíz de una planta, armó el mosquete y se quedó a la escucha, escrutando atentamente los árboles vecinos.

–¡Por todos los truenos del universo! –exclamó–. No puede habérselo tragado la tierra... En algún lugar tiene que haberse escondido y vive Dios que no se escapará una segunda vez de mi mosquete. Sé muy bien que me enfrento al Tigre de Malasia, pero John Gibbis no tiene miedo. Si el condenado caballo no fuera tan empecinado, a estas horas ese pirata de tres al cuarto ya no estaría vivo.

Durante su monólogo, el jinete había desenvainado el sable y se había adentrado en una arboleda de arecas y matorrales, donde separaba con prudencia las ramas.

Aquellos árboles lindaban con las plataneras, pero no parecía que fuera a dar con el fugitivo, que se había alejado y se había adentrado furtivamente en las lianas y las raíces hasta encontrar un escondite que le permitía ponerse a resguardo de cualquier perseguidor.

Sandokán, que no había salido de los matorrales, trataba en vano de descubrir dónde se había ocultado el malayo. Por mucho que alargara el cuello o mirara por debajo o por encima de las grandes hojas, no lograba verlo por ninguna parte.

Sin embargo, iba con cuidado para no dar pistas al jinete, temeroso de traicionar a aquel pobre indígena que no era el culpable de que lo siguieran.

–Tratemos más bien de salvarlo –susurró–. Puede tratarse de uno de mis hombres o de cualquier explorador enviado hasta aquí por Yáñez. Hay que enviar a ese jinete a otro lado o acabará dando con él.

Estaba a punto de hacer saber su presencia cuando a pocos pasos vio agitarse un montón de lianas.

Volvió rápidamente la cabeza hacia aquella parte y vio aparecer al malayo. El pobre hombre, que temía que lo sorprendieran, se había puesto a trepar por aquellas cuerdas vegetales para alcanzar la copa de un mango, entre cuyas densísimas hojas podía hallar un óptimo escondite.

–¡Qué astuto! –susurró Sandokán.

Esperó a que llegara a las ramas y se diera la vuelta. En cuanto vislumbró su cara, a duras penas logró contener un grito de alegría y de estupor.

–¡Giro-Batol! –exclamó–. ¡Ah, mi bravo malayo! ¿Cómo se encuentra aquí y vivo? Si recuerdo haberlo abandonado en el prao que se hundía, muerto o moribundo...

»¡Qué suerte! Debe de tener el alma bien pegada al cuerpo. ¡Vamos, hay que salvarlo!

Armó la carabina, sorteó la arboleda y apareció bruscamente por el margen del bosque, bramando:

–¡Eh, amigo! ¿Qué buscas con tanto tesón? ¿Has herido a algún babirusa...?

Al oír aquella voz, el jinete salió de los matorrales de un ágil salto y, con el mosquete bien colocado ante sí, dio un grito de sorpresa:

Los tigres de Mompracem

–¡Ah! ¡Un sargento!

–¿Te sorprendes, amigo?

–¿De dónde ha salido?

–De la selva. He oído un tiro de fusil y me he acercado a toda prisa para ver qué había sucedido. ¿Has disparado a un babirusa?

–Pues sí, a un babirusa más peligroso que un tigre –respondió el jinete, con una cólera apenas disimulada.

–¿De qué bestia se trataba, entonces?

–¿No está buscando también a alguien? –preguntó el soldado.

–Sí.

–Al Tigre de Malasia, ¿no es cierto, sargento?

–Precisamente.

–¿Y ha visto a ese terrible pirata?

–No, pero he descubierto su rastro.

–Y en cambio yo, sargento, he dado con el pirata en persona.

–¡Es imposible!

–He abierto fuego contra él.

–Y... ¿has fallado?

–Como un cazador primerizo.

–¿Dónde se ha ocultado?

–Temo que ahora esté lejos. Lo he visto cruzar la pradera y esconderse entre esa vegetación.

–Entonces ya no lo encontrarás.

–Eso me temo. Es más ágil que un mono y más fiero que un tigre.

–Capaz de mandarnos a todos al otro barrio.

–Lo sé, sargento. Si no fuera por las cien libras prometidas por lord Guillonk, con las que cuento para montar una granja el día que cuelgue el sable, no me habría atrevido a seguirlo.

–¿Y ahora qué pretendes hacer?

–No lo sé. Creo que removiendo estos matorrales perderé el tiempo.

–¿Te interesa un consejo?

–Diga, sargento.

–Vuelve a montar y rodea el bosque.

–¿Quiere acompañarme? Los dos juntos tendremos más valor.

–No, camarada.

–¿Y eso, sargento?

–¿Pretendes que el pirata se escape?

–Explíquese.

–Si los seguimos los dos juntos por un mismo lado, el tigre huirá por el otro. Tú rodea el bosque y déjame a mí a cargo de rastrear los matorrales.

–Acepto, pero con una condición.

–¿Cuál?

–Que nos dividamos el premio si tiene la suerte de abatir al tigre. No quiero perder la totalidad de las cien libras.

–Consiento –contestó Sandokán con una sonrisa.

El jinete envainó el sable, subió a la silla, colocó ante sí el mosquete armado y se despidió del falso sargento diciendo:

–Nos encontramos en el lado contrario del bosque.

–Mucho vas a esperar tú –susurró Sandokán.

Aguardó a que hubiera desaparecido el soldado tras la espesura y después se aproximó al árbol en cuya copa se había ocultado su malayo y ordenó:

–Baja, Giro-Batol.

No había terminado aún la frase cuando el otro caía ya a sus pies, gritando con voz quebrada:

–Ah... ¡Mi capitán!

–¿Te sorprende verme vivo, mi valiente?

–Desde luego, Tigre de Malasia –reconoció el pira-

Los tigres de Mompracem

ta, con lágrimas en los ojos–. No esperaba volver a verlo jamás. Estaba seguro de que los ingleses lo habían matado.

–¡Matado! Los ingleses no tienen hierro suficiente para alcanzar el corazón del Tigre de Malasia –contestó Sandokán–. Me hirieron de gravedad, es cierto, pero ya estoy curado y pronto empezaré de nuevo la lucha.

–¿Y todos los demás?

–Duermen en los abismos del mar –contestó Sandokán, con un suspiro–. Todos los valientes que mandé al abordaje del condenado navío cayeron ante los disparos de los leopardos.

–Pero los vengaremos, ¿no es cierto, capitán?

–Sí, y muy pronto. Dime, ¿a qué afortunada circunstancia se debe el que te encuentre aún vivo? Recuerdo haberte visto caer moribundo a bordo de tu prao, durante el primer choque.

–En efecto, capitán. Un cascote me golpeó la cabeza, pero no me mató. Cuando recuperé la conciencia, el pobre prao, que usted había abandonado a merced de las olas, acribillado por las balas del crucero, estaba a punto de hundirse. Me aferré a un madero y me impulsé hacia la costa. Vagué muchas horas por el mar y luego me desmayé. Al despertar estaba en la cabaña de un indígena, un hombre valeroso que me había recogido a quince millas de la playa, me había subido a su canoa y me había trasportado a tierra. Me cuidó con afecto hasta que me recuperé por completo.

–¿Y ahora de qué huías?

–Me dirigía a la costa para echar al agua una canoa tallada por mí mismo cuando me ha asaltado ese soldado.

–Ah, pero ¿tienes una canoa?

–Sí, mi capitán.

–¿Querías regresar a Mompracem?

–Esta noche.

–Pues iremos juntos, Giro-Batol.

–¿Cuándo?

–Zarparemos con la oscuridad.

–¿Quiere ir a mi cabaña y descansar un poco?

–¡Ah, tienes incluso una cabaña!

–Una choza que me han dado los indígenas.

–Vamos allá de inmediato. No puedes permanecer aquí sin correr peligro de que te sorprenda el jinete.

–¿Regresará? –preguntó Giro-Batol, con aprensión.

–Sin duda.

–Huyamos, capitán.

–No hay prisa. Como ves, me he hecho sargento del regimiento de infantería de Bengala, así que puedo protegerte.

–¿Ha desnudado a un soldado?

–Sí, Giro-Batol.

–¡Menudo golpe maestro!

–Silencio, en marcha o se nos echará encima el jinete. ¿Queda lejos tu cabaña?

–Dentro de un cuarto de hora estaremos allí.

–Vamos a descansar un poco y más tarde ya hablaremos de la partida.

Los dos piratas salieron de la espesa vegetación y, tras asegurarse de que no había nadie por los alrededores, cruzaron velozmente la pradera y alcanzaron el margen del segundo bosque.

Cuando ya iban a adentrarse entre los grandes árboles, Sandokán oyó un galope furioso.

–Otra vez ese pesado –exclamó–. ¡Corre, Giro-Batol, métete entre esos matorrales!

–¡Eh, sargento! –aulló el jinete, que parecía furibundo–. ¿Así me ayuda a aprehender al canalla del pirata? Mientras yo casi reviento el caballo, usted ni se ha movido.

Mientras decía eso, el soldado espoleaba su corcel y lo hacía encabritarse y relinchar de dolor.

Ya había recorrido la pradera y se había detenido junto a un grupo de árboles que quedaba aislado.

Sandokán se volvió hacia él y le respondió tranquilamente:

—Como he recuperado la pista del pirata, me ha parecido inútil seguirlo por el bosque. Además, te esperaba.

—¿Ha encontrado la pista? ¡Mil demonios! Pero ¿cuántas huellas ha dejado ese bribón? Me da la impresión de que se ha divertido engañándonos.

—También yo lo supongo.

—¿Quién le ha puesto sobre aviso?

—Yo mismo he dado con las huellas.

—¡Venga, venga, sargento! —exclamó el jinete con tono irónico.

—¿Qué quieres decir? —preguntó Sandokán, arrugando la frente.

—Que alguien le ha ayudado.

—¿Y quién...?

—He visto a su lado a un negro.

—Me lo he encontrado por casualidad y me ha hecho compañía.

—¿Está seguro de que era un isleño?

—No soy ciego.

—¿Y dónde se ha metido ese negro?

—Se ha internado en el bosque. Seguía la pista de un babirusa.

—Ha hecho mal en dejarlo ir. Podría habernos dado indicaciones muy valiosas y aún habríamos tenido oportunidad de ganar las cien libras.

–¡Hum! Yo empiezo a temer que ya se hayan esfumado, camarada. Renuncio y vuelvo hacia la villa de lord Guillonk.

–Yo no tengo miedo, sargento.

–¡Eh! Camarada...

–Y pienso seguir tras el pirata.

–Como prefieras.

–Feliz retorno –gritó entonces el jinete con ironía.

–Que el diablo te lleve –contestó Sandokán.

El otro se había alejado ya y espoleaba furiosamente su caballo, en dirección al bosque que había atravesado hacía poco.

–Vamos –requirió Sandokán cuando lo perdió de vista–. Si vuelve otra vez lo recibo con un buen disparo.

Se acercó al escondite de Giro-Batol y los dos volvieron a ponerse en marcha por la selva.

Tras cruzar otro claro se encontraron rodeados de una gran espesura y tuvieron que abrirse paso con dificultad entre un caos de ácoros y de ratanes que se entrecruzaban de mil formas y una auténtica red de raíces que serpenteaban por el suelo en mil direcciones.

Caminaron durante un buen cuarto de hora, salvando numerosos torrentes, en cuyas orillas se distinguían huellas recientes de paso de hombres, y después se metieron en una espesura tan densa y tan cubierta que la luz apenas lograba penetrar.

Giro-Batol se detuvo un momento a escuchar y luego dijo, volviéndose hacia Sandokán:

–Mi cabaña está allí, entre esas plantas.

–Un cobijo seguro –contestó el Tigre de Malasia, con una leve sonrisa–. Admiro tu prudencia.

–Venga, capitán. No nos molestará nadie.

Capítulo XII

LA CANOA DE GIRO-BATOL

La cabaña de Giro-Batol estaba situada en mitad de aquella densa espesura, entre dos colosales pomelos que, con la enorme masa de sus hojas, la resguardaban por completo de los rayos del sol.

Era básicamente una choza, apenas capaz de acoger a alguna pareja de salvajes, baja, estrecha, con el tejado hecho de hojas de plátano superpuestas en capas y las paredes de ramas entrelazadas de forma tosca.

La única apertura era la puerta; no había rastro de ventanas.

El interior también dejaba mucho que desear. Contenía tan sólo un catre compuesto por hojas, dos bastas ollas de arcilla mal cocida y dos piedras que debían de hacer las veces de hogar.

Sin embargo, había víveres en abundancia, fruta de todo tipo y también la mitad de un babirusa de pocos meses, colgado del techo por las patas traseras.

–Mi cabaña no vale gran cosa, capitán –reconoció Giro-Batol–, pero aquí podrá descansar con total comodidad y sin temor a que lo molesten.

»Ni siquiera los indígenas de los alrededores saben que existe aquí un refugio.

»Si quiere dormir puedo ofrecerle este catre de hojas recién cortadas esta mañana; si tiene sed dispongo de una olla llena de agua fresca y si le entra hambre hay fruta o unas costillas deliciosas.

–¡No pido más, mi buen Giro-Batol! –contestó Sandokán–. No esperaba encontrar tanto.

–Concédame una media hora para asarle un pedazo de babirusa. Mientras, puede saquear la despensa.

»Tengo unas piñas excelentes, unos plátanos perfumados, unos pomelos suculentos como no los ha comido jamás en Mompracem, unas moras de un tamaño inverosímil y unos durianes más sabrosos que la crema. Está todo a su disposición.

–Gracias, Giro-Batol. Voy a aprovecharlo, porque tengo el hambre de un tigre tras una semana de ayuno.

–Mientras tanto enciendo el fuego.

–¿No se verá el humo?

–¡Ah! No tema, capitán. Los árboles son tan altos y tan espesos que lo impedirán.

Sandokán, que estaba bastante hambriento debido a los largos recorridos por la selva, se abalanzó sobre un coco que no pesaba menos de veinte libras y se puso a limpiar la blanca y dulce pulpa, que le recordaba el sabor de las almendras.

Por su parte, el malayo, encorvado sobre el hogar, encendía unas ramas secas sirviéndose de dos pedazos de bambú partidos por la mitad.

Es bastante curioso el sistema utilizado por los malayos para hacer fuego sin necesidad de fósforos: emplean dos trozos de bambú de tal manera que sobre la superficie convexa de uno practican una hendidura y con el otro lo frotan, utilizando el borde, primero lentamente y luego cada vez más deprisa. El polvillo generado por ese roce prende poco a poco y cae sobre un poco de yesca de fibra de *gomut*.

La operación es bastante sencilla y rápida y no requiere una habilidad especial.

Giro-Batol puso a asar un buen trozo de babirusa ensartado en una vara verde sostenida por dos ramas horcadas clavadas en el suelo y luego fue a rebuscar debajo de un montón de hojas verdes, de donde sacó una vasija que exhalaba un perfume poco prometedor, aunque con él se le dilataban las fosas nasales del salvaje hijo de la selva malaya.

–¿Qué vas a ofrecerme, Giro-Batol? –preguntó Sandokán.

–Un plato delicioso, mi capitán.

Sandokán miró en el interior de la vasija e hizo una mueca.

–Prefiero las costillas de babirusa, amigo mío. El *blaciang* no es para mí. Gracias de todos modos por tus buenas intenciones.

–Lo había reservado para una ocasión extraordinaria, mi capitán –respondió el malayo, mortificado.

–Sabes bien que no soy malayo. Como estoy dando buena cuenta de tu fruta, cómete tú ese famoso plato. En el mar se estropearía.

No hubo que decírselo dos veces. Se lanzó con voracidad sobre el recipiente y manifestó un gran placer.

Es *blaciang* es todo un manjar para los malayos, que en cuestiones alimenticias tienen poco que envidiar a los chinos, el pueblo menos maniático que existe. No hacen ascos a las serpientes, ni a las bestias ya putrefactas, las lombrices en salsa o incluso las larvas de las termitas, por las que incluso cometen verdaderas locuras.

Sin embargo, el *blaciang* supera cualquier fantasía. Se trata de una mezcolanza de camarones y pescaditos triturados juntos que se deja pudrir al sol y luego se sala. El olor que despide la pasta resultante es tal que resulta insoportable e incluso da náuseas.

Los malayos y también los javaneses se pierden por ese plato inmundo y lo prefieren al pollo y a las suculentas costillas del babirusa.

Mientras esperaban que se hiciera el asado, reemprendieron la conversación.

–Partiremos esta noche, ¿verdad, mi capitán? –preguntó Giro-Batol.

–Sí, en cuanto se ponga la luna –contestó Sandokán.

–¿Tendremos vía libre?

–Eso espero.

–Me da miedo que se produzca otro encontronazo, mi capitán.

–No te preocupes, Giro-Batol. Nadie puede sospechar de un sargento.

–¿Y si alguien lo identifica aun con ese uniforme?

–Los que me conocen son muy pocos y estoy seguro de que no me los cruzaré.

–¿Ha entablado relación con alguien, pues?

–Sí, y además se trata de personas importantes: barones y condes –contestó Sandokán.

–¿Usted, el Tigre de Malasia? –exclamó Giro-Batol, estupefacto. Luego, mirando a Sandokán con cierto apuro, le preguntó titubeante–: ¿Y la muchacha blanca?

El tigre levantó la cabeza con brusquedad, clavó en el malayo una mirada cargada de lóbrego fulgor y, con un profundo suspiro, repuso:

–Calla, Giro-Batol. ¡Calla! ¡No despiertes en mí terribles recuerdos!

Se quedó en silencio unos instantes, con la cabe-

Los tigres de Mompracem

za entre las manos y los ojos perdidos en el vacío, para proseguir después como si hablara para sus adentros:

–Regresaremos pronto, aquí, a esta isla. El destino tendrá más fuerza que mi voluntad y entonces... También en Mompracem, entre mis valientes, ¿cómo olvidarla? ¿Acaso no bastaba la derrota? ¡He tenido que dejarme también el corazón en esta isla maldita!

–¿De quién habla, mi capitán? –preguntó Giro-Batol, absolutamente sorprendido.

Sandokán se pasó una mano por los ojos como si pretendiera borrar una visión y luego, con una sacudida, dijo:

–No me preguntes nada, Giro-Batol.

–Pero regresaremos, ¿verdad?

–Sí.

–¿Y vengaremos a nuestros compañeros caídos en combate ante las playas de esta tierra execrable?

–Sí, aunque tal vez sería mejor para mí no volver a ver jamás esta isla.

–¿Qué dice, capitán?

–Pues digo que esta isla podría asestar un golpe mortal a la potencia de Mompracem y quizá encadenar para siempre al Tigre de Malasia.

–¿A usted, tan fuerte y tan terrible? ¡Ah, no puede tener miedo de los leopardos de Inglaterra!

–No, no, de ellos no, pero... ¿Quién podrá leer el destino? Mis brazos siguen siendo formidables, mas ¿lo será el corazón?

–¡El corazón! No lo comprendo, mi capitán.

–Mejor. A la mesa, Giro-Batol. No pensemos en el pasado.

–Me asusta, capitán.

–Calla, Giro-Batol –pidió Sandokán en tono imperioso.

El malayo no se atrevió a insistir. Retiró el asado, que emanaba un perfume apetitoso, lo colocó sobre una larga hoja de plátano y se lo ofreció a Sandokán, antes de ir a rebuscar en un rincón de la choza, donde había un agujero del que extrajo una botella un poco rota, pero envuelta con esmero en un cucurucho hecho de fibras de ratán entrelazadas con habilidad.

–Es ginebra, mi capitán –informó, contemplando la botella con ojos encendidos–. He tenido que ingeniármelas para que los indígenas me la dieran y la reservaba para recuperar fuerzas en alta mar. Puede apurarla hasta la última gota.

–Gracias, Giro-Batol –contestó Sandokán con una sonrisa melancólica–. Vamos a dividírnosla como hermanos.

Comió el pirata en silencio, aunque sin devorar lo preparado como había esperado el buen malayo, bebió algunos sorbos de ginebra y luego se echó sobre las hojas frescas, diciendo:

–Vamos a reposar unas cuantas horas. Mientras caerá la noche y habrá que esperar también a que se ponga la luna.

El malayo cerró la cabaña con diligencia, apagó el fuego y una vez vaciada la botella se acurrucó en un rincón a soñar que se encontraba ya en Mompracem.

En cambio, y a pesar de estar cansadísimo tras haber andado toda la noche anterior, Sandokán no logró pegar ojo.

No permaneció despierto por temor a que, de un momento a otro, pudieran sorprenderlo sus enemigos, ya que no era posible que dieran con aquella cabaña tan resguardada de ojos ajenos, sino porque pensaba en la joven inglesa.

Los tigres de Mompracem

¿Qué habría sido de Marianna tras los últimos acontecimientos? ¿Qué habría sucedido entre lord James y ella? ¿Y qué acuerdos habrían tomado el viejo lobo de mar y el baronet William Rosenthal? ¿La encontraría todavía en Labuán, aún libre, a su regreso? ¡Qué terribles celos ardían en el corazón del formidable pirata! ¡Y no podía hacer nada por la mujer amada! Nada, más que huir para no caer bajo las balas de los odiados adversarios...

–¡Ah! –exclamaba Sandokán, dando vueltas en el catre de hojas–, daría la mitad de mi sangre para hallarme ahora junto a esa muchacha que ha sabido hacer palpitar el corazón del Tigre de Malasia.

»¡Pobre Marianna! A saber qué angustias la atormentan. ¡Tal vez me crea vencido, herido, quizá incluso muerto!

»¡Mis tesoros, mis navíos, mi isla para poder decirle que el Tigre de Malasia sigue con vida y la recordará siempre!

»¡En fin, valor! Hoy mismo abandonaré esta maldita isla llevando conmigo su promesa, pero regresaré aunque tenga que arrastrar hasta aquí al último de mis hombres, aunque tenga que entablar una lucha desesperada contra todas las fuerzas de Labuán, aunque tenga que soportar otra derrota y acabar de nuevo herido.

Entre esos pensamientos aguardó Sandokán que se pusiera el sol. Luego, cuando las tinieblas hubieron invadido la cabaña y la arboleda, despertó a Giro-Batol, que roncaba como un tapir.

–Vamos, malayo –le dijo–. El cielo se ha cubierto de nubes, así que es inútil esperar a que se ponga la luna. Apresurémonos, porque siento que si tengo que permanecer aquí unas horas más me negaré a seguirte.

135

–¿Y dejaría Mompracem por esta isla maldita?

–Calla, Giro-Batol –ordenó Sandokán casi con ira–. ¿Dónde está tu canoa?

–A diez minutos a pie.

–¿Tan próximo se encuentra el mar?

–Sí, Tigre de Malasia.

–¿Has metido dentro víveres?

–He pensado en todo, capitán. No falta fruta, ni agua, ni los remos, ni siquiera la vela.

–Partamos, Giro-Batol.

El malayo agarró un trozo de asado que había dejado a un lado, se armó con un bastón nudoso y siguió a Sandokán.

–La noche no podría ser más propicia –aseguró, mirando el cielo, cubierto de nubarrones–. Nos marcharemos sin que nos vean.

Al salir de la espesura, Giro-Batol se detuvo un momento para aguzar el oído y luego, tranquilizado por el profundo silencio que reinaba en la selva, reemprendió la marcha en dirección oeste.

La oscuridad era muy densa bajo aquellos grandes árboles, pero el malayo veía incluso de noche, tal vez mejor que los gatos, y además conocía la zona.

Avanzando furtivamente entre las cien mil raíces que dificultaban el paso, o bien izándose entre las densas redes trenzadas por larguísimos ácoros y nepentes, o bien salvando troncos colosales caídos quizá por decrepitud, Giro-Batol avanzaba sin detenerse ni desviarse por la selva tenebrosa. Sandokán, hosco y taciturno, lo seguía de cerca, imitando todas esas maniobras.

Si un rayo de luna hubiera iluminado el semblante del fiero pirata, lo habría mostrado alterado por un intenso dolor.

Los tigres de Mompracem

Para aquel hombre que veinte días antes habría dado la mitad de toda su sangre por encontrarse en Mompracem resultaba inmensamente penoso abandonar la isla en la que dejaba sola, e indefensa, a la mujer que amaba con locura.

Cada paso que lo acercaba al mar resonaba en su pecho como una puñalada y le parecía que la distancia que lo separaba de la Perla de Labuán aumentaba enormemente de minuto en minuto.

En determinados momentos se detenía indeciso como si no supiera si regresar o seguir adelante, pero el malayo, que sentía que el suelo le quemaba los pies y suspiraba por el instante de la partida, lo animaba a proseguir recordándole lo peligroso que sería el más mínimo retraso.

Llevaban una media hora andando cuando Giro-Batol se detuvo inesperadamente y prestó atención.

—¿Oye ese fragor? —preguntó.

—Lo oigo: es el mar —contestó Sandokán—. ¿Dónde está la canoa?

—Aquí cerca.

El malayo guió a Sandokán por una espesa cortina de follaje tras la cual le mostró el mar, que se estrellaba contra la costa de la isla.

—¿Ve algo? —preguntó.

—Nada —contestó Sandokán, cuyos ojos recorrieron rápidamente el horizonte.

—La suerte nos acompaña: los cruceros siguen dormidos.

Bajó a la orilla, retiró las ramas de un árbol y mostró una embarcación que se mecía en el fondo de una pequeña bahía.

Era una canoa tallada en un tronco de buenas dimensiones, a base de fuego y de segur, semejante a las utilizadas por los indios del Amazonas y los polinesios del Pacífico.

Desafiar al mar con una barca así, de formas extrañas, era una temeridad sin par, puesto que habrían bastado pocas olas para volcarla, pero aquellos dos piratas no eran personas asustadizas.

Giro-Batol fue el primero en meterse dentro de un salto y levantar un pequeño palo al que había atado una velita de fibras vegetales trenzadas con esmero.

–Venga, capitán –dijo, disponiéndose a tomar los remos–. Dentro de pocos minutos la salida podría quedar bloqueada.

Sandokán, pesaroso y con la cabeza inclinada y los brazos sobre el pecho, seguía en tierra, mirando hacia el este, como si tratara de discernir, entre la profunda oscuridad y los grandes árboles, la casa de la Perla de Labuán. Daba la impresión de que ignorase que había llegado el momento de la huida y que un leve retraso podía resultar mortal.

–Capitán –insistió el malayo–. ¿Quiere que lo atrapen los cruceros? Venga, venga, o será demasiado tarde.

–Te sigo –contestó Sandokán, entristecido.

Subió de un salto a la canoa, cerró los ojos y dejó escapar un profundo suspiro.

Capítulo XIII

RUMBO A MOMPRACEM

El viento soplaba del este y cabe decir que no podía ser más favorable. La canoa, con la vela inflada, navegaba a bastante velocidad inclinada hacia estribor, interponiendo, entre el pirata, que se sentía sumamente conmovido, y la pobre Marianna, el vasto mar de Malasia.

Sandokán, sentado a popa, la testa entre las manos, permanecía en silencio con la mirada clavada en Labuán, que poco a poco se desvanecía entre las tinieblas; Giro-Batol, a proa, iba feliz y sonriente y charlaba por diez, con los ojos en el oeste, por donde debía mostrarse la formidable isla de Mompracem.

–Vamos, capitán –dijo el malayo, incapaz de quedarse callado un solo instante–. ¿Qué sentido tiene estar mustio ahora que vamos a volver a ver nuestra isla? Cualquiera diría que añora Labuán.

–Sí, la añoro, Giro-Batol –contestó Sandokán con voz queda.

–¡Ah! A ver si lo han hechizado esos perros ingleses. No sé, capitán, porque trataban de cazarlo por los bosques y las llanuras, ávidos de su sangre. ¡Ja! Me encantaría verlos morderse los dedos de rabia mañana, cuando se percaten de su fuga, y oír las imprecaciones de sus mujeres.

–¡De sus mujeres! –exclamó Sandokán, sobresaltado.

–Sí, puesto que nos odian quizá más que los hombres.

–¡Ah! ¡No todas, Giro-Batol!

–Son peores que las víboras, capitán, se lo aseguro.

–¡Calla, Giro-Batol, calla! ¡Si repites esas palabras te echó al mar!

Había tal tono de amenaza en la voz de Sandokán que el malayo enmudeció de golpe. Miró un buen rato al terrible hombre, que no dejaba de estar pendiente de Labuán y se oprimía el pecho con ambas manos, como si pretendiera sofocar un dolor inmenso, y luego se retiró lentamente a proa susurrando:

–Los ingleses lo han hechizado.

Durante toda la noche, la canoa, empujada por el viento del este, navegó sin toparse con ningún crucero y se comportó bastante bien, a pesar de las olas que de vez en cuando la embestían y la hacían zozobrar peligrosamente. El malayo, por miedo a que Sandokán cumpliese su amenaza, siguió callado; sentado a proa, escrutaba con atención la oscura línea del horizonte, en busca de cualquier nave que pudiera aparecer.

Sin embargo, su acompañante, echado a popa, no apartaba la vista del lugar donde debía encontrarse la isla de Labuán, ya desaparecida entre las sombras de la noche. Navegaban desde hacía un par de horas cuando los agudísimos ojos del malayo descubrieron un punto luminoso que brillaba en la línea del horizonte.

–¿Un velero o una embarcación de guerra? –preguntó con ansiedad.

Sandokán, todavía sumido en sus dolorosos pensamientos, no se había percatado de nada.

El punto luminoso aumentaba de tamaño amenazadoramente y parecía que fuera ascendiendo por el horizonte. Aquella luz blanca sólo podía pertenecer a un barco de vapor. Sería un farol encendido en lo alto del trinquete. Giro-Batol empezaba a agitarse; su inquietud aumentaba por momentos, sobre todo porque parecía que el punto luminoso se dirigía directamente hacia la canoa.

Muy pronto surgieron por encima del farol banco otros dos: uno rojo y uno verde.

–Un barco de vapor –dijo.

Sandokán no respondió. Quizá no lo había oído.

–Mi capitán –repitió–. ¡Un barco de vapor!

Esa vez el jefe de los piratas de Mompracem se removió, mientras un terrible relámpago centelleaba en su lóbrega mirada.

–¡Ah!

Se volvió con ímpetu y contempló la inmensa extensión del mar.

–¿De nuevo un enemigo? –murmuró, mientras la mano derecha aferraba instintivamente el kris.

–Eso me temo, mi capitán.

Sandokán observó durante unos instantes aquellos tres puntos luminosos que se aproximaban rápidamente y comentó:

–Se diría que viene hacia nosotros.

–Eso me temo, mi capitán –repitió el malayo.

–Su comandante habrá visto nuestro bote.

–Es probable. ¿Qué hacemos?

–Dejemos que se acerque.

–Nos detendrán.

–Yo ya no soy el Tigre de Malasia, sino un sargento de los cipayos.

–¿Y si alguien lo reconoce?

–Muy pocos han visto al tigre. Si esa nave viniera de

Labuán tendríamos algo que temer, pero como llega de alta mar podremos engañar a su comandante.

Se quedó callado durante unos instantes, contemplando atentamente al enemigo, y luego dijo:

–Hemos topado con un cañonero.

–¿Vendrá de Sarawak?

–Es probable, Giro-Batol. Ya que se encamina hacia nosotros, vamos a esperarlo.

En efecto, el cañonero había dirigido la proa hacia la canoa y aceleraba el avance para alcanzarla. Al verla tan alejada de las costas de Labuán, quizá había creído que sus pasajeros habían sido víctimas de algún golpe de viento y acudía a auxiliarlos; o tal vez su comandante quería comprobar si se trataba de piratas o de náufragos. Sandokán había dado orden a Giro-Batol de colocarse a los remos y poner rumbo a las Romades, las pequeñas islas situadas más al sur. Ya tenía un plan para engañar al comandante.

Media hora después, el cañonero se situó a pocos cables de la canoa. Se trataba de una pequeña embarcación de popa baja, armada con un solo cañón situado en la plataforma posterior y provista de un único palo.

Su tripulación no debía de superar los treinta o cuarenta hombres. El comandante, o el oficial de guardia correspondiente, hizo una maniobra para pasar a apenas unos metros de la canoa y después dio orden de detenerse y se inclinó por la borda gritando:

–¡Alto o los mando a pique!

Sandokán se había puesto en pie airado y respondió en buen inglés:

–¿Por quién me toma?

–¡Pero bueno! –se sorprendió el oficial–. ¡Si es un sargento de los cipayos! ¿Qué hace usted por aquí, tan apartado de Labuán!

Los tigres de Mompracem

–Me dirijo a las Romades, caballero –contestó Sandokán.

–¿Con qué fin?

–Debo llevar unas órdenes al barco de recreo de lord James Guillonk.

–¿Se encuentra allí esa embarcación?

–Sí, comandante.

–¿Y va usted en canoa?

–No he podido encontrar nada mejor.

–Vaya con cuidado, porque hay praos malayos que rondan estas aguas.

–¡Ah! –exclamó Sandokán, reprimiendo con dificultad la satisfacción.

–Ayer por la mañana vi dos y apostaría a que procedían de Mompracem. Si hubiera tenido algún cañón más no sé si en estos momentos seguirían a flote.

–Me cuidaré de esas embarcaciones, comandante.

–¿Tiene algún problema, sargento?

–No, señor.

–Buen viaje.

El cañonero reemprendió el camino de Labuán, mientras Giro-Batol orientaba la vela para poner rumbo a Mompracem.

–¿Has oído? –le preguntó Sandokán.

–Sí, mi capitán.

–Nuestras embarcaciones surcan los mares.

–Siguen buscándolo, mi capitán.

–Será que no se creen mi muerte.

–Seguro que no.

–Qué sorpresa se llevará el buen Yáñez al verme. ¡Mi buen y afectuoso compañero!

Volvió a sentarse a popa, con la vista dirigida siempre hacia Labuán, y no dijo nada más. Sin embargo, el malayo lo oyó suspirar en muchas ocasiones.

Al alba, apenas ciento cincuenta millas separaban a los fugitivos de Mompracem, una distancia que podían superar en menos de veinticuatro o treinta horas si el viento no amainaba. El malayo sacó provisiones de una vieja vasija de fango atada a un costado de la canoa y se las ofreció a Sandokán, que seguía absorto en sus contemplaciones y sus angustias y ni siquiera respondió ni abandonó su primera posición.

–Está hechizado –repitió el otro sacudiendo la cabeza–. De ser cierto, ¡ay de los ingleses!

Durante el día el viento disminuyó muchas veces y la canoa, que se hundía pesadamente en los huecos de las olas, se llenó varias veces de agua. Sin embargo, por la noche se levantó un fresco viento del sureste que la impulsó rápidamente hacia el oeste y que se mantuvo hasta la mañana siguiente.

Luego, al caer la tarde, el malayo, que iba de pie a proa, divisó finalmente una masa oscura que se elevaba sobre el mar.

–¡Mompracem! –exclamó.

Ante aquel grito, Sandokán se movió por vez primera desde que había puesto los pies en la canoa para levantarse de un golpe.

No era ya el hombre de antes: la melancólica expresión de su rostro había desaparecido por completo. Sus ojos lanzaban relámpagos y sus facciones no reflejaban ya aquel sombrío pesar.

–¡Mompracem! –exclamó también, irguiéndose cuan alto era.

Se quedó así contemplando su salvaje isla, baluarte de su potencia, de su grandeza en aquel mar que no sin razón llamaba suyo.

Sentía en ese momento que regresaba el formidable Tigre de Malasia de las hazañas legendarias.

Los tigres de Mompracem

Su mirada, que desafiaba al mejor catalejo, recorrió las costas de la isla y se detuvo en el alto acantilado donde todavía ondeaba la bandera de la piratería, en las fortificaciones que defendían el pueblo y en los numerosos praos que se mecían en la bahía.

–¡Ah! Por fin vuelvo a verte –exclamó.

–Estamos a salvo, tigre –dijo el malayo, que parecía enloquecer de alegría.

Sandokán lo observó casi estupefacto y le preguntó:

–¿Sigo mereciéndome ese nombre, Giro-Batol?

–Sí, capitán.

–Yo creía que ya no –murmuró Sandokán, suspirando.

Aferró el zagual que hacía las veces de timón y dirigió la canoa hacia la isla, que iba emergiendo lentamente entre las tinieblas. A las diez, los dos piratas, sin que nadie los viera, arribaban al gran acantilado.

En cuanto volvió a posar los pies sobre su tierra, Sandokán respiró profundamente. Tal vez en aquel momento no añoraba Labuán y tal vez también olvidó, por un instante, a Marianna.

Fue rápidamente hacia el acantilado y alcanzó los primeros peldaños de la tortuosa escalera que conducía a la gran cabaña.

–Giro-Batol –dijo, volviéndose hacia el malayo, que se había detenido–. Regresa a tu cabaña y avisa a los piratas de mi llegada, pero diles que me dejen tranquilo, ya que allá arriba debo contar ciertas cosas que deben ser un secreto para vosotros.

–Capitán, nadie acudirá a molestarlo, pues tal es su deseo. Y ahora deje que le dé las gracias por haberme traído hasta aquí y que le diga que si requiere de algún hombre que se sacrifique, aunque sea para salvar a un inglés o una mujer de su raza, siempre estaré dispuesto.

–Gracias, Giro-Batol, gracias... ¡Y ahora vete!

Rememorando en el fondo del corazón el recuerdo de Marianna, evocado involuntariamente por el malayo, el pirata enfiló los peldaños y fue ascendiendo entre las tinieblas.

Capítulo XIV

AMOR Y EMBRIAGUEZ

Una vez en lo alto del imponente acantilado, Sandokán se detuvo en el borde y su mirada se dirigió hacia la lejanía, al este, en dirección a Labuán.

–¡Por el amor de Dios! –murmuró–. ¡Cuánta distancia me separa de aquella criatura celeste! ¿Qué estará haciendo a esta hora? ¿Me llorará por muerto o me llorará por prisionero? –Un gemido sordo surgió de sus labios e inclinó la cabeza sobre el pecho–. ¡Qué fatalidad!

Aspiró el viento de la noche como si inhalara el lejano perfume de su amada y luego se acercó a paso lento a la gran cabaña, donde había una estancia iluminada.

Miró por el cristal de una ventana y vio a un hombre sentado ante una mesa, con la cabeza entre las manos.

–Yáñez –dijo, sonriendo con tristeza–. ¿Qué dirá cuando se entere de que el tigre regresa vencido y hechizado?

Sofocó un suspiro y abrió la puerta poco a poco, sin que su amigo lo oyera.

–¿Y bien, hermano? –dijo, al cabo de unos instantes–. ¿Te has olvidado del Tigre de Malasia?

No había terminado aún la frase cuando Yáñez se lanzó a sus brazos exclamando:

–¡Tú! ¡Tú! Sandokán... ¡Ah! ¡Te creía ya perdido para siempre!

–No, he vuelto, como bien ves.

–Pero, desgraciado amigo, ¿dónde has estado todos estos días? Hace cuatro semanas que espero, sumido en mil angustias. ¿Qué has hecho durante tanto tiempo? ¿Has saqueado al sultán de Varauni o te ha hechizado la Perla de Labuán? Responde, hermano mío, que la impaciencia me consume.

En lugar de contestar a todas aquellas preguntas, Sandokán se dedicó a observar en silencio, con los brazos cruzados sobre el pecho, la mirada torva y el rostro fruncido.

–Venga –insistió Yáñez, sorprendido por aquel mutismo–. Habla: ¿qué significa este uniforme y por qué me miras así? ¿Te ha sucedido alguna desgracia?

–¡Una desgracia! –exclamó Sandokán con voz ronca–. ¿Acaso ignoras, pues, que de los cincuenta cachorros que conduje contra Labuán tan sólo sobrevivió Giro-Batol? ¿Es que no sabes que cayeron todos ante las costas de la isla maldita, destripados por el hierro de los ingleses, y que yo caí gravemente herido en el puente de un crucero y que mis praos yacen en el fondo del mar de Malasia?

–¡Derrotado tú! ¡Es imposible! ¡Imposible!

–Sí, Yáñez, me vencieron y me hirieron, mataron a mis hombres y regreso mortalmente enfermo...

Acercó una silla a la mesa con gesto crispado, vació uno tras otro tres vasos de whisky y luego con voz quebrada o animada, ronca o estridente, alternando gestos violentos e imprecaciones, narró con todo lujo de detalles lo acontecido, el desembarco en Labuán, el

encuentro con el crucero, la terrible lucha desencadenada, el abordaje, la herida recibida, el sufrimiento y la curación.

Sin embargo, cuando pasó a hablar de la Perla de Labuán toda su ira se esfumó. Su voz, ronca poco antes, ahogada por la rabia, adquirió entonces otro tono, delicado, grato, apasionado.

Describió con envite poético las bellezas de la joven lady, sus ojos grandes, dulces, melancólicos, azules como el agua del mar, que lo habían conmovido profundamente; habló de su cabellera, más rubia que el oro, más suave que la seda, más perfumada que las rosas de los bosques; de su voz incomparable, angelical, que de un modo extraño había hecho vibrar las cuerdas del corazón del pirata, hasta entonces inaccesibles, y de sus manos, que sabían arrancar de la mándola aquellos sonidos tan exquisitos, tan seductores, que lo habían fascinado, que lo habían embrujado.

Pintó con viva pasión los preciados momentos vividos junto a la mujer amada, momentos sublimes durante los cuales no se había acordado ni de Mompracem ni de sus cachorros, y en los que había olvidado incluso que era el Tigre de Malasia. Pasó a continuación a narrar todas las aventuras que se habían sucedido, esto es, la caza del tigre, la confesión de su amor, la traición del lord, la fuga, el encuentro con Giro-Batol y el viaje hasta Mompracem.

–Escúchame, Yáñez –prosiguió con voz aún conmovida–. En el momento en que puse los pies en la canoa para abandonar allí a aquella criatura indefensa me pareció que se me desgarraba el corazón. Habría preferido dejar aquella isla, hundir la canoa y a Giro-Batol; habría preferido hacer entrar el mar en la tierra y que surgiera en su lugar un océano de fuego que no pudiera atravesarse. En ese momento habría destruido sin añoranza mi formidable Mompracem, mandado a pique a mis praos y dispersado a mis hombres, y habría preferido no haber sido nunca... el Tigre de Malasia...

–¡Ah, Sandokán! –exclamó Yáñez, en tono de reproche.

–¡No me hagas recriminaciones, Yáñez! ¡Si supieras lo que siento aquí, en este corazón que creía de hierro, inaccesible a pasión alguna! Escúchame: amo a esa mujer hasta el punto de que, si se apareciera ante mí y me dijera que renegara de mi nacionalidad y me hiciera inglés..., yo, el Tigre de Malasia, que he jurado odio eterno a esa raza, ¡lo haría sin titubear! Hay un fuego indomable que fluye sin descanso por mis venas, que me consume las carnes; tengo la impresión de estar siempre sumido en un delirio y de tener un volcán en pleno corazón; me parece que me vuelvo loco, ¡loco! Y me hallo en este estado desde el día en que vi a esa criatura, Yáñez. Tengo siempre ante mí esa visión celeste; da igual adónde dirija la mirada, veo siempre, siempre, siempre ese genio resplandeciente de belleza que me abrasa, que me consume...

Se puso en pie con un movimiento brusco y con el rostro alterado y los dientes apretados con fuerza. Dio un par de vueltas por la estancia, como si tratara de alejar aquella visión que lo perseguía y de calmar las ansias que lo torturaban, y luego se detuvo frente al portugués y lo interrogó con los ojos, pero no obtuvo respuesta.

–No te lo creerás –prosiguió Sandokán–, pero he luchado terriblemente antes de dejarme vencer por la pasión. Ni la férrea voluntad del Tigre de Malasia ni el odio por todo lo inglés han logrado frenar los impulsos del corazón.

»¡Cuántas veces he tratado de romper la cadena! ¿Cuántas veces, cuando me asaltaba la idea de tener un día, para casarme con esa mujer, que abandonar mi mar, poner fin a mis venganzas, dejar atrás mi isla, perder el nombre que en su día había llevado con tanta altanería y olvidar a mis cachorros, he tratado de huir, de levantar entre esos ojos fascinantes y yo una barrera infranqueable? Pero me he visto obligado a ceder, Yáñez. Me he encontrado entre dos abismos: aquí Mompracem con sus piratas, con el centelleo de sus cien cañones y con sus praos victoriosos; allá tan adorable criatura de rubios cabellos y azules ojos. Me he zafado tras muchas vacilaciones y me he precipitado hacia la muchacha, de la que, así lo siento, nunca fuerza humana logrará arrancarme. ¡Ah, tengo la impresión de que el tigre dejará de existir!

–¡Pues olvídala! –dijo Yáñez con una convulsión.

–¡Olvidarla! Es imposible, Yáñez, imposible... Siento que jamás podré romper las cadenas doradas que ha tendido en torno a mi corazón. Ni las batallas, ni las grandes emociones de la vida piratesca, ni el amor de mis hombres, ni las más terribles matanzas, ni las venganzas más espantosas serían capaces de hacerme olvidar a esa muchacha. Su imagen se interpondría siempre entre esas emociones y yo y consumiría la vieja energía y el valor del tigre. No, no, jamás la olvidaré, será mi mujer aunque me cueste el nombre, la isla, la potencia, todo, todo...

Se detuvo por segunda vez, mirando a Yáñez, que había regresado a su mutismo.

–¿Y bien, hermano? –preguntó.

–Habla.

–¿Me has entendido?

–Sí.

Los tigres de Mompracem

–¿Qué me aconsejas? ¿Qué tienes que contestar ahora que te lo he revelado todo?

–Olvida a esa mujer, ya te lo he dicho.

–Ah...

–¿Has pensado en las consecuencias que podrían derivarse de ese amor insensato? ¿Qué dirán tus hombres cuando se enteren de que el tigre está enamorado? ¿Y luego qué harás con la muchacha? ¿Te casarás con ella? Olvídala, Sandokán, abandónala para siempre, que regrese el Tigre de Malasia del corazón de hierro.

Sandokán se levantó de sopetón y se dirigió a la puerta para abrirla con violencia.

–¿Adónde vas? –preguntó Yáñez que también se puso en pie de un salto.

–Regreso a Labuán. Mañana comunicarás a mis hombres que he abandonado para siempre mi isla y que tú eres su nuevo jefe. No volverán a oír hablar de mí, puesto que jamás volveré a surcar estos mares.

–¡Sandokán! –exclamó Yáñez mientras lo aferraba con fuerza por los brazos–. ¿Estás loco por regresar a Labuán cuando tienes naves, tienes cañones y hombres fieles y dispuestos a hacerse matar por ti o por la mujer de tu corazón? He querido tentarte, he querido ver si era posible extirpar de tu corazón la pasión que siente por esa mujer de una raza que debías odiar eternamente...

–¡No, Yáñez! No es inglesa esa mujer, ya que me ha hablado de un mar azul y más hermoso que el nuestro, el que baña su lejana patria, una tierra cubierta de flores, dominada por un volcán humeante, un paraíso terrestre donde se habla una lengua armoniosa que nada tiene que ver con el inglés.

–No importa: sea inglesa o no, si la amas tan inmensamente todos nosotros te ayudaremos a hacerla tu esposa para que seas feliz. Puedes volver a ser el Tigre de Malasia aunque te hayas casado con la jovencita del cabello de oro.

Sandokán se precipitó entre los brazos de Yáñez y los dos hombres permanecieron ceñidos durante un buen rato.

—Dime ahora qué pretendes hacer —quiso saber el portugués.

—Partir lo antes posible hacia Labuán y secuestrar a Marianna.

—Tienes razón. Si el lord se entera de que has dejado la isla y has vuelto a Mompracem, puede marcharse por miedo a verte retornar. Es necesario zarpar enseguida o la partida estará perdida. Vete ahora a dormir, que te hace falta un poco de calma, y deja en mis manos todos los preparativos. Mañana la expedición estará lista para partir.

—Hasta mañana, Yáñez.

—Adiós, hermano —contestó el portugués, antes de salir y empezar a bajar los peldaños lentamente.

Sandokán se quedó a solas y volvió a sentarse a la mesa, más entristecido y más alterado que nunca, y abrió una cuantas botellas de whisky.

Sentía la necesidad de aturdirse para olvidar al menos durante unas horas a aquella joven que lo había hechizado y para calmar la impaciencia que lo rodeaba. Se puso a beber con una especie de rabia y vació muchos vasos, uno tras otro.

—¡Ah! —exclamó—. Podría dormirme y no despertarme hasta estar en Labuán. Tengo el presentimiento de que esta impaciencia, de que este amor, de que estos celos acabarán conmigo. ¡Sola! ¡Sola en Labuán! Y tal vez mientras estoy yo aquí el baronet le haga la corte.

Los tigres de Mompracem

Se levantó dominado por un violento acceso de rabia y se puso a dar vueltas como un poseso y tumbó las sillas, rompió las botellas amontonadas por los rincones, hizo añicos los cristales de las grandes vitrinas repletas de oro y de joyas y se detuvo ante el armonio.

–Daría la mitad de mi sangre para poder imitar una de esas queridas romanzas que me cantaba ella cuando languidecía, vencido y herido, en la villa del lord. ¡Pero no es posible, no recuerdo nada! Era una lengua extranjera la suya, pero una lengua celeste que sólo Marianna podía conocer. ¡Ah, cuán hermosa estabas entonces, Perla de Labuán! ¡Qué embriaguez, qué felicidad vertías en mi corazón en esos sublimes momentos, oh, mi amada muchacha!

Pasó los dedos por las teclas y tocó una romanza salvaje, vertiginosa, de un efecto extraño, en la que creyó oír en ocasiones el estrépito de un huracán o los lamentos de gente moribunda.

Se detuvo como si lo hubiera asaltado una idea nueva y regresó a la mesa para coger una taza colmada.

–¡Ah! Veo sus ojos en el fondo –dijo–. Siempre sus ojos, siempre su figura, siempre la Perla de Labuán!

La apuró, la llenó de nuevo y volvió a mirar en su interior.

–¡Manchas de sangre! –exclamó–. ¿Quién ha vertido sangre en mi taza? Sangre o licor, bebe, Tigre de Malasia, que la embriaguez es la felicidad.

El pirata, que ya estaba borracho, se puso a beber otra vez con nuevo brío, engullendo el ardiente líquido como si fuera agua y alternando imprecaciones y estallidos de risa.

Se enderezó, pero cayó sobre la silla y dirigió a su alrededor miradas torvas. Le parecía ver sombras que corrían por el cuarto, fantasmas que le mostraban, entre carcajadas sarcásticas, segures, krises y cimitarras ensangrentadas. En una de esas sombras creyó distinguir a su rival, el baronet William.

Se sintió presa de un ataque de rabia y le rechinaron los dientes ferozmente.

–Te veo, te veo, maldito inglés –aulló–, pero ¡ay de ti si logro agarrarte!

»Pretendes robarme a mi perla, lo leo en tus ojos, pero te lo impediré, iré a destruir tu casa, la del lord, y pasaré por el hierro y el fuego Labuán, haré correr la sangre por todas partes y os exterminaré a todos... ¡A todos! ¡Ah, te ríes! ¡Espera, espera que llegue!

Había alcanzado ya el límite de la embriaguez. Se apoderó de él una terrible ansia de destruirlo todo, de derribarlo todo.

Tras reiterados esfuerzos se levantó, aferró una cimitarra y, sosteniéndose de mala manera y apoyándose en las paredes, se puso a asestar golpes desesperados a diestra y siniestra, corriendo tras la sombra del baronet, que siempre parecía esquivarlo, rebanando los tapices, destrozando las botellas, propinando golpes tremendos a las vitrinas, a la mesa, al armonio, haciendo llover de las vasijas quebradas torrentes de oro, de perlas y de diamantes, hasta que, rendido y vencido por la embriaguez, se desplomó entre todos aquellos escombros y se durmió profundamente.

Capítulo XV

EL CABO INGLÉS

Al despertarse se encontró echado en la cama turca, adonde lo habían transportado los malayos que tenía a su servicio.

Habían retirado los cristales rotos, vuelto a ubicar el oro y las perlas en los estantes y arreglado y recolocado los muebles lo mejor posible. Sólo se advertían las huellas dejadas por la cimitarra del pirata en los tapices que colgaban lacerados de las paredes.

Sandokán se restregó repetidamente los ojos y se pasó las manos por la frente ardorosa aún más veces, como si tratara de recordar qué había hecho.

–No puedo haber soñado –susurró–. Sí, estaba ebrio y me sentía infeliz, pero ahora el fuego vuelve a inflamar mi corazón. ¿Acaso no podré apagarlo nunca? ¿Qué pasión ha invadido el corazón del tigre?

Se arrancó el uniforme del sargento Willis, que aún llevaba encima, y se puso nuevas prendas resplandecientes de oro y de perlas, se colocó en la cabeza un suntuoso turbante coronado por un zafiro del tamaño de una nuez, se pasó por los pliegues de la faja un kris y una nueva cimitarra y salió.

Aspiró una bocanada de aire de mar que le sirvió para disipar por completo los últimos vapores de la embriaguez, miró el sol, ya bastante alto, y luego se volvió hacia oriente para dirigir la vista hacia la lejana Labuán y suspirar.

–¡Pobre Marianna! –musitó, comprimiéndose el pecho.

Recorrió con aquellos ojos de águila el mar y los posó al pie del acantilado. Frente al pueblo había tres praos, con las grandes velas desplegadas, listos para zarpar.

En la playa los piratas iban y venían, ocupados con la carga de armas, munición de boca y de guerra y cañones. Entre ellos distinguió Sandokán a Yáñez.

–Buen amigo –susurró–. Mientras yo dormía, él preparaba la expedición.

Bajó por los peldaños y se dirigió al pueblo. Nada más verlo los piratas, retumbó un grito ensordecedor:

–¡Viva el tigre! ¡Viva nuestro capitán!

Después todos aquellos hombres, que parecían poseídos de una súbita locura, se colocaron de forma apresurada y confusa en torno a su jefe y lo aturdieron con alaridos de alegría, le besaron las manos, la ropa y los pies y estuvieron a punto de asfixiarlo. Los jefes más viejos de la piratería lloraban de júbilo por volver a verlo vivo, pues lo habían creído muerto ante las costas de la isla maldita.

Ni un solo lamento surgió de aquellas bocas, ni una sola remembranza de sus compañeros, de sus hermanos, de sus hijos, por sus parientes caídos bajo el hierro de los ingleses en la desastrosa expedición, sino que de vez en cuando de aquellos pechos de bronce brotaban terribles gritos como:

–¡Tenemos sed de sangre, Tigre de Malasia! ¡Venganza para nuestro compañeros! Vamos a Labuán a exterminar a los enemigos de Mompracem.

Los tigres de Mompracem

–Amigos –empezó Sandokán con aquel tono extraño y metálico que encandilaba–. La venganza que pedís no se hará esperar. Los tigres que conduje a Labuán cayeron ante los disparos de los leopardos de piel blanca, cien veces más numerosos y cien veces mejor armados que los nuestros, pero la partida aún no ha terminado.

»No, cachorros, los héroes que perecieron luchando ante las playas de la isla maldita no quedarán sin vengar. Estamos a punto de partir hacia esa tierra de leopardos y juntos nos cobraremos rugido con rugido, sangre con sangre. ¡El día de la contienda los tigres de Mompracem devorarán a los leopardos de Labuán!

–¡Sí, sí, a Labuán! ¡A Labuán! –gritaban los piratas agitando frenéticamente las armas.

–¿Está todo listo, Yáñez? –preguntó Sandokán.

El portugués no parecía haberlo oído. Se había subido a una vieja cureña y miraba con atención un peñasco que se adentraba bastante en el mar.

–¿Qué buscas, hermano? –le preguntó Sandokán.

–Veo el extremo de un palo que despunta detrás de esos arrecifes –contestó el portugués.

–¿Uno de nuestros praos?

–¿Qué otra embarcación osaría acercarse a nuestras costas?

–¿No han regresado ya todos nuestros veleros?

–Todos menos uno, el de Pisangu, uno de los mayores y de los mejor armados.

–¿Adónde lo habías mandado?

–A Labuán, a buscarte.

–Sí, es el prao de Pisangu –confirmó un jefe de cuadrilla–, pero veo un solo palo, señor Yáñez.

–¿Puede que haya habido una contienda y haya perdido el trinquete? –se preguntó Sandokán–. Vamos a esperarlo. ¿Quién sabe? Podría traernos alguna noticia de Labuán.

Todos los piratas se habían subido a los bastiones para contemplar mejor aquel velero que avanzaba poco a poco, siguiendo el peñasco. Cuando hubo doblado la punta más alejada, todos los pechos gritaron al unísono:

–¡El prao de Pisangu!

Se trataba en efecto del velero que Yáñez había enviado a Labuán, tres días antes, en busca de noticias del Tigre de Malasia y de sus valientes, ¡pero en qué estado regresaba! Del trinquete no quedaba más que un tocón; el palo mayor aguantaba a duras penas, sostenido por una espesa red de jarcias y burdas. Las amuradas prácticamente habían dejado de existir y también los flancos se veían muy dañados y cubiertos de tacos de madera para cerrar los agujeros abiertos por las balas.

–Esa embarcación debe de haber peleado con uñas y dientes –observó Sandokán.

–Pisangu es un valiente que no tiene miedo de asaltar a ninguna nave, por grande que sea –contestó Yáñez.

–¡Eh! Me parece que lleva a algún prisionero. ¿No distingues una chaqueta roja entre nuestros aguerridos cachorros?

–Sí, parece que hay un soldado inglés atado al palo mayor –confirmó Yáñez.

–¿Lo habrá capturado en Labuán?

–Desde luego no lo habrá pescado en el mar.

–Ah... Si pudiera darme noticias de...

–De Marianna, ¿no es cierto, hermano mío?

–Sí –contestó Sandokán, con voz queda.

–Lo interrogaremos.

El prao avanzaba lentamente ayudado por los remos, ya que el viento era más bien débil. Su capitán, un

Los tigres de Mompracem

hombre de Borneo de buena estatura y formas espléndidas, que lo hacían parecerse a una magnífica estatua de bronce antiguo, también debido a su tez aceitunada, vislumbró a Yáñez y a Sandokán y soltó un alarido de alegría, para luego alzar las manos y gritar:

–¡Una buena presa!

Cinco minutos después entraba el velero en la pequeña bahía y fondeaba a veinte pasos de la orilla. De inmediato echaron al agua una chalupa que ocupó Pisangu junto al soldado y a cuatro remeros.

–¿De dónde vienes? –le preguntó Sandokán en cuanto desembarcó.

–De las costas orientales de Labuán, mi capitán –repuso el de Borneo–. Me llegué hasta allí con la esperanza de recibir noticias y estoy muy contento de volver a verlo aquí, sano y salvo.

–¿Quién es ese inglés?

–Un cabo, capitán.

–¿Dónde lo has hecho prisionero?

–Cerca de Labuán.

–Cuéntanoslo todo.

–Estaba explorando las playas cuando vi un bote tripulado por ese individuo que salía de la desembocadura de un riachuelo. El bribón debía de tener compañeros en ambas orillas, puesto que oí que con frecuencia emitía silbidos muy agudos.

»Ordené que echaran la chalupa al agua de inmediato y junto a diez hombres le di caza, con la esperanza de que me diera noticias de usted.

»La captura no resultó difícil, pero cuando quise abandonar la desembocadura del riachuelo me di cuenta de que un cañonero había cerrado el camino. Me entregué a la lucha e intercambié balas y metralla en abundancia. Fue una auténtica tormenta, mi capitán, que me dejó sin la mitad de la tripulación y me destrozó el prao, pero también quedó en mal estado el cañonero.

»Al ver que el enemigo se retiraba, con dos bordadas me alejé y regresé hasta aquí a toda prisa.

—¿Entonces, ese soldado procede de Labuán?

—Sí, mi capitán.

—Gracias, Pisangu. Traedlo.

Al pobre desgraciado ya lo habían echado sobre la arena y lo habían rodeado los piratas, que habían empezado a maltratarlo y a arrancarle los galones de cabo.

Se trataba de un jovencito de unos veinticinco o veintiocho años, entrado en carnes, de estatura más bien baja, rubio, con la piel rosada y rollizo.

Parecía bastante asustado por encontrarse entre aquellas cuadrillas de piratas, pero no salía de sus labios una sola palabra.

Al ver a Sandokán se esforzó por esbozar una sonrisa y dijo, con cierto temblor en la voz:

—El Tigre de Malasia.

—¿Me conoces? —preguntó Sandokán.

—Sí.

—¿Dónde me has visto?

—En la villa de lord Guillonk.

—Te habrás quedado estupefacto al verme aquí.

—Es cierto. Lo suponía todavía en Labuán y ya en manos de mis camaradas.

—¿Estabas también tú entre quienes pretendían darme caza?

El soldado no respondió, pero luego, agitando la cabeza, dijo:

—Lo tengo todo perdido, ¿no es cierto, señor pirata?

—Tu vida depende de las respuestas que des —contestó Sandokán.

Los tigres de Mompracem

–¿Quién puede fiarse de la palabra de un hombre que asesina a la gente como quien se bebe un vasito de ginebra o de brandy?

Un relámpago de cólera estalló en los ojos del Tigre de Malasia.

–¡Mientes, perro!

–Como quiera –contestó el cabo.

–Y hablarás.

–Hum...

–¡Cuidado! Tengo krises que cortan un cuerpo en mil pedazos; tengo tenazas candentes para arrancar la carne pedazo a pedazo; tengo plomo licuado para vertértelo sobre las heridas o para obligar a los más obstinados a engullirlo. Hablarás o te haré sufrir tanto que invocarás la muerte como una liberación.

El inglés palideció, pero en lugar de abrir los labios los apretó entre los dientes, como si temiera que se le escapara alguna palabra.

–Vamos, ¿dónde te encontrabas cuando salí de la villa del lord?

–En la selva –contestó el soldado.

–¿Y qué hacías?

–Nada.

–Pretendes burlarte de mí. En Labuán hay muy pocos soldados como para mandarlos a pasear por la selva sin ningún motivo.

–Pero...

–Habla, quiero enterarme de todo.

–Yo no sé nada.

–¿Ah, no? Ya veremos.

Sandokán había desenfundado el kris y con un rápido gesto lo había dirigido al pescuezo del soldado, de donde había brotado una gota de sangre.

El prisionero no logró contener un grito de dolor.

–Habla o te mato –dijo fríamente Sandokán, sin apartar el puñal, cuya punta empezaba ya a teñirse de rojo.

El cabo vaciló todavía brevemente, pero al ver en la mirada del Tigre de Malasia un terrible relámpago cedió.

–¡Basta! –dijo, apartándose de la punta del arma–. Hablaré.

Sandokán hizo un gesto a sus hombres para que se alejaran y luego se sentó junto a Yáñez en una cureña mientras decía al soldado:

–Te escucho. ¿Qué hacías en la selva?

–Seguía al baronet Rosenthal.

–¡Ah! –exclamó Sandokán, mientras un tétrico relámpago le iluminaba la mirada–. A ése...

–Lord Guillonk se había enterado de que el hombre que había recogido moribundo y alojado en su propia casa no era un príncipe malayo, sino el terrible Tigre de Malasia, y de acuerdo con el baronet y con el gobernador de Victoria había preparado la emboscada.

–¿Y cómo lo había descubierto?

–Lo ignoro.

–Continúa.

–Reunieron a cien hombres y nos enviaron a rodear la villa para impedirle la huida.

–Eso ya lo sé. Dime qué sucedió luego, cuando logré abrirme paso entre vuestras líneas y me refugié en la selva.

–Cuando el baronet entró en la villa se encontró a lord Guillonk presa de una tremenda exasperación. Tenía en la pierna una herida provocada por usted.

–¿Por mí? –exclamó Sandokán.

–Tal vez inadvertidamente.

Los tigres de Mompracem

–Digo yo, porque de haber querido matarlo nadie habría podido impedírmelo. ¿Y lady Marianna?

–Lloraba. Parece ser que entre la bella muchacha y su tío se había producido una escena muy violenta. El lord la acusaba de haber propiciado su huida... y ella invocaba piedad para usted.

–¡Pobre muchacha! –exclamó Sandokán mientras una rápida conmoción alteraba sus facciones–. ¿Lo oyes, Yáñez?

–Sigue –dijo el portugués al soldado–, pero lleva cuidado de decir la verdad, porque vas a quedarte aquí hasta nuestro retorno de Labuán. Si mientes, no te librarás de la muerte.

–Sería inútil engañarlos –contestó el cabo–. Como la persecución resultó infructuosa, acampamos junto a la villa para protegerla de un posible asalto de los piratas de Mompracem.

»Corrían rumores poco tranquilizadores. Se decía que habían desembarcado los cachorros y que el Tigre de Malasia estaba escondido en la selva, preparado para caer sobre la villa y raptar a la muchacha.

»Lo que sucediera después lo ignoro, pero sí tengo que decirles que lord Guillonk había dado los pasos necesarios para retirarse a Victoria, bajo la protección de los cruceros y los fuertes.

–¿Y el baronet Rosenthal?

–Se casará dentro de poco con lady Marianna.

–¿Qué has dicho? –bramó Sandokán, poniéndose en pie.

–Que tomará a la muchacha como esposa.

–¿Pretendes engañarme?

–¿Al objeto de qué? Le digo que ese matrimonio se celebrará dentro de un mes.

–Pero si lady Marianna detesta a ese hombre.

–¿Y eso qué importancia tiene para lord Guillonk?

Sandokán soltó un alarido de fiera herida y se tambaleó. Cerró los ojos y un espasmo tremendo le descompuso el semblante.

Se acercó al soldado y, sacudiéndolo furiosamente, le dijo con voz sibilante:

–No me has engañado, ¿verdad?

–Le juro que he dicho la verdad...

–Tú te quedas aquí y nosotros nos vamos a Labuán. Si no has mentido te daré tu peso en oro.

Acto seguido se volvió hacia Yáñez y le dijo con determinación:

–Partamos.

–Estoy listo para seguirte –se limitó a contestar el portugués.

–¿Todo preparado?

–Tan sólo falta elegir a los hombres que deberán acompañarnos.

–Nos llevaremos a los más valientes, puesto que se trata de jugar una partida decisiva.

–Pero deja aquí fuerzas suficientes para defender nuestro refugio.

–¿Qué temes, Yáñez?

–Los ingleses podrían aprovecharse de nuestra ausencia para abalanzarse sobre la isla.

–No se atreverán a tanto.

–Al contrario. Ahora en Labuán tienen la fuerza suficiente para intentar el enfrentamiento, Sandokán. Un día u otro tendrá que llegar el choque decisivo.

–Nos hallarán preparados y ya veremos si son más decididos y valerosos los tigres de Mompracem o los leopardos de Labuán.

Sandokán hizo formar a sus cuadrillas, que contaban con más de doscientos cincuenta hombres, recluta-

Los tigres de Mompracem

dos entre las tribus más guerreras de Borneo y demás islas del mar de Malasia, y de entre ellos seleccionó a noventa cachorros, los más audaces y los más robustos, auténticas almas condenadas que ante un ademán suyo no habrían vacilado en arrojarse contra los fuertes de Victoria, la ciudadela de Labuán.

Llamó entonces a Giro-Batol y señalándolo ante las cuadrillas que quedaban a la defensa de la isla les dijo:

–He aquí un hombre que tiene la fortuna de ser uno de los más valientes de la piratería, el único superviviente de mis tripulaciones en la desgraciada expedición de Labuán. Durante mi ausencia obedecedlo como si fuera mi persona. Y ahora zarpemos, Yáñez.

Capítulo XVI

LA EXPEDICIÓN CONTRA LABUÁN

Los noventa hombres embarcaron en los praos; Yáñez y Sandokán ocuparon su lugar en el más sólido y de mayor eslora, que llevaba dobles cañones y una media docena de grandes espingardas, y además estaba protegido por gruesas planchas de hierro.

Se levaron las anclas, se orientaron las velas y la expedición salió de la bahía entre los vítores de las cuadrillas arremolinadas en la orilla y en los bastiones.

El cielo estaba sereno y el mar, tranquilo como una balsa de aceite, pero hacia el sur se divisaban algunas nubecillas de un color y una forma extraños que no auguraban nada bueno.

Sandokán, que además de excelente oteador era buen barómetro, olfateó la proximidad de una perturbación atmosférica, pero de todos modos no se inquietó.

–Si los hombres no son capaces de detenerme, mucho menos lo hará la tempestad. Me siento con fuerzas para afrontar también las iras de la naturaleza –dijo.

–¿Temes que se levante un violento huracán? –preguntó Yáñez.

–Sí, pero no me hará recular. Más bien nos será favorable, hermano mío, puesto que podremos desembarcar sin que nos fastidien los cruceros.

Los tigres de Mompracem

–Y una vez en tierra ¿qué harás?

–No lo sé aún, pero me siento capaz de todo, de enfrentarme incluso a toda la escuadra inglesa si trata de cerrarme el paso, y también me veo capaz de lanzar a mis hombres contra la villa para tomarla al asalto.

–Si anuncias el desembarco con una batalla, el lord no se quedará en la selva y huirá a Victoria, donde contará con la protección del fuerte y de las embarcaciones.

–Es cierto, Yáñez –contestó Sandokán, con un suspiro–, pero de todos modos es necesario que Marianna sea mi esposa, ya que siento que, sin ella, jamás se apagará el fuego que me devora el corazón.

–Razón de más para actuar con la máxima prudencia y así sorprender al lord.

–¡Sorprenderlo! ¿Te crees que no está en guardia? Sabe que soy capaz de todo y habrá reunido en su jardín a soldados y marineros.

–Puede ser, pero recurriremos a alguna astucia. No sé, una idea me da vueltas ya por la cabeza y podría dar lugar a algo. Pero dime, amigo mío, ¿Marianna se dejará apresar?

–¡Sí, sí! Ha jurado ser mía.

–¿Y la conducirás a Mompracem?

–Sí.

–Y luego, tras casarte con ella, ¿la tendrás allí para siempre?

–No lo sé, Yáñez –reconoció Sandokán, dejando escapar un profundo suspiro–. ¿Quieres que la relegue a mi salvaje isla para siempre? ¿Quieres que viva para siempre entre mis cachorros, que sólo saben arcabucear y empuñar el kris y la segur? ¿Quieres que muestre a sus dulces ojos espectáculos horrendos, sangre y matanzas por doquier, que la ensordezca con los gritos de los combatientes y el rugido de los cañones y que la exponga a un continuo peligro? Dime, Yáñez: en mi caso ¿tú lo harías?

–Pero piensa, Sandokán, qué será de Mompracem sin su Tigre de Malasia. Contigo volvería a brillar, hasta eclipsar a Labuán y a todas las demás islas, y haría temblar a los hijos de aquellos hombres que destruyeron a tu familia y a tu pueblo. Hay millares de dayaks y de malayos que están a la espera de un llamamiento para acudir a engrosar la cuadrilla de los tigres de Mompracem.

–Ya he pensado en todo eso, Yáñez.

–¿Y qué te ha dicho el corazón?

–He sentido que sangraba.

–Y no obstante dejarías que se extinguiera tu potencia por esa mujer.

–La amo, Yáñez. ¡Ah, ojalá no me hubiera convertido jamás en el Tigre de Malasia!

El pirata, que, cosa insólita, se había conmovido enormemente, se sentó en una cureña y se aferró la testa con las manos, como si quisiera sofocar los pensamientos que le alborotaban el cerebro.

Yáñez lo miró un buen rato en silencio y luego se puso a dar vueltas por el puente y dejó caer varias veces la cabeza.

Mientras tanto, las tres embarcaciones seguían navegando hacia oriente, impulsadas por un viento débil que además soplaba irregularmente, con lo que se ralentizaba mucho el avance.

Las tripulaciones, que mostraban una intensísima impaciencia y calculaban metro a metro el rumbo, añadían en vano nuevos foques y pequeñas velas cangrejas y rastreras para aprovechar mejor el viento. El avance era cada vez más lento y al mismo tiempo iban apareciendo más nubes por el horizonte.

Los tigres de Mompracem

No obstante, la situación no podía durar. Así, hacia las nueve de la noche el viento, procedente de la dirección de las nubes, empezó a demostrar bastante violencia, signo evidente de que una tormenta asolaba el océano meridional.

Las tripulaciones recibieron con gritos alegres aquellos soplos vigorosos, sin asustarse en absoluto por el huracán que los amenazaba y que podía resultar funesto para sus embarcaciones. El portugués, por su parte, empezó a inquietarse y habría preferido al menos disminuir la superficie de las velas, pero Sandokán no se lo permitió, ansioso como estaba por alcanzar pronto la costa de Labuán, que en esa ocasión se le antojaba sumamente lejana.

Al día siguiente el mar estaba muy picado. Largas olas que se alzaban desde el sur recorrían aquel vasto espacio, chocando unas contra otras con graves rugidos y provocando que las tres naves se balancearan y cabecearan sobremanera. Asimismo, por el cielo corrían desenfrenadamente inmensos nubarrones, más negros que el carbón y con flecos de un tono rojo fuego.

Por la noche el viento redobló su violencia y amenazó con quebrar los palos si no se disminuía la superficie de las velas.

Cualquier otro navegante, al ver aquel mar y aquel cielo, se habría apresurado a poner rumbo a la tierra más próxima, pero Sandokán, que se sabía ya a setenta u ochenta millas de Labuán, y que antes de perder una sola hora habría perdido encantado una de sus embarcaciones, ni se lo planteó.

–Sandokán –dijo Yáñez, cada vez más inquieto–. Ten presente que corremos un grave peligro.

–¿Qué te da miedo, hermano mío? –preguntó el tigre.

–Pues que el huracán nos mande a todos a beber de la gran taza.

–Nuestras embarcaciones son sólidas.

–Pero me parece que el huracán amenaza con volverse terrible.

–No me da miedo, Yáñez. Vamos, adelante, que Labuán no queda lejos. ¿Distingues las demás embarcaciones?

–Creo que veo una hacia el sur. La oscuridad es tan profunda que más allá de cien metros no se divisa nada.

–Si nos pierden sabrán volver a encontrarnos.

–Pero también es posible que se extravíen para siempre, Sandokán.

–Yo no retrocedo, Yáñez.

–Mantén la guardia, hermano.

En ese momento un relámpago deslumbrante desgarró las tinieblas e iluminó el mar hasta los límites remotos del horizonte, seguido de inmediato por un trueno espeluznante.

Sandokán, que iba sentado, se levantó de sopetón y contempló con altivez las nubes antes de extender la mano hacia el sur y decir:

–Ven a luchar conmigo, oh, huracán: ¡te desafío!

Atravesó el puente y se colocó al timón, mientras sus marineros aseguraban los cañones y las espingardas, armas que no deseaban perder bajo ningún concepto, subían a cubierta el bote de desembarco y reforzaban las maniobras fijas triplicando los cabos.

Las primeras rachas llegaban ya procedentes del sur, con esa rapidez que suelen alcanzar los vientos en las tormentas, y empujaban ante sí las primeras montañas de agua.

El prao, con el velamen reducido, se puso a avanzar veloz como una flecha hacia oriente, plantando cara con bravura a los elementos desencadenados y sin desviarse un ápice de su rumbo, bajo la férrea mano de Sandokán.

Durante media hora hubo cierta calma, rota tan sólo por los rugidos del mar y por el resonar de las descargas eléctricas, que ganaban intensidad a cada instante, pero hacia las once el huracán se desencadenó casi inesperadamente con toda su terrible grandeza y puso patas arriba cielo y mar.

Las nubes, acumuladas desde el día anterior, corrían entonces con furia por el cielo, unas veces propulsadas por lo alto y otras empujadas tan abajo que tocaban las olas con los extremos, mientras el mar se precipitaba hacia el norte con un extraño ímpetu, casi como si fuera una inmensa riada.

El prao, una auténtica cáscara de nuez que desafiaba a la naturaleza crispada, asfixiado por los golpes de mar que lo asaltaban por todos lados, se tambaleaba desordenadamente ora sobre las crestas espumeantes de las olas, ora por el fondo de abismos móviles, derribando a los hombres, crujiendo los palos, sacudiendo los motones y haciendo crepitar las velas con tanta fuerza que parecían a punto de estallar.

A pesar de aquella furiosa perturbación, Sandokán no cedía y seguía guiando la embarcación hacia Labuán, desafiando impávido la tormenta.

Era hermoso ver a aquel hombre, firme al timón, con los ojos en llamas y la larga melena suelta al viento, inamovible entre los elementos desencadenados que rugían a su alrededor; era todavía el Tigre de Malasia, que, no contento con haber plantado cara a los hombres, se enfrentaba también a las iras de la naturaleza.

Sus hombres no eran menos que él. Aferrados a las maniobras, miraban impasibles las embestidas del mar, preparados para realizar la maniobra más peligrosa, aunque les costara la vida a todos.

Mientras, el huracán no dejaba de crecer en intensidad, casi como si pretendiera desplegar toda su potencia para plantar cara a aquel hombre que lo desafiaba. El mar se alzaba en montañas de agua que corrían al asalto con mil gritos, mil tremendos rugidos, hundiéndose las unas a las otras y horadando profundos abismos que daban la impresión de descender hasta las arenas del océano; el viento gritaba con todos los tonos posibles, impulsando ante sí auténticas columnas de agua y revolviendo horriblemente las nubes, entre las cuales bramaba sin descanso el trueno.

El prao luchaba desesperadamente, ofreciendo a las olas que pretendían arrastrarlo hacia el norte los robustos flancos. Escoraba cada vez más espantosamente, se erguía como un caballo encabritado, se sumergía azotando el agua con la proa, gemía como si estuviera a punto de partirse en dos y en algunos momentos se balanceaba tanto que hacía temer que le resultara imposible recuperar el equilibrio.

Seguir luchando contra aquel mar a cada instante más impetuoso era una locura. No había más remedio que dejarse llevar hacia el norte, como seguramente habían concluido ya los otros dos praos, desaparecidos muchas horas antes.

Yáñez, que comprendía lo imprudente que resultaba obstinarse en aquella contienda, estaba a punto de dirigirse a popa para rogar a Sandokán que cambiara de rumbo cuando retumbó en mitad del mar una detonación que no podía confundirse con el estrépito de un rayo.

Los tigres de Mompracem

Al cabo de un instante, una bala pasó silbando por encima de la cubierta y recortó la verga del trinquete.

Un alarido de rabia estalló a bordo del prao ante aquella agresión inesperada que desde luego nadie podía haber previsto en mitad de aquella tempestad, en momentos tan comprometidos.

Tras abandonar el timón a manos de un marinero, Sandokán se abalanzó hacia la proa para tratar de descubrir al audaz que lo asaltaba en mitad del temporal.

–¡Ah! –exclamó–. ¿Hay cruceros que siguen montando guardia?

En efecto, el agresor que tan bien había disparado aquella bala de cañón en mitad del formidable encrespamiento del mar era un enorme navío a vapor en el que ondeaba la bandera inglesa, mientras que en lo alto del palo mayor se distinguía la gran cinta de las embarcaciones de guerra. ¿Qué hacía en alta mar con aquel tiempo? ¿Procedía de las costas de Labuán o de alguna isla vecina?

–Viremos, Sandokán –pidió Yáñez, que lo había alcanzado.

–Sí, hermano mío. Esa embarcación sospecha que somos piratas que se dirigen a Labuán.

Un segundo cañonazo bramó en el puente del navío y una segunda bala pasó silbando entre los aparejos del prao.

A pesar de los violentos balanceos, los piratas se precipitaron sobre los cañones y las espingardas para responder, pero Sandokán los detuvo con un gesto.

En realidad, no hacía falta. El gran navío, que se esforzaba por plantar cara a las olas que lo asaltaban por la proa y se hundía casi por completo bajo el peso de su armazón de hierro, se dirigía contra su voluntad hacia el norte. Al cabo de pocos instantes se había alejado tanto que los piratas dejaron de temer su artillería.

–Qué pena que me haya encontrado en mitad de esta tormenta –dijo Sandokán con tono lúgubre–. Lo habría tomado al asalto a pesar de su envergadura y su tripulación.

–Mejor así, Sandokán –aseguró Yáñez–. Que el diablo se lo lleve y lo mande a pique.

–¿Qué hacía ese barco en alta mar mientras todo el mundo busca refugio? ¿Estaremos cerca de Labuán?

–Eso mismo sospecho yo.

–¿Ves algo ante nosotros?

–Nada más que montañas de agua.

–Y, sin embargo, siento que mi corazón late con fuerza, Yáñez.

–En ocasiones los corazones se equivocan.

–El mío no. Ah...

–¿Qué has visto?

–Un punto oscuro hacia el este. Lo he distinguido con la claridad de un relámpago.

–Pero, aunque estuviéramos cerca de Labuán, ¿cómo pretendes llegar con este temporal?

–Arribaremos, Yáñez, aunque tenga que hacer añicos este barco.

En ese momento se oyó a un malayo gritar desde la bandera del trinquete:

–¡Tierra a proa!

–¡Labuán! ¡Labuán! –exclamó Sandokán con un alarido de regocijo–. Me voy al timón.

Cruzó de nuevo el puente, a pesar de las olas que lo barrían a cada instante, y se dispuso a dirigir el prao hacia el este.

Sin embargo, a medida que se acercaba a la isla

daba la impresión de que el mar doblaba su furia, como si pretendiera impedir a toda costa el desembarco. Crestas monstruosas, surgidas de las llamadas olas de fondo, saltaban por todas direcciones, mientras el viento multiplicaba su violencia, impulsado desde las alturas de la isla.

Pese a todo, Sandokán no cedía y, con los ojos clavados en el este, mantenía impávido el rumbo, sirviéndose de la luz de los relámpagos para orientarse. Muy pronto se encontró a escasos cables de la costa.

–Prudencia, Sandokán –requirió Yáñez, que se había colocado a su lado.

–No temas, hermano.

–Presta atención a los arrecifes.

–Voy a evitarlos.

–Pero ¿dónde encontrarás un lugar en el que resguardarnos?

–Ya verás.

A dos cables se dibujaba confusamente el litoral contra el que iba a romper con furia indecible el mar. Sandokán lo examinó durante unos segundos y luego, con un vigoroso golpe de timón, viró a babor.

–¡Atención! –gritó a los piratas encargados de los brazos de las maniobras.

Impulsó el prao hacia delante con una temeridad que habría puesto los pelos de punta a los más intrépidos lobos de mar, atravesó un estrecho paso abierto entre dos grandes rocas y penetró en una bahía pequeña pero profunda que parecía morir en un río.

La resaca era tan violenta dentro de aquel refugio que el prao quedó a merced de un gravísimo peligro. Era mejor desafiar la ira del mar abierto que fondear ante aquella costa azotada por olas que se revolcaban y se encabalgaban.

–No puede intentarse nada, Sandokán –dijo Yáñez–. Si tratamos de aproximarnos haremos pedazos el barco.

–Eres buen nadador, ¿no es cierto? –preguntó Sandokán.

–Como nuestros malayos.

–De las olas no tienes miedo.

–No las temo.

–Pues entonces vamos a acercarnos.

–¿Qué pretendes?

En lugar de responder, Sandokán gritó:

–¡Paranoa, al timón!

El dayak se abalanzó hacia popa y aferró el timón que abandonaba Sandokán en sus manos.

–¿Qué debo hacer? –le preguntó.

–Por ahora mantener el prao en contra del viento –contestó Sandokán–. Cuidado, que no se vaya hacia los bancos de arena.

–No temas, Tigre de Malasia.

Se volvió a los marineros y les dijo:

–Preparad la chalupa e izadla sobre la amurada. Cuando la onda barra el bordo, la soltáis.

¿Qué intenciones tenía el Tigre de Malasia? ¿Pretendía acaso intentar el desembarco en aquella chalupa, mísero juguete entre tan tremendo oleaje? Al oír la orden, sus hombres se miraron unos a otros con intensa ansiedad, mas se apresuraron a obedecer sin solicitar explicaciones.

Levantaron a golpe de brazos la chalupa y la izaron sobre la amurada de estribor, tras haber colocado en su interior, según instrucciones de Sandokán, dos carabinas, munición y víveres. El Tigre de Malasia se acercó a Yáñez y le dijo:

–Súbete a la chalupa, hermano mío.

Los tigres de Mompracem

–¿Qué quieres hacer, Sandokán?

–Pretendo arribar.

–Acabaremos hechos trizas contra la playa.

–¡Bah! Sube, Yáñez.

–Estás loco.

En lugar de responder, Sandokán lo levantó y lo metió en la chalupa, y acto seguido también él subió de un salto. Una ola monstruosa entraba entonces en la bahía, mugiendo terriblemente.

–¡Paranoa! –gritó Sandokán–. Prepárate para cambiar de rumbo.

–¿Debo salir de nuevo al mar? –preguntó el dayak.

–Vete hacia el norte y navega con la proa al viento y el velamen reducido. Cuando se haya calmado el mar vuelve hasta aquí.

–Muy bien, capitán. ¿Y usted...?

–Arribaré...

–Se dejarán la vida.

–¡Calla! Estad atentos para soltar la chalupa. ¡Ahí llega la ola!

La pared de agua se acercaba con la cresta cubierta por una espuma inmaculada. Se partió por la mitad frente a las dos orillas y una vez en la bahía se precipitó sobre el prao.

En un abrir y cerrar de ojos cayó encima de la embarcación, la envolvió en una nube de espuma y saltó por las amuradas.

–Soltad –gritó Sandokán.

La chalupa, abandonada a su suerte, se alejó junto con los dos valerosos que iban dentro. Prácticamente en ese preciso instante, el prao viró y, aprovechando el rebote de la ola, salió a mar abierto y desapareció tras uno de los arrecifes.

—En marcha, Yáñez —ordenó Sandokán, aferrando un remo—. Vamos a desembarcar en Labuán a pesar del temporal.

—¡Por Júpiter! —exclamó el portugués—. ¡Es una locura!

—¡Tira!

—¿Y las embestidas?

—¡Cierra el pico y estate atento a las olas!

La embarcación se balanceaba espantosamente entre la espuma de la resaca, unas veces descendiéndose y otras manteniéndose suspendida entre las crestas. Sin embargo, las olas la empujaban hacia la playa, que, por fortuna, se abría suavemente y no presentaba arrecifes.

Elevada por otra embestida, recorrió cien metros. Se encaramó a una cresta y desde allí se precipitó, con lo que acusó una colisión violentísima.

Los dos valerosos sintieron que les arrancaban el fondo de debajo de los pies. La quilla había quedado triturada en un abrir y cerrar de ojos.

—¡Sandokán! —gritó Yáñez, que veía entrar agua por los huecos.

—No abandones...

La voz quedó sofocada por un tremendo golpe de mar que fue a suceder al anterior. La chalupa se elevó de nuevo. Se tambaleó durante un instante sobre la inmensa cresta y después cayó hacia delante para ir a estrellarse, pero las olas, que se revolcaban, la hicieron avanzar aún más y la arrojaron contra el tronco de un árbol con tal violencia que los dos piratas salieron disparados. Sandokán, que había ido a caer en mitad de un montón de hojas y ramas, se puso en pie de inmediato y recogió las dos carabinas y la munición.

Una nueva ola se alzaba entonces sobre la orilla.

Al toparse con la chalupa la hizo rodar durante un trecho, y luego la barrió por completo y la sumergió.

–¡Al infierno todos los enamorados! –gritó Yáñez, que se había levantado completamente magullado–. Estas cosas son de locos.

–Pero ¿sigues vivo? –preguntó Sandokán, entre risas.

–¿Pretendías que me hubiera desnucado?

–¡No habría podido consolarme, Yáñez! ¡Eh! ¡Mira el prao!

–¿Cómo? ¿No se ha alejado?

El velero volvía a pasar en ese momento frente a la embocadura de la bahía, avanzando a la velocidad de una flecha.

–Qué fieles compañeros –comentó Sandokán–. Antes de alejarse han querido cerciorarse de que hubiéramos llegado a tierra.

Se arrancó la larga faja de seda roja que llevaba y la desplegó al viento.

Al cabo de un instante retumbó un disparo en el puente del velero.

–Nos han visto –dijo Yáñez–. Esperemos que se salven.

El prao había virado para recuperar el rumbo norte.

Yáñez y Sandokán permanecieron en la playa hasta que ya no pudieron vislumbrarlos y luego se metieron bajo la exuberante vegetación para ponerse a cubierto de la lluvia que caía a cántaros.

–¿Adónde vamos, Sandokán? –quiso saber Yáñez.

–No lo sé.

–¿No sabes dónde nos encontramos?

–Por el momento resulta imposible, aunque supongo que no estamos lejos del río.

–¿Y qué río es ése?

Los tigres de Mompracem

–El que sirvió de refugio a mi prao tras la batalla contra el crucero.

–¿Y la villa de lord James queda cerca de allí?

–A unas cuantas millas.

–En ese caso, lo primero será buscar ese curso de agua.

–Sin duda, Yáñez.

–Mañana peinaremos la costa.

–¡Mañana! –exclamó Sandokán–. ¿Y te parece que puedo esperar tantas horas y quedarme aquí cruzado de brazos? ¿Es que no sabes que tengo fuego en las venas? ¿No te has percatado de que estamos en Labuán, la tierra donde brilla mi estrella?

–¿Cómo quieres que no sepa que nos encontramos en la isla de los casacas rojas?

–Pues entonces comprenderás mi impaciencia.

–En absoluto, Sandokán –contestó tranquilamente el portugués–. ¡Por Júpiter! ¡Aún estoy completamente trastornado y pretendes que nos pongamos en marcha en esta noche infernal! Tú has perdido el juicio, hermano mío.

–El tiempo pasa volando, Yáñez. ¿No te acuerdas de lo que dijo el sargento?

–Perfectamente, Sandokán.

–De un momento a otro lord James puede refugiarse en Victoria.

–Desde luego, no será hoy, con la que está cayendo.

–No hagas bromas, Yáñez.

–No me apetece lo más mínimo, Sandokán. A ver, hablemos con calma, hermano mío. ¿Quieres ir a la villa? ¿Para qué?

–Para verla, al menos –respondió el aludido, con un suspiro.

–Y para cometer luego alguna imprudencia, ¿no es cierto?

–No.

–Hum... Ya sé yo de qué eres capaz. Calma, hermano. Piensa que estamos los dos solos y que en esa villa hay soldados. Esperemos a que regresen los praos y luego ya actuaremos.

–¡Si supieras lo que me pasa al estar en esta tierra! –exclamó Sandokán con voz ronca.

–Me lo imagino, pero no puedo permitirte cometer locuras que pongan en peligro tu vida. ¿Quieres acercarte a la villa para asegurarte de que Marianna sigue allí? Pues iremos, una vez haya cesado el huracán. Con esta oscuridad y esta lluvia no podremos ni orientarnos ni encontrar el río.

»Mañana, cuando haya salido el sol, nos pondremos en camino. De momento vamos a buscar un refugio.

–¿Y tengo que esperar hasta mañana?

–Apenas quedan tres horas para el alba.

–¡Una eternidad!

–Una miseria, Sandokán. Y además mientras tanto puede que el mar se calme, el viento disminuya su violencia y los praos regresen hasta aquí.

»Venga, vamos a meternos debajo de esa areca de hojas monumentales, que nos protegerán mejor que una tienda de campaña, a esperar a que despunte el día.

Sandokán no las tenía todas consigo. Observó a su fiel amigo con la esperanza de poder convencerlo aún para partir, pero por fin cedió y se desplomó junto al tronco del árbol con un largo suspiro.

La lluvia seguía cayendo con extrema violencia y en el mar el huracán no dejaba de soplar con furia. Entre los árboles, los dos piratas vislumbraban las olas que se encabalgaban rabiosamente y se arrojaban contra la playa con un ímpetu irresistible, rompiendo una y otra vez.

Los tigres de Mompracem

Mientras trataban de ver algo entre el oleaje, que en lugar de menguar iba en aumento, Yáñez no pudo contenerse y preguntó:

–¿Qué será de nuestros praos con un temporal así? ¿Crees que se salvarán, Sandokán? En caso de que naufragaran, ¿qué pasaría con nosotros?

–Nuestros hombres son valientes marineros –contestó Sandokán–. Sabrán salir del atolladero.

–Pero ¿y si naufragan? ¿Qué podrías hacer sin su ayuda?

–¿Que qué haría? Me llevaría de todos modos a la muchacha.

–Vas demasiado deprisa, Sandokán. Dos hombres solos, aunque se trate de dos tigres de la salvaje Mompracem, no pueden plantar cara a veinte, treinta o tal vez cincuenta mosquetes.

–Recurriremos a la astucia.

–Hum...

–¿Me crees capaz de renunciar a mi objetivo? ¡No, Yáñez! No volveré a Mompracem sin Marianna.

Yáñez no respondió. Encendió un cigarrillo y se tumbó en la hierba, que estaba prácticamente seca, pues la protegían las largas hojas del árbol, y cerró los ojos.

En cambio, Sandokán se levantó y se fue con decisión hasta la playa. El portugués, que no dormía, lo vio dar vueltas por el margen de la selva, unas veces yendo hacia el norte y otras volviendo hacia el sur.

Sin duda, trataba de orientarse y de reconocer aquella costa que quizá ya había recorrido durante su estancia en la isla.

Cuando regresó empezaba a clarear. La lluvia había cesado unas horas antes y tampoco el viento rugía con la misma fuerza entre los miles de árboles de la selva.

–Sé dónde nos encontramos –anunció.

–Ah... –respondió Yáñez, preparándose para levantarse.

–El río debe de quedar al sur y puede que no muy lejos.

–¿Quieres que vayamos a buscarlo?

–Sí, Yáñez.

–Espero que no oses acercarte a la villa de día.

–Pero esa noche nadie me detendrá... –Y con la entonación de quien pretende reflejar la eternidad añadió:

–¡Doce horas todavía! ¡Qué tortura!

–En la selva el tiempo pasa deprisa, Sandokán –contestó Yáñez, sonriente.

–Vamos.

–Estoy listo para seguirte.

Se echaron las carabinas a la espalda, se metieron las municiones en los bolsillos y se internaron en la gran selva, aunque tratando de no alejarse en exceso de la playa.

–Así evitaremos las profundas ensenadas que describe la costa –dijo Sandokán–. El camino será menos fácil, pero más breve.

–Cuidado, que no nos perdamos.

–¡No temas, Yáñez!

La selva apenas presentaba algún que otro pasaje, pero Sandokán era todo un hombre de los bosques y sabía arrastrarse como una serpiente y orientarse aunque no viera ni las estrellas ni el sol. Se dirigieron hacia el sur, manteniéndose a poca distancia de la playa con el fin de dar en primer lugar con el río en el que se había refugiado en la expedición precedente. Desde allí no resultaba difícil alcanzar la villa, que como bien sabía el pirata quedaba quizá a un par de kilómetros. No obstante, a cada paso que daban el camino se tornaba más difícil debido a los estragos provocados por el huracán. Numerosos árboles, abatidos por el viento, bloqueaban el trayecto y obligaban a los dos piratas a recurrir a osadas ascensiones y largos rodeos. A eso se sumaban los inmensos montones de ramas que dificultaban la marcha y las enormes cantidades de lianas que se enroscaban por las piernas y retrasaban el avance.

De todos modos, recurriendo al kris, subiendo y bajando, saltando y sorteando árboles y troncos tumbados, iban progresando, siempre con la idea de no alejarse en exceso de la costa.

Hacia las doce, Sandokán se detuvo y dijo al portugués:

–Estamos cerca.

–¿Del río o de la villa?

–Del agua –contestó Sandokán–. ¿No oyes ese borboteo que reverbera bajo las densas bóvedas de verdor?

–Sí –repuso Yáñez, tras escuchar durante unos instantes–. ¿Será en efecto el río que buscamos?

–No puedo equivocarme. Yo he pasado por aquí.

–Sigamos adelante.

Atravesaron con rapidez el último tramo de la gran selva y diez minutos después se encontraban ante un pequeño curso de agua que desembocaba en una acogedora bahía rodeada de árboles inmensos.

La casualidad los había conducido hasta el mismo lugar al que habían llegado los praos de la primera expedición. Se veían todavía las huellas dejadas por el segundo, cuando, rechazado por los tremendos cañonazos del crucero, se había refugiado en aquel lugar para reparar sus graves desperfectos.

En la orilla se veían pedazos de vergas, fragmentos de amuradas, trozos de tela, cordajes, balas de cañón, cimitarras y segures quebrados y restos de aparejos.

Sandokán dirigió una mirada sombría a aquellos vestigios, que le recordaron su primera derrota, y suspiró pensando en los valientes que habían perecido bajo el fuego implacable del crucero.

–Reposan allá, fuera de la bahía, en el fondo del mar –indicó a Yáñez con voz triste–. Pobres muertos, todavía sin vengar...

–¿Aquí fue donde arribaste?

–Sí, aquí, Yáñez. Era entonces el invencible Tigre de Malasia; entonces no tenía cadenas en torno al corazón ni visiones ante los ojos.

»Me batí como un desesperado y lancé a mis hombres al abordaje con un furor salvaje, pero me aplastaron.

»¡El maldito barco que nos cubrió de hierro y de plomo estaba ahí! Es como si lo viera en aquella noche aciaga en que lo asalté a la cabeza de un puñado de valientes. ¡Qué momento tan terrible, Yáñez, qué escabechina! Cayeron todos, todos menos uno: ¡yo!

–¿Lamentas aquella incursión, Sandokán?

–No lo sé. Si no hubiera sido por la bala que me alcanzó, quizá no habría conocido a la muchacha del cabello de oro.

Se calló y bajó en dirección a la playa. Se le fue la mirada bajo las azules aguas de la bahía y se detuvo con los brazos extendidos para señalar a Yáñez el punto donde había tenido lugar el atroz abordaje.

–Ahí yacen los praos –informó–. A saber cuántos muertos contienen todavía sus cascos.

Se sentó encima del tronco de un árbol caído tal vez por decrepitud, sostuvo la cabeza con las manos y se sumió en profundos pensamientos.

Yáñez lo dejó absorto en sus meditaciones y se aventuró entre los arrecifes hurgando por las hendiduras con un bastón puntiagudo para ver si descubría alguna ostra gigante.

Tras haber vagado durante un cuarto de hora regresó a la playa cargado con una tan grande que le costaba levantarla. Encender un buen fuego y abrirla fue para él cuestión de pocos instantes.

–Venga, hermano mío, deja los praos bajo el agua y a los muertos entre los peces y ven a hincar el diente a esta pulpa exquisita, que por mucho que le des vueltas y más vueltas no saldrán a flote ni los unos ni los otros.

–Es cierto, Yáñez –reconoció Sandokán con un suspiro–. Esos valientes no volverán jamás a la vida.

La comida fue deliciosa. Aquella ostra gigantesca contenía una pulpa tan delicada que al buen portugués le sabía a gloria, ya que el aire marino y los perfumes de la selva le habían aguzado extraordinariamente el apetito.

Terminado aquel almuerzo tan copioso, Yáñez se preparó para echarse bajo un magnífico durián que descollaba a la orilla del río y fumarse tranquilamente un par de cigarrillos, pero Sandokán le señaló la selva con un gesto.

–Puede que la villa quede lejos –le dijo.

–¿No sabes con exactitud dónde está?

–Vagamente, ya que recorrí esta zona sumido en el delirio.

–¡Diablos!

–Bah, no te preocupes, Yáñez. Sabré encontrar el sendero que conduce al jardín.

–Vamos, puesto que es lo que deseas; eso sí, no hay que cometer imprudencias.

–Mantendré la calma, Yáñez.

–Otra cosa, hermano.

–¿El qué?

–Espero que aguardes a la noche para entrar en el jardín.

–Sí, Yáñez.

–¿Me lo prometes?

–Te doy mi palabra.

–Entonces en marcha.

Siguieron durante un trecho la orilla derecha del río y después se internaron con determinación en la gran selva.

Daba la impresión de que el huracán había castigado con fuerza aquella parte de la isla. Numerosos árboles, abatidos por el viento o por los rayos, yacían en el suelo; algunos estaban todavía semisuspendidos, ya que habían quedado retenidos por las lianas, y otros se habían desplomado por completo. Había por todas partes, pues, matorrales desgarrados y retorcidos, amasijos de follaje y de fruta y ramas quebradas, entre las que gritaban muchos monos que habían resultado heridos. A pesar de tan numerosos obstáculos, Sandokán no se detenía. Prosiguió la marcha hasta el atardecer, sin dudar en ningún momento de qué camino tomar.

Con la oscuridad empezó a perder la esperanza de dar con su objetivo, pero de repente se topó con un amplio sendero.

–¿De qué se trata? –preguntó el portugués, al ver que se detenía.

–Estamos cerca de la villa –contestó Sandokán con voz sofocada–. Este sendero conduce al jardín.

–¡Por Baco! ¡Qué buena suerte, hermano mío! Sigue adelante, pero cuida de no cometer locuras.

Sandokán no esperó que terminara la frase. Preparada la carabina para que no lo sorprendieran desarmado, se lanzó por aquel camino a tal velocidad que al portugués le resultó difícil no quedarse atrás.

–¡Marianna, divina muchacha! ¡Amor mío! –exclamaba el pirata, devorando el terreno cada vez más deprisa–. ¡No temas más, que estoy cerca de ti!

En aquel momento el formidable pirata habría derribado un regimiento entero con tal de llegar a la villa. Ya no tenía miedo de nadie; ni la mismísima muerte lo habría hecho retroceder.

Anhelante, se sentía invadido por un fuego intenso que le abrasaba el corazón y el cerebro y lo agitaban mil preocupaciones. Lo inquietaba llegar demasiado tarde, no encontrar ya a la mujer que amaba sin mesura, y corría cada vez más, olvidándose de la más mínima prudencia, haciendo pedazos las ramas de los matorrales, partiendo impetuosamente las lianas, saltando con impulsos de león los mil obstáculos que le impedían el paso.

–¡Eh, Sandokán, loco endiablado –decía Yáñez, que trotaba como un caballo–. Espera un poco que te alcance! Detente, por un millar de espingardas, que si no reviento.

–¡A la villa! ¡A la villa! –respondía invariablemente el pirata.

No se detuvo hasta llegar a las empalizadas del jardín, y fue más para esperar a su compañero que por prudencia o cansancio.

–¡Uf! –exclamó el portugués al alcanzarlo–. ¿Te crees que soy un caballo, para hacerme correr así? La villa no se escapa, te lo aseguro, y además no sabes quién puede ocultarse tras esa valla.

–Los ingleses no me dan miedo –contestó el tigre, presa de una intensa exaltación.

–Ya lo sé, pero si te haces matar no volverás a ver a tu Marianna.

–Pero es que no puedo quedarme aquí, tengo que ver a la lady.

–Calma, hermano mío. Obedéceme y algo verás, no lo dudes.

Le hizo un ademán para que se callara y se encaramó a la valla con la agilidad de un gato para observar atentamente el jardín.

–No parece que haya un solo centinela –informó–, así que entremos.

Se dejó caer del otro lado mientras Sandokán lo seguía y los dos se adentraron en silencio en el jardín. Fueron escondiéndose por los matorrales y los parterres, siempre con los ojos puestos en la casa, que se vislumbraba confusamente entre las tinieblas.

Se habían situado a un tiro de arcabuz cuando Sandokán se detuvo de sopetón y colocó la carabina ante sí.

–Detente, Yáñez –susurró.

–¿Qué has visto?

–Hay hombres plantados delante de la casa.

–¿Puede ser el lord con Marianna?

Sandokán, cuyo corazón latía furiosamente, se levantó poco a poco y entrecerró los ojos para repasar aquellas figuras humanas con profunda atención.

–¡Maldición! –murmuró, con los dientes apretados–. Son soldados...

–¡Oh! ¡Oh! Se enreda la madeja –gruñó el portugués–. ¿Qué hacemos?

–Si hay soldados es señal de que Marianna sigue en la villa.

–Eso diría yo también.

–Pues ataquemos.

Los tigres de Mompracem

–¡Estás loco! ¿Quieres que te maten? Nosotros somos dos y ellos, quizá diez, quince, puede que incluso treinta.

–¡Pero tengo que verla! –exclamó Sandokán, mirando al portugués con unos ojos que parecían los de un enajenado.

–Cálmate, hermano mío –pidió Yáñez, aferrándolo con fuerza de un brazo para impedirle cometer un disparate–. Cálmate y puede que la veas.

–¿Cómo?

–Esperemos a que anochezca.

–¿Y luego?

–Tengo un plan. Échate aquí cerca, frena los impulsos del corazón y no tendrás nada de lo que arrepentirte.

–¿Y los soldados?

–¡Por Júpiter! Espero que se vayan a dormir.

–Tienes razón, Yáñez: ¡aguardemos!

Se tumbaron tras un tupido matorral, pero de modo que no perdían de vista a los soldados, y esperaron el momento oportuno para actuar.

Pasaron dos, tres, cuatro horas, largas para Sandokán como cuatro siglos, y finalmente los soldados se metieron en la casa y cerraron la puerta con un ruido ensordecedor.

El tigre hizo ademán de lanzarse hacia delante, pero el portugués lo detuvo de inmediato y luego, tras arrastrarlo hasta la densa sombra de un enorme pomelo, le dijo, cruzando los brazos y mirándolo fijamente:

–Dime, Sandokán: ¿qué esperas hacer esta noche?

–Verla.

–¿Y eso te parece empresa fácil? Para empezar, ¿se te ha ocurrido cómo conseguirlo?

–No, pero...

–¿Sabe tu muchacha que estás aquí?

–No es posible.

–En ese caso, habría que llamarla.

–Sí.

–Y los soldados lo oirán, ya que no deben de ser sordos, y se liarán a tiros.

Sandokán no respondió.

–Ya ves, mi pobre amigo, que esta noche no podrás hacer nada.

–Puedo trepar hasta sus ventanas–dijo Sandokán.

–¿Y no has visto a ese soldado escondido en la esquina del pabellón?

–¿Un soldado?

–Sí, Sandokán. Mira: se ve brillar el cañón del fusil.

–Entonces, ¿qué me aconsejas que haga? ¡Habla! La fiebre me devora.

–¿Qué parte del jardín frecuenta tu muchacha?

–Todos los días se iba a bordar al quiosco chino.

–Perfecto. ¿Dónde se encuentra?

–Está aquí cerca.

–Llévame.

–¿Qué pretendes, Yáñez?

–Hay que avisarla de que hemos venido.

Aunque alejarse de allí lo sumía en todas las penas del infierno, el Tigre de Malasia se metió en un sendero lateral y condujo a Yáñez al quiosco.

Se trataba de un acogedor pabelloncito de paredes caladas, pintado de vivos colores y coronado por una especie de cúpula de metal dorado cubierta de agujas y de dragones que chillaban.

A su alrededor se extendía una arboleda de lilas y de grandes arbustos de rosas de China que desprendían intensos perfumes.

Tras armar las carabinas, pues no se fiaban de que

estuviera desierto, Yáñez y Sandokán entraron. No había nadie.

El portugués encendió un fósforo y descubrió, encima de una mesa trabajada y muy liviana, un cestito que contenía encajes e hilo y junto al cual se encontraba una mándola taraceada de nácar.

–¿Cosas suyas? –preguntó a Sandokán.

–Sí –contestó éste, con un aire de ternura infinita.

–¿Estás seguro de que regresará?

–Es su lugar preferido. Aquí viene esa divina muchacha a respirar el aire perfumado por las lilas en flor, aquí acude a cantar las dulces canciones de su país natal y aquí fue donde me juró eternamente su cariño.

Yáñez arrancó una hoja de un cuadernito, rebuscó en un bolsillo y tras encontrar un pedazo de lápiz, mientras Sandokán encendía otro fósforo, escribió las siguientes palabras:

Tomamos tierra ayer durante el huracán. Mañana por la noche, a las doce, estaremos debajo de sus ventanas. Procúrese una cuerda para facilitar la escalada de Sandokán.

YÁÑEZ DE GOMERA

–Espero que mi nombre no le sea desconocido –dijo.

–¡Oh, no! –contestó Sandokán–. Sabe que eres mi mejor amigo.

El portugués dobló la carta y la introdujo en la cesta de labores, de modo que se viera enseguida, mientras Sandokán arrancaba algunas rosas de China y las echaba por encima.

Los dos piratas se miraron a la cara cuando los bañó la lívida luz de un relámpago; uno estaba tranquilo y el otro, dominado por una gran emoción.

–Vamos, Sandokán –dijo Yáñez.

–Te sigo –contestó el Tigre de Malasia, con un suspiro contenido.

Cinco minutos después cruzaban la empalizada del jardín y volvían a internarse en la selva tenebrosa.

Capítulo XVII

LA CITA NOCTURNA

La noche era tempestuosa, pues aún no se había calmado el huracán. El viento rugía y aullaba con mil tonos distintos en la selva, doblaba las ramas de las plantas y agitaba por lo alto masas de follaje, arqueando y desarraigando los árboles jóvenes y sacudiendo con violencia los más añejos. De cuando en cuando los deslumbrantes relámpagos quebraban las densas tinieblas y caían los rayos para abatir e incendiar las plantas más altas del bosque.

Era una auténtica noche infernal, una noche propicia para intentar un audaz golpe de mano contra la villa. Por desgracia, los hombres de los praos no estaban presentes para ayudar a Sandokán en tan temeraria empresa.

Aunque el huracán arreciaba, los dos piratas no se detenían. Guiados por la luz de los relámpagos trataban de alcanzar el río para comprobar si alguno de los praos había logrado refugiarse en la pequeña bahía.

Sin prestar atención a la lluvia, que caía de forma torrencial, aunque cuidándose de que no los aplastaran las grandes ramas que partía el viento, al cabo de dos horas se encontraron junto a la desembocadura, lo cual resultó una sorpresa, pues para llegar a la villa habían empleado el doble de tiempo.

–En plena oscuridad nos hemos orientado mejor que de día –observó Yáñez–. Una auténtica fortuna en una noche como ésta.

Sandokán bajó a la orilla y, gracias a un relámpago, dirigió una rápida mirada a las aguas de la bahía.

–Nada –concluyó con voz queda–. ¿Puede que mis embarcaciones hayan sufrido alguna desgracia?

–Yo diría que aún no han abandonado sus refugios –contestó Yáñez–. Se habrán percatado de que otro huracán amenazaba con estallar y por ser gente prudente no se habrán movido. Sabes bien que no es cosa fácil llegar hasta aquí cuando el oleaje y el viento descargan su furia.

–Me asalta una vaga inquietud, Yáñez.

–¿Qué temes?

–Que hayan naufragado.

–¡Bah! Nuestras embarcaciones son sólidas. Dentro de un par de días las veremos aparecer. Les dijiste que nos encontraríamos en esta bahía, ¿verdad?

–Sí, Yáñez.

–Vendrán. Busquemos amparo, Sandokán. Llueve a mares y este huracán no se calmará a corto plazo.

–¿Adónde vamos? Tenemos la cabaña donde vivió Giro-Batol durante su estancia en esta isla, pero dudo que consiga encontrarla.

–Metámonos en esa espesura de plataneras. Sus hojas gigantescas nos protegerán muy bien.

–Mejor construir un *atap*, Yáñez.

–No se me había ocurrido. Podemos tenerlo dentro de pocos minutos.

Sirviéndose de los krises cortaron unos cuantos bambúes que crecían a la orilla del río y los plantaron bajo un magnífico pomelo cuyas hojas, bastante densas, prácticamente bastaban para protegerlos de la lluvia. Los entrecruzaron como el esqueleto de una tienda de campaña a dos aguas y los cubrieron con las hojas gigantescas de las plataneras, que fueron superponiendo.

Tal y como había predicho Yáñez, bastaron unos pocos minutos para construir el refugio.

Los dos piratas se metieron debajo junto con un racimo de plátanos y, tras una parca cena a base únicamente de esa fruta, trataron de conciliar el sueño mientras el huracán cobraba mayor violencia, con su acompañamiento de relámpagos y de truenos ensordecedores.

La noche fue terrible. En muchas ocasiones, Yáñez y Sandokán se vieron obligados a reforzar su guarida y a recubrirla de ramas y de hojas de plataneras que los protegieran de la lluvia torrencial e incesante.

Sin embargo, hacia el amanecer el temporal amainó un poco, lo que permitió a los dos piratas dormir tranquilamente hasta las diez de la mañana.

–Vamos a buscar algo de desayuno –dijo Yáñez, al despertarse–. A ver si encuentro alguna otra ostra colosal.

Se dirigieron a la bahía siguiendo la orilla meridional y, hurgando entre los numerosos arrecifes, lograron dar con muchas docenas de ostras de un tamaño más que considerable y también con unos cuantos crustáceos. Yáñez añadió plátanos y algunos pomelos, así como naranjas bastante grandes y muy suculentas.

Terminada la comida, regresaron a la costa y caminaron hacia el norte con la esperanza de ver alguno de sus praos, pero no divisaron a ninguno navegando por el mar.

–La tormenta no les habrá permitido dirigirse hacia el sur –dijo Yáñez a Sandokán–. El viento ha soplado constantemente desde las doce.

–La verdad es que su suerte me inquieta bastante, amigo –contestó el Tigre de Malasia–. Este retraso me despierta graves temores.

–¡Bah! Nuestros hombres son marineros muy avezados.

Durante gran parte de la jornada permanecieron en aquella playa, pero cuando se acercaba el atardecer regresaron a la selva para acercarse a la villa de lord James Guillonk.

–¿Crees que Marianna habrá encontrado nuestra nota? –preguntó Yáñez a Sandokán.

–Estoy seguro –contestó el tigre.

–Entonces acudirá a la cita.

–Si es que disfruta de libertad.

–¿Qué quieres decir, Sandokán?

–Temo que lord James la vigile estrechamente.

–¡Diablos!

–Nosotros vamos a la cita de todos modos, Yáñez. El corazón me dice que la veré.

–Pero cuidado no cometas ninguna imprudencia. En el jardín y en la villa habrá soldados, qué duda cabe.

–De eso estoy seguro.

–Tratemos de que no nos sorprendan.

–Actuaré con calma.

–¿Me lo prometes?

–Sí.

–Entonces vamos.

Avanzando poco a poco, con los ojos en guardia y los oídos aguzados, espiando prudentemente los densos matorrales y las espesuras, a fin de no caer en ninguna emboscada, hacia las siete de la tarde alcanzaron

Los tigres de Mompracem

los alrededores del jardín. Quedaban aún unos pocos minutos de crepúsculo que podían bastar para examinar la villa.

Tras comprobar que no había ningún centinela escondido entre la vegetación, se acercaron a la valla y, ayudándose el uno al otro, la escalaron. Se dejaron caer al otro lado, se metieron en los parterres devastados en gran parte por el huracán y se escondieron en un macizo de peonías de China.

Desde aquel punto podían observar cómodamente lo que sucedía en el jardín y también en la casa, ya que ante sí no tenían más que árboles ralos.

–Veo a un oficial en una ventana de la casa –apuntó Sandokán.

–Y yo a un centinela que vigila cerca de la esquina del pabellón –añadió Yáñez.

–Si se queda ahí cuando hayan caído las tinieblas nos resultará un poco molesto.

–Lo liquidaremos –dijo Sandokán resueltamente.

–Sería mejor sorprenderlo y amordazarlo. ¿Tú llevas alguna cuerda?

–Tengo la faja.

–Perfecto, y entonces... ¡Eh! Bribones...

–¿Qué pasa, Yáñez?

–¿No te has fijado en que han puesto rejas a todas las ventanas?

–¡Maldición de Alá! –exclamó Sandokán con los dientes apretados.

–Hermano mío, lord James debe de estar muy al tanto de la audacia del Tigre de Malasia. ¡Por Baco! ¡Cuántas precauciones!

–O sea, que Marianna estará vigilada.

–Sin duda, Sandokán.

–Y no podrá acudir a mi cita.

–Es probable, Sandokán.

–Pero de todos modos la veré.

–¿Y de qué modo?

–Trepando hasta su ventana. Tú ya lo habías previsto y en la nota le dijimos que consiguiera una cuerda.

–¿Y si nos sorprenden los soldados?

–Daremos batalla. Ya sabes que nos tienen miedo.

–No digo que no.

–Y que nosotros luchamos como diez hombres.

–Sí, cuando las balas no llueven demasiado pegadas unas a otras. ¡Eh! Mira, Sandokán.

–¿Qué ves?

–A un pelotón de soldados que sale de la villa –contestó el portugués, que se había subido a la gran raíz de un pomelo vecino para observar mejor.

–¿Adónde van?

–Se marchan del jardín.

–¿Irán a vigilar las proximidades?

–Eso me temo.

–Mejor para nosotros.

–Sí, puede ser. Y ahora a esperar la medianoche.

Encendió un cigarrillo con precaución y se tumbó al lado de Sandokán a fumar tranquilamente como si se hallara en el puente de uno de sus praos.

En cambio, Sandokán, enrojecido por la impaciencia, no podía estarse quieto un instante. De vez en cuando se levantaba para escrutar los alrededores, tratando de discernir lo que sucedía en casa del lord o de descubrir a la joven.

Vagos temores lo perturbaban, pues creía que habían preparado algún tipo de emboscada en las cercanías de la villa. Tal vez la nota había caído en manos de alguien que la había llevado a lord James, y no a Marianna.

Incapaz de contenerse, no dejaba de interrogar a Yáñez, quien sin embargo seguía fumando sin responder. Por fin dieron las doce.

Sandokán se puso en pie de un respingo, dispuesto a abalanzarse sobre la casa, aunque fuera a riesgo de encontrarse de improviso frente a los soldados de lord James.

Sin embargo, Yáñez, que también se había levantado de un salto, lo aferró de un brazo.

–Despacio, hermano –le dijo–. Me has prometido que serías prudente.

–Ya no temo a nadie –replicó Sandokán–. Estoy decidido a todo.

–No nos juguemos el pellejo, amigo. Te olvidas de que hay un centinela junto al pabellón.

–Pues vamos a matarlo.

–Basta con que no dé la alarma.

–Hay que estrangularlo.

Salieron del macizo de peonías y se pusieron a reptar por los parterres, escondiéndose tras los matorrales y los rosales de China, que crecían en abundancia.

Se habían situado a unos cien pasos de la casa cuando Yáñez detuvo a Sandokán.

–¿Ves al soldado? –le preguntó.

–Sí.

–Me parece que se ha dormido apoyado en el fusil.

–Tanto mejor, Yáñez. Ven y estate preparado para cualquier cosa.

–He preparado el pañuelo para amordazarlo.

–Y yo tengo el kris en la mano. Si suelta un grito acabo con él.

Se metieron los dos en un espeso parterre que se prolongaba en dirección al pabellón y arrastrándose como serpientes se situaron a pocos pasos del soldado.

Los tigres de Mompracem

El pobre jovencito, convencido de que nadie iba a molestarlo, se había recostado contra el muro del pabellón y dormitaba con el fusil entre las manos.

–¿Listo, Yáñez? –preguntó Sandokán con un hilo de voz.

–Adelante.

Con un salto digno de un tigre, Sandokán se arrojó sobre el joven soldado, lo aferró con fuerza por la garganta y lo derribo de un envite irresistible.

Yáñez también se había lanzado sobre él. Con un movimiento veloz amordazó al prisionero y luego lo ató de manos y pies, diciéndole con voz amenazadora:

–¡Cuidado! Al más mínimo gesto te planto el kris en el corazón. –Después, volviéndose hacia Sandokán, añadió–: Vamos a por tu muchacha. ¿Sabes cuáles son sus ventanas?

–¡Sí, claro! –exclamó el pirata, que ya miraba hacia allí–. Ésas, encima de la glorieta. ¡Ah, Marianna, si supieras que estoy aquí!

–Ten paciencia, hermano mío, y si todo sale bien la verás.

Al cabo de un momento Sandokán retrocedió con un auténtico rugido.

–¿Qué te sucede? –preguntó Yáñez, pálido.

–¡Han cerrado sus ventanas con una reja!

–¡Diablos! ¡Bah, no importa!

Recogió un puñado de guijarros y lanzó uno contra los cristales, lo que provocó un leve ruido. Los dos piratas se quedaron a la espera, conteniendo la respiración y dominados por una intensa emoción.

No hubo respuesta. Yáñez arrojó un segundo guijarro, luego un tercero y finalmente un cuarto.

De repente se abrieron los cristales y Sandokán, a

la luz azulada del astro nocturno, distinguió una forma blanca que reconoció de inmediato.

–¡Marianna! –silbó, alzando los brazos hacia la joven, que se había inclinado sobre la reja.

Aquel hombre, tan enérgico y tan fuerte, vaciló como si hubiera recibido un balazo en pleno pecho y se quedó allí, como aturdido, con los ojos como platos, pálido y tembloroso.

Un ligero grito surgió del pecho de la joven lady, que había reconocido al pirata al instante.

–Vamos, Sandokán –dijo Yáñez, saludando galantemente a la joven–. Sube hasta la ventana, pero date prisa, que el viento no sopla a nuestro favor.

El pirata se precipitó hacia la casa, se encaramó a la glorieta y se aferró a los hierros de la ventana.

–¡Tú, tú! –exclamó ella, loca de alegría–. ¡Por el amor de Dios!

–¡Marianna! ¡Ah, mi adorada muchacha! –murmuró él con voz sofocada mientras le cubría las manos de besos–. ¡Por fin vuelvo a verte! Eres mía, ¿verdad? ¡Mía, aún mía!

–Sí, tuya, Sandokán, en la vida y en la muerte –contestó la hermosa lady–. ¡Volver a verte tras haber llorado tu pérdida! ¡Qué felicidad tan extraordinaria, amor mío!

–¿Me creías muerto, pues?

–Sí, y he sufrido mucho, inmensamente, al imaginarte perdido para siempre.

–No, amada Marianna, no fallece con tanta facilidad el Tigre de Malasia. Me abrí camino entre el fuego de tus compatriotas sin que me hirieran, crucé el mar, convoqué a mis hombres y he regresado a la cabeza de cien tigres, dispuesto a todo para salvarte.

–¡Sandokán! ¡Sandokán!

Los tigres de Mompracem

–Ahora escúchame, Perla de Labuán –pidió el pirata–. ¿Está aquí el lord?

–Sí, y me tiene prisionera porque teme tu aparición.

–He visto soldados.

–Sí, y hay muchos que vigilan día y noche las estancias inferiores. Estoy rodeada por todas partes, encerrada entre las bayonetas y las rejas, sin la más mínima posibilidad de dar un paso al aire libre. Mi valiente amigo, temo no poder convertirme jamás en tu esposa, no llegar jamás a ser feliz, ya que mi tío, que ahora me odia, no consentirá emparentar con el Tigre de Malasia y hará todo lo posible por alejarse, para poner entre tú y yo la inmensidad del océano y la de los continentes.

Dos lágrimas, dos perlas, cayeron de sus ojos.

–¡Lloras! –exclamó el pirata con pesar–. Amor mío, no llores o me volveré loco y cometeré un disparate. ¡Escúchame, Marianna! Mis hombres no están lejos; hoy son pocos, pero mañana o pasado mañana serán muchos y ya sabes de qué clase de hombres se trata. Por mucho que el lord atrinchere la villa, entraremos, aunque sea necesario incendiarla o derribar los muros. Soy el tigre y por ti me siento capaz de pasar a hierro y a fuego no la casa de tu tío, sino Labuán entera. ¿Quieres que te secuestre esta noche? Tan sólo somos dos, mas si lo deseas quebraremos los barrotes que te mantienen prisionera, da igual que tengamos que pagar con nuestras vidas tu libertad. ¡Habla, habla, Marianna, que el cariño que siento por ti me vuelve loco y me infunde tanta fuerza que tomaría la villa al asalto yo solo!

–¡No! No... –exclamó ella–. ¡No, valiente mío! Muerto tú, ¿qué sería de mí? ¿Crees que te sobreviviría? Tengo fe en ti; sí, tú me salvarás, pero cuando lleguen tus hombres, cuando tengas fuerzas, cuando tengas la potencia suficiente para aplastar a quienes me tienen prisionera o para romper los barrotes que me enjaulan.

En ese instante surgió un leve silbido al pie de la glorieta. Marianna se sobresaltó.

–¿Lo has oído? –preguntó.

–Sí –contestó Sandokán–. Es Yáñez, que se impacienta.

–Puede que haya visto algún peligro, Sandokán. En las sombras de la noche puede que se oculte algo grave para ti, mi valiente amigo. ¡Por el amor de Dios! Ha llegado la hora de la separación.

–¡Marianna!

–Si no volviéramos a vernos...

–Ni lo digas, amor mío, puesto que te lleven donde te lleven sabré alcanzarte.

–Pero mientras...

–Es cuestión de pocas horas, amada mía. Mañana tal vez lleguen mis hombres y derribemos estos muros.

El silbido del portugués se oyó otra vez.

–Parte, mi noble amigo –pidió Marianna–. Podrías correr graves peligros.

–¡Ah! No les tengo miedo.

–Parte, Sandokán, te lo ruego, parte antes de que nos sorprendan.

–Dejarte... No me decido a abandonarte. ¿Por qué no he conducido a mis hombres hasta aquí? Habría podido asaltar inesperadamente esta casa para que te lleváramos con nosotros.

–¡Vete ya, Sandokán! He oído pisadas en el pasillo.

–¡Marianna!

En ese momento retumbó un alarido feroz en la estancia.

Los tigres de Mompracem

–¡Miserable! –bramó una voz.

El lord, pues de él se trataba, aferró a Marianna por los hombros para tratar de apartarla de los barrotes mientras se oía que corrían los cerrojos de la puerta de la planta baja.

–¡Huye! –gritó Yáñez.

–¡Huye, Sandokán! –repitió Marianna.

No había un solo momento que perder. Sandokán, que se veía perdido en caso de no escapar, dio un enorme salto para salvar la glorieta y precipitarse sobre el jardín.

Capítulo XVIII

DOS PIRATAS EN UNA ESTUFA

Cualquier otro hombre que no hubiera sido un malayo se habría roto las piernas sin lugar a dudas con aquel salto, pero no sucedió tal cosa en el caso de Sandokán, que, además de ser duro como el acero, poseía una agilidad de cuadrumano.

Se precipitó en mitad de un parterre y apenas había tocado el suelo cuando ya se incorporó, kris en mano, dispuesto a defenderse.

Por suerte, el portugués estaba allí. Se le echó encima y, agarrándolo por los hombros, lo empujó bruscamente hacia un grupo de árboles y le dijo:

–¡Pero huye, desgraciado! ¿Quieres hacerte fusilar?

–Déjame, Yáñez –pidió el pirata, dominado por una fuerte exaltación–. ¡Asaltemos la villa!

Tres o cuatro soldados se asomaron entonces a una ventana y los apuntaron con fusiles.

–¡Sálvate, Sandokán! –se oyó gritar a Marianna.

El pirata dio un salto de diez pasos recibido con una descarga de los fusiles y una bala le atravesó el turbante. Se volvió rugiendo como una fiera y descargó la carabina contra una ventana, con lo que hizo añicos los cristales y alcanzó en la frente a un soldado.

210

Los tigres de Mompracem

–¡Ven! –gritó Yáñez, arrastrándolo hacia la empalizada–. Ven, terco imprudente.

Se había abierto la puerta de la casa y diez soldados seguidos de otros tanto indígenas armados de antorchas se lanzaron al exterior.

El portugués abrió fuego entre el follaje. El sargento al mando de la pequeña escuadra se desplomó.

–Hay que escapar, hermano mío –insistió Yáñez, mientras los soldados se detenían en torno a su jefe.

–No logro decidirme a dejarla sola –reconoció Sandokán, a quien la pasión turbaba el cerebro.

–Te ha dicho que huyas. Ven o te llevo yo.

Aparecieron dos soldados a tan sólo treinta pasos y tras ellos un numeroso pelotón.

Los dos piratas no vacilaron más. Se metieron entre los matorrales y los parterres y echaron a correr hacia la cerca, con el ruido de fondo de unos cuantos tiros de fusil disparados a tontas y a locas.

–Tú sigue adelante, hermano mío –dijo el portugués, que cargaba la carabina pero no dejaba de correr–. Mañana devolveremos a esos individuos los disparos que nos han dedicado.

–Me temo que lo he estropeado todo, Yáñez –admitió el pirata con voz triste.

–¿Y eso, amigo mío?

–Ahora que saben que estoy aquí ya no se dejarán sorprender.

–No digo que no, pero si han llegado los praos tendremos un centenar de tigres que lanzar al asalto. ¿Quién resistiría semejante carga?

–Me da miedo el lord.

–¿Qué quieres que haga?

–Es hombre capaz de matar a su sobrina, antes de dejarla caer en mis manos.

–¡Diablos! –exclamó Yáñez, mientras se rascaba furiosamente la frente–. Eso no se me había ocurrido.

Iba a detenerse para recuperar el aliento y hallar una solución a ese problema cuando, en mitad de la profunda oscuridad, vio pasar unos reflejos rojizos.

–¡Los ingleses! –exclamó–. Han dado con nuestras huellas y nos siguen por el jardín. ¡Alejémonos al trote, Sandokán!

Los dos echaron a correr con fuerza y se adentraron cada vez más en el jardín con la intención de alcanzar la empalizada.

Sin embargo, a cada zancada la marcha resultaba más difícil. Por todas partes árboles enormes, lisos y rectos unos, nudosos y retorcidos los otros, se erguían sin permitir prácticamente el paso.

Aun así, y por ser hombres que sabían orientarse incluso por instinto, estaban seguros de que les quedaba poco para llegar al límite del recinto, pero una vez atravesada la parte boscosa del jardín se encontraron en terrenos cultivados.

Pasaron ante el quiosco chino sin detenerse y al volver hacia atrás para no perderse entre aquellas plantas gigantescas se adentraron de nuevo en los parterres. Corriendo entre las flores, llegaron por fin hasta la valla sin que los descubrieran los soldados que batían todo el terreno.

–Despacio, Sandokán –aconsejó Yáñez, conteniendo a su compañero, que estaba a punto lanzarse–. Los disparos pueden haber atraído a los soldados que vimos partir después del atardecer.

–¿Habrán entrado ya en el jardín?

–¡Eh! ¡Calla! Agáchate aquí a mi lado y escucha.

Sandokán aguzó el oído, pero no distinguió más que el susurro de las hojas.

Los tigres de Mompracem

–¿Has visto a alguien? –preguntó.

–He oído que se quebraba una rama detrás de la empalizada.

–Puede haber sido un animal.

–Y también pueden haber sido los soldados. ¿Quieres que te diga algo más? Me ha parecido oír voces. Apostaría el diamante de mi kris contra una piastra a que detrás de esa valla hay casacas rojas emboscados. ¿No te acuerdas del pelotón que ha salido antes?

–Sí, Yáñez, pero nosotros no vamos a quedarnos en este jardín.

–¿Qué quieres hacer?

–Asegurarme de que el camino está libre.

Sandokán, que se mostraba bastante más prudente que antes, se levantó sin hacer ruido y, tras echar un vistazo bajo los árboles del recinto, trepó con la ligereza de un gato a la empalizada.

Apenas había alcanzado la cima cuando oyó al otro lado voces quedas.

–Yáñez no se equivocaba –murmuró.

Se inclinó hacia delante y miró bajo los árboles que crecían allí fuera. Si bien la oscuridad era profunda, distinguió vagamente unas sombras congregadas junto al tronco de una colosal casuarina.

Se apresuró a descender y se reunió con Yáñez, que no se había movido.

–Estabas en lo cierto –informó–. Al otro lado hay hombres emboscados.

–¿Son muchos?

–Calculo que una media docena.

–¡Por Júpiter!

–¿Qué hacemos, Yáñez?

–Alejarnos enseguida para buscar otra vía de escape.

–Me temo que ya sea demasiado tarde. ¡Pobre Marianna...! Puede que nos crea ya perdidos o incluso muertos.

–Por ahora no pensemos en la muchacha. Los que corremos un serio peligro somos nosotros.

–Vámonos de aquí.

–Calla, Sandokán. Oigo hablar al otro lado de la valla.

Se distinguían unas voces, en efecto, una ronca y la otra autoritaria. El viento que soplaba procedente de la selva las llevaba con claridad a los oídos de los dos piratas.

–Te digo yo –decía la voz autoritaria– que los piratas han entrado en el jardín para tratar de dar un golpe de mano a la villa.

–No me lo creo, sargento Bell –contestó la otra.

–¿Te parece, estúpido, que nuestros camaradas disparan cartuchos por diversión? Tienes el cerebro vacío, Willi.

–Pues entonces no se nos escaparán.

–Eso espero. Somos treinta y seis y podemos vigilar todo el perímetro y congregarnos a la primera señal. Venga, deprisa, desplegaos y abrid bien los ojos. Puede que nos las veamos con el Tigre de Malasia.

Tras esas palabras se oyeron unas ramas que se partían y unas hojas que crujían, y después nada.

–Desde luego, esos bribones han crecido en número –susurró Yáñez inclinándose hacia Sandokán–. Están a punto de rodearnos, hermano mío, y si no actuamos con suma prudencia caeremos en la red que nos han tendido.

–¡Calla! –ordenó el Tigre de Malasia–. Oigo hablar.

La voz autoritaria había vuelto a la carga:

–Tu, Bob, quédate aquí mientras voy a esconderme

detrás de ese alcanforero. Ten el fusil armado y los ojos bien fijos en la empalizada.

–No se preocupe, sargento –contestó el llamado Bob–. ¿Cree que tendremos que vérnoslas precisamente con el Tigre de Malasia?

–Ese audaz pirata se ha enamorado locamente de la sobrina de lord Guillonk, un bomboncito destinado al baronet Rosenthal, y ya puedes imaginarte que no tiene intención de estarse quieto. Estoy más que seguro que esta noche ha tratado de secuestrarla, a pesar de la vigilancia de nuestros soldados.

–¿Y cómo ha conseguido desembarcar sin que lo vieran nuestros cruceros?

–Habrá aprovechado el huracán. Se dice incluso que unos praos navegaban por aguas próximas a la isla.

–¡Qué audacia!

–¡Ah, no será la última que veamos! El Tigre de Malasia nos dará trabajo, que te lo digo yo, Bob. Es el hombre más audaz que he conocido.

–Pero esta vez no se nos escapará. Si se encuentra en el jardín no saldrá tan fácilmente.

–Basta: a tu puesto, Bob. Tres carabinas cada cien metros pueden bastar para detener el Tigre de Malasia y a sus compañeros. No te olvides de que si conseguimos matar al pirata nos llevaremos mil libras.

–Una buena cifra, a fe mía –comentó Yáñez con una sonrisa–. Lord James te valora mucho, hermano mío.

–Que esperen sentados para ganarlas –contestó Sandokán.

Se irguió y miró hacia el jardín.

A lo lejos vio unos puntos luminosos que aparecían y desaparecían entre los parterres. Los soldados de la villa habían perdido las huellas de los fugitivos y los buscaban sin tener la más mínima pista, probablemente a la espera de que llegara el alba para emprender una auténtica batida.

–De momento no tenemos nada que temer por parte de ésos –aseguró.

–¿Quieres que tratemos de huir por algún otro lado? –preguntó Yáñez–. El jardín es grande y puede que no todo el perímetro esté vigilado.

–No, amigo. Si nos ven se nos echará encima una cuarentena de soldados y no podremos escapar con tanta facilidad de sus disparos. Por ahora nos conviene escondernos en el jardín.

–Pero ¿dónde?

–Acompáñame, Yáñez, y ya verás. Me has dicho que no cometa locuras y quiero demostrarte lo prudente que voy a ser.

»Si acaban conmigo, mi amada no sobreviviría a mi muerte, así que no probemos un paso desesperado.

–¿Y no nos descubrirán los soldados?

–No creo. Y tampoco vamos a quedarnos mucho tiempo. Mañana por la noche, que pase lo que tenga que pasar, que de todos modos alzaremos el vuelo. Ven, Yáñez. Voy a conducirte a un lugar seguro.

Los dos piratas se levantaron y se pusieron las carabinas bajo el brazo para alejarse de la empalizada, siempre ocultos entre los parterres.

Sandokán atravesó una parte del jardín seguido de su compañero y lo condujo hasta una pequeña construcción de una sola planta que servía de invernadero para las flores y que se encontraba a unos quinientos pasos de la casa de lord Guillonk. Abrió la puerta sin hacer ruido y entró a tientas.

–¿Adónde vamos? –quiso saber Yáñez.

–Enciende un trozo de yesca –contestó Sandokán.

–¿No verán la luz desde fuera?

Los tigres de Mompracem

–No hay peligro. Esta construcción está rodeada de plantas muy espesas.

Yáñez obedeció.

Aquel espacio estaba lleno de grandes macetas, que contenían plantas que desprendían intensos perfumes y estaban ya casi todas en flor, y también de sillas y mesitas de bambú de suma ligereza.

En el extremo opuesto el portugués distinguió una estufa de dimensiones gigantescas, capaz de albergar a media docena de personas.

–¿Y aquí vamos a escondernos? –preguntó a Sandokán–. ¡Hum! El sitio no me parece demasiado seguro. Los soldados no tardarán en venir a explorarlo, sobre todo por ese millar de libras que lord James ha prometido por tu captura.

–No te digo que no vayan a aparecer.

–Pues entonces nos atraparán.

–Calma, amigo Yáñez.

–¿Qué quieres decir?

–Que no se les ocurrirá mirar dentro de una estufa.

Yáñez no supo reprimir una carcajada.

–¡En esa estufa! –exclamó.

–Sí, vamos a escondernos ahí dentro.

–Acabaremos más negros que los africanos, hermano mío. El hollín no debe de escasear en esa monumental caldera.

–Ya nos lavaremos luego, Yáñez.

–Pero... ¡Sandokán!

–Si no quieres venir, apáñatelas con los ingleses. No tenemos otra salida, Yáñez, o nos metemos en la estufa o nos atrapan.

–No cabe duda de la elección –contestó el portugués, entre risas–. De momento vamos a visitar nuestro domicilio para ver si al menos es cómodo.

Abrió la portezuela de hierro, encendió otro pedazo de yesca y se metió con decisión en la inmensa estufa con un sonoro estornudo. Sandokán lo siguió sin vacilar.

Había espacio de sobras, pero también una gran abundancia de cenizas y de hollín. El horno era tan alto que los dos piratas podían estar de pie sin problemas.

El portugués, que se caracterizaba por un sempiterno buen humor, se abandonó a una hilaridad clamorosa, pese a lo peligroso de la situación.

–¿Quién va a imaginarse que el terrible Tigre de Malasia ha ido a refugiarse aquí dentro? –comentó–. ¡Por Júpiter! Estoy seguro de que nos iremos de rositas.

–No hables tan alto, amigo –pidió Sandokán–. Podrían oírnos.

–¡Bah! Aún estarán lejos.

–No tanto como crees. Antes de entrar en el invernadero he visto a dos hombres que investigaban unos parterres a pocos centenares de pasos de nosotros.

–¿Crees que vendrán a mirar también aquí?

–Estoy convencido.

–¡Diablos! ¿Y si quieren echar un vistazo dentro de la estufa?

–No nos dejaremos atrapar tan fácilmente, Yáñez. Tenemos nuestras armas y podemos aguantar un asedio.

–Pero ni una galleta, Sandokán. Espero que no te des por contento comiendo hollín. Además, las paredes de nuestra fortaleza no me parecen muy sólidas. Con un buen golpe pueden derribarse.

–Antes de que echen abajo las paredes nos lanzaremos nosotros al ataque –afirmó Sandokán, que, como siempre, tenía una fe inmensa en su audacia y su valor.

Los tigres de Mompracem

–De todos modos, estaría bien proveernos de víveres.

–Los encontraremos, Yáñez. He visto plataneras y pomelos que crecían en torno a este invernadero y ya iremos a saquearlos.

–¿Cuándo?

–¡Calla! Oigo voces.

–Me das tiritera.

–Ten la carabina preparada y no temas. ¡Escucha!

Fuera se oía hablar a varias personas que se acercaban. Las hojas crujían y los guijarros del camino que conducía al invernadero rechinaban bajo los pies de los soldados.

Sandokán apagó la yesca, indicó a Yáñez que no se moviera y luego abrió con precaución la portezuela de hierro para mirar el exterior.

El invernadero seguía sumido en una oscuridad absoluta, pero por los cristales vio el brillo de algunas antorchas entre las densas plataneras que crecían a ambos lados del sendero.

Al mirar con mayor atención distinguió a cinco o seis soldados, precedidos de dos negros.

–¿Se prepararán para mirar dentro del invernadero? –se preguntó con cierta ansiedad.

Cerró con precaución la portezuela y se reunió con Yáñez en el momento en que un destello iluminaba el interior de la pequeña construcción.

–Vienen –avisó a su compañero, que ya casi no se atrevía a respirar–. Hay que estar preparado para todo, incluso para abalanzarnos sobre esos inoportunos. ¿Tienes la carabina armada?

–Ya he puesto el dedo en el gatillo.

–Perfecto: desenvaina también el kris.

El pelotón entró entonces en el invernadero y lo bañó de luz por completo. Sandokán, que se había colocado junto a la portezuela, vio a los soldados remover las sillas y las macetas y revolver hasta el último rincón del recinto. A pesar de su inmenso coraje, no supo reprimir un estremecimiento.

Si los ingleses registraban de aquel modo, era probable que no se les pasara por alto la amplitud de la estufa. Por consiguiente, podían esperar de un momento a otro su poco grata visita.

El pirata se apresuró a colocarse junto a Yáñez, que ya estaba agazapado al fondo, semienterrado entre las cenizas y el negro hollín.

–No te muevas –le susurró Sandokán–. Puede que no nos descubran.

–¡Calla! –interrumpió Yáñez–. ¡Escucha!

Una voz decía:

–¿Se habrá largado ese condenado pirata?

–¿O se lo habrá tragado la tierra? –apuntó otro soldado.

–¡Ah! Ése es capaz de todo, amigos míos –opinó un tercero–. Os digo yo que ese bribón no es un hombre como nosotros, sino un hijo de Belcebú.

–No voy a llevarte la contraria, Varrez –prosiguió la primera voz con cierto temblor, que indicaba que su propietario tenía en el cuerpo un miedo considerable–. No he visto más que una vez a ese terrible individuo y me ha bastado. No era un hombre, sino un auténtico tigre, y os digo que ha tenido el coraje de arrojarse contra cincuenta hombres sin que una bala llegara a alcanzarlo.

–Me das miedo, Bob –dijo otro soldado.

–¿Y quién no iba a tenerlo? –prosiguió el que se llamaba Bob–. Yo creo que ni siquiera lord Guillonk se sentiría con ánimo de enfrentarse a ese hijo del infierno.

Los tigres de Mompracem

–Sea como sea, nosotros vamos a tratar de atraparlo; esta vez es imposible que se escape. El jardín está completamente rodeado y si trata de salta la valla se dejará la piel.

»Apostaría dos meses de mi paga contra dos peniques a que lo capturaremos.

–Los espíritus no se capturan.

–Estás loco, Bob, si crees que es un ser infernal. ¿Acaso los marineros del crucero, que derrotaron a los dos praos en la desembocadura del río, no le metieron una bala en el pecho? Lord Guillonk, que tuvo la desventura de curarle la herida, sostiene que el tigre es un hombre como nosotros y que de su cuerpo salía sangre como sale del nuestro.

»Ahora dime si los espíritus tienen sangre.

–No.

–Pues entonces ese pirata no es más que un bellaco muy audaz, muy valiente, pero sin duda un rufián que se merece la horca.

–Canalla –susurró Sandokán–. ¡Si no estuviera aquí dentro te enseñaría quién soy!

–Venga –prosiguió la voz de antes–. A buscarlo, que si no perderemos las mil libras que nos ha prometido lord James Guillonk.

–Aquí no está. Vamos a mirar en otro lado.

–No corras tanto, Bob. Veo ahí una estufa monumental capaz de servir de refugio a muchas personas. Echad mano de las carabinas y vamos a investigar.

–¿Quieres burlarte de nosotros, camarada? –preguntó un soldado–. ¿Quién quieres que vaya a esconderse ahí dentro? Ahí no se meterían ni los pigmeos del rey de Abisinia.

–Vamos a investigar, os digo.

Sandokán y Yáñez se apartaron todo lo que pudieron hasta el extremo más alejado y se tumbaron entre cenizas y hollín para esquivar mejor las miradas de aquellos curiosos.

Al cabo de un instante se abrió la portezuela y una franja de luz se proyectó en el interior, aunque era insuficiente para iluminar la estufa entera. Un soldado asomó la cabeza, pero la sacó de inmediato entre sonoros estornudos. Un puñado de hollín, que Sandokán le había echado a la cara, lo había dejado más negro que un deshollinador y prácticamente lo había cegado.

–¡Al diablo el que haya tenido la idea de hacerme meter la nariz en este agujero de carbonilla! –exclamó el inglés.

–Qué ridiculez –opinó otro soldado–. Aquí estamos perdiendo un tiempo precioso sin ningún resultado. El Tigre de Malasia debe de estar en el jardín o tal vez a esta hora trate de saltar la valla.

–Vámonos de aquí ahora mismo –coincidieron todos–. No será éste el lugar donde nos ganaremos las mil libras que ha prometido el lord.

Los soldados se batieron precipitadamente en retirada y cerraron con estrépito la puerta del invernadero. Durante algunos instantes se oyeron sus pasos y sus voces, y luego nada.

Al hacerse el silencio, el portugués respiró relajadamente.

–¡Por cien mil espingardas! –exclamó–. Tengo la impresión de haber vivido cien años en pocos minutos. En ese momento no daba una piastra por nuestro pellejo. Por poco que se hubiera metido, ese soldado nos descubría a los dos. Habría que ponerle una vela a la virgen del Pilar.

–No niego que el momento ha sido terrible –contestó Sandokán–. Al tener esa cara a apenas unos palmos de distancia he visto algo colorado delante de los ojos y no sé qué me ha impedido abrir fuego.

–¡En menudo lío nos habríamos metido!

–En fin, ahora no tenemos nada que temer. Seguirán buscando por el jardín y acabarán convenciéndose de que no hay rastro de nosotros.

–¿Y cuándo nos iremos? Espero que no tengas la intención de pasar varias semanas aquí. Los praos podrían haber alcanzado ya la desembocadura del río.

–No tengo ninguna intención de permanecer aquí, entre otras cosas porque los víveres no abundarán. Esperemos a que la vigilancia de los ingleses decaiga un poco y entonces ya levantaremos el vuelo. También yo tengo muchísimas ganas de saber si han llegado nuestros hombres, puesto que sin su contribución no será posible llevarnos a mi Marianna.

–Sandokán mío, vamos a ver si hay algo a lo que hincar el diente o que echarse al gaznate.

–Salgamos, Yáñez.

El portugués, que se ahogaba dentro de aquella estufa fuliginosa, colocó la carabina ante sí y luego se arrastró hasta la portezuela para después saltar con rapidez sobre una maceta próxima a fin de no dejar en el suelo huellas de hollín.

Sandokán imitó esa prudente maniobra y saltando de maceta en maceta llegaron a la puerta del invernadero.

–¿Se ve a alguien? –preguntó.

–Afuera está todo oscuro.

–Pues vamos a saquear las plataneras.

Se dirigieron a los árboles que crecían junto al sendero y dieron con plataneras y pomelos. Hicieron buen acopio de fruta para calmar los apretones del estómago y los ardores de la sed.

Emilio Salgari

Iban a regresar ya al invernadero cuando Sandokán se quedó inmóvil y dijo:

–Espérame aquí, Yáñez. Quiero ir a ver dónde están los soldados.

–Lo que pretendes hacer es una imprudencia –contestó el portugués–. Deja que busquen donde quieran. ¿Qué nos importa eso ahora?

–Se me ha ocurrido algo.

–Al diablo tus planes. Por esta noche no puede hacerse nada.

–¿Quién sabe? –contestó Sandokán–. A lo mejor podemos irnos sin esperar a mañana. Además, no tardaré mucho.

Entregó la carabina a Yáñez, agarró el kris y se alejó en silencio, sin apartarse de la oscura sombra de los árboles.

Cuando estaba cerca del último grupo de plataneras distinguió a gran distancia algunas antorchas que se dirigían hacia la empalizada.

–Parece que se alejan –susurró–. A ver qué sucede en casa de lord James. Ah, si pudiera ver, aunque fuera un solo instante, a mi amada... Me iría de aquí más tranquilo.

Ahogó un suspiro y se dirigió hacia el sendero tratando de mantenerse al amparo de los troncos de los árboles y de los matorrales. Al tener ante sí la casa se detuvo bajo un grupo de mangos y observó. El corazón le dio un vuelco al ver la ventana de Marianna iluminada.

–¡Ah, si pudiera secuestrarla! –murmuró, contemplando ardientemente la lumbre que brillaba entre las rejas.

Dio tres o cuatro pasos más con el cuerpo encorvado, para que no lo descubriera algún soldado que pu-

Los tigres de Mompracem

diera estar emboscado por la zona, y luego se detuvo de nuevo.

Había visto pasar una sombra por delante de la lumbre y le había parecido la de la muchacha amada.

Estaba a punto de lanzarse hacia delante cuando al bajar la vista se encontró con una forma humana inmóvil ante la puerta de la casa.

Era un centinela que se había apoyado en la carabina.

–¿Me habrá visto? –se preguntó.

Su vacilación duró un solo instante. Había vuelto a ver la sombra de la joven por detrás de las rejas.

Sin pensar en el peligro se abalanzó hacia delante. Apenas había dado diez pasos cuando vio que el centinela agarraba rápidamente la carabina.

–¿Quién vive? –gritó.

Sandokán se había detenido.

Capítulo XIX

EL FANTASMA
DE LOS CASACAS ROJAS

La partida estaba ya perdida irremisiblemente e incluso amenazaba con resultar muy peligrosa para el pirata y para su compañero.

No era probable que, debido a la oscuridad y la distancia, el centinela hubiera podido distinguir al pirata, que se había escondido de inmediato detrás de un matorral, pero sí podía abandonar su puesto e ir a buscarlo o llamar a sus compañeros.

Sandokán comprendió al instante que estaba a punto de exponerse a un gran peligro, por lo que en lugar de avanzar se quedó inmóvil tras aquella protección.

El soldado repitió el requerimiento, pero, al no recibir respuesta alguna, dio varios pasos al frente y miró a derecha e izquierda para constatar mejor qué se ocultaba tras el matorral; luego, al decidir tal vez que se había equivocado, volvió hacia la casa y se quedó a montar guardia a la entrada.

Por su parte, y aunque sentía en su interior el ardiente deseo de llevar a cabo su temeraria empresa, Sandokán decidió retroceder lentamente con mil precauciones, pasando de un tronco a otro y arrastrándose detrás de los matorrales, sin apartar los ojos del

soldado, que seguía con el fusil en las manos, preparado para disparar.

Una vez en mitad de los parterres apretó el paso y
regresó al invernadero, donde el portugués lo esperaba entre mil angustias.

–¿Qué has visto? –preguntó a Sandokán–. Sufría
por ti.

–Nada bueno para nosotros –contestó el tigre, con
rabia contenida–. La casa está vigilada por centinelas y
numerosos soldados recorren el jardín en todas direcciones. Esta noche no podremos intentar absolutamente nada.

–Aprovecharemos para echar un sueñecito. Aquí
desde luego no volverán a molestarnos.

–¿Quién puede asegurarlo?

–¿Quieres que me suba la fiebre, Sandokán?

–Puede pasar otro pelotón por los alrededores y
hacer una nueva inspección.

–Me parece que la cosa pinta mal, hermano mío.
¡Si tu muchacha pudiera sacarnos de este atolladero!

–¡Pobre Marianna! A saber cómo la vigilan... Y a
saber lo que sufre sin noticias nuestras. Daría cien gotas de mi sangre para comunicarle que seguimos vivos.

–Se encuentra en condiciones bastante mejores
que las nuestras, hermano mío. De momento no pienses en ella. ¿Quieres que aprovechemos este momento
de tregua para dormir unas horas? Un poco de reposo
nos irá bien.

–Sí, pero con un ojo abierto.

–Ojalá pudiera dormir con los dos abiertos. Venga,
vamos a echarnos detrás de las macetas, a ver si conseguimos dormir.

El portugués y su compañero, a pesar de no sentirse completamente tranquilos, se acomodaron lo mejor

que pudieron entre los rosales de China y trataron de reposar un poco.

Aunque pusieron toda su voluntad, no fueron capaces de pegar ojo. El temor de ver regresar a los soldados de lord James los desveló y en muchas ocasiones, para calmar su creciente ansiedad, se levantaron y salieron del invernadero a comprobar si se aproximaban sus enemigos.

Al despuntar el alba los ingleses se pusieron a batir el jardín con mayor tesón, revolviendo las espesuras de bambúes y plataneras, los matorrales y los parterres. Parecían seguros de hallar, tarde o temprano, a los dos audaces piratas que habían cometido la imprudencia de entrar en el recinto.

Al verlos lejanos, Yáñez y Sandokán aprovecharon para saquear un naranjo que daba unos frutos grandes como la cabeza de un niño y muy suculentos, conocidos entre los malayos con el nombre de *buá kadangsa*, y después volvieron a esconderse en la estufa, teniendo la precaución de borrar esmeradamente las huellas de hollín dejadas en el suelo.

Si bien ya habían registrado el invernadero, los ingleses podían volver para asegurarse, a la luz del día, de que no se escondían en aquel lugar los intrépidos piratas.

Una vez devorado el magro desayuno, Sandokán y Yáñez encendieron sendos cigarrillos y se acomodaron entre las cenizas y el hollín a la espera de que cayera una vez más la noche para intentar la huida.

Llevaban ya muchas horas en aquel lugar cuando el portugués creyó oír pasos en el exterior. Los dos se pusieron en pie, empuñando los krises.

–¿Regresan? –se preguntó Yáñez.

–¿Te habrás confundido? –apuntó Sandokán.

Los tigres de Mompracem

–No: ha pasado alguien por el sendero.

–Si fuera cierto que se trata de un solo hombre saldría para hacerlo prisionero.

–Estás loco, Sandokán.

–Podríamos sacarle dónde se encuentran los soldados y por dónde podríamos pasar.

–¡Hum! Estoy convencido de que nos engañaría.

–Con nosotros no osaría, Yáñez. ¿Quieres que vayamos a ver?

–No te fíes, Sandokán.

–Pero algo hay que intentar, amigo mío.

–Deja que salga yo.

–¿Y tengo que quedarme aquí de brazos cruzados?

–Si hace falta ayuda te llamo.

–¿Aún oyes algo?

–No.

–Bueno, ve, Yáñez. Yo me quedo preparado para salir de sopetón.

Yáñez se quedó primero unos instantes a la escucha y luego atravesó el invernadero y salió al aire libre mirando atentamente bajo las tupidas plataneras.

Estando escondido en mitad de un matorral vio a algunos soldados que todavía batían, aunque a desgana, los parterres del jardín.

Los demás debían de haber salido del recinto, una vez perdida la esperanza de dar con los dos piratas en los alrededores de la villa.

–Hay que conservar la esperanza –dijo Yáñez–. Si a lo largo del día no nos encuentran, tal vez se convenzan de que hemos conseguido escapar a pesar de su vigilancia.

»Si todo sale bien, esta noche podremos abandonar nuestro escondite y adentrarnos en la selva.

Estaba a punto de regresar cuando, al volver la mirada hacia la casa, vio a un soldado que avanzaba por el sendero que conducía al invernadero.

–¿Me habrá visto? –se preguntó ansiosamente.

Se metió entre las plataneras y, sin dejar de esconderse detrás de sus gigantescas hojas, alcanzó pronto a Sandokán, quien, al verlo con el rostro desencajado, se imaginó de inmediato que debía de haber sucedido algo grave.

–¿Acaso te han seguido? –le preguntó.

–Me temo que quizá me hayan visto –contestó Yáñez–. Un soldado se dirige hacia nuestro refugio.

–¿Un soldado?

–Sí, solo.

–Ése es el hombre que necesito.

–¿Qué quieres decir?

–¿Están lejos los demás?

–Cerca de la empalizada.

–Pues vamos a apresarlo.

–¿A quién? –preguntó Yáñez con aprensión.

–Al soldado que se dirige hacia aquí.

–Tú pretendes acabar con nosotros, Sandokán.

–Ese hombre me resulta necesario. Corre, sígueme.

Yáñez quería protestar, pero Sandokán ya se encontraba fuera del invernadero. Así, se vio obligado a seguirlo, le gustara o no, para impedir al menos que cometiera una gran imprudencia.

El soldado que había visto Yáñez no estaba a más de doscientos pasos. Era un jovencito esmirriado y pálido, pelirrojo y todavía imberbe, probablemente un novato.

Avanzaba con despreocupación, silbando entre dientes y con el fusil en bandolera. Sin duda no se había percatado en absoluto de la presencia de Yáñez, puesto que en ese caso habría empuñado el arma y no habría avanzado sin tomar precauciones o pedir auxilio a algún camarada.

–Su captura será fácil –calculó Sandokán inclinándose hacia Yáñez, que ya lo había alcanzado–. Quedémonos escondidos entre esas plataneras y en cuanto pase el jovencito nos abalanzamos sobre él. Prepara un pañuelo para amordazarlo.

–Estoy listo –contestó Yáñez–, pero te digo que cometes una imprudencia.

–No podrá oponer mucha resistencia.

–¿Y si suelta un grito?

–No le dará tiempo. ¡Ahí está!

El soldado había pasado ya de largo sin percatarse de nada. De común acuerdo, Yáñez y Sandokán se precipitaron sobre él con un solo impulso.

Mientras el tigre lo aferraba por el cuello, el portugués le colocó la mordaza en la boca. Aunque el ataque había sido fulminante, el jovencito tuvo tiempo de emitir un alarido agudo.

–Date prisa, Yáñez –exhortó Sandokán.

El portugués agarró al prisionero y lo transportó rápidamente a la estufa.

Sandokán lo alcanzó al cabo de pocos instantes. Estaba bastante inquieto, porque no había tenido tiempo de recoger la carabina del soldado, debido a que dos de sus compañeros se habían arrojado hacia el sendero.

–Corremos peligro, Yáñez –informó, mientras se metía apresuradamente en la estufa.

–¿Se han dado cuenta de que lo hemos tomado como rehén? –preguntó Yáñez, cada vez más pálido.

–Habrán oído el grito.

–Pues estamos perdidos.

–Todavía no, pero si ven en el suelo la carabina de su camarada seguro que vienen a buscarlo aquí.

–No perdamos el tiempo, hermano mío. Hay que salir de aquí y correr hacia la empalizada.

–Nos fusilarán antes de haber dado cincuenta pasos. Es mejor quedarse en la estufa a esperar con calma que se desarrollen los acontecimientos. Además, estamos armados y decididos a todo.

–Me parece que vienen.

–No te inquietes, Yáñez.

El portugués no se había equivocado. Había ya varios soldados junto al invernadero, comentando la misteriosa desaparición de su compañero.

–Si ha dejado aquí el arma quiere decir que alguien lo ha sorprendido y se lo ha llevado –decía uno.

–Me parece imposible que los piratas sigan aún por aquí y hayan tenido la desfachatez de intentar algo por el estilo –opinaba otro–. ¿No será que Barry ha querido burlarse de nosotros?

–No creo que sea momento para bromas.

–Sigo sin estar convencido de que le haya sucedido una desgracia.

–Y yo os digo que lo han asaltado los piratas –terció una voz nasal con acento escocés–. ¿Alguien ha visto a esos dos saltar la empalizada?

–¿Y dónde quieres que se hayan escondido? Hemos recorrido todo el recinto sin dar con sus huellas. ¿O es que esos canallas son realmente dos espíritus infernales que se esconden bajo tierra o en los troncos de los árboles?

–¡Eh...! ¡Barry...! –gritó una voz atronadora–. Déjate de bromas, bribón, o te hago azotar como un marinero.

Naturalmente, no respondió nadie. El jovencito lo habría hecho de buen grado, pero amordazado como estaba, y además amenazado por los krises de Sandokán y de Yáñez, no podía ni planteárselo.

Los tigres de Mompracem

Aquel silencio confirmó en gran medida a los soldados la sospecha de que su compañero había sufrido una desgracia.

–Bueno, ¿qué hacemos? –preguntó el escocés.

–Vamos en su busca, amigo –propuso otro.

–Ya hemos rastreado las espesuras.

–Entremos en el invernadero –apuntó un tercero.

Al oír aquellas palabras, los dos piratas se sintieron poseídos por una intensa inquietud.

–¿Qué hacemos? –preguntó Yáñez.

–Lo primero es matar al prisionero –replicó Sandokán con determinación.

–La sangre nos traicionaría. Además, este pobre jovencito está medio muerto del susto y no puede perjudicarnos.

–Está bien, lo dejamos con vida. Tú colócate al lado de la portezuela y destrózale el cráneo al primero que trate de entrar.

–¿Y tú?

–Voy a preparar una buena sorpresa a los casacas rojas.

Yáñez agarró la carabina, la armó y se tumbó entre las cenizas. Sandokán se inclinó hacia el prisionero y le dijo:

–Cuidado, que si oigo un solo grito te clavo el puñal en la garganta y te prevengo de que la punta va envenenada con el jugo mortal del upas. Si quieres vivir no hagas un solo gesto.

Dicho eso se levantó y se puso a tantear las paredes de la estufa en distintos puntos.

–Será una espléndida sorpresa –afirmó–. Vamos a esperar el momento oportuno para mostrarnos.

Mientras tanto, los soldados habían entrado en el invernadero y retiraban con rabia las macetas entre

233

maldiciones al Tigre de Malasia y también a su compañero. Al no encontrar nada dirigieron la mirada hacia estufa.

–¡Por mil cañones! –exclamó el escocés–. ¿Y si han asesinado a nuestro camarada y luego lo han ocultado ahí dentro?

–Vamos a ver –dijo otro.

–Despacio, compañeros –intervino un tercero–. La estufa es lo bastante amplia como para esconder a más de un hombre.

Sandokán se había apoyado contra las paredes y estaba preparado para un buen ataque.

–Yáñez, disponte a seguirme –ordenó.

–Estoy listo.

Al oír que se abría la portezuela, Sandokán se alejó un par de pasos y se lanzó hacia delante. Se oyó un ruido sordo y luego la pared, derribada por aquella fuerte sacudida, cedió.

–¡El tigre! –gritaron los soldados, y se echaron a derecha e izquierda.

Entre los ladrillos que se desplomaban había aparecido inesperadamente Sandokán empuñando la carabina y con el kris entre los dientes.

Disparó contra el primer soldado que vio ante sí y luego se arrojó con un impulso irresistible sobre los demás y abatió a dos de ellos antes de cruzar el invernadero seguido de Yáñez.

Capítulo XX

SELVA A TRAVÉS

El susto que se habían llevado los soldados al toparse con el formidable pirata había sido tal que ninguno había pensado de inmediato en empuñar las armas.

Cuando, ya recuperados de la sorpresa, habían querido reprender la ofensiva era demasiado tarde.

Sin preocuparse de los toques de trompeta que surgían de la villa ni de los disparos de fusil de los soldados dispersos por el recinto, tiros descargados sin ton ni son, ya que aquellos hombres no sabían todavía qué sucedía, Yáñez y Sandokán se habían metido ya entre los parterres y los matorrales.

Al cabo de dos minutos de furioso trote se encontraron en medio de los grandes árboles.

Recuperaron el aliento y miraron a su alrededor.

Los soldados que habían tratado de sitiarlos en la estufa habían salido del invernadero a la carrera chillando a voz en cuello y habían abierto fuego entre los árboles.

Los de la casa, que finalmente habían entendido que se trataba de algo grave y tal vez sospechaban que sus compañeros habían dado con el formidable Tigre de Malasia, cruzaban el parque a toda prisa para alcanzar la empalizada.

–Demasiado tarde, queridos míos –dijo Yáñez–. Nosotros llegaremos antes.

–A la carrera –proclamó Sandokán–. No hay que dejar que nos corten el camino.

–Mis piernas están preparadas.

Reemprendieron la marcha con el mismo afán, siempre ocultos entre los árboles, y al encontrarse con la valla la escalaron con un par de saltos y se dejaron caer al otro lado.

–¿No hay nadie? –preguntó Sandokán.

–No se ve un alma.

–Vamos a adentrarnos en el bosque. Así perderán nuestras huellas.

La selva quedaba a dos pasos y los dos se metieron dentro como alma que lleva el diablo.

A cada paso que daban para alejarse el avance se tornaba más difícil. Por todas partes surgían espesos matorrales, encajados entre árboles enormes que elevaban sus grandes y nudosos troncos hasta alturas extraordinarias, y también por todas partes brotaban grandes cantidades de raíces que se enroscaban como boas monstruosas.

Además, desde lo alto caían, para luego volver a subir, aferrándose a los troncos y a las ramas de los grandes árboles, los ácoros, los ratanes y los gambires, auténticas redes que se resistían tenazmente a todos los esfuerzos de romperlas y aguantaban incluso las hojas de los cuchillos, mientras más abajo los pimenteros, con sus granos preciosos, formaban tales amasijos que cualquier intento de franqueo resultaba vano.

A diestra y siniestra, por delante y por detrás, se elevaban durianes de troncos rectos, lustrosos, cargados de frutos ya casi maduros, proyectiles excesivamente peligrosos por estar revestidos de puntas duras como el hierro, o grupos inmensos de plataneras de hojas gigantescas, o de beteles, o de arengas azucareras con plumas elegantes, o de naranjos henchidos de frutos grandes como la cabeza de un niño.

Perdidos en mitad de aquella espesa jungla, que podía llamarse verdaderamente virgen, los dos piratas se encontraron muy pronto ante la imposibilidad de avanzar. Habría hecho falta un cañón para derribar aquella muralla de troncos, raíces y ácoros.

–¿Adónde vamos, Sandokán? –preguntó Yáñez–. Yo ya no sé por dónde pasar.

–Vamos a imitar a los monos –propuso el Tigre de Malasia–. Es una maniobra que nos resulta familiar.

–Y además muy útil en estos momentos.

–Sí, puesto que conseguiremos que los ingleses que nos siguen pierdan nuestras huellas.

–¿Y lograremos orientarnos?

–Ya sabes que los de Borneo no perdemos nunca la buena dirección, aunque no tengamos brújula. Nuestro instinto de hombres de los bosques es infalible.

–¿Crees que los soldados habrán entrado ya en esta selva?

–Hum. Lo dudo, Yáñez –contestó Sandokán–. Si nos cuesta a nosotros, que estamos acostumbrados a vivir en pleno bosque, ellos no habrán podido dar ni diez pasos. De todos modos, vamos a tratar de alejarnos cuanto antes. Sé que el lord cuenta con grandes perros y que esos condenados animales podrían echársenos encima.

–Tenemos puñales para destriparlos, Sandokán.

–Son más peligrosos que los hombres. Vamos, Yáñez, hay que demostrar fuerza de brazos.

Aferrados a los ratanes, a los ácoros y a los estolones de los pimenteros, los dos piratas se pusieron a escalar la muralla de verdor con una agilidad que habría dado envidia a los propios monos.

Subían, bajaban y luego volvían a subir pasando entre las mallas de aquella inmensa red vegetal y resbalando entre las exageradas hojas de las espesísimas plataneras o los troncos colosales de cualquiera de los árboles.

Ante su inesperada aparición huían con gran alboroto las espléndidas palomas coronadas o las llamadas *morobos*; los tucanes de enorme pico y cuerpo resplandeciente de plumas rojas y azules huían emitiendo notas estridentes, similares al chirrido de un carro mal engrasado; se elevaban, como rayos, los faisanes de largas colas manchadas y desaparecían las bellas *aludas* de plumas color turquesa, haciendo oír sus largos silbidos.

También los monos de nariz larga, sorprendidos por aquella llegada, se precipitaban atropelladamente hacia los árboles vecinos entre gritos de espanto, para luego correr a esconderse en los huecos de los troncos.

Yáñez y Sandokán, en absoluto inquietos, prosiguieron con sus osadas maniobras, pasando de planta en planta sin poner en ningún momento un pie en falso. Se lanzaban entre los ácoros con una seguridad extraordinaria y se quedaban suspendidos para luego, con un nuevo impulso, pasar entre los ratanes y aferrarse a las ramas de uno u otro árbol.

Tras salvar unos quinientos o seiscientos metros, y habiendo corrido varias veces el peligro de desplomarse desde alturas de vértigo, se detuvieron entre las ramas de un *buá mamplam*, planta que produce un fruto más bien repugnante para los paladares europeos, ya que está impregnado de un intenso olor a resina, pero es bastante nutritivo y no resulta desagradable a los indígenas.

–Podemos reposar durante unas horas –sugirió Sandokán–. Desde luego, nadie va a venir a molestarnos en mitad de este bosque. Es como estar es una ciudadela bien abastionada.

–¿Sabes, hermano mío, que hemos tenido suerte de escapar de esos bribones...? Estar encerrado en una estufa con ocho o diez soldados alrededor y salvar el pellejo es algo verdaderamente milagroso. Deben de tenerte mucho miedo.

–Eso parece –repuso Sandokán, sonriendo.

–¿Se habrá enterado tu muchacha de que has logrado huir?

–Supongo –suspiró Sandokán.

–Sin embargo, me temo que nuestra intervención haya empujado al lord a buscar asilo en Victoria.

–¿Tú crees? –preguntó el Tigre de Malasia, con el rostro compungido.

–Ya no se sentirá seguro, ahora que sabe que estamos tan cerca de la villa.

–Es verdad, Yáñez. Tenemos que ponernos a buscar a nuestros hombres.

–¿Habrán arribado?

–Los encontraremos en la desembocadura del río.

–Si nos le ha sucedido ninguna desgracia.

–No me metas temores en el cuerpo. Además, pronto lo veremos.

–¿Y atacaremos la villa de inmediato?

–Ya veremos qué conviene hacer.

–¿Quieres un consejo, Sandokán?

–Habla, Yáñez.

–En lugar de intentar la conquista de la villa, esperemos a que salga el lord. Ya verás que no se quedará mucho por aquí.

–¿Y pretendes asaltar al pelotón por el camino?

Los tigres de Mompracem

–En mitad de la selva. Un ataque a la casa puede ir para largo y costar sacrificios enormes.

–El consejo es bueno.

–Una vez destruida o huida la escolta, nos llevamos a la muchacha y volvemos enseguida a Mompracem.

–¿Y el lord?

–Lo dejamos donde quiera. ¿Qué nos importa lo que le pase? Que se vaya a Sarawak o a Inglaterra nos trae sin cuidado.

–No se irá ni a un sitio ni a otro, Yáñez.

–¿Tú crees?

–No nos dará un momento de tregua y lanzará sobre nosotros a todas las fuerzas de Labuán.

–¿Y eso te inquieta?

–¿A mí? ¿Tú crees que el Tigre de Malasia tiene miedo de ésos? Llegarán muchos hombres armados hasta los dientes y decididos a conquistar mi isla, pero se encontrarán con la horma de su zapato.

»En Borneo hay legiones de salvajes dispuestos a luchar bajo mi bandera. Me bastaría con enviar emisarios a las Romades y a las costas de la isla grande para ver aparecer decenas de praos.

–Ya lo sé, Sandokán.

–Como vez, Yáñez, si quisiera podría desencadenar la guerra ante las mismísimas orillas de Borneo y arrojar hordas de salvajes feroces sobre esta aborrecida isla.

–Pero no lo harás, Sandokán.

–¿Y eso?

–Cuando hayas secuestrado a Marianna Guillonk dejarás de ocuparte de Mompracem y de sus cachorros. ¿No es cierto, hermano?

El aludido no respondió. Sí salió de sus labios un suspiro tan potente que pareció un rugido lejano.

–La muchacha está repleta de energía, es una de esas mujeres que no se harían de rogar para combatir intrépidamente al lado del hombre amado, pero miss Mary no será nunca la reina de Mompracem. ¿Es así, Sandokán?

También en esa ocasión se quedó en silencio el pirata. Se había cogido la cabeza con las manos, y sus ojos, animados por una llama lúgubre, miraban el vacío, quizá muy a lo lejos, tratando de leer el porvenir.

–Tristes días se presentan para Mompracem –continuó Yáñez–. Dentro de pocos meses, tal vez menos incluso, dentro de unas semanas, la formidable isla habrá perdido todo su prestigio y también a sus terribles tigres.

»Bueno, así tenía que ser. Contamos con tesoros inmensos e iremos a disfrutar de una vida tranquila en cualquier ciudad opulenta del Extremo Oriente.

–¡Calla! –pidió Sandokán, con voz queda–. Calla, Yáñez. No puedes saber cuál es el destino de los tigres de Mompracem.

–Puede adivinarse.

–Tal vez te equivoques.

–¿Y tú qué ideas tienes?

–Aún no puedo decírtelo. Esperemos los acontecimientos. ¿Quieres que sigamos?

–Es un poco pronto.

–Estoy impaciente por volver a ver los praos.

–Los ingleses pueden esperarnos en el margen del bosque.

–Ya no los temo.

–Cuidado, Sandokán. Vas a meterte en un buen lío. Una bala de carabina bien dirigida puede mandarte al otro mundo.

–Seré prudente. Mira, me parece que por allí la selva clarea un poco. Vamos, Yáñez. La fiebre me devora.

Los tigres de Mompracem

–Lo que tú digas.

Aunque se temía una sorpresa por parte de los ingleses, que podían haberse adentrado en la selva, arrastrándose como serpientes, el portugués también estaba impaciente por saber si los praos habían sobrevivido a la terrible tempestad que había asolado las costas de la isla.

Tras saciar la sed con el jugo de algunos *buá mamplam*, se aferraron a los ratanes y a los ácoros que rodeaban el árbol y se lanzaron al suelo.

Sin embargo, no resultaba fácil salir del bosque. Al otro lado de un pequeño espacio poco cubierto la vegetación se tornaba más espesa que antes.

Además, Sandokán estaba algo desorientado y no sabía qué dirección tomar para llegar, aproximadamente, a las inmediaciones del río.

–Estamos en un buen atolladero –comentó Yáñez, que ni siquiera llegaba a ver el sol para orientarse–. ¿Por dónde tiramos?

–Te confieso que no sé si girar a la izquierda o a la derecha –contestó Sandokán.

–No sé, creo que ahí se ve un caminito. La hierba lo ha cubierto, pero espero que nos permita salir de este enredo y...

–Un ladrido, ¿verdad?

–Sí –contestó el pirata, cuya frente se había fruncido.

–Los perros han descubierto nuestras huellas.

–Avanzan sin saber adónde van. Escucha.

A lo lejos, en mitad de la espesa selva, se había oído un segundo ladrido. Un perro había entrado en la inmensa masa virgen y trataba de alcanzar a los fugitivos.

–¿Irá solo o lo seguirán algunos hombres? –preguntó Yáñez.

–Quizá algún negro. Un soldado no habría podido aventurarse por este caos.

–¿Qué quieres hacer?

–Esperar al animal sin dar un paso atrás y matarlo.

–¿Con el fusil?

–El disparo nos traicionaría, Yáñez. Empuña el kris y esperemos. En caso de peligro treparemos a este pomelo.

Se escondieron ambos tras el gran tronco del árbol, que estaba rodeado de raíces y de ratanes que formaban una auténtica red, y aguardaron la aparición de aquel adversario de cuatro patas.

El animal ganaba terreno con rapidez. Se oían a no mucha distancia las ramas y las hojas que apartaba, así como sus sordos ladridos.

Debía de haber descubierto ya las huellas de los dos piratas y se apresuraba para impedir que se alejaran. Quizá tras él, a distancia, iban algunos indígenas.

–Ahí está –dijo al cabo Yáñez.

Un perrazo negro, de pelo hirsuto y mandíbulas armadas con afilados dientes, había surgido en mitad de un matorral. Debía de pertenecer a la raza feroz empleada por los propietarios de plantaciones de las Antillas y de América del Sur para dar caza a los esclavos.

Al ver a los piratas se detuvo un momento y los observó con la mirada encendida. Acto seguido saltó sobre las raíces con un impulso de leopardo y se arrojó como loco hacia ellos con un gruñido aterrador.

Sandokán se había arrodillado con celeridad y aferraba el kris horizontalmente, mientras que Yáñez había agarrado la carabina por el cañón a fin de utilizarla como maza.

Con un último impulso el perrazo se echó sobre Sandokán, que era el más cercano, para clavarle los dientes en la garganta, pero si aquella bestia era feroz el Tigre de Malasia no le iba a la zaga.

Su diestra, rápida como el rayo, se lanzó hacia delante y la hoja desapareció casi por completo entre las fauces del animal. Al mismo tiempo, Yáñez le asestó en el cráneo un mazazo tal que se lo hundió de golpe.

–Me parece que ya tiene bastante –aseguró Sandokán mientras se levantaba y daba una patada a la bestia ya agonizante–. Si los ingleses no tienen otros secuaces que mandar tras nuestros pasos perderán el tiempo inútilmente.

–Cuidado, no vaya a haber hombres tras el perro.

–A estas alturas ya nos habrían disparado. Vamos, Yáñez. A correr por el sendero.

Sin pensar en nada más, los dos piratas se metieron entre los árboles para tratar de seguir el viejo camino.

Las plantas, las raíces y sobre todo los ratanes y los ácoros lo habían invadido; de todos modos, quedaba un rastro lo bastante visible y podía seguirse sin excesivo esfuerzo.

Sin embargo, a cada poco se daban con la cabeza contra telarañas tan exageradas y tan resistentes que podrían haber apresado sin romperse pájaros pequeños, o si no tropezaban con las raíces que serpenteaban entre las hierbas y que con frecuencia los hacían tropezar.

Numerosos lagartos voladores, espantados por la aparición de los dos piratas, huían confusamente en todas direcciones y algún otro reptil al que molestaba su ruido se alejaba con precipitación dejando un silbido amenazador.

Sin embargo, muy pronto el sendero desapareció por completo y Yáñez y Sandokán se vieron obligados a reemprender sus maniobras aéreas entre los ratanes, los gambires y los ácoros, que irritaban y hacía huir a los *bigits*, monos de pelaje negrísimo que abundan en Borneo y en las islas vecinas y están dotados de una agilidad increíble.

Al verse invadidos ellos y sus aéreos dominios, esos cuadrumanos no siempre cedían el paso y algunas veces recibían a los dos intrusos con una auténtica lluvia de fruta y ramitas.

Avanzaron así durante un par de horas, sin saber adónde iban y sin distinguir siquiera la posición del sol para poder orientarse, hasta que vieron correr a sus pies un riachuelo de aguas negras y descendieron.

–¿No habrá ahí dentro serpientes de agua? –preguntó Yáñez a Sandokán.

–Lo único que vamos a encontrarnos son sanguijuelas –contestó el pirata.

–¿Quieres que aprovechemos ese paso?

–Lo prefiero al camino aéreo.

–A ver si el agua es profunda.

–No será más alta de un pie, Yáñez. De todos modos, vamos a comprobarlo.

El portugués rompió una ramita y la sumergió en el torrente.

–No te equivocabas, Sandokán –dijo–. Adentro.

Abandonaron la rama sobre la que se habían sostenido hasta aquel momento y se sumergieron en el pequeño curso fluvial.

–¿Se ve algo? –preguntó Sandokán.

Yáñez se había inclinado para tratar de distinguir algo entre los infinitos arcos de verdor que se plegaban sobre el riachuelo

–Creo que se vislumbra un poco de luz al fondo.

–¿Clarea la selva?

Los tigres de Mompracem

–Es probable, Sandokán.

–Vamos a ver.

Haciendo un gran esfuerzo debido al fondo fangoso del torrente fueron avanzando, aferrándose de vez en cuando a las ramas que se extendían sobre ellos.

De aquellas aguas negras surgían olores nauseabundos, emanaciones producidas por la putrefacción de las hojas y los frutos acumulados en el lecho. Corrían peligro de contraer alguna enfermedad grave.

Habían recorrido un cuarto de kilómetro cuando Yáñez se detuvo bruscamente y se agarró a una gran rama que cruzaba el riachuelo de un lado a otro.

–¿Qué pasa, Yáñez? –preguntó Sandokán, cogiendo el fusil que llevaba al hombro.

–¡Escucha!

El pirata se echó hacia delante y aguzó el oído. Al cabo de unos instantes dijo:

–Se acerca alguien.

En ese mismo momento un potente rugido, que parecía surgido de un toro asustado o enfurecido, resonó bajo los arcos de verdor y cortó en seco el cotorreo de los pájaros y las risas chillonas de los pequeños monos.

–En guardia, Yáñez –dijo Sandokán–. Estamos ante un *mayas*.

–Y puede que un enemigo peor por el otro lado.

–¿Qué quieres decir?

–Mira ahí, sobre aquella gruesa rama que cruza el riachuelo.

Sandokán se puso de puntillas y dirigió una mirada rauda hacia delante.

–¡Ah! –murmuró, sin manifestar la menor aprensión–. ¡Un *mayas* por un lado y un *harimau-bintang* por otro! A ver si son capaces de cortarnos el paso. Prepara el fusil y estemos listos para cualquier cosa.

Capítulo XXI

EL ASALTO DE LA PANTERA

Los piratas tenían ante sí a dos enemigos formidables. El uno no era menos peligroso que el otro, pero parecía que por el momento no tenían ninguna intención de ocuparse de los dos hombres, ya que, en lugar de bajar por el torrente, se acercaban con rapidez como si pretendieran medir sus fuerzas.

El animal que Sandokán había llamado *harimaubintang* era una espléndida pantera de la Sonda; el otro, por su parte, era un *orang-utan*, uno de esos simios de grandes dimensiones que siguen siendo muy numerosos en Borneo y en las islas vecinas y que tanto temor despiertan debido a su fuerza prodigiosa y también a su ferocidad.

La pantera, que tal vez tenía hambre, al ver al hombre de los bosques pasar por la orilla contraria se había lanzado de inmediato sobre una gran rama que se curvaba casi horizontalmente sobre la corriente para formar una especie de puente.

Como suele decirse, era una fiera bellísima e igualmente peligrosa.

Tenía la talla y en cierto modo el aspecto de un tigre pequeño, aunque con la cabeza más redonda y poco desarrollada, las patas cortas y robustas y el pelaje amarillo oscuro con manchas más oscuras. Debía de medir al menos metro y medio de largo, por lo que sería uno de los mayores ejemplares de su especie.

Su adversario era un simio grotesco, de aproximadamente un metro y cuarenta centímetros de alto, pero con los brazos tan desproporcionados que si los levantaba alcanzaba los dos metros y medio.

La cara, bastante ancha y rugosa, tenía un aspecto sumamente feroz, sobre todo por los ojillos hundidos y el pelaje rojizo que la enmarcaba.

El pecho del cuadrumano presentaba un desarrollo realmente enorme y los músculos de los brazos y de las piernas formaban auténticas nudosidades, indicio de una fuerza prodigiosa.

Esos primates, que los indígenas llaman *meias*, *miass* y también *mayas*, habitan en las zonas más espesas de la selva y prefieren las regiones más bien bajas y húmedas.

Se construyen nidos bastante espaciosos en las cimas de los árboles, utilizando enormes ramas que saben disponer hábilmente en forma de cruz. Tienen un humor más bien triste y no les gusta la compañía. Por lo general evitan al hombre y también a los demás animales; sin embargo, cuando se sienten amenazados o se enfadan se vuelven agresivos y su fuerza extraordinaria casi siempre les permite derrotar a sus adversarios.

Al oír el ronco gruñido de la pantera, el *mayas* se había detenido en seco. Se encontraba en la orilla contraria del pequeño curso de agua, ante un gigantesco durián que proyectaba su espléndido paraguas foliáceo a sesenta metros del suelo.

Probablemente se había visto sorprendido en el momento en que iba a iniciar el ascenso al árbol para saciarse con sus numerosos frutos.

Emilio Salgari

A ver aquel peligroso vecino, en un primer momento se había contentado con mirarlo más con estupor que con rabia, pero luego, de repente, había emitido dos o tres silbidos guturales, indicio de un inminente estallido de cólera.

–Creo que vamos a asistir a una terrible lucha entre esas dos bestias –aventuró Yáñez, que se cuidaba mucho de moverse.

–De momento no se meten con nosotros –contestó Sandokán–. Me preocupaba que quisieran atacarnos.

–Y a mí, hermano mío. ¿Cambiamos de rumbo?

Sandokán miró las dos orillas y se dio cuenta de que en aquel punto era imposible salir del agua y adentrarse en la selva.

Dos auténticas murallas de troncos, de hojas, de pinchos, de raíces y de lianas bloqueaban las orillas del riachuelo. Para abrirse paso habrían tenido que echar mano de los krises y esforzarse a conciencia.

–No podemos subir –dijo–. Al primer golpe de cuchillo, el *mayas* y la pantera se nos echarían encima de común acuerdo. Vamos a quedarnos aquí y tratemos que no nos vean. La lucha no se prolongará.

–Pero luego habrá que enfrentarse al vencedor.

–Lo más probable es que quede tan maltrecho que no nos impida el paso.

–¡Ya está! La pantera se impacienta.

–Y el *mayas* no soporta las ganas de hacer trizas las costillas de su vecina.

–Arma el fusil, Sandokán. No se sabe nunca qué puede suceder.

–Estoy preparado para pegarle un tiro a la una o al otro y...

Un aullido espantoso semejante en cierto modo al rugido de un toro furioso lo interrumpió.

Los tigres de Mompracem

El *orang-utan* había alcanzado el colmo de la rabia.

Al ver que la pantera no se decidía a abandonar la rama y descender a la orilla, el primate se echó hacia delante amenazadoramente y dejó escapar un segundo aullido mientras se golpeaba con fuerza el pecho, que resonó como un tambor.

Aquel simio daba miedo. Tenía el rojizo pelaje erizado, la cara había adquirido una expresión de ferocidad inaudita y los largos dientes, capaces de aplastar el cañón de un fusil como si fuera un simple bastoncillo, chirriaban.

Al verlo acercarse, la pantera se había encogido sobre sí misma como si se preparara para saltar, aunque no parecía que tuviera prisa alguna por abandonar la rama.

El *orang-utan* se aferró con un pie a una gran raíz que serpenteaba por el suelo y luego se asomó al riachuelo, agarró con ambas manos la rama sobre la que se sostenía su adversaria y la sacudió con una fuerza hercúlea hasta hacerla crujir.

La convulsión fue tan potente que, a pesar de haber clavado en la rama las afiladas zarpas, la pantera no logró sostenerse y se cayó al torrente.

Sin embargo, fue algo fugaz. Apenas un instante después de tocar el agua ya había brincado de nuevo hasta la rama.

Se detuvo un momento y luego se abalanzó sin reservas sobre el gigantesco mono para hundirle las uñas en los hombros y los muslos.

El cuadrumano soltó un aullido de dolor. La sangre brotó de repente y manó por el pelo hasta gotear en el riachuelo.

Satisfecha con el feliz resultado de tan fulminante ataque, la fiera trató de apartarse para recuperar su posición en la rama antes de que el adversario contra-atacara.

Con una pirueta magistral dio una vuelta sobre sí misma y, sirviéndose del amplio pecho del mono como punto de apoyo, se precipitó hacia atrás.

Las dos zarpas se aferraron a la rama y clavó las uñas en la corteza, pero no pudo impulsarse otra vez hacia delante, como habría querido.

A pesar de los espeluznantes desgarros, el *orang-utan* había alargado rápidamente los brazos para aferrar la cola de su contrincante y aquellas manos, dotadas de una fuerza terrible, ya no la soltaron. La aferraron como unas tenazas y provocaron un aullido de dolor de la fiera.

–Pobre pantera –comentó Yáñez, que seguía con vivo interés las diversas fases de aquella lucha salvaje.

–Está perdida –corroboró Sandokán–. Si no se arranca la cola, cosa imposible, no logrará escapar de las garras del *mayas*.

El pirata no se equivocaba. Al sentir la cola entre las manos, el *orang-utan* había saltado hacia delante y se había encaramado a la rama.

Haciendo acopio de fuerzas, levantó a la fiera cuan larga era, le dio vueltas por los aires como si se tratara de una rata y luego la arrojó con un impulso irresistible contra el enorme tronco del durián.

Se oyó un golpe seco, como de una caja torácica al quebrarse, y entonces la pobre bestia, abandonada por su enemigo, rodó inanimada hasta el suelo y se escurrió entre las negras aguas del riachuelo.

El cráneo, partido en seco, había dejado en el tronco del árbol una gran mancha de sangre mezclada con pedazos de masa encefálica.

–¡Por Júpiter! Qué golpe maestro... –susurró Yáñez–. No me imaginaba que el simio pudiera deshacerse tan deprisa de la pantera.

–Vence a todos los animales de la selva, incluso a las serpientes pitón –contestó Sandokán.

–¿Hay peligro de que nos ataque también a nosotros?

–Está tan furioso que no nos perdonaría si nos viera.

–Aunque parece en muy mal estado. Chorrea sangre por todas partes.

–Bueno, pero los *mayas* son bestias que sobreviven aunque les hayan metido muchas balas en el cuerpo.

–¿Quieres que esperemos a que se vaya?

–Me temo que la cosa va para largo.

–Aquí ya no le queda nada que hacer.

–Yo más bien diría que tiene el nido en ese durián. Me parece ver entre el follaje una masa oscura y unas ramas colocadas transversalmente.

–Entonces hay que volver.

–Eso ni se me pasa por la cabeza. Tendremos que dar un rodeo enorme, Yáñez.

–Matamos al simio a tiros y avanzamos siguiendo este arroyo.

–Era lo que quería proponerte –dijo Sandokán–. Somos buenos tiradores y sabemos manejar el kris mejor que los malayos. Acerquémonos un poco para asegurarnos de acertar. Aquí hay tantas ramas que las balas podrían desviarse fácilmente.

Mientras se preparaban para asaltar al *orangutan,* el animal se había agazapado en la orilla y con las manos se echaba agua por las heridas.

La pantera le había provocado terribles desgarros. Con sus fuertes uñas había lacerado los hombros del pobre simio tan profundamente que había dejado al aire las clavículas. También los muslos habían sufrido daños atroces y la sangre manaba copiosamente hasta formar en el suelo un auténtico charco.

De los labios del herido surgían de vez en cuando gemidos que tenían algo de humano y que iban seguidos de aullidos feroces. La bestia no se había calmado todavía y, a pesar de los espasmos, desplegaba su salvaje furor.

Sandokán y Yáñez se habían acercado a la orilla opuesta para poder adentrarse con rapidez en la selva en caso de que no acertaran y el *orang-utan* no cayera derribado por la doble descarga.

Se habían detenido ya detrás de una gran rama que se proyectaba sobre el riachuelo y habían apoyado en ella los fusiles para apuntar mejor cuando vieron que el *orang-utan* se ponía de pie con un salto inesperado y se aporreaba furiosamente el pecho mientras le rechinaban los dientes.

–¿Qué le ha entrado? –preguntó Yáñez–. ¿Nos habrá visto?

–No –respondió Sandokán–. No somos nosotros los que vamos a recibir su furia.

–¿Hay algún otro animal que trate de sorprenderlo?

–Silencio: veo ramas y hojas que se mueven.

–¡Por Júpiter! ¿Serán los ingleses?

–Calla, Yáñez.

Sandokán se encaramó silenciosamente a la rama y, escondido tras unas hojas de ratán que caían de lo alto, miró la otra orilla, donde se encontraba el *orang-utan*.

Se acercaba alguien que movía con precaución el follaje. Desconocedor tal vez del grave peligro que lo aguardaba, parecía dirigirse precisamente hacia donde se alzaba el colosal durián.

El gigantesco cuadrumano lo había oído y se había

colocado tras el tronco, dispuesto a abalanzarse sobre aquel nuevo adversario y hacerlo pedazos.

Ya no gemía ni gritaba; solamente una ronca respiración podía traicionar su presencia.

–Bueno, ¿qué sucede? –preguntó Yáñez a Sandokán.

–Alguien se aproxima incautamente al *mayas*.

–¿Un hombre o un animal?

–Aún no alcanzo a distinguir al imprudente.

–¿Y si fuera algún pobre indígena?

–Aquí estamos nosotros, que no daremos tiempo al cuadrumano de acabar con él. ¡Eh! Me lo imaginaba. He distinguido una mano.

–¿Blanca o negra?

–Negra, Yáñez. Apunta al *orang-utan*.

–Estoy listo.

En ese preciso instante se vio al mono precipitarse hacia un espeso grupo de árboles con un gañido espeluznante.

Cayeron entonces ramas y hojas arrancadas de repente por las potentes manos de la bestia y apareció un hombre.

Se oyó un alarido de espanto seguido de inmediato por dos disparos de fusil. Sandokán y Yáñez habían abierto fuego.

El cuadrumano, alcanzado en plena espalda, se volvió aullando y al ver a los dos piratas, y sin ocuparse del incauto que se le había acercado, saltó el río con un salto colosal.

Sandokán había abandonado el fusil y empuñaba el kris, decidido a entregarse a una lucha cuerpo a cuerpo. En cambio, Yáñez, que había saltado a la rama, trataba de recargar el arma precipitadamente.

A pesar de las nuevas heridas, el *orang-utan* se

arrojó sobre Sandokán. Estaba a punto de alargar las peludas manos cuando se oyó un grito en la orilla contraria.

–¡El capitán!

Entonces resonó un disparo.

El *orang-utan* se detuvo y se llevó las manos a la cabeza. Se quedó erguido un instante, traspasando a Sandokán con una última mirada rebosante de rabia feroz, y después se desplomó contra el agua y provocó una salpicadura gigantesca.

En ese preciso instante el recién llegado, que por poco había caído en manos del simio, se arrojó al riachuelo gritando:

–¡El capitán! ¡El señor Yáñez! Qué contento estoy de haberle metido una bala en el cráneo a ese *mayas*.

Yáñez y Sandokán habían subido de un veloz salto a la rama.

–¡Paranoa! –exclamó el segundo con alegría.

–El mismo que viste y calza, mi capitán –contestó el malayo.

–¿Qué haces en esta selva?

–Los buscaba, capitán.

–¿Y cómo sabías que nos encontrábamos aquí?

–Al pasar por los márgenes de esta selva distinguí a los ingleses que rondaban acompañados de muchos perros y me imaginé que iban tras sus pasos.

–¿Y te has atrevido a meterte aquí dentro tú solo? –preguntó Yáñez.

–Las fieras no me dan miedo.

–Pues por poco te hace pedazos un *orang-utan*.

–Aún no me había cogido, señor Yáñez, y como han visto le he metido una bala en la cabezota.

–¿Y han llegado todos los praos? –quiso saber Sandokán.

–Cuando salí para buscarlos no había aparecido ninguna otra embarcación más que la mía.

–¿Ninguna? –exclamó Sandokán, con ansiedad.

–No, mi capitán.

–¿Cuándo dejaste la desembocadura del río?

–Ayer por la mañana.

–¿Les habrá sucedido alguna desgracia a los otros dos praos? –se preguntó Yáñez, mirando a Sandokán con angustia.

–Puede que la tormenta se los llevara muy al norte –contestó el tigre.

–Es posible que fuera así, mi capitán –dijo Paranoa–. El viento del sur soplaba con una fuerza tremenda y no había modo humano de plantarle cara.

»Yo tuve la suerte de meterme en una pequeña bahía, bien resguardada y situada a sesenta millas de aquí, por lo que pude regresar pronto y aparecer el primero de todos en el lugar de reunión.

»Además, como ya he dicho, desembarqué ayer por la mañana, así que durante este tiempo tal vez hayan llegado los demás.

–De todos modos la situación me inquieta mucho, Paranoa –aseguró Sandokán–. Me gustaría estar ya en la desembocadura del río para calmar este desasosiego. ¿Perdiste a algún hombre durante la tempestad?

–Ni a uno solo, mi capitán.

–¿Y el barco sufrió?

–Tuvo unos pocos desperfectos que ya están reparados.

–¿Está escondido en la bahía?

–Lo dejé apartado de la costa por temor a alguna sorpresa.

–¿Y desembarcaste solo?

–Solo, mi capitán.

Los tigres de Mompracem

–¿Has visto a algún inglés que rondara las cercanías de la bahía?

–No, pero, como les decía, sí he visto a algunos batir los márgenes de esta selva.

–¿Y eso cuándo ha sido?

–Esta mañana.

–¿Por qué lado?

–Hacia el este.

–Venían de casa de lord James –concluyó Sandokán, mirando a Yáñez. Luego, volviéndose hacia Paranoa, le preguntó–: ¿Estamos muy lejos de la bahía?

–No llegaremos antes del anochecer.

–¡Tanto nos hemos alejado! –exclamó Yáñez–. Sólo son las dos de la tarde... Tenemos un buen trecho que recorrer.

–Esta selva es muy vasta, señor Yáñez, y también bastante difícil de atravesar. Tardaremos al menos cuatro horas en alcanzar las últimas espesuras.

–Partamos –concluyó Sandokán, que parecía sumido en una gran agitación.

–Tienes muchas ganas de llegar a la bahía, ¿verdad, hermano?

–Sí, Yáñez. Presiento una desventura y puede que no me equivoque.

–¿Crees que los dos praos se han perdido?

–Eso me temo, Yáñez. Si no los encontramos en la bahía, no volveremos a verlos.

–¡Por Júpiter! Qué desastre para nosotros...

–Una auténtica ruina, Yáñez –reconoció Sandokán con un suspiro–. No sé, se diría que la fatalidad empieza a pesar sobre nosotros, como si tuviera prisa por asestar un golpe mortal a los cachorros de Mompracem.

–¿Y si esa desgracia se confirma? ¿Qué haremos, Sandokán?

–¿Qué haremos? ¿Y tú me lo preguntas, Yáñez? ¿Es que el Tigre de Malasia es hombre que se asuste o se rinda ante el destino? Proseguiremos la lucha, al hierro del enemigo opondremos hierro; al fuego, fuego.

–Piensa que a bordo de nuestro prao tan sólo van cuarenta hombres.

–Son cuarenta tigres, Yáñez. Guiados por nosotros harán milagros y nadie sabrá detenerlos.

–¿Quieres lanzarlos contra la villa?

–Eso está por ver, pero te juro que no abandonaré esta isla sin llevarme a Marianna Guillonk, aunque me vea obligado a luchar contra toda la guarnición de Victoria.

»¿Quién sabe? Tal vez de la muchacha dependa la salvación o la caída de Mompracem. Nuestra estrella se apaga y cada vez la veo más pálida, pero no desespero y puede que vuelva a resplandecer más viva que nunca.

»¡Ah! Si esa muchacha quisiera... El destino de Mompracem está en sus manos, Yáñez.

–Y en las tuyas –contestó el portugués con un suspiro–. Vamos, es inútil hablar de eso por el momento. Hay que tratar de llegar al río para comprobar si han regresado los otros dos praos.

–Sí, vamos –coincidió Sandokán–. Con un refuerzo de ese calibre me sentiría capaz de intentar incluso la conquista de Labuán entera.

Guiados por Paranoa, remontaron la orilla del riachuelo y se adentraron en un viejo sendero que el malayo había descubierto unas horas antes.

Lo habían invadido las plantas, especialmente las raíces, pero seguía existiendo espacio suficiente para permitir a los piratas avanzar sin excesivas dificultades.

Durante cinco horas seguidas anduvieron por la inmensa selva, haciendo alguna breve parada para

Los tigres de Mompracem

descansar, y al caer la noche se encontraron junto a la margen del río que desembocaba en la bahía.

Al no ver a ningún enemigo, descendieron hacia el oeste, por un pequeño marjal que iba a morir en el mar.

Al llegar a la orilla de la pequeña bahía hacía ya varias horas que se habían asentado las tinieblas.

Paranoa y Sandokán se dirigieron a los últimos arrecifes para escrutar atentamente el oscuro horizonte.

–Mire, mi capitán –dijo el primero, indicando al tigre un punto luminoso que apenas se distinguía y podría haberse confundido con una estrella.

–¿El farol de nuestro prao? –preguntó Sandokán.

–Sí, mi capitán. ¿No lo ve deslizarse hacia el sur?

–¿Qué señal tienes que hacer para que se acerque la nave?

–Encender dos fuegos en la playa –contestó Paranoa.

–Vamos hacia el extremo de la pequeña península –propuso Yáñez–. Así señalaremos al prao el rumbo exacto.

Se metieron entre un auténtico caos de rocas tachonadas de conchas, de restos de crustáceos y de amasijos de algas y se encaminaron a la punta de un islote boscoso.

–Si encendemos los fuegos aquí, el prao podrá embocar la bahía sin peligro de enarenar –indicó Yáñez.

–Pero lo haremos remontar hacia el río –objetó Sandokán–. Me interesa esconderlo de los ojos de los ingleses.

–De eso me encargo yo –contestó Yáñez–. Lo ocultaremos en el marjal, entre las cañas, y lo cubriremos por completo con ramas y hojas, después de haber retirado los palos y todas las maniobras. ¡Eh, Paranoa, haz la señal!

El malayo no perdió el tiempo. En el extremo de un bosquecillo recogió leña seca, formó dos montones que colocó a cierta distancia el uno del otro y los encendió.

Al cabo de un momento los tres piratas se percataron de que el farol blanco del prao desaparecía y en su lugar brillaba un punto rojo.

–Nos han visto –anunció Paranoa–. Podemos apagar los fuegos.

–No –se opuso Sandokán–. Servirán para indicar a tus hombres la dirección adecuada. Nadie conoce la bahía, ¿verdad?

–No, capitán.

–Pues hay que guiarlos.

Los tres piratas se sentaron en la arena con los ojos clavados en el farol rojo, que había cambiado de dirección.

Al cabo de diez minutos ya se veía el prao.

Sus inmensas velas iban desplegadas y se oía el agua que borboteaba ante la proa. Visto en la oscuridad, parecía un pájaro gigantesco que se deslizaba por el mar.

Con dos bordadas se colocó ante la bahía y embocó el canal para adentrarse hacia la desembocadura del río.

Yáñez, Sandokán y Paranoa habían abandonado el islote y había retrocedido rápidamente hasta las orillas del pequeño marjal.

En cuanto vieron al prao echar el ancla junto a las espesísimas cañas de la margen subieron a bordo.

Con un gesto Sandokán pidió silencio a la tripulación, que estaba a punto de saludar a los dos jefes de la piratería con un intempestivo estallido de alegría.

–Puede que los enemigos no se hayan alejado –explicó–. Por consiguiente, os ordeno el más absoluto silencio para que no nos sorprendan antes de que se cumplan mis proyectos.

Después se volvió hacia un subjefe y le preguntó, con una emoción tan intensa que casi le tembló la voz:

–¿No han llegado los otros dos praos?

–No, Tigre de Malasia –contestó el pirata–. Durante la ausencia de Paranoa he visto todas las costas vecinas y me he acercado incluso a las de Borneo, pero no se ha divisado ninguna de nuestras naves en ninguna dirección.

–¿Y crees...?

El pirata no respondió: dudaba.

–Habla –pidió Sandokán.

–Creo, Tigre de Malasia, que nuestras embarcaciones se estrellaron contra las costas septentrionales de Borneo.

Sandokán se clavó las uñas en el pecho, mientras un suspiro sibilante surgía de sus labios.

–¡Qué fatalidad, qué fatalidad! –dijo con voz queda–. La muchacha del cabello de oro traerá la desventura a los tigres de Mompracem.

–Ánimo, hermano mío –lo animó Yáñez, poniéndole una mano en los hombros.

–No desesperemos aún. Puede que el vendaval arrastrara nuestros praos muy lejos y sufrieran daños tan graves que les impidieran zarpar de inmediato.

»Hasta que encontremos restos suyos no hay que creer que se hayan hundido.

–Pero no podemos esperar, Yáñez. ¿Quién me dice que el lord vaya a quedarse mucho tiempo en su villa?

–Eso tampoco sería lo deseable, amigo mío.

–¿Qué quieres decir, Yáñez?

–Que contamos con hombres suficientes para asaltarlo si abandona la villa y llevarnos a su bella sobrina.

–¿Querrías intentar un golpe así?

–¿Y por qué no...? Nuestros cachorros son todos valientes y, aunque el lord tuviera consigo el doble de soldados, no vacilarían en absoluto en emprender la lucha. Estoy madurando un buen plan y espero que dé unos resultados espléndidos.

»Déjame reposar esta noche y mañana empezaremos a actuar.

–Confío en ti, Yáñez.

–No dudes, Sandokán.

–Pero el prao no podemos dejarlo aquí. ¿Y si lo descubre cualquier embarcación que se meta en la bahía o cualquier cazador que baje por el río en busca de aves acuáticas?

–He pensado en todo, Sandokán. Paranoa ha recibido instrucciones al respecto. Ven, Sandokán. Vamos a comer un bocado y luego a echarnos en nuestros catres. Yo, te lo confieso, no puedo más.

Mientras los piratas, bajo la dirección de Paranoa, desmontaban todas las maniobras de la embarcación, Yáñez y Sandokán bajaron al pequeño compartimiento de popa y dieron buena cuenta de las provisiones.

Calmada el hambre que los atormentaba desde hacía tantas horas, se tumbaron sobre sus respectivos catres sin desvestirse.

El portugués, que ya no se tenía en pie, se quedó profundamente dormido de inmediato; en cambio, a Sandokán le costó bastante pegar ojo.

Funestos pensamientos y siniestras inquietudes lo mantuvieron despierto durante muchas horas y estaba ya próxima el alba cuando logró descansar un poco, aunque el reposo fue brevísimo.

A su regreso a cubierta los piratas habían ultimado las tareas destinadas a hacer invisible el prao de

Los tigres de Mompracem

cara a los cruceros que pudieran pasar ante la bahía o a los hombres que pudieran bajar por el río. La embarcación se había acercado a la margen del marjal, hasta un cañaveral muy espeso. Los palos con las maniobras fijas y movedizas se habían bajado y encima del alcázar se habían echado montones de cañas, ramas y hojas dispuestas con tal habilidad que se cubría toda la nave.

Si alguien hubiera pasado por allí habría podido confundirla con un espesura de plantas o un enorme amasijo de hierbas y raíces propio de aquel lugar arenoso.

–¿Qué me dices, Sandokán? –preguntó Yáñez, que se encontraba ya en el puente, bajo una pequeña cubierta de cañas levantada a popa.

–La idea ha sido buena –reconoció el pirata.

–Ahora acompáñame.

–¿Adónde?

–A tierra. Ya hay hombres que nos esperan.

–¿Qué quieres hacer, Yáñez?

–Ya lo verás. ¡Atención! Al agua la chalupa y montad una buena guardia.

Capítulo XXII

EL PRISIONERO

Una vez cruzado el río, Yáñez condujo a Sandokán hasta una tupida arboleda donde había veinte hombres emboscados, completamente armados y provistos de sendos saquitos de víveres y de mantas de lana. Paranoa y su subjefe, Ikaut, se encontraban entre ellos.

–¿Estáis todos? –preguntó Yáñez.

–Todos –respondieron.

–Pues escúchame con atención, Ikaut –prosiguió el portugués–. Vas a regresar a bordo y si sucede cualquier cosa mandas hasta aquí a un hombre que dará siempre con un camarada a la espera de órdenes.

»Nosotros te transmitiremos nuestros mandatos, que deberás cumplir en el acto, sin el más mínimo retraso.

»Tienes que ser prudente, no dejar que te sorprendan los casacas rojas y no olvidarte de que nosotros, aunque estemos lejos, en un momento podemos informarnos de lo que suceda.

–Cuenten conmigo, señor Yáñez.

–Ahora vuelve a bordo y vela.

Mientras el subjefe saltaba al bote, Yáñez se situó a la cabeza del pelotón y abrió camino remontando el curso del pequeño río.

Los tigres de Mompracem

–¿Adónde me conduces? –preguntó Sandokán, que no entendía nada.

–Espera un poco, hermano mío. Dime, ante todo, a qué distancia del mar puede encontrarse la villa de lord Guillonk?

–Unas dos millas en línea recta.

–Entonces tenemos hombres más que suficientes.

–¿Para qué?

–Un poco de paciencia, Sandokán.

Yáñez se orientó con la brújula que había cogido del prao y se metió bajo los grandes árboles con una marcha rápida.

Recorridos cuatrocientos metros, se detuvo junto a un colosal alcanforero que se alzaba en mitad de un denso grupo de matorrales y, volviéndose hacia uno de los marineros, ordenó:

–Tú te plantarás aquí y no te moverás, por ningún motivo, si no te lo ordenamos.

»El río queda a sólo cuatrocientos metros, así que puedes comunicarte fácilmente con él; a igual distancia, hacia el este, estará uno de tus camaradas.

»Cualquier orden que te transmitan desde el barco la comunicarás a tu compañero más próximo. ¿Me has entendido?

–Sí, señor Yáñez.

–Entonces sigamos.

Mientras el malayo se preparaba un pequeño cobijo en la base del gran árbol, el pelotón se puso de nuevo en marcha para luego dejar a otro hombre a la distancia indicada.

–¿Lo comprendes ahora? –preguntó Yáñez a Sandokán.

–Sí –contestó éste–, y admiro tu astucia. Con estos centinelas escalonados por la selva en pocos minutos podremos comunicarnos con el prao incluso desde los alrededores de la villa de lord James.

–Sí, Sandokán, y advertir a Ikaut para que arme cuanto antes la embarcación, de modo que podamos zarpar de inmediato, o también para que nos envíe auxilio.

–¿Y nosotros dónde vamos a acampar?

–En el sendero que conduce a Victoria. Desde allí veremos quién llega a la villa y quién sale y en cuestión de minutos podremos tomar nuestras medidas para impedir que el lord se escape a hurtadillas. Si quiere marcharse, primero deberá vérselas con nuestros cachorros, y ya te digo que los que saldrán derrotados no seremos precisamente nosotros.

–¿Y si no se decide a irse?

–¡Por Júpiter! Asaltaremos la villa o buscaremos cualquier otro medio para arrebatarle a la muchacha.

–Bueno, no llevemos las cosas al extremo, Yáñez. Lord James es capaz de matar a su sobrina antes de verla caer en mis manos.

–¡Por mil espingardas!

–Es un hombre decidido a todo, Yáñez.

–Entonces jugaremos con sagacidad.

–¿Tienes algún plan?

–Lo encontraremos, Sandokán. No me consolaré jamás si ese bribón le abre la cabeza a la adorable miss.

–¿Y yo? Sería también la muerte del Tigre de Malasia, puesto que no podría sobrevivir sin la muchacha del cabello de oro.

–Lo sé, por desgracia –dijo Yáñez con un suspiro–. Esa mujer te ha embrujado.

–O, mejor dicho, me ha condenado, Yáñez. ¿Quién iba a decir que un día yo, que no había sentido jamás los latidos del corazón, que no había sabido amar nada

Los tigres de Mompracem

más que el mar, los combates espeluznantes y las matanzas, acabaría dominado por una muchacha, por una hija de esa raza a la que había jurado una guerra de exterminio? Cuando lo pienso me hierve la sangre, se me rebelan las fuerzas y se me estremece el corazón de rabia... Sin embargo, jamás seré capaz de partir la cadena que me ata, Yáñez, y tampoco borrar esos ojos azules que me han hechizado.

»En fin, no hablemos más de eso y dejemos que se cumpla mi destino.

–Un destino que será fatal para la estrella de Mompracem, ¿no es cierto, Sandokán?

–Quizá –contestó el Tigre de Malasia con voz queda.

Llegaron entonces al margen de un bosque. Más allá se extendía una pequeña pradera sembrada de matorrales y de grupos de arecas y de gambires, y cortada por la mitad por un largo sendero que, no obstante, parecía contar con poco tránsito, ya que la hierba había crecido en él.

–¿Será la vía que conduce a Victoria? –preguntó Yáñez a Sandokán.

–Sí –contestó éste.

–La villa de lord James no debe de quedar lejos.

–Distingo allá, detrás de esos árboles, la empalizada del recinto.

–Perfecto.

El portugués se volvió hacia Paranoa, que los había seguido con seis hombres, y le dijo:

–Ve a montar el toldo en el margen del bosque, en un lugar protegido por alguna arboleda espesa.

No hubo que repetirle la orden. Una vez encontrado el lugar adecuado, el pirata hizo desplegar el toldo, que quedó protegido por una especie de cinta formada por ramas y hojas de platanera.

Dentro colocó los víveres que había hecho transportar hasta allí, consistentes en conservas, carne ahumada, galletas y algunas botellas de vino de España, y luego envió a sus hombres a derecha y a izquierda para que batieran el bosque y se asegurasen de que no se escondía en él ningún espía.

Tras haberse desplazado hasta doscientos metros de las empalizadas, Sandokán y Yáñez regresaron al bosque y se tumbaron bajo el toldo.

–¿Estás satisfecho, Sandokán, con el plan? –preguntó el portugués.

–Sí, hermano –contestó el Tigre de Malasia.

–Nos encontramos a pocos pasos del recinto, en el camino que conduce a Victoria. Si el lord quiere abandonar la villa, se verá obligado a pasar a tiro de fusil de donde estamos.

»En menos de media hora podemos congregar a veinte hombres resueltos, decididos a todo, y en una hora tener con nosotros a toda la tripulación del prao. Que se mueva y le saltaremos todos encima.

–Sí, todos –repitió Sandokán–. Estoy dispuesto a lo que sea, incluso a arrojar a mis hombres contra un regimiento entero.

–Entonces vamos a desayunar, hermano mío –rió Yáñez–. Esta excursión matutina me ha abierto el apetito de una manera extraordinaria.

Devoraron el ágape y estaban fumándose unos cigarrillos y saboreando una botella de whisky cuando vieron entrar precipitadamente a Paranoa.

El valiente malayo tenía la cara desencajada y parecía dominado por una enorme agitación.

–¿Qué te sucede? –preguntó Sandokán, mientras se ponía en pie de sopetón y alargaba una mano hacia el fusil.

–Se acerca alguien, mi capitán –informó–. He oído el galope de un caballo.

–¿Algún inglés que se dirige a Victoria?

–No, Tigre de Malasia, debe de venir de allí.

–¿Aún está lejos? –intervino Yáñez.

–Creo que sí.

–Ven, Sandokán.

Agarraron las carabinas y salieron precipitadamente de debajo del toldo, mientras los hombres de la escolta se emboscaban entre los matorrales y armaban con precipitación los fusiles.

Sandokán se dirigió al sendero, se puso de rodillas y apoyó una oreja contra el suelo. La superficie de la tierra transmitía con claridad el galope apresurado de un caballo.

–Sí, se acerca un jinete –confirmó mientras se ponía en pie con rapidez.

–Te aconsejo dejarlo pasar sin molestarlo –dijo Yáñez.

–¿Tú crees? Vamos a hacerlo prisionero, mi querido amigo.

–¿Con qué objeto?

–Puede llevar a la villa algún mensaje importante.

–Si lo asaltamos se defenderá, disparará el mosquete, tal vez incluso las pistolas, y los soldados de la casa podrían oír las detonaciones.

–Haremos que caiga en nuestro poder sin dejarle tiempo de echar mano a las armas.

–Algo un poco difícil, Sandokán.

–No, más fácil de lo que crees.

–Explícate.

–El caballo viene al galope, así que no podrá evitar un obstáculo. El jinete saldrá despedido de golpe y le caeremos encima sin permitirle reaccionar.

–¿Y qué obstáculo quieres preparar?

–Ven, Paranoa, ve a buscar una cuerda y reúnete conmigo de inmediato.

–Comprendo –dijo Yáñez–. ¡Ah, una idea espléndida! Sí, vamos a apresarlo, Sandokán. ¡Por Júpiter, qué útil va a resultar! No lo había pensado.

–¿De qué idea hablas, Yáñez?

–Lo sabrás más tarde. ¡Ah! ¡Ah, qué hermoso juego!

–¿Ríes?

–Tengo motivos para reír. Ya verás, Sandokán, cómo vamos a jugar con el lord. ¡Paranoa, date prisa!

El malayo, ayudado por otros dos hombres, había tendido una gruesa cuerda de un lado a otro del camino, aunque lo bastante baja como para que no se distinguiera debido a la alta hierba que crecía en aquel lugar.

Una vez hecho eso había ido a esconderse detrás de un matorral, empuñando el kris, mientras sus compañeros se dispersaban más adelante para impedir al jinete proseguir su trayecto, en el caso de que lograra evitar la emboscada.

El galope se acercaba con rapidez. Quedaban pocos segundos para que el jinete apareciera por el recodo del sendero.

–Ahí está... –susurró Sandokán, que se había apostado junto a Yáñez.

Al cabo de unos instantes un caballo se precipitó por el camino después de haber dejado atrás una arboleda. Lo montaba un apuesto joven de unos veintidós o veinticuatro años que vestía el uniforme de los cipayos. Parecía bastante inquieto, ya que espoleaba furiosamente al animal y dirigía a su alrededor miradas de suspicacia.

–Atento, Yáñez –musitó Sandokán.

Los tigres de Mompracem

Debido a los fuertes espolazos, el caballo se lanzaba hacia delante y avanzaba velozmente hacia la cuerda. Al tropezar con ella se derrumbó pesadamente, agitando las patas como loco.

Los piratas actuaron. Antes incluso de que el cipayo pudiera salir de debajo del animal, Sandokán se le echó encima y le arrebató el sable, mientras que Juioko lo clavó contra el suelo y le puso el kris en el pecho.

–No opongas resistencia si tienes apego a la vida –recomendó el tigre.

–¡Miserables! –exclamó el soldado, tratando de resistirse.

Con la ayuda de sus compañeros, Juioko lo ató a conciencia y lo arrastró hasta un denso grupo de árboles, mientras Yáñez inspeccionaba al caballo, temiendo que con la caída se hubiera roto una pata.

–¡Por Baco! –exclamó el buen portugués, que parecía contentísimo–. Causaré una excelente impresión en la villa. ¡Yáñez sargento de los cipayos! Ése es un grado que no esperaba ni remotamente.

Ató al animal a un árbol y se reunió con Sandokán, que registraba a fondo al sargento.

–¿Nada? –preguntó.

–Ninguna carta –contestó Sandokán.

–Al menos hablarás –aseguró Yáñez, clavando los ojos en el cipayo.

–No –contestó éste.

–¡Cuidado! –recomendó Sandokán con un tono estremecedor–. ¿Adónde te dirigías?

–Iba de paseo.

–¡Habla!

–Ya he hablado –respondió el sargento, que hacía gala de una tranquilidad que no podía ser cierta.

–¡Espera y verás!

El Tigre de Malasia se arrancó de la cintura el kris y se lo colocó en la garganta diciéndole con una voz que dejaba bien clara la amenaza:

–¡Habla o te mato!

–No –contestó el soldado.

–Habla –repitió Sandokán, apretando el arma.

El prisionero soltó un alarido de dolor; el kris había entrado en la carne y lo había hecho sangrar.

–Hablaré –dijo por fin en tono agónico, pálido como un cadáver.

–¿Adónde ibas? –insistió Sandokán.

–A casa de lord James Guillonk.

–¿Por qué motivo?

El soldado titubeó, pero al ver que el pirata aproximaba de nuevo el kris añadió:

–Para entregar una carta del baronet William Rosenthal.

Un relámpago de rabia centelleó en los ojos de Sandokán ante aquel nombre.

–¡Dame esa carta! –exclamó con voz ronca.

–La llevo en el gorro, escondida en el forro.

Yáñez recogió el gorro del cipayo, arrancó el forro y extrajo con violencia la misiva, que abrió de inmediato.

–¡Bah! Cosas viejas –dijo tras haber leído.

–¿Qué escribe ese perro del baronet? –preguntó Sandokán.

–Advierte al lord de nuestro inminente desembarco en Labuán. Dice que un crucero ha visto uno de nuestros praos dirigirse a estas costas y le aconseja que vigile atentamente.

–¿Nada más?

–¡Ah, sí! ¡Caramba! Envía mil respetuosos saludos a tu querida Marianna con un juramento de eterno amor.

Los tigres de Mompracem

–Que Dios castigue a ese maldito. ¡Ay de él el día que se cruce en mi camino!

–Juioko –dijo el portugués, que parecía observar con enorme atención la caligrafía de la carta–. Manda un hombre al prao y que me traigan papel, plumas y un tintero.

–¿Qué pretendes hacer con esos objetos? –preguntó Sandokán estupefacto.

–Son necesarios para mi plan.

–Pero ¿de qué plan hablas?

–Del que llevo media hora meditando.

–Explícate de una vez.

–Si te empeñas... Voy a presentarme en la villa de lord James.

–¡Tú!

–Yo, yo mismo –contestó Yáñez con una calma absoluta.

–Pero ¿cómo?

–En la piel de ese cipayo. ¡Por Júpiter! ¡Ya verás qué soldado!

–Empiezo a comprender. Te pones la ropa del cipayo, finges venir de Victoria y...

–Aconsejo al lord que parta hacia allí para hacerlo caer en la emboscada que tú le prepararás.

–¡Ah, Yáñez! –exclamó Sandokán, llevándoselo al pecho.

–Tranquilo, hermano mío, que vas a partirme un brazo.

–Si lo logras te lo deberé todo.

–Espero salir bien parado.

–Pero te expones a un gran peligro.

–¡Bah! Lo conseguiré sin problemas, con honor y sin sufrir daños.

–¿Y el tintero para qué?

Emilio Salgari

–Para escribir una carta al lord.

–Te lo desaconsejo, Yáñez. Es un hombre desconfiado y si ve que la letra no corresponde con la que conoce puede hacerte fusilar.

–Tienes razón, Sandokán. Es mejor que le diga lo que pensaba escribir. Vamos, desnudad al cipayo.

Ante un ademán de Sandokán, dos piratas desataron al soldado y le quitaron el uniforme. El pobre diablo se creía perdido.

–¿Van a matarme? –preguntó a Sandokán.

–No. Tu muerte no me sería de ninguna utilidad y te regalo la vida, pero estarás prisionero en mi prao mientras permanezcamos aquí.

–Gracias, señor.

Mientras, Yáñez se vestía. El uniforme le iba un poco estrecho, pero tras ciertos arreglos enseguida quedó completamente equipado.

–Mira, hermano mío, qué apuesto soldado –comentó, mientras se colocaba el sable–. No esperaba que me sentara tan bien.

–Sí, sin duda eres un apuesto cipayo –rió Sandokán–. Ahora dame tus últimas instrucciones.

–Ahí van. Quédate emboscado en este sendero con todos los hombres disponibles y no te muevas. Yo me voy a ver al lord, le digo que os han atacado y os habéis diseminado, pero que se han visto otros praos, y le aconsejo aprovechar el buen momento para refugiarse en Victoria.

–¡Perfecto!

–Cuando pasemos asaltáis la escolta y yo agarro a Marianna y me la llevo al prao. ¿De acuerdo?

–Sí. Ve, mi valeroso amigo, di a mi Marianna que sigo amándola y que confíe en mí. Ve y que Dios te acompañe.

Los tigres de Mompracem

–Adiós, hermano mío –contestó Yáñez mientras lo abrazaba.

Se subió al caballo del cipayo con un ágil salto, agarró las riendas, desenvainó el sable y partió al galope silbando alegremente una vieja barcarola.

Capítulo XXIII

YÁÑEZ EN LA VILLA

La misión del portugués era sin duda una de las más arriesgadas, de las más audaces que aquel valiente había afrontado en toda su vida, puesto que habría bastado una palabra, una simple sospecha, para que lo soltaran desde lo alto de una entena con una buena soga al cuello.

A pesar de ello, el pirata se preparaba para jugar aquella peligrosísima carta con gran coraje y mucha calma, fiándose de su propia sangre fría y sobre todo de su buena estrella, que jamás había dejado de protegerlo.

Se irguió con orgullo en la silla, se rizó los bigotes para dar mejor impresión, se recolocó el gorro inclinándolo con coquetería sobre una oreja y cabalgó a la carrera sin escatimar espolazos ni azotes a la montura. Al cabo de dos horas de galopada furiosa se encontró inesperadamente frente a un portillo tras el cual se alzaba la hermosa villa de lord James.

–¿Quién vive? –preguntó un soldado que estaba emboscado delante, escondido tras el tronco de un árbol.

–Eh, jovencito, baja el fusil, que no soy ni un tigre ni un babirusa –ordenó el portugués mientras detenía su montura–. ¡Por Júpiter! ¿No ves que soy un compañero? Un superior, mejor dicho.

278

Los tigres de Mompracem

–Perdone, pero tengo órdenes de no dejar entrar a nadie sin saber de parte de quién viene y qué desea.

–¡Animal! Vengo por orden del baronet William Rosenthal y quiero ver al lord.

–¡Pase!

Abrió el portillo, llamó a unos compañeros que paseaban por el jardín para advertirlos de lo que sucedía y se hizo a un lado.

–¡Hum! –murmuró el portugués, mientras se encogía de hombros y hacía avanzar el caballo–. Cuántas precauciones y cuánto miedo imperan por aquí.

Se detuvo delante de la casa y saltó al suelo entre seis soldados que lo habían rodeado fusil en mano.

–¿Dónde está el lord? –les preguntó.

–En su despacho –contestó el sargento al mando del pelotón.

–Condúzcame de inmediato ante él, que me urge informarlo de algo.

–¿Viene de Victoria?

–En efecto.

–¿Y no se ha topado con los piratas de Mompracem?

–Ni siquiera con uno, camarada. Esos canallas tienen bastantes cosas que hacer en este momento antes de ponerse a rondar por aquí. Venga, condúzcame ante el lord.

–Acompáñeme.

El portugués apeló a toda su audacia para presentarse ante el peligroso individuo y siguió al sargento adoptando la calma y la rigidez de la raza anglosajona.

–Espere aquí –pidió el otro tras hacerlo entrar en un salón.

Una vez solo, Yáñez se puso a observarlo todo atentamente para ver si era posible dar un golpe de mano, pero tuvo que convencerse de que todo intento habría sido inútil al ser tan altas las ventanas y tan gruesos los muros y las puertas.

–No importa –susurró–. El golpe lo daremos en el bosque.

En ese momento regresó el sargento.

–El lord lo espera –anunció mientras señalaba la puerta que había dejado abierta.

El portugués sintió un escalofrío que le recorrió los huesos y palideció un poco.

–Vamos, Yáñez, sé fuerte y prudente –musitó.

Entró con la mano derecha sobre el gorro y se encontró en un despacho decorado con mucha elegancia. En un rincón, sentado ante un escritorio, estaba el lord, vestido sencillamente de blanco, con el rostro sombrío y la mirada contrariada.

Observó en silencio a Yáñez y le clavó los ojos como si pretendiera indagar los pensamientos del recién llegado, para luego decir con sequedad:

–¿Viene de Victoria?

–Sí, milord –contestó Yáñez con voz firme.

–¿De parte del baronet?

–Sí.

–¿Le ha dado alguna carta para mí?

–No.

–¿Tiene algo que contarme?

–Sí, milord.

–Hable.

–Me ha mandado a decirle que el Tigre de Malasia está rodeado por las tropas en una bahía del sur.

El lord se puso en pie de un salto, con los ojos resplandecientes y el rostro radiante.

–¡El tigre cercado por nuestros soldados! –exclamó.

–Sí, y parece que ha llegado el final de ese canalla, puesto que no tiene escapatoria.

Los tigres de Mompracem

–Pero ¿está bien seguro de lo que dice?

–Segurísimo, milord.

–¿Quién es usted?

–Soy pariente del baronet William –contestó Yáñez audazmente.

–¿Y cuánto tiempo hace que se encuentra en Labuán?

–Quince días.

–Por consiguiente, sabrá que mi sobrina...

–Es la prometida de mi primo William –se sonrió Yáñez.

–Es un gran placer conocerlo, señor –aseguró el lord, tendiéndole la mano–. Pero, dígame, ¿cuándo atacaron a Sandokán?

–Esta mañana al alba, mientras cruzaba un bosque a la cabeza de una gran cuadrilla de piratas.

–Pero ese hombre es el demonio. ¡Anoche estaba aquí! ¿Es posible que en siete u ocho horas haya recorrido tanto camino?

–Dicen que tenía caballos consigo.

–Ahora lo entiendo. ¿Y dónde está mi amigo William?

–A la cabeza de las tropas.

–¿Estaba usted a su lado?

–Sí, milord.

–¿Y los piratas se encuentran muy lejos?

–Una decena de millas.

–¿Le ha hecho algún otro encargo?

–Me ha rogado que le diga que abandonen de inmediato la villa y que los acompañe sin demora a Victoria.

–¿Por qué?

–Sabe usted, milord, qué raza de hombre es el Tigre de Malasia. Tiene consigo a ochenta hombres, ochenta cachorros, y podría vencer a nuestras tropas, cruzar los bosques en un abrir y cerrar de ojos y lanzarse sobre la villa.

El inglés lo contempló en silencio como si aquel razonamiento le hubiera llegado al alma y luego contestó, como para sí:

–Es cierto, podría suceder eso. Al amparo de los fuertes y las naves de Victoria me sentiré más seguro que aquí. Mi querido William tiene mucha razón. Y por el momento el camino está despejado.

»¡Ah, mi señora sobrina, ya te arrancaré yo la pasión que sientes por ese héroe del patíbulo! Te partirás como una caña, me obedecerás y te casarás con el hombre que te he destinado.

Yáñez se llevó involuntariamente la mano a la empuñadura del sable, pero se contuvo al comprender que la muerte del feroz viejo de nada habría servido con todos los soldados que había en la casa.

–Milord, ¿me permitiría visitar a mi futura pariente? –solicitó, en cambio.

–¿Tiene algo que decirle, de parte de William?

–Sí, milord.

–Lo recibirá mal.

–No importa, milord –se sonrió Yáñez–. Le transmitiré lo que me ha dicho William y luego regresaré.

El viejo capitán pulsó un botón. Entró un criado al instante.

–Conduce a este señor a ver a milady –ordenó.

–Gracias –contestó Yáñez.

–Trate de convencerla y luego reúnase conmigo. Cenaremos juntos.

Yáñez se inclinó y siguió al criado, que lo llevó a un salón tapizado de azul y decorado con una gran cantidad de plantas que propagaban por el entorno perfumes deliciosos.

Los tigres de Mompracem

El portugués dejó que saliera el criado y luego se metió poco a poco entre las plantas, que transformaban aquel salón en un invernadero, y distinguió una forma humana, cubierta por una ropa inmaculada.

Aunque iba preparado para cualquier sorpresa, no pudo contener un grito de admiración frente a aquella espléndida joven.

Estaba acostada, en una pose elegante y con un abandono cargado de melancolía, sobre una cama turca de cuya tela de seda brotaban destellos de oro. Con una mano se sostenía la cabecita, de la que caía como lluvia de oro aquel cabello espléndido, que despertaba la admiración general, y con la otra arrancaba nerviosamente las flores que tenía cerca.

Estaba triste, pálida, y sus azules ojos, de ordinario tan tranquilos, lanzaban relámpagos que revelaban la cólera mal contenida.

Al ver avanzar a Yáñez se estremeció y se pasó una mano por la frente varias veces, como si despertara de un sueño, para luego clavar en él una mirada punzante.

–¿Quién es usted? –preguntó con voz enardecida–. ¿Quién le ha dado la libertad de entrar aquí?

–El lord, milady –contestó Yáñez, quien devoraba con los ojos a aquella criatura, que le resultaba inmensamente bella, más aún de lo que le había contado Sandokán.

–¿Y qué desea de mí?

–Preguntarle algo, ante todo –dijo Yáñez, mirando a su alrededor para asegurarse de que estaban del todo solos.

–Hable.

–¿Cree que nos oye alguien?

Ella arrugó la frente y lo miró fijamente, como si

Los tigres de Mompracem

pretendiera leerle el corazón y adivinar el motivo de aquella pregunta.

–Estamos solos –contestó por fin.

–Pues bien, milady, vengo de muy lejos...

–¿De dónde...?

–¡De Mompracem!

Marianna se puso en pie de un brinco, como movida por un resorte, y su palidez desapareció se diría que por arte de magia.

–¡De Mompracem! –exclamó ruborizada–. Usted... Un blanco... ¡Un inglés!

–Se equivoca, lady Marianna. No soy inglés. ¡Soy Yáñez!

–¡Yáñez, el amigo, el hermano de Sandokán! Ah, señor, qué audacia entrar en esta villa. Dígame, ¿dónde está Sandokán? ¿Qué hace? ¿Se ha salvado o está herido? Hábleme de él; me está matando.

–Baje la voz, milady; a veces las paredes oyen.

–Hábleme de él, valeroso amigo. Hábleme de mi Sandokán.

–Sigue vivo, más vivo que nunca, milady. Hemos esquivado la persecución de los soldados sin excesivo esfuerzo y sin recibir heridas. Sandokán se encuentra ahora emboscado en el camino que lleva a Victoria, dispuesto a raptarla.

–¡Ah, Dios mío, cuánto le agradezco haberlo protegido! –exclamó la joven con lágrimas en los ojos.

–Ahora escúcheme, milady.

–Hable, mi valiente amigo.

–He venido a convencer al lord de que abandone la villa y se retire a Victoria.

–¡A Victoria! ¿Y una vez allí cómo me raptaréis?

–Sandokán no esperará tanto, milady –repuso Yáñez con una sonrisa–. Está escondido con sus hombres para asaltar la comitiva y raptarla a usted en cuanto salgan de la villa.

–¿Y mi tío?

–Le perdonaremos la vida, se lo aseguro.

–¿Y Sandokán me llevará consigo?

–Sí, milady.

–¿Adónde?

–A su isla.

Marianna inclinó la cabeza sobre el pecho y calló.

–Milady –prosiguió Yáñez con voz grave–. No tema, Sandokán es uno de esos hombres que saben hacer felices a las mujeres que aman. Fue un individuo terrible, cruel incluso, pero el amor lo ha cambiado y le juro, señorita, que jamás se arrepentirá de ser la esposa del Tigre de Malasia.

–Creo en sus palabras –contestó Marianna–. ¿Qué importa que su pasado fuera pavoroso, que haya matado víctimas a centenares, que haya cometido venganzas atroces?

»Me adora, hará por mí todo lo que le diga y lo convertiré en otro hombre. Yo abandonaré mi isla, él abandonará su Mompracem y nos iremos lejos de estos mares funestos, tan lejos que nunca volveremos a oír hablar de ellos.

»En un rincón del mundo olvidados por todos, pero felices, viviremos juntos, y nadie sabrá jamás que el marido de la Perla de Labuán es el antiguo Tigre de Malasia, el hombre que hizo temblar reinos y que tanta sangre derramó. ¡Sí, seré su esposa, hoy, mañana y siempre, y lo amaré eternamente!

–¡Ah, divina lady! –exclamó Yáñez, cayendo ante sus rodillas–. Dígame qué puedo hacer por usted, para liberarla y conducirla hasta Sandokán, hasta mi buen amigo, hasta mi hermano.

Los tigres de Mompracem

–Ya ha hecho mucho viniendo y le estaré agradecida hasta la muerte.

–Pero eso no basta: hay que convencer al lord de retirarse a Victoria para que Sandokán tenga oportunidad de actuar.

–Pero si hablo yo con mi tío, que se ha vuelto sumamente desconfiado, temerá una traición y no saldrá de la villa.

–Tiene razón, adorable milady; en fin, creo que ya ha decidido dejar la villa y retirarse a Victoria. Si tiene cualquier duda trataré de resolverla yo.

–No baje la guardia, señor Yáñez, porque es bastante receloso y podría sospechar algo. Es usted blanco, es cierto, pero es posible que sepa que Sandokán tiene un amigo de piel clara.

–Seré prudente.

–¿Lo espera el lord?

–Sí, milady, me ha invitado a cenar.

–Vaya, para que no sospeche nada.

–¿Y usted acudirá?

–Sí, nos veremos más tarde.

–Adiós, milady –se despidió Yáñez con un caballeroso beso en la mano de la joven.

–Vaya, hombre de noble corazón; no lo olvidaré nunca.

El portugués salió como embriagado, deslumbrado por tan espléndida criatura.

–¡Por Júpiter! –exclamó mientras se dirigía hacia el despacho del lord–. No había visto jamás a una mujer tan bella y desde luego empiezo a envidiar al muy bribón de Sandokán.

El lord lo aguardaba paseando de un lado a otro, con el ceño fruncido y los brazos cruzados con fuerza.

–¿Y bien, jovencito, qué recibimiento le ha dedicado mi sobrina? –preguntó con voz dura e irónica.

–Da la impresión de que no le gusta oír hablar de mi primo William –contestó Yáñez–. Poco ha faltado para que me echara con cajas destempladas.

El inglés dejó caer la cabeza y sus arrugas se tornaron profundas.

–¡Siempre igual! ¡Siempre igual! –susurró con los dientes apretados.

Echó a andar otra vez y se sumió en un silencio feroz mientras agitaba los dedos nerviosamente; luego se detuvo ante Yáñez, que lo miraba sin hacer un solo gesto, y le preguntó:

–¿Qué me aconseja hacer?

–Ya se lo he dicho, milord: lo mejor es dirigirse a Victoria.

–Es cierto. ¿Cree que mi sobrina podrá amar a William algún día?

–Eso espero, milord, pero primero tiene que morir el Tigre de Malasia –contestó Yáñez.

–¿Lograrán acabar con él?

–La cuadrilla está rodeada por nuestras tropas y William está al mando.

–Sí, es cierto, lo matará o se hará matar por él. Conozco a ese joven, que es diestro y valeroso. –Calló de nuevo y se colocó junto a la ventana para mirar el sol, que se ponía lentamente. Regresó al cabo de pocos minutos diciendo–: Entonces, ¿usted me aconseja que parta?

–Sí, milord –contestó Yáñez–. Aproveche la ocasión para abandonar la villa y refugiarse en Victoria.

–¿Y si Sandokán hubiera dejado a algunos hombres emboscados en los alrededores del recinto? Me han dicho que iba con él ese blanco llamado Yáñez, un intrépido que tal vez no tenga nada que envidiar al Tigre de Malasia.

–Gracias por el cumplido –susurró para sí Yáñez, haciendo un esfuerzo para contener la risa. Después, mirando al inglés, contestó–: Cuenta usted con escolta suficiente para rechazar un ataque.

–Antes era numerosa, pero ya no. He tenido que devolver a muchos hombres al gobernador de Victoria, ya que los necesitaba apremiantemente. Sabe usted que la guarnición de la isla es muy escasa.

–Eso es cierto, milord.

El viejo capitán se había puesto de nuevo a pasear con cierta agitación. Parecía que lo atormentara un grave pensamiento o una profunda perplejidad.

Al cabo de un rato se aproximó bruscamente a Yáñez y le preguntó:

–Usted no se ha topado con nadie al venir hacia aquí, ¿verdad?

–Con nadie, milord.

–¿No ha notado nada sospechoso?

–No, milord.

–Por lo tanto, ¿podría intentarse la retirada?

–Creo que sí.

–Sin embargo, dudo.

–¿De qué, milord?

–De que se hayan ido todos los piratas.

–Milord, yo no tengo miedo de esos canallas. ¿Quiere que dé una vuelta por las proximidades?

–Se lo agradecería. ¿Precisa una escolta?

–No, milord. Prefiero ir solo. Un hombre puede meterse en el bosque sin llamar la atención del enemigo, mientras que unos cuantos difícilmente podrían burlar la vigilancia de un centinela.

–Tiene razón, joven. ¿Cuándo partirá?

–De inmediato. En un par de horas puede hacerse mucho camino.

–El sol está a punto de ponerse.

–Mejor así, milord.

–¿No tiene miedo?

–Cuando voy armado no temo a nadie.

–Buena sangre la de los Rosenthal –susurró el lord–. Vaya, joven, que lo espero para cenar.

–¡Ah, milord! Un soldado...

–¿Acaso no es usted un *gentleman*? Además, puede que pronto seamos parientes.

–Gracias, milord –dijo Yáñez–. Habré vuelto dentro de un par de horas.

Saludó militarmente, se puso el sable bajo el brazo y bajó flemáticamente las escaleras para adentrarse en el jardín.

–Vamos a buscar a Sandokán –susurró, cuando estuvo lejos–. ¡Diantre! ¿Hay que contentar al lord? Ya verás, amiguito, qué exploración voy a hacer. Puedes estar seguro desde ahora mismo de que no voy a encontrar ni rastro de piratas.

»¡Por Júpiter! ¡Qué travesura tan estupenda! No esperaba un éxito tan extraordinario.

»No será todo así de fácil, pero al final el bribón de mi hermano se casará con la muchacha del cabello de oro.

»¡Por Baco! No tiene mal gusto el amigo. En la vida he visto a una moza tan hermosa y tan gentil.

»Pero luego ¿qué pasará? Pobre Mompracem, te veo en peligro.

»Vamos, no hay que pensar en eso. Si todo saliera mal, iría a acabar mis días a alguna ciudad de Extremo Oriente, a Cantón o a Macao, y me despediría de estos parajes.

Los tigres de Mompracem

Monologando de ese modo atravesó el valiente portugués una parte del vasto jardín y fue a detenerse ante uno de los portillos. Un soldado estaba de centinela.

–Ábreme, amigo –pidió.

–¿Se marcha ya, sargento?

–No, voy a explorar los alrededores.

–¿Y los piratas?

–Ya no queda ninguno por esta zona.

–¿Quiere que lo acompañe, sargento?

–Es inútil. Habré regresado dentro de un par de horas.

Salió por el portillo y enfiló el camino de Victoria. Mientras estuvo en el campo de mira del centinela avanzó lentamente, pero en cuanto se encontró protegido por la vegetación apretó el ritmo y se metió entre los árboles.

Había recorrido mil pasos cuando vio a un hombre que salía como una exhalación de un matorral y se plantaba ante él. Un fusil lo apuntó de repente mientras una voz amenazadora le gritaba:

–¡Ríndete o eres hombre muerto!

–¿Es que ya no se me reconoce? –preguntó Yáñez mientras se quitaba el gorro–. No tienes buena vista, mi querido Paranoa.

–¡El señor Yáñez! –exclamó el malayo.

–En carne y hueso, querido amigo. ¿Qué haces aquí, tan cerca de la villa de lord Guillonk?

–Vigilaba la empalizada.

–¿Dónde está Sandokán?

–A una milla de aquí. ¿Tenemos buenas noticias, señor Yáñez?

–Mejores no podrían ser.

–¿Qué debo hacer?

–Correr a buscar a Sandokán y decirle que lo espero aquí. Mientras voy a ordenar a Juioko que prepare el prao.

–¿Partimos?

–Quizá esta noche.

–Voy ahora mismo.

–Un momento: ¿han llegado los otros dos barcos?

–No, señor Yáñez, y empezamos a temer que se hayan perdido.

–¡Por Júpiter atronador! Poca suerte tenemos con nuestras expediciones. ¡Bah! Habrá hombres suficientes para dominar a la escolta del lord. Ve, Paranoa, y date prisa.

–Desafío a un caballo.

El pirata partió a la velocidad de una flecha. Yáñez encendió un cigarrillo y se echó bajo una magnífica areca a fumar tranquilamente.

No habían transcurrido veinte minutos cuando vio acercarse a paso acelerado a Sandokán, que iba acompañado de Paranoa y de cuatro piratas más, armados hasta los dientes.

–¡Yáñez, amigo mío! –exclamó el tigre, echándose hacia él–. ¡Cuánto he temido por ti! ¿La has visto? Háblame de ella, hermano mío... ¡Cuéntame! Ardo de curiosidad.

–Corres como un crucero –comentó el portugués, riéndose–. Ya ves que he cumplido con el papel de auténtico inglés; es más, de pariente del canalla del baronet. ¡Qué acogida, mi querido amigo! Nadie ha dudado ni por un instante de mí.

–¿Ni siquiera el lord?

–¡Ah! El que menos. Te bastará con saber que me espera para cenar.

–¿Y Marianna?

Los tigres de Mompracem

–La he visto y me ha parecido tan bella que me daba vueltas la cabeza. Luego cuando la he visto llorar...

–¡La has visto llorar! –gritó Sandokán con un tono que tenía algo de suplicio–. Dime quién la ha hecho derramar esas lágrimas. Dímelo e iré a arrancarle el corazón al maldito que ha hecho llorar esos bellos ojos.

–¿Ahora tienes hidrofobia, Sandokán? Ha llorado por ti.

–¡Ah...! ¡Sublime criatura! –exclamó el pirata–. Cuéntamelo todo, Yáñez. Te lo ruego.

El portugués no se hizo de rogar y narró todo lo sucedido antes entre el lord y él, y posteriormente con la muchacha.

–Ahora el viejo parece decidido a partir –concluyó–, así que ya puedes estar seguro de que no regresarás solo a Mompracem. Sé prudente, hermano, puesto que no son pocos los soldados que hay por el recinto y habrá que luchar bien para dominar a la escolta. Además, no me fío demasiado de ese viejo. Sería capaz de matar a su sobrina antes de dejar que se la arrebataras.

–¿Volverás a verla esta noche?

–Sin duda.

–¡Ah! Si pudiera entrar yo también en la villa...

–¡Qué locura!

–¿Cuándo se pondrá en marcha el lord?

–No lo sé aún, pero creo que tomará una decisión esta noche.

–¿Puede que parta hoy mismo?

–Supongo que sí.

–¿Cómo saberlo con certeza?

–Tan sólo hay una forma.

–¿Cuál?

–Mandar a uno de nuestros hombres al quiosco chino o al invernadero a que espere mis órdenes.

–¿Hay centinelas distribuidos por el jardín?

–Únicamente los he visto en los portillos –contestó Yáñez.

–¿Y si fuera yo al invernadero?

–No, Sandokán. Tú no debes abandonar este camino. El lord podría precipitar la partida y tu presencia es necesaria para guiar a nuestros hombres.

»Sabes muy bien que vales por diez.

–Mandaré a Paranoa. Es hábil, es prudente y llegará al invernadero sin que lo vean. En cuanto se haya puesto del todo el sol saldrá para aguardar tus órdenes. –Se quedó en silencio un momento y luego añadió–: ¿Y si el lord cambiara de idea y se quedara en la villa?

–¡Diablos! ¡Qué mal panorama!

–¿No podrías abrir tú la puerta de noche y dejarnos entrar en la villa? ¿Por qué no? Me parece un plan factible.

–Y a mí, difícil, Sandokán. La guarnición es numerosa; podrían atrincherarse en las habitaciones y oponer una larga resistencia.

»Además, si se encuentra en dificultades el lord podría dejarse llevar por la ira y descargar sus pistolas contra la muchacha. No te fíes de ese hombre, Sandokán.

–Es cierto –suspiró el tigre–. Lord James sería capaz de asesinarla antes de dejar que se la arrebatara.

–¿Esperarás?

–Sí, Yáñez. Pero si no se decide a partir pronto intentaré un golpe a la desesperada. No podemos quedarnos aquí mucho tiempo. Conviene que me lleve a la muchacha antes de que en Victoria se sepa que estamos aquí y en Mompracem quedan pocos hombres.

»Tiemblo por mi isla. ¿Si la perdiéramos qué sería de nosotros?

Los tigres de Mompracem

»Allí están nuestros tesoros.

–Trataré de convencer al lord para que acelere la partida. Mientras, ordena que armen el prao y que acuda hasta aquí toda la tripulación. Hay que abatir de golpe a la escolta, para impedir que el lord se deje arrastrar a algún acto desesperado.

–¿Hay muchos soldados en la villa?

–Una decena y otros tantos indígenas.

–La victoria está asegurada, por lo tanto.

Yáñez se había levantado.

–¿Regresas? –quiso saber Sandokán.

–No hay que hacer esperar a un capitán que invita a cenar a un sargento –contestó el portugués con una sonrisa.

–Cuánto te envidio, Yáñez.

–Pero no por la cena, ¿verdad, Sandokán? A la muchacha ya la verás mañana.

–Eso espero –contestó el tigre con un suspiro–. Adiós, amigo, ve y convéncelo.

–Veré a Paranoa dentro de dos o tres horas.

–Te esperará hasta la medianoche.

Se dieron la mano y se separaron.

Mientras Sandokán y sus hombres se metían entre las plantas, Yáñez encendió un cigarrillo y se dirigió hacia la villa a paso tranquilo, como si no regresara de un reconocimiento, sino de un caminata.

Pasó ante el centinela y echó a andar por el jardín, ya que era aún demasiado pronto para presentarse ante el lord.

En el recodo de un sendero se topó con lady Marianna, que parecía buscarlo.

–Ah, milady, qué fortuna la mía –exclamó el portugués con una inclinación.

–Lo buscaba –dijo la joven mientras le daba la mano.

–¿Tiene algo importante que contarme?

–Sí, que salimos para Victoria dentro de cinco horas.

–¿Se lo ha dicho ya el lord?

–Sí.

–Sandokán está listo, milady; tenemos a los piratas sobre aviso y esperan a la escolta.

–¡Dios mío! –susurró ella, cubriéndose el rostro con ambas manos.

–Milady, se hace necesario tener fuerza en estos momentos. Y decisión.

–Y mi tío... me maldecirá, me detestará incluso.

–Pero Sandokán la hará feliz, la más feliz de las mujeres.

Dos lágrimas descendían por las rosadas mejillas de la joven.

–¿Llora? –se sorprendió Yáñez–. ¡Ah, no llore, lady Marianna!

–Tengo miedo, Yáñez.

–¿De Sandokán?

–No, del porvenir.

–Será alegre, porque Sandokán hará lo que quiera usted. Está dispuesto a incendiar sus propios praos, a dispersar sus cuadrillas, a olvidar sus venganzas, a despedirse para siempre de su isla y a perder su poderío. Bastará una sola palabra suya para que lo cumpla.

–Así pues, ¿me ama inmensamente?

–Con locura, milady.

–Pero ¿quién es ese hombre? ¿Por qué tanta sangre y tantas venganzas? ¿De dónde ha salido?

–Escúcheme, milady –pidió Yáñez, mientras le ofrecía el brazo y la guiaba por un sombrío sendero–. Casi todo el mundo cree que Sandokán es un vulgar pirata surgido de las selvas de Borneo, ávido de sangre y de botines, pero se equivocan: es de estirpe real y no puede considerarse un pirata, sino un vengador.

»Tenía veinte años cuando ascendió al trono de Muluder, un reino que se encuentra por la costa septentrional de Borneo. Fuerte como un león, fiero como un héroe de la antigüedad, audaz como un tigre, valeroso hasta la locura, al cabo de poco tiempo había vencido a todos los pueblos vecinos y extendido sus fronteras hasta el reino de Varauni y el río Koti.

»Aquellas empresas resultarían fatales. Los ingleses y los holandeses, celosos de aquella nueva potencia que parecía querer subyugar a la isla entera, se aliaron con el sultán de Borneo para acabar con el audaz guerrero.

»El oro primero y las armas más tarde acabaron por desgarrar el nuevo reino. Los traidores sublevaron a los distintos pueblos y los mercenarios mataron a la madre y a todos los hermanos de Sandokán, incluidas las mujeres; potentes cuadrillas invadieron el reino por varios puntos y corrompieron a los jefes y a las tropas, saquearon, asesinaron a mucha gente y cometieron atrocidades inauditas.

»Sandokán luchó en vano con la rabia de la desesperación y derrotó a unos y aplastó a otros, pero las traiciones lo alcanzaron en su propio palacio y todos sus parientes perecieron bajo el hierro de los asesinos pagados por los blancos, mientras que él, en una noche de fuego y matanzas, logró salvarse a duras penas con un reducido grupo de valientes.

»Vagó durante muchos años por las costas septentrionales de Borneo, unas veces perseguido como un animal feroz y otras sin víveres, sometido a desdichas inenarrables, con la idea de reconquistar el perdido trono y de vengar el asesinato de su familia, hasta que una noche, desesperando ya de todo y de todos, embarcó en un prao jurando guerra atroz a toda la raza blanca y al sultán de Varauni. Una vez en Mompracem reclutó a sus hombres y se entregó a corsear los mares.

»Era fuerte, era valiente, era temerario y estaba sediento de venganza. Devastó las costas de la sultanía, asaltó embarcaciones holandesas e inglesas, sin dar cuartel ni tregua. Se convirtió en el terror de los mares, se convirtió en el terrible Tigre de Malasia. Ya sabe usted el resto.

–¡Por lo tanto, busca vengar a su familia! –exclamó Marianna, que se había secado las lágrimas.

–Sí, milady, busca venganza y llora a menudo por su madre y sus hermanos, caídos bajo el hierro de los asesinos. Busca venganza pero nunca ha cometido acciones infames, ha respetado en todo momento a los débiles, ha perdonado la vida a las mujeres y a las muchachas; saquea a sus enemigos no por sed de riqueza, sino para reunir un día un ejército de valientes y reconquistar el perdido reino.

–¡Ah, cuánto bien me hacen esas palabras, Yáñez –aseguró la joven.

–¿Ahora está decidida a seguir al Tigre de Malasia?

–Sí, soy suya, porque lo amo hasta el punto de que sin él la vida sería para mí un martirio.

–Represemos, pues, a la casa, milady. Dios velará por nosotros.

Yáñez condujo a la joven hasta la villa y subieron al comedor.

El lord estaba ya allí y paseaba de un lado a otro con la rigidez de un auténtico inglés nacido a orillas del Támesis. Parecía abatido como antes y tenía la cabeza inclinada sobre el pecho.

Los tigres de Mompracem

Sin embargo, al ver a Yáñez se detuvo y dijo:

–¿Está aquí? Creía que le había sucedido alguna desgracia al salir del recinto.

–He querido asegurarme con mis propios ojos de que no había peligro alguno, milord –contestó Yáñez tranquilamente.

–¿Ha visto a alguno de esos perros de Mompracem?

–A ninguno, milord; podemos dirigirnos a Victoria sin correr el más mínimo peligro.

El lord se quedó callado durante unos instantes y luego se volvió hacia Marianna, que se había situado junto a una ventana.

–¿Has comprendido que nos vamos a Victoria? –preguntó.

–Sí –contestó ella con sequedad.

–¿Irás?

–Sabe usted bien que toda resistencia por mi parte sería inútil.

–Creía que tendría que llevarte a rastras.

–¡Señor!

El portugués vio que aparecía una llama amenazadora en los ojos de la joven, pero no abrió la boca, por mucho que sintiera un impulso difícilmente resistible de atacar a sablazos a aquel viejo.

–¡Vaya! –exclamó el lord con gran ironía–. ¿Por casualidad no habrás dejado de amar a aquel héroe del cuchillo, si accedes a ir a Victoria? ¡Reciba usted mis felicitaciones, señorita!

–¡No siga! –exclamó la joven con una voz que hizo temblar al propio lord.

Permanecieron en silencio algunos instantes, mirándose mutuamente como dos fieras que se provocan antes de destrozarse la una a la otra.

–O cedes o acabo contigo –amenazó el lord en tono furibundo–. Antes de que te conviertas en la esposa de ese perro que se llama Sandokán te mato.

–Adelante –replicó ella, aproximándose con aire amenazador.

–¿Quieres montarme una escenita? Sería inútil. Sabes bien que soy inflexible. Mejor ve a hacer los preparativos para la partida.

La joven se había quedado inmóvil. Intercambió una mirada fugaz con Yáñez y luego abandonó la estancia con un sonoro portazo.

–Ya la ha visto usted –comentó el lord, volviéndose hacia Yáñez–. Cree que me planta cara, pero está muy equivocada. Vive Dios que acabaré con ella.

En lugar de responder, Yáñez se enjugó algunas gotas de sudor frío que le perlaban la frente y cruzó los brazos para no ceder a la tentación de llevar la mano al sable. Habría dado la mitad de su sangre para deshacerse de aquel viejo terrible al que ya sabía capaz de todo.

El lord paseó algunos minutos por la estancia y luego indicó a Yáñez que se sentara a la mesa.

Cenaron en silencio. El inglés apenas tocó la comida; el portugués, en cambio, dio buena cuenta de varios platos, como quien no sabe ni dónde ni cuándo podrá volver a comer.

Apenas habían terminado cuando entró un cabo.

–¿Su excelencia me ha hecho llamar? –preguntó.

–Ordena a los soldados que estén listos para partir.

–¿A qué hora?

–A medianoche abandonaremos la villa.

–¿A caballo?

–Sí. Y recuérdales a todos que cambien la carga de los fusiles.

Los tigres de Mompracem

–A sus órdenes, excelencia.

–¿Partiremos todos, milord? –preguntó Yáñez.

–Aquí no dejaré más que a cuatro hombres.

–¿Y es numerosa la escolta?

–Estará formada por doce soldados de la máxima confianza y diez indígenas.

–Con tales fuerzas no tendremos nada que temer.

–No conoce usted a los piratas de Mompracem, jovencito. Si nos topáramos con ellos, no sé quién se llevaría la victoria.

–¿Me permite milord que baje al jardín?

–¿Con qué fin?

–Supervisar los preparativos de los soldados.

–Vaya, jovencito.

El portugués salió y bajó con rapidez la escalera susurrando para sí:

–Espero llegar a tiempo de avisar a Paranoa. Sandokán preparará una buena.

Pasó delante de los soldados sin detenerse y, orientándose lo mejor que pudo, enfiló un sendero que debía conducirlo hasta las inmediaciones del invernadero.

Cinco minutos después se encontraba en mitad de la espesura de plataneras donde habían hecho prisionero al soldado inglés.

Miró a su alrededor para asegurarse de que nadie lo seguía y luego se acercó a la construcción y abrió la puerta.

De inmediato vio una sombra negra que se erguía ante él y una mano que lo apuntaba al pecho con una pistola.

–Soy yo, Paranoa.

–¡Ah! Usted, señor Yáñez.

–Ve ahora mismo, sin detenerte, y avisa a Sandokán de que vamos a salir de la villa dentro de pocas horas.

–¿Dónde debemos esperarlos?

–En el camino que conduce a Victoria.

–¿Son muchos?

–Una veintena.

–Parto de inmediato. Hasta muy pronto, señor Yáñez.

El malayo se lanzó al camino y desapareció entre las oscuras sombras de la vegetación.

Cuando Yáñez regresó a la casa, el lord subía por la escalera. Se había colocado el sable al cinto y en bandolera llevaba una carabina.

La escolta estaba preparada. La componían veintidós hombres, doce blancos y diez indígenas, todos ellos armados hasta los dientes.

Un grupo de caballos piafaba junto al portillo del jardín.

–¿Y mi sobrina? –preguntó el lord.

–Aquí está –contestó el sargento al mando de la escolta.

En efecto, lady Marianna bajaba en aquel momento la escalinata.

Iba vestida de amazona, con una chaquetilla de terciopelo azul y un largo vestido del mismo tejido, de tal modo que atuendo y color resaltaban doblemente su palidez y la belleza de su rostro. En la cabeza llevaba un elegante gorro adornado con plumas e inclinado sobre el dorado cabello.

El portugués, que la observaba con atención, vio temblar dos lágrimas bajo los párpados y en el semblante, profundamente grabada, una intensa ansiedad.

No era ya la enérgica muchacha de pocas horas antes que con tanto fuego y tanta ferocidad había hablado. La idea de un rapto en esas condiciones, la idea de tener que abandonar para siempre a su tío, único pariente con vida que le quedaba, que en efecto no la amaba, pero que había tenido para con ella no pocas atenciones durante su juventud, la idea de dejar para siempre aquel lugar para lanzarse a un futuro oscuro e incierto, en brazos de un hombre que se hacía llamar el Tigre de Malasia, parecía aterrarla.

Al subir al caballo las lágrimas, ya no contenidas, rodaron en abundancia, y algunos sollozos le inflaron el seno.

Yáñez acercó su caballo hasta ella y le dijo:

–Ánimo, milady; el futuro será alegre para la Perla de Labuán.

A una orden del lord el pelotón se puso en marcha y salió del recinto para tomar el camino que conducía a la emboscada.

Seis soldados abrían la marcha empuñando carabinas con los ojos clavados a ambos lados del camino, para evitar que los sorprendieran; seguían el lord, luego Yáñez y la joven lady, flanqueados por otros cuatro soldados, y después los demás en un grupo compacto y con las armas apostadas ante las sillas.

Pese a las noticias comunicadas por Yáñez, todos desconfiaban y escrutaban con profunda atención el bosque que los rodeaba. El lord no parecía preocuparse por eso, pero de vez en cuando se volvía y lanzaba a Marianna una mirada en la que se leía una grave amenaza. Aquel hombre, no cabía duda, estaba dispuesto a matar a su sobrina ante la primera tentativa de los piratas y el tigre.

Por suerte, Yáñez, que no lo perdía de vista, se había percatado de sus siniestras intenciones e iba preparado para proteger a la adorable muchacha.

Habían recorrido, en el más absoluto de los silencios, unos dos kilómetros cuando a la derecha del camino se oyó inesperadamente un ligero silbido.

Yáñez, que esperaba ya el asalto de un momento a otro, desenvainó el sable y se colocó entre el lord y lady Marianna.

–¿Qué hace? –preguntó el lord, que se había vuelto bruscamente.

–¿No lo ha oído? –preguntó Yáñez.

–¿Un silbido?

–Sí.

–¿Y?

–Eso quiere decir, milord, que mis amigos nos rodean –informó Yáñez con frialdad.

–¡Ah, traidor! –gritó el lord mientras desenfundaba el sable y se abalanzaba sobre el portugués.

–¡Demasiado tarde, señor! –bramó éste, y se colocó delante de Marianna.

En efecto, en ese preciso momento dos descargas mortales estallaron a ambos lados del camino y derribaron a cuatro hombres y siete caballos, tras lo cual treinta cachorros de Mompracem salieron del bosque como flechas entre gritos indescriptibles y cargaron furiosamente contra el pelotón.

Sandokán, que iba a la cabeza, se arrojó entre los caballos, tras los cuales se habían congregado con rapidez los hombres de la escolta, y con un buen golpe de cimitarra abatió al primer soldado que se le puso delante.

El lord soltó un auténtico rugido. Con una pistola en la mano izquierda y el sable en la derecha, se lanzó hacia Marianna, que se había aferrado a las crines de su yegua, pero Yáñez ya había saltado a tierra. Agarró a la joven, la levantó de la silla y, aferrándola contra el pecho con los robustos brazos, trató de pasar entre los soldados y los indígenas que se defendían con la rabia que infunde la desesperación, atrincherados tras sus caballos.

–¡Paso! ¡Paso! –gritaba, tratando de imponerse con la voz al estrépito de la mosquetería y el fragor furioso de las armas.

Sin embargo, nadie se preocupaba de él aparte del lord, que se preparaba para atacarlo. Para mayor desgracia, o tal vez para su fortuna, la joven se desmayó en sus brazos.

La dejó detrás de un caballo muerto mientras el lord, pálido de ira, le disparaba.

Con un salto esquivó la bala y acto seguido, al empuñar el sable, gritó:

–Espera un poco, viejo lobo de mar, que voy a hacerte probar la punta de mi hierro.

–¡Yo te mato, traidor! –contestó el lord.

Se lanzaron el uno contra el otro, el primero resuelto a sacrificarse por la joven y el segundo decidido a todo para arrebatársela al Tigre de Malasia. Mientras intercambiaban tremendos hendientes con un tesón sin igual, los ingleses y los piratas combatían con un furor semejante, tratando de rechazarse mutuamente.

Los unos, reducidos a un puñado de hombres, pero fuertemente atrincherados detrás de los caballos que habían caído, se defendían con brío ayudados por los indígenas, que agitaban las manos sin sentido, mientras sus gritos salvajes se confundían con los tremendos alaridos de los cachorros. Atacaban con la punta y con el filo, giraban los fusiles, de los que se servían como si fueran mazas, retrocedían y avanzaban, pero resistían.

Sandokán, que empuñaba la cimitarra, trataba en vano de derribar aquella muralla humana para ir a auxiliar al portugués, que se esforzaba para rechazar los tempestuosos ataques del lobo de mar. Rugía como una fiera, partía cabezas y desgarraba pechos, se arrojaba como un poseso entre las puntas de las bayonetas, arrastrando consigo a su terrible cuadrilla, que agitaba las segures ensangrentadas y los pesados sables de abordaje.

No obstante, la resistencia de los ingleses no podía durar mucho. El tigre arrastró de nuevo a sus hombres al asalto y logró finalmente derrotar a los defensores, que se replegaron confusamente unos encima de otros.

–¡Aguanta, Yáñez! –bramó Sandokán mientras asediaba con la cimitarra al enemigo que trataba de cerrarle el paso–. Aguanta, que ya llego.

Sin embargo, en ese preciso instante el sable del portugués se partió por la mitad, con lo que quedó desarmado, con la muchacha todavía desmayada y el lord ante sí.

–¡Auxilio, Sandokán! –gritó.

El inglés se le echó encima con un alarido de triunfo, pero Yáñez no se amilanó. Se hizo rápidamente a un lado, con lo que esquivó el sable, y luego asestó a su contrincante un cabezazo que lo derribó.

Acabaron cayendo los dos y se enzarzaron; trataban de asfixiarse y rodaban entre los muertos y los heridos.

–John –llamó el lord, al ver a un soldado caer a pocos pasos con el rostro abierto por un golpe de segur–. ¡Mata a lady Marianna! ¡Te lo ordeno!

Haciendo un esfuerzo desesperado, el soldado se puso de rodillas con la daga en la mano, dispuesto a obedecer, pero no tuvo tiempo.

Los ingleses, abrumados por la inferioridad numérica, caían uno tras otro bajo las segures de los piratas y el tigre estaba ya allí, a dos pasos.

Con un envite irresistible derribó a los hombres que seguían en pie, saltó sobre el soldado que ya había levantado el arma y acabó con él gracias a una embestida de la cimitarra.

–¡Mía, mía, mía! –exclamó el pirata mientras agarraba a la joven y la estrechaba contra el pecho.

De un salto se apartó de la disputa y huyó al bosque vecino mientras sus hombres acababan con los últimos ingleses.

El lord, lanzado por Yáñez contra el tronco de un árbol, se quedó solo y medio muerto entre los cadáveres que cubrían el camino.

Capítulo XXIV

LA MUJER DEL TIGRE

La noche era magnífica. La luna, ese astro de las noches serenas, resplandecía en un cielo sin nubes y proyectaba su pálida luz de un azul transparente, de una infinita dulzura, sobre la selva oscura y misteriosa y sobre las aguas murmurantes del río, y se reflejaba con un leve tremor en las olas del amplio mar de Malasia.

Una suave brisa, cargada de las emanaciones perfumadas de las grandes plantas, agitaba con un ligero bisbiseo el follaje y tras descender hasta el plácido mar, moría en el lejano horizonte occidental.

Todo era silencio, todo era misterio y paz.

Tan sólo de cuando en cuando se oía el oleaje, que rompía con un monótono borboteo contra las arenas desiertas del litoral, y el gemido del aire, que parecía un flébil lamento, y un sollozo surgía del puente del prao corsario.

La veloz embarcación había abandonado la desembocadura del río y huía veloz hacia el oeste, dejando atrás Labuán, que ya se confundía entre las tinieblas.

Únicamente tres personas velaban en cubierta: Yáñez, taciturno, triste, sombrío, iba sentado a popa con una mano sobre el timón, mientras que Sandokán

Los tigres de Mompracem

y la muchacha del cabello de oro se habían colocado a proa, al abrigo de las grandes velas y de las caricias de la brisa nocturna.

El pirata aferraba contra el pecho a la bella fugitiva y le enjugaba las lágrimas que le brillaban en las pestañas.

–Escúchame, amor mío –decía–. No llores, yo te haré feliz, inmensamente feliz, y seré tuyo, todo tuyo. Nos iremos lejos de estas islas, enterraremos mi atroz pasado y no volveremos a oír hablar ni de mis piratas, ni de mi salvaje Mompracem. Mi gloria, mi poderío, mis sangrientas venganzas, mi temido nombre, todo olvidaré por ti, porque quiero ser otro. Escúchame, muchacha adorada, hasta hoy he sido el temido pirata de Mompracem, hasta hoy he sido asesino, he sido cruel, he sido feroz, he sido terrible, he sido tigre..., pero nunca más. Frenaré los impulsos de mi naturaleza salvaje, sacrificaré mi potencia, abandonaré este mar que un día me enorgullecí de llamar mío y a la temible cuadrilla que me dio mi triste fama.

»No llores, Marianna, pues el futuro que nos espera no será sombrío, no será oscuro, sino alegre, rebosante de felicidad.

»Nos iremos lejos, tanto que no volveremos a oír hablar de nuestras islas, que nos han visto crecer, vivir, amar y sufrir; perderemos patria, amigos, parientes, pero ¿qué importa eso? Te daré una nueva isla, más gozosa, más alegre, donde no oiré ya nunca el rugido de los cañones, donde no veré durante la noche revolverse a mi alrededor a ese cortejo de víctimas muertas por mi mano que me gritan constantemente: «¡Asesino!». No, no veré ya nunca nada de todo eso y podré repetirte de la mañana a la noche esas divinas palabras que lo son todo para mí: ¡te amo y soy tu esposo! ¡Ah, repíteme tú también esas dulces palabras, que jamás habían resonado en mis oídos durante mi tempestuosa vida.

La joven se abandonó a los brazos del pirata y repitió entre sollozos:

–Te amo, Sandokán. ¡Te amo como jamás ha amado en la tierra mujer alguna!

Sandokán la estrechó contra el pecho y sus labios besaron el dorado cabello de Marianna y su frente nívea.

–Ahora que eres mía, ¡ay de quien te toque! –prosiguió–. Hoy estamos en este mar, pero mañana nos encontraremos a buen recaudo en mi inaccesible nido, que nadie tendrá el valor de asaltar; luego, cuando haya desaparecido todo peligro, nos iremos adonde quieras, oh, amada muchacha.

–Sí –susurró Marianna–, nos iremos lejos, tanto que no volveremos a oír hablar de nuestras islas.

Exhaló un profundo suspiro que pareció un gemido y se desmayó en los brazos de Sandokán. Prácticamente en ese preciso instante una voz anunció:

–¡Hermano, el enemigo nos persigue!

El pirata se volvió aferrando contra el pecho a su prometida y se encontró ante sí a Yáñez, que señalaba un punto luminoso que avanzaba por el mar.

–¿El enemigo? –preguntó con las facciones alteradas.

–Acabo de ver esa luz: viene del este. Puede que por allí una nave siga nuestras huellas, deseosa de recuperar la presa arrebatada al lord.

–¡Pero la defenderemos, Yáñez! –exclamó Sandokán–. ¡Ay de quienes traten de impedirnos el paso, ay de ellos! Sería capaz de luchar, ante la mirada de Marianna, contra el mundo entero.

Miró atentamente el farol señalado y se arrancó del costado la cimitarra.

Los tigres de Mompracem

Marianna recuperaba entonces el sentido. Al ver empuñar el arma al pirata soltó un leve grito de terror.

–¿A qué viene esa arma desenvainada, Sandokán? –preguntó, palideciendo.

El pirata la contempló con suma ternura y vaciló, pero luego la condujo con dulzura a popa y le mostró la luz.

–¿Una estrella? –preguntó ella.

–No, amor mío. Es un barco que nos persigue, es un ojo que escruta el mar ávidamente en nuestra busca.

–¡Dios mío! ¿Nos siguen de verdad?

–Es probable, pero se encontrarán con proyectiles y metralla que multiplicarán los suyos por diez.

–Pero ¿y si te matan?

–¡Matarme! –exclamó él, irguiéndose, mientras un magnífico relámpago brillaban en sus ojos–. ¡Todavía me siento invulnerable!

El crucero, puesto que de eso debía de tratarse, ya no era una simple sombra.

Sus palos resaltaban con nitidez sobre el fondo claro del cielo y se veía alzarse una enorme columna de humo en medio de la cual revoloteaba una multitud de chispas.

Su proa cortaba a gran velocidad las aguas, que resplandecían con el claror del astro nocturno, y el viento llevaba hasta el prao el fragor de las ruedas de paletas, que mordían las olas.

–¡Ven, ven, maldito seas! –exclamó Sandokán retándolo con la cimitarra, mientras con el otro brazo estrechaba a la muchacha–. Ven a medirte con el tigre, ordena a todos tus cañones que rujan, lanza a tus hombres al abordaje: ¡yo te desafío! –Después se volvió hacia Marianna, que observaba ansiosamente la embarcación enemiga, cada vez más próxima, y añadió–:

Ven, amor mío. Voy a llevarte a tu nido, donde quedarás a salvo de los disparos de esos hombres que hasta ayer eran tus compatriotas y hoy, tus enemigos.

Se detuvo un instante para volverse hacia el vapor, que forzaba las máquinas, con una mirada aviesa, y después condujo a Marianna hasta el camarote.

Aquella pequeña estancia decorada con elegancia era un espléndido refugio. Las paredes desaparecían bajo un denso tejido oriental y el suelo estaba cubierto por mullidas alfombras indias. Los muebles, magníficos y bellísimos, de caoba y de ébano taraceados de nácar, ocupaban los rincones, mientras que de lo alto colgaba una gran lámpara dorada.

–Aquí estarás a salvo de las balas, Marianna –aseguró Sandokán–. Las planchas de hierro que cubren la popa de mi embarcación bastarán para detenerlas.

–¿Y tú, Sandokán?

–Yo regreso al puente a dar órdenes. Mi presencia será necesaria para dirigir la batalla si nos asalta el crucero.

–¿Y si te alcanzara un disparo?

–No temas, Marianna. A la primera descarga lanzaré entre las ruedas de la embarcación enemiga una granada tal que la detendrá para siempre.

–Sufro por ti.

–La muerte teme al Tigre de Malasia –contestó el pirata con suprema ferocidad.

–¿Y si esos hombres os abordaran?

–No los temo, muchacha mía. Mis hombres son todos valientes, son auténticos tigres, dispuestos a morir por su capitán y por ti. Que vengan tus compatriotas, pues, a abordarnos... Los aniquilaremos y los echaremos a todos al mar.

–Te creo, mi valeroso campeón, pero aun así tengo

Los tigres de Mompracem

miedo. Te odian, Sandokán, y para aprehenderte serían capaces de intentar cualquier locura. Guárdate bien de ellos, mi valiente amigo, pues han jurado matarte.

–¡Matarme! –exclamó Sandokán, casi con desprecio–. ¡Matar ésos al Tigre de Malasia! Que lo intenten, si se atreven.

»Ahora me parece que he reunido la fuerza necesaria para detener con mis propias manos las balas de su artillería.

»No, no temas por mí, muchacha mía. Voy a castigar al insolente que viene a desafiarme y luego volveré a tu lado.

–Mientras rezaré por ti, mi valeroso Sandokán.

El pirata la miró durante unos instantes con profunda admiración y después le tomó la cabeza entre las manos y le rozó el pelo con los labios.

–Y ahora debemos enfrentarnos –dijo por fin, cuando ya se levantaba con fiereza–, navío maldito que vienes a perturbar mi felicidad...

–Dios mío, protégelo –murmuró la joven, y cayó de rodillas.

La tripulación del prao, despertada por el grito de alarma de Yáñez y por un primer cañonazo, salió precipitadamente a cubierta, preparada para la lucha.

Al ver al barco enemigo a tan poca distancia, los piratas se lanzaron con bravura a los cañones y las espingardas para responder a las provocaciones de los ingleses.

Los artilleros encendieron de inmediato las mechas y estaban ya a punto de utilizarlas cuando apareció Sandokán.

Al verlo salir al puente, los cachorros prorrumpieron en un único alarido:

–¡Viva el tigre!

–Paso –gritó Sandokán, apartando a los artilleros–. ¡Bastaré yo solo para castigar a ese insolente! ¡El maldito no se irá a Labuán a contar que sus cañones han partido en dos la bandera de Mompracem!

Dicho eso fue a situarse a popa y apoyó un pie sobre la culata de uno de los dos cañones.

Parecía que había regresado el terrible Tigre de Malasia de otros tiempos... Sus ojos relucían como carbones encendidos y sus facciones habían adquirido una expresión de tremenda ferocidad.

Estaba claro que una rabia terrible ardía en su pecho.

–Me desafías –decía–. ¡Ven y te mostraré a mi mujer! Está bajo mis pies, defendida por mi cimitarra y mis cañones. Ven a arrebatármela, si eres capaz de ello. ¡Los tigres de Mompracem te esperan! –Se volvió hacia Paranoa, que estaba a su lado al mando del timón, y ordenó–: Manda a diez hombres a la bodega y que saquen a cubierta el mortero que he hecho embarcar.

Al cabo de un instante diez piratas subían trabajosamente un gran mortero y lo aseguraban con varios cabos junto al palo mayor.

Un artillero lo cargó con una bomba de ocho pulgadas con un peso de veintiún kilogramos, que al estallar debía lanzar sus buenos veintiocho cascotes de hierro.

–Ahora vamos a esperar al alba –anunció Sandokán–. Quiero mostrarte, embarcación maldita, mi bandera y a mi mujer.

Subió a la amurada de popa y se sentó con los brazos sobre el pecho y la mirada clavada en aquel crucero.

–Pero ¿qué pretendes hacer? –preguntó Yáñez–. Dentro de poco tendremos el vapor a tiro y abrirá fuego contra nosotros.

–Pues peor para ellos.

–Esperemos, pues, si es lo que quieres.

El portugués no se equivocaba. Al cabo de diez minutos, y por mucho que el prao avanzase a toda vela, el crucero se colocó a apenas dos mil metros. Al cabo de un rato un relámpago centelleó por la proa de la embarcación y una fuerte detonación sacudió los estratos de aire, pero no se oyó el silbido agudo de la bala.

–¡Ajá! –exclamó Sandokán en tono sarcástico–. ¿Me invitas a detenerme y preguntas por mi bandera? Yáñez, iza el estandarte de la piratería. La luna es espléndida y con el catalejo la distinguirán.

El portugués obedeció.

El vapor, que parecía esperar una señal, redobló la marcha de inmediato y al estar a mil metros disparó un cañonazo, pero en esa ocasión no al aire, puesto que el proyectil pasó silbando por encima del prao.

Sandokán no se movió. Ni siquiera parpadeó. Sus hombres se colocaron en sus puestos de combate, pero no dieron respuesta ni al requerimiento ni a la amenaza.

El navío siguió avanzando, pero más lentamente, con prudencia. Aquel silencio debía de preocuparlo, y no poco, pues sabía que las embarcaciones corsarias van siempre armadas y con tripulaciones decididas.

A ochocientos metros lanzó un segundo proyectil que, mal dirigido, rebotó en el mar tras haber rozado la coraza de popa del menor de los dos barcos.

Poco después una tercera bala alcanzaba la cubierta del prao y agujereaba las dos velas, tanto la mayor como el trinquete, mientras que una cuarta destrozaba uno de los dos cañones de popa, de tal modo que un fragmento salió disparado hasta la amurada en la que estaba sentado Sandokán.

Los tigres de Mompracem

El pirata se levantó con gesto orgulloso y, dirigiendo la diestra hacia la embarcación enemiga, gritó con voz amenazadora:

–¡Dispara, dispara, nave maldita, que no te temo! Cuando llegues a verme te destrozaré las ruedas y te detendré de inmediato.

Dos relámpagos más centellearon por la proa del vapor, seguidos de dos agudas detonaciones.

Una bala fue a hacer trizas parte de la amurada de popa a apenas dos pasos de Sandokán, mientras la otra se llevaba por delante la cabeza de un hombre que ataba una escota en el pequeño castillo de proa.

Un alarido de rabia surgió de la tripulación.

–¡Tigre de Malasia! ¡Venganza!

Sandokán se volvió hacia sus hombres y los traspasó con una mirada de resentimiento.

–¡Silencio! –bramó–. Aquí mando yo.

–El vapor no nos perdona, Sandokán –apuntó Yáñez.

–Deja que dispare.

–¿A qué quieres esperar?

–Al alba.

–Es una locura, Sandokán. ¿Y si te alcanza una bala?

–¡Soy invulnerable! –gritó el Tigre de Malasia–. Mira: ¡desafío el fuego de esa embarcación!

De un brinco se había lanzado sobre la amurada de popa y se había aferrado al asta de la bandera.

Yáñez sintió un escalofrío de espanto.

La luna brillaba por el horizonte y desde el puente de la embarcación enemiga, con un buen catalejo, podía distinguirse a aquel temerario que se exponía a los cañonazos.

–¡Baja, Sandokán! –gritó Yáñez–. Vas a conseguir que te maten.

La respuesta del formidable hombre fue una sonrisa desdeñosa.

–¡Piensa en Marianna! –insistió el portugués.

–Ella ya sabe que no tengo miedo. Silencio; ¡a vuestros puestos!

Habría costado menos detener la marcha del vapor que convencer a Sandokán de que abandonara aquel puesto.

Yáñez, que conocía la tenacidad de su compañero, renunció a un segundo intento y se retiró tras uno de los dos cañones.

Tras aquellos primeros disparos casi infructuosos, el crucero había suspendido el fuego. Sin duda, su capitán pretendía acercarse más para no desperdiciar munición.

Durante un cuarto de hora, los dos barcos prosiguieron su rumbo, hasta que, estando a quinientos metros, los cañones volvieron a rugir con más furia.

Las balas caían en gran cantidad en torno al pequeño velero y no siempre erraban el objetivo. Alguna que otra pasó silbando entre el velamen, cercenó cuerdas o arrancó los extremos de las vergas, y alguna otra fue a rebotar o resonar contra las planchas metálicas.

Una bala atravesó el puente, de largo a largo, y rozó el palo mayor.

Si hubiera pasado unos pocos centímetros más a la derecha, habría detenido al velero en seco.

A pesar de aquella peligrosa tromba, Sandokán no se movía. Observaba con frialdad la nave enemiga, que forzaba la máquina para aproximarse aún más, y se sonreía irónicamente cada vez que una bala le silbaba por las orejas.

Sin embargo, hubo un momento en que Yáñez lo vio ponerse de pie de un brinco e inclinarse como si

Los tigres de Mompracem

fuera a abalanzarse sobre el mortero, pero casi de inmediato ocupó de nuevo su lugar, murmurando:

–¡Todavía no! ¡Quiero que veas a mi mujer!

Durante diez minutos más, el vapor bombardeó el pequeño velero, que no hacía maniobra alguna para esquivar aquella lluvia de hierro, y luego las detonaciones fueron espaciándose a poco a poco hasta cesar por completo.

El pirata, que contemplaba atentamente la arboladura de la embarcación enemiga, vio ondear entonces una gran bandera blanca.

–¡Ah! –exclamó–. Me invitas a rendirme... ¡Yáñez!

–¿Qué quieres, hermano?

–Despliega mi bandera.

–¿Estás loco? Esos bribones volverán a disparar los cañones. Ahora que por fin se han detenido, déjalos tranquilos.

–Quiero que sepa que quien está al mando de este prao es el Tigre de Malasia.

–Pues te saludará con una tromba de granadas.

–El viento empieza a cobrar fuerza, Yáñez. Dentro de diez minutos estaremos fuera del alcance de sus disparos.

–De acuerdo, entonces.

Ante un ademán suyo, un pirata ató la bandera a la driza de popa y la izó hasta la punta del palo mayor.

Un golpe de viento la agitó y a la clara luz de la luna mostró su color sangriento.

–¡Dispara ahora! ¡Dispara! –gritó Sandokán, dirigiendo el puño hacia la embarcación enemiga–. Ordena que truenen tus cañones, arma a tus hombres, llena de carbón tus calderas, que yo te espero. ¡Quiero mostrarte mi conquista entre los destellos de mi artillería!

Emilio Salgari

Dos cañonazos fueron la respuesta. La tripulación del crucero ya había divisado la bandera de los tigres de Mompracem y retomaba, con mayor vigor, el cañoneo.

El crucero apretaba la marcha para alcanzar al velero y, si se daba la oportunidad, abordarlo. Echaba humo como un volcán y las ruedas mordían las aguas ensordecedoramente. Cuando cesaban las detonaciones se oían los sordos rugidos de la máquina.

No obstante, su tripulación tuvo que convencerse muy pronto de que no era tarea fácil competir con un velero como aquel prao. Al haber aumentado el viento, la pequeña embarcación, que hasta entonces no había podido alcanzar los diez nudos, adquirió velocidad. Sus inmensas velas, hinchadas como dos balones, impulsaban la embarcación con una fuerza extraordinaria.

Ya no corría: volaba por las tranquilas aguas del mar, que apenas rozaba. Había incluso ciertos momentos en los que parecía que se elevaba y su casco ni siquiera tocaba la superficie.

El crucero avanzaba furiosamente, pero todas sus balas caían ya sobre la estela del prao.

Sandokán no se había movido. Sentado junto a su roja bandera, escrutaba atentamente el cielo. Daba la impresión de que ya no le interesaba el navío que con tanto tesón pretendía darle caza.

El portugués, que no comprendía la idea que empujaba a Sandokán, se le aproximó para decirle:

–¿Y ahora qué pretendes, hermano mío? Dentro de una hora estaremos muy lejos de esa embarcación, si este viento no cesa.

–Espera un poco más, Yáñez –contestó Sandokán–. Mira hacia allí, a oriente: la estrellas empiezan a palidecer y los primeros resplandores del alba empiezan a extenderse por el cielo.

Los tigres de Mompracem

–¿Quieres arrastrar ese crucero hasta Mompracem para luego abordarlo?

–No tengo esa intención.

–No te comprendo.

–En cuanto el amanecer permita a la tripulación de esa embarcación vislumbrarme, castigaré a ese insolente.

–Eres un artillero muy hábil, no te hace falta esperar la luz del sol. El mortero está listo.

–Quiero que vean quién enciende la mecha.

–Puede que ya lo sepan.

–Es cierto, puede que lo sospechen, pero no me basta. También quiero mostrarles a la mujer del Tigre de Malasia.

–¿A Marianna...?

–Sí, Yáñez.

–¡Qué locura!

–Así se sabrá en Labuán que el tigre ha osado violar las costas de la isla y plantar cara a los soldados que custodian a lord Guillonk.

–En Victoria ya debe de conocerse la audaz expedición que has emprendido.

–No importa. ¿Está preparado el mortero?

–Está cargado, Sandokán.

–Dentro de pocos minutos castigaremos a ese entrometido. Voy a hacerle añicos las ruedas, ya verás, Yáñez.

Mientras hablaban, hacia el este una pálida luz que se teñía rápidamente de reflejos rosáceos continuaba extendiéndose por el cielo.

La luna se ponía sobre el mar y los astros seguían palideciendo. Quedaban escasos minutos para que hiciera acto de presencia el sol.

La embarcación de guerra distaba entonces unos

mil quinientos metros. Seguía forzando la máquina, pero la distancia aumentaba a cada minuto que pasaba.

El veloz prao se alejaba con rapidez al crecer el viento con el despuntar del alba.

–Hermano mío –dijo al cabo Yáñez–. Lanza un buen disparo al crucero.

–Que reduzcan las velas de trinquete y maestra –ordenó Sandokán–. Cuando esté a quinientos metros dispararé el mortero.

Yáñez dio la orden de inmediato. Diez piratas treparon por los flechastes, arriaron las dos velas y realizaron la maniobra con celeridad.

Reducido el velamen, el prao empezó a perder velocidad.

El crucero se percató de ello y reemprendió el cañoneo, aunque todavía estaba demasiado lejos para esperar buenos resultados.

Hacía falta aún una buena media hora para que se situara a la distancia que deseaba Sandokán.

Sus balas empezaban a caer ya sobre el puente del prao cuando el tigre saltó bruscamente de la amurada y se colocó detrás del mortero.

Había salido del mar un rayo de sol que iluminaba las velas del prao.

–¡Ahora me toca a mí! –gritó Sandokán, con una extraña sonrisa–. Yáñez, coloca el barco de través...

Al cabo de un instante el pequeño velero se situó de través y se quedó prácticamente al pairo.

Sandokán pidió una mecha que Paranoa ya había encendido y se inclinó sobre el mortero para calcular con la mirada la distancia.

Al ver que el velero se detenía, la embarcación de guerra aprovechó para tratar de alcanzarlo. Avanzaba cada vez con mayor velocidad, echando humo, bufan-

Los tigres de Mompracem

do y alternando disparos de granada y proyectiles sólidos. Las esquirlas de hierro saltaban por la cubierta, horadaban las velas, cercenaban las cuerdas, resbalaban por las planchas de blindaje y hacían rechinar y maltrataban las varengas. Ay, si aquella lluvia hubiera durado solamente dos minutos más.

Sandokán, impasible, seguía observando.

−¡Fuego! −gritó al cabo, dando un salto hacia atrás.

Se inclinó cobre el mortero humeante, conteniendo la respiración, con los labios apretados y los ojos clavados ante sí, como si pretendiera seguir la trayectoria invisible del proyectil.

Al cabo de pocos instantes se producía una segunda detonación a lo lejos.

La bomba había estallado entre los mecanismos situados a babor y había hecho saltar, con inaudita violencia, los herrajes de las ruedas y las palas.

El vapor, alcanzado de gravedad, se inclinó sobre el flanco dañado y luego empezó a girar sobre sí mismo arrastrado por las paletas de la otra rueda, que seguía mordiendo las aguas.

−¡Viva el tigre! −gritaron los piratas mientras se lanzaban sobre los cañones.

−¡Marianna! ¡Marianna! −exclamó Sandokán cuando en el vapor, volcado sobre el flanco desgarrado, ya entraba agua a toneladas.

Ante aquella llamada, la joven compareció en el puente. Sandokán la tomó entre los brazos, la levantó hasta la amurada y mostrándola a la tripulación del vapor bramó:

−¡Aquí está mi mujer!

Luego, mientras los piratas lanzaban sobre el navío un huracán de metralla, el prao viró y se alejó rápidamente hacia el oeste.

Capítulo XXV

HACIA MOMPRACEM

Una vez castigada la embarcación enemiga, que había tenido que detenerse para reparar los gravísimos daños causados por la granada lanzada con tanta destreza por Sandokán, el prao izó sus inmensas velas y se alejó de inmediato, con la velocidad propia de ese tipo de veleros, que desafían a cualquier clíper de la marina de los dos mundos.

Marianna, abatida por tantas emociones, se había retirado nuevamente al elegante camarote y también buena parte de la tripulación había abandonado la cubierta, ya que no amenazaba al barco peligro alguno, al menos por el momento.

Sin embargo, Yáñez y Sandokán permanecían en el puente. Sentados en el coronamiento de popa iban charlando, sin dejar de mirar de vez en cuando hacia el este, donde se divisaba todavía un leve penacho de humo.

—Ese barco va a tener mucho trabajo para arrastrarse hasta Victoria —decía Yáñez.

—La bomba le ha provocado daños tan graves que le resultaría imposible tratar de seguirnos. ¿Crees tú que lo habrá enviado lord Guillonk?

—No, Yáñez —contestó Sandokán—. El inglés no habría tenido tiempo de acudir a Victoria a advertir al gobernador de lo sucedido. De todos modos, esa embarcación debía de buscarnos desde hacía varios días. En la isla ya sabían que habíamos desembarcado.

–¿Y crees que el lord nos dejará tranquilos?

–Lo dudo mucho, Yáñez. Conozco a ese hombre y sé lo tenaz y vengativo que es. Tenemos que esperar, en breve, un asalto tremendo.

–¿Te parece que vendrá a atacarnos en nuestra isla?

–Estoy seguro de ello, Yáñez. Lord James goza de mucha influencia y además sé que es riquísimo. Por lo tanto, le resultará fácil alquilar todos los barcos disponibles, reclutar marineros y contar con la ayuda del gobernador. Dentro de poco veremos aparecer una flotilla ante Mompracem, te lo digo yo.

–¿Y qué haremos?

–Presentaremos nuestra última batalla.

–¿La última? ¿Por qué dices eso, Sandokán?

–Porque Mompracem perderá después a sus jefes –contestó el Tigre de Malasia con un suspiro–. Mi carrera está a punto de terminar, Yáñez. Este mar, teatro de mis empresas, no volverá a ver los praos del tigre surcar sus olas.

–Ah, Sandokán...

–¿Qué quieres, Yáñez? Así está escrito. El amor de la muchacha del cabello de oro será el fin del pirata de Mompracem.

»Es triste, inmensamente triste, mi buen Yáñez, tener que despedirse para siempre de estos lugares y perder la fama y el poder, pero deberé resignarme.

»Se acabaron las batallas, se acabó el tronar de la artillería, se acabaron las carcasas humeantes hundidas en los abismos de este mar, se acabaron los formidables abordajes...

»¡Ah! Siento que me sangra el corazón, Yáñez, al pensar que el tigre morirá para siempre y que este mar y mi isla pasaran a otras manos.

–¿Y qué será de nuestros hombres?

–Seguirán el ejemplo de su jefe, si así lo desean, y también dirán adiós a Mompracem –repuso Sandokán con voz triste.

–¿Y tras tanto esplendor nuestra isla deberá permanecer desierta como antes de tu llegada?

–Así será.

–¡Pobre Mompracem! –exclamó el portugués con profundo pesar–. Y yo que la quería como si fuera mi patria, mi tierra natal...

–¿Y te crees que yo no la amo? ¿Te crees que no se me encoge el corazón al pensar que quizá no vuelva a verla y quizá no vuelva a surcar, con mis praos, este mar que llamaba mío? Si pudiera llorar ya verías cuántas lágrimas bañaban mis mejillas. En fin, es lo que ha querido el destino. Resignémonos, Yáñez, y no pensemos más en el pasado.

–Pues no sé resignarme, Sandokán. Ver desaparecer de golpe nuestra potencia, que nos ha costado inmensos sacrificios, tremendas batallas y ríos de sangre...

–La fatalidad quiere que sea así –respondió Sandokán con voz queda.

–Mejor dicho, el amor de la muchacha del cabello de oro –replicó Yáñez–. Sin esa mujer el rugido del Tigre de Malasia llegaría todavía con fuerza hasta Labuán y haría temblar, durante muchos años más, a los ingleses e incluso al sultán de Varauni.

–Es cierto, amigo mío –reconoció Sandokán–. La muchacha es quien ha asestado el golpe mortal a Mompracem. Si no la hubiera visto nunca quién sabe durante cuántos años más habrían recorrido estas aguas nuestras banderas triunfantes, pero ya es demasiado tarde para romper las cadenas que ha echado sobre mí.

»Si hubiera sido otra mujer, al pensar en la ruina de nuestra potencia la habría evitado o devuelto a Labuán..., pero siento que, siendo quien es, si no volviera a verla se quebraría para siempre mi existencia.

»La pasión que me arde en el pecho es tan inmensa que no puede sofocarse.

»¡Ay, si ella quisiera! Si no sintiera horror por nuestra ocupación y no le dieran miedo la sangre y el fragor de la artillería... ¡Cuánto haría brillar el astro de Mompracem a su lado! Un trono podría darle o aquí o en las costas de Borneo, pero en cambio... Bueno, se cumple nuestro destino.

»Iremos a Mompracem a presentar la última batalla y después abandonaremos la isla y zarparemos...

–¿Con qué rumbo, Sandokán?

–Lo ignoro, Yáñez. Iremos adonde quiera ella, muy lejos de estos mares y de estas tierras, tanto que no volveremos a oír hablar de ellos. Si me quedara cerca, no sé si sabría resistir durante mucho tiempo la tentación de regresar a Mompracem.

–Muy bien, así sea; entablaremos la última lucha y luego nos marcharemos bien lejos –dijo Yáñez con voz resignada–. Eso sí, la contienda será terrible, Sandokán. El lord nos atacará a la desesperada.

–La madriguera del tigre le resultará inexpugnable. Hasta ahora nadie ha tenido la audacia de violar las costas de mi isla y no será él quien lo consiga. Espera a que lleguemos y ya verás todo lo que haremos para que no nos aplaste la flotilla que mandará contra nosotros.

»Reforzaremos tanto el pueblo que podrá resistir el bombardeo más terrible.

»El tigre aún no está domado y rugirá con tal ímpetu que cundirá el pánico entre las filas enemigas.

–¿Y si su número nos abruma? Sabes, Sandokán, que los holandeses son aliados de los ingleses en la represión de la piratería. Las dos flotas podrían unirse para asestar a Mompracem un golpe mortal.

–Si me viera derrotado, prendería los polvorines y saltaríamos todos por los aires, junto con nuestro pueblo y nuestros praos.

»No podría resignarme a la pérdida de la muchacha. Antes de ver que me la arrebatan prefiero mi muerte y la suya.

–Espero que no lleguemos a eso, Sandokán.

El Tigre de Malasia inclinó la cabeza sobre el pecho y suspiró. Luego, tras unos instantes de silencio, dijo:

–Sin embargo, tengo un triste presentimiento.

–¿De qué se trata? –preguntó Yáñez con ansiedad.

Sandokán no respondió. Se apartó del portugués y se apoyó sobre la amurada de proa, con lo que expuso el ardiente rostro a la brisa nocturna.

Estaba inquieto: profundas arrugas surcaban su frente y de cuando en cuando surgían suspiros de sus labios.

–¡Qué fatalidad! Y todo por esa criatura celestial –murmuró–. Por ella tendré que perderlo todo, todo, incluso este mar que llamaba mío y que consideraba la sangre de mis venas. Será de ellos, de esos hombres a los que desde hace doce años combato sin descanso, sin tregua, de esos hombres que me han arrojado de los peldaños de un trono al fango, que han matado a mi madre y a mis hermanos...

Los tigres de Mompracem

»Ah, te lamentas... –prosiguió, mirando el mar, que borboteaba frente la proa de la veloz embarcación–. Gimes, no te gustaría caer en manos de esos individuos, no querrías quedar tranquilo como antes de mi aparición, pero ¿crees que yo no sufro también? Si fuera capaz de llorar, estos ojos derramarían unas cuantas lágrimas.

»En fin, ¿de qué sirve lamentarse ahora? Esta muchacha divina me compensará por tantas pérdidas.

Se llevó las manos a la frente como si quisiera ahuyentar los pensamientos que le bullían en el ardoroso cerebro y luego se irguió y a paso lento bajó al camarote. Se detuvo al oír hablar a Marianna.

–No, no –decía la joven entre jadeos–. Déjeme, ya no le pertenezco. Soy del Tigre de Malasia... ¿Por qué quiere separarme de él? Que se vaya ese William. ¡Lo odio, que se vaya, que se vaya!

–Sueña –murmuró Sandokán–. Duerme, muchacha, segura de que no corres peligro alguno. Yo te velo y para arrancarte de mí tendrán que pasar por encima de mi cadáver.

Abrió la puerta y miró el interior. Marianna dormía respirando afanosamente y agitaba los brazos como si tratara de alejar una visión.

El pirata la contempló durante unos instantes con una dulzura indefinible y luego se retiró sin hacer ruido para entrar en su propio camarote.

Al día siguiente el prao, que había navegado durante toda la noche a una velocidad considerable, se encontraba a tan sólo sesenta millas de Mompracem.

Ya todos se consideraban a salvo cuando el portugués, que vigilaba con gran atención, descubrió una sutil columna de humo que parecía dirigirse hacia el este.

–¡Ah! –exclamó–. ¿Tenemos otro crucero a la vista? Que yo sepa no hay volcanes en estos mares.

Se armó de un catalejo y trepó hasta lo alto del palo mayor para escrutar con profunda atención aquel humo que ya se había acercado considerablemente. Al bajar tenía la frente fruncida.

–¿Qué pasa, Yáñez? –preguntó Sandokán, que había regresado a cubierta.

–He avistado un cañonero, hermano mío.

–No es para tanto.

–Ya sé que no se arriesgará a atacarnos, puesto que por lo general esas embarcaciones van armadas con un solo cañón, pero me inquieta otro motivo.

–¿Y cuál es?

–Que procede del oeste, tal vez de Mompracem.

–¡Ah!

–No vaya a ser que durante nuestra ausencia una flota enemiga haya bombardeado nuestro nido.

–¿Mompracem bombardeada? –preguntó una voz límpida a su espalda.

Sandokán se volvió rápidamente y se topó frente a Marianna.

–¡Ah, eres tú, amiga mía! –exclamó–. Te creía aún dormida.

–Acabo de levantarme, pero ¿de qué habláis? ¿Es posible que nos amenace un nuevo peligro?

–No, Marianna –contestó Sandokán–, aunque estamos inquietos porque hemos visto un cañonero que viene de occidente, es decir, de donde está Mompracem.

–¿Temes que haya atacado tu pueblo?

–Sí, pero no él solo; una descarga de nuestros cañones habría bastado para hundirlo.

–¡Atención! –exclamó Yáñez, dando dos pasos hacia delante.

Los tigres de Mompracem

–¿Qué ves?

–Nos ha divisado y vira para dirigirse hacia nosotros.

–Vendrá a espiarnos –aventuró Sandokán.

El pirata no se equivocaba. El cañonero, que era de los pequeños, con unas cien toneladas, e iba armado con un solo cañón situado sobre la plataforma de popa, se acercó hasta los mil metros y luego viró, pero no se alejó del todo, puesto que su penacho de humo no dejó de verse a una decena de millas hacia el este.

Los piratas no se preocupaban de ello, pues sabían que aquella pequeña embarcación no habría osado lanzarse contra el prao, cuya artillería era tan abundante que habría plantado cara a cuatro contrincantes semejantes.

Hacia las doce, un pirata que había trepado hasta la bandera del trinquete para colocar un cabo señaló Mompracem, la temida guarida del Tigre de Malasia.

Yáñez y Sandokán respiraron tranquilos, dado que ya se consideraban a salvo, y se precipitaron hacia la proa seguidos de Marianna.

A lo lejos, donde el cielo se confundía con el mar, se vislumbraba una larga franja de color indefinido que poco a poco fue tornándose verdosa.

–¡Rápido, rápido! –urgió Sandokán, presa de una intensa ansiedad.

–¿Qué temes? –quiso saber Marianna.

–No sé, pero el corazón me dice que ahí ha sucedido algo. ¿El cañonero todavía nos sigue?

–Sí, veo el penacho de humo al este –confirmó Yáñez.

–Mala señal.

–Eso me temo yo también, Sandokán.

–¿Ves algo?

El portugués extendió un catalejo por el que miró con profunda atención durante varios minutos.

–Veo los praos fondeados en la bahía.

Sandokán soltó aire y un relámpago de alegría centelleó en sus ojos.

–Que así sea –murmuró.

El barco, impulsado por un buen viento, se situó al cabo de una hora a pocas millas de la isla y se dirigió hacia la bahía que se abría ante el pueblo.

Al poco se acercó tanto que se distinguían las fortificaciones, los almacenes y las cabañas.

En el gran acantilado, en lo alto del vasto edificio que servía de vivienda al tigre, se veía ondear la gran bandera de la piratería, pero el pueblo no parecía tan esplendoroso como en el momento de abandonarlo Sandokán y los praos ya no eran tan numerosos.

Muchos bastiones aparecían gravemente dañados, muchas cabañas estaban medio quemadas y muchas embarcaciones habían desaparecido.

–¡Ah! –exclamó Sandokán, aferrándose el pecho–. Ha sucedido lo que sospechaba: el enemigo ha asaltado mi guarida.

–Es cierto –musitó Yáñez, apesadumbrado.

–Pobre amigo –se lamentó Marianna, conmovida por el dolor que se reflejaba en el rostro de su amado–. Mis compatriotas se han aprovechado de tu ausencia.

–Sí –contestó Sandokán mientras sacudía la cabeza con tristeza–. ¡Mi isla, en su día temida e inaccesible, ha sido asaltada, y mi fama ha quedado ofuscada para siempre!

Capítulo XXVI

LA REINA DE MOMPRACEM

Desgraciadamente, Mompracem, la isla considerada tan formidable que los más valerosos se amedrentaban nada más verla, no sólo había sido atacada, sino que por poco había caído en manos enemigas.

Los ingleses, probablemente al tanto de la partida de Sandokán y convencidos de encontrar una vigilancia débil, la habían asaltado inesperadamente, bombardeando las fortificaciones, enviando a pique muchas embarcaciones e incendiando parte del pueblo. Habían llevado su audacia hasta el punto de desembarcar a algunos hombres para tratar de tomar posesión de la plaza, pero al final había triunfado el valor de Giro-Batol y sus cachorros y los enemigos se habían visto obligados a retirarse por temor a que los sorprendieran por la retaguardia los praos de Sandokán, que creían poco lejanos.

Se trataba de una victoria, en efecto, pero la isla había estado a punto de quedar en posesión del enemigo.

Al desembarcar Sandokán y sus hombres, los piratas de Mompracem, reducidos a la mitad, se precipitaron a su encuentro con tremendos vítores, reclamando venganza contra los invasores.

–Vamos a Labuán, Tigre de Malasia –gritaban–. ¡Hay que devolverles las balas que nos han disparado!

–Capitán –intervino Giro-Batol con un paso al frente–. Hicimos lo posible para abordar la escuadra que nos asaltó, pero no lo logramos. Llévenos a Labuán y destruiremos esa isla hasta el último árbol, el último matorral.

En lugar de responder, Sandokán tomó a Marianna y la llevó frente a la muchedumbre.

–Es la patria de esta joven –anunció–. ¡La patria de mi esposa!

Al ver a la muchacha, que hasta el momento se había quedado detrás de Yáñez, los piratas emitieron un grito de sorpresa y admiración.

–¡La Perla de Labuán! ¡Viva la Perla! –exclamaron, y cayeron de rodillas ante ella.

–Su patria me es sagrada –aseguró Sandokán–, pero dentro de poco tendréis oportunidad de devolver a nuestros enemigos las balas que arrojaron contra estas costas.

–¿Van a atacarnos? –preguntaron todos a una.

–El enemigo no está lejos, mis valientes; podéis divisar su avanzadilla, que es ese cañonero que da vueltas osadamente cerca de nuestras costas. Los ingleses tienen grandes motivos para atacarme: quieren vengar a los hombres que matamos en la selva de Labuán y arrebatarme a esta jovencita. Estad preparados, puede que el momento no quede lejos.

–Tigre de Malasia –intervino un jefe, adelantándose–. Mientras uno solo de nosotros siga vivo, nadie vendrá a secuestrar a la Perla de Labuán ahora que la cubre la bandera de la piratería. Ordene: ¡estamos listos para dar toda nuestra sangre por ella!

Sandokán, profundamente conmovido, observó a

aquellos valientes que aclamaban las palabras del jefe y que, tras haber perdido a tantos compañeros, seguían ofreciendo sus vidas para salvar a quien había sido la principal causa de sus desventuras.

–Gracias, amigos –contestó con voz ahogada.

Se pasó varias veces la mano por la frente, dejó escapar un profundo suspiro, ofreció el brazo a la lady, que no estaba menos conmovida, y se alejó con la cabeza inclinada sobre el pecho.

–Se acabó –murmuró Yáñez con voz triste.

Sandokán y su compañera ascendieron por la estrecha escalinata que conducía a lo alto del acantilado, seguidos por las miradas de todos los piratas, que los contemplaban con una mezcla de admiración y de pesar, y se detuvieron frente a la gran cabaña.

–He aquí tu morada –anunció el pirata antes de entrar–. Era la mía, un cubil donde en ocasiones se desarrollaron lóbregos dramas... Resulta indigno de acoger a la Perla de Labuán, pero es seguro, inaccesible al enemigo, que no llegará jamás hasta aquí.

»Si te hubieras convertido en la reina de Mompracem, lo habría embellecido, lo habría transformado en un palacio... En fin, ¿para qué hablar de cosas imposibles? Aquí todo está muerto o a punto de morir.

Se llevó las manos al corazón y su rostro se alteró dolorosamente. Marianna le echó los brazos al cuello.

–Sandokán, tú sufres. Tú me ocultas tus aflicciones.

–No, alma mía, estoy conmovido, pero nada más. ¿Qué quieres? Al reencontrar mi isla asaltada y mis cuadrillas diezmadas y pensar que dentro de poco tendré que perderlo todo...

–Añoras, pues, tu pasada potencia y sufres ante la idea de perder tu isla. Escúchame, héroe mío: ¿deseas que me quede en esta isla entre tus cachorros, que em-

puñe también yo la cimitarra y que combata a tu lado?
¿Lo deseas?

–¡Tú! ¡Tú! –exclamó el pirata–. No, no deseo que
seas una mujer así. Sería una monstruosidad obligarte
a permanecer aquí, aturdida siempre por el fragor de
la artillería y los gritos de los combatientes y expuesta
a un peligro continuo. Dos felicidades serían demasiado y no las quiero.

–Así pues, ¿me amas más que a tu isla, que a tus
hombres, que a tu fama?

–Sí, alma celeste. Esta noche congregaré a mis
cuadrillas y les diré que tras combatir la última batalla
arriaremos para siempre nuestra bandera y dejaremos
Mompracem.

–¿Y qué dirán tus cachorros ante una respuesta
así? Me odiarán al saber que soy la causa de la ruina de
Mompracem.

–Nadie se atreverá a levantar la voz contra ti. Sigo
siendo el Tigre de Malasia, el tigre que los ha hecho
temblar siempre con un solo gesto.

»Además, me aman tanto que serían incapaces de
no obedecerme. En fin, dejemos que se cumpla nuestro
destino.

Sofocó un suspiro y después dijo con amarga añoranza:

–Tu amor me hará olvidar el pasado y tal vez hasta
Mompracem.

Plantó entonces un beso en la rubia cabellera de la
muchacha y luego llamó a los dos malayos encargados
de la cabaña.

–Aquí tenéis a vuestra señora –informó, señalando
a la joven–. Obedecedla como a mí mismo.

Dicho eso, y tras cruzar una larga mirada con Marianna, salió con paso veloz y bajó a la playa.

Los tigres de Mompracem

El cañonero seguía echando humo a una distancia que permitía verlo desde la isla y se dirigía a ratos al norte y a ratos al sur. Parecía que trataba de divisar algo, probablemente algún otro cañonero o crucero proveniente de Labuán.

Mientras, los piratas, que preveían ya un ataque no muy lejano, trabajaban febrilmente bajo la dirección de Yáñez, reforzando los bastiones, excavando fosos y levantando escarpas y estacadas.

Sandokán se aproximó al portugués, que estaba desarmando la artillería de los praos para equipar un potente reducto, construido en el centro mismo del pueblo.

–¿No ha aparecido ninguna otra nave? –preguntó.

–No, pero el cañonero no abandona nuestras aguas y eso es mala señal. Si el viento tuviera fuerza suficiente para superar su máquina, lo asaltaría con mucho gusto.

–Hay que tomar medidas para poner a buen recaudo nuestras riquezas y en caso de derrota tener prevista la retirada.

–¿Temes no poder hacer frente a los asaltadores?

–Tengo siniestros presentimientos, Yáñez; tengo la impresión de estar a punto de perder esta isla.

–¡Bah! Hoy o dentro de un mes será lo mismo, ya que has decidido abandonarla. ¿Lo saben nuestros piratas?

–No, pero esta noche conducirás a las cuadrillas a mi cabaña y allí se enterarán de mis decisiones.

–Será un mal golpe para ellos, hermano.

–Lo sé, pero si desean continuar con la piratería por su cuenta yo no lo impediré.

–¡Ni lo pienses, Sandokán! Nadie abandonará al Tigre de Malasia y todos te seguirán allí adonde desees.

–Ya lo sé, me quieren demasiado estos valientes. Trabajemos, Yáñez, que nuestra roca quede si no invulnerable al menos sí muy bien protegida.

Se unieron a sus hombres, que arrimaban el hombro con un tesón sin par, levantando nuevos terraplenes y nuevas trincheras, plantando enormes empalizadas que equipaban con espingardas, acumulando inmensas pirámides de balas y de granadas, protegiendo la artillería con barricadas de troncos, de pedruscos y de planchas de hierro arrancadas de barcos saqueados durante sus numerosas correrías.

Al atardecer la roca presentaba un aspecto imponente y podía calificarse de inexpugnable.

Aquellos ciento cincuenta hombres, pues así de reducidas habían quedado sus filas tras el ataque de la escuadra y la pérdida de las dos tripulaciones que habían seguido a Sandokán hasta Labuán y de las cuales no se había tenido noticia alguna, habían trabajado como quinientos.

Caída ya la noche Sandokán hizo embarcar sus riquezas en un gran prao y lo mandó junto con otros dos a la costa occidental, para que zarparan desde allí si la fuga acababa siendo necesaria.

A medianoche Yáñez, con los jefes y todas las cuadrillas, subió hasta la gran cabaña, donde lo aguardaba Sandokán.

Una sala lo bastante amplia como para acoger a más de doscientas personas aparecía decorada con un lujo insólito. Grandes lámparas doradas arrojaban torrentes de luz que hacían centellear el oro y la plata de los tapices y las alfombras y el nácar que adornaba los fastuosos muebles de estilo indio.

Sandokán se había puesto el uniforme de gala, de raso rojo, y el turbante verde adornado con un penacho cubierto de brillantes. Portaba a la cintura los dos kris, insignia de gran jefe, y una espléndida cimitarra con la vaina de plata y la empuñadura de oro.

Por su parte, Marianna llevaba un vestido de terciopelo negro bordado en plata, fruto de algún saqueo, que dejaba al descubierto los brazos y los hombros, sobre los que caían como lluvia de oro su estupenda melena rubia. Lujosas pulseras adornadas con perlas de inestimable valor y una diadema de brillantes que emitía potentes destellos la hacían aún más hermosa, más fascinante.

Al ver a aquella soberbia criatura, que consideraban una divinidad, los piratas no pudieron contener un grito de admiración.

–Amigos, fieles cachorros míos –empezó Sandokán, llamando a su alrededor a la formidable cuadrilla–. Os he convocado para decidir la suerte de mi Mompracem.

»Me habéis visto luchar durante muchos años sin pausa y sin piedad contra esa raza execrable que asesinó a mi familia, que me robó la patria, que de los peldaños de un trono me arrojó a traición al polvo y que busca ahora la destrucción de la raza malaya; me habéis visto luchar como un tigre, rechazar siempre a los invasores que amenazaban nuestra salvaje isla, pero eso se acabó. El destino quiere que me detenga y así será.

»Siento en este momento que mi misión de venganza ha terminado; siento que ya no sé rugir ni combatir como antes. Siento la necesidad de reposar.

»Presentaré todavía una última batalla al enemigo que tal vez venga mañana a asaltarnos y luego me despediré de Mompracem y me iré lejos a vivir con esta mujer que amo y que se convertirá en mi esposa. ¿Querréis vosotros continuar las empresas del tigre?

Os dejo mis embarcaciones y mis cañones y si preferís seguirme a mi nueva patria seguiré considerándoos hijos míos.

Los piratas, que parecían aterrados ante aquella revelación inesperada, no respondieron, pero sus rostros, ennegrecidos por el polvo de los cañones y los vientos del mar, se bañaron de lágrimas.

–¡Lloráis! –exclamó Sandokán con voz alterada por la conmoción–. ¡Ah! Sí, os comprendo, mis valientes, pero ¿creéis que yo no sufro ante la idea de no volver a ver jamás mi isla, mi mar, ante la idea de perder mi poderío, de adentrarme de nuevo en la oscuridad tras haber brillado, tras haber conquistado tanta fama, aunque fuera terrible, siniestra? Es la fatalidad la que lo quiere así; yo inclino la cabeza y ya no pertenezco más que a la Perla de Labuán.

–¡Capitán, mi capitán! –exclamó Giro-Batol, que lloraba como un muchacho–. Quédese entre nosotros, no abandone nuestra isla. Nosotros la defenderemos contra todos, nosotros reclutaremos a más hombres, nosotros si así lo desea destruiremos Labuán, Varauni y Sarawak para que nadie se atreva a amenazar la felicidad de la Perla de Labuán.

–¡Milady! –exclamó Juioko–. Quédese también usted, que nosotros la defenderemos contra todo el mundo, haremos un escudo con nuestros cuerpos contra los disparos del enemigo y si así lo desea conquistaremos un reino para darle un trono.

Entre todos los piratas surgió una explosión de auténtico delirio. Los más jóvenes suplicaban y los más viejos lloraban.

–¡Quédese, milady! ¡Quédese en Mompracem! –gritaban todos a una arremolinándose delante de ella.

Los tigres de Mompracem

Al cabo la joven se acercó a las cuadrillas y con un gesto reclamó silencio.

–Sandokán –empezó con voz firme–, si te pidiera que renunciaras a tus venganzas y a la piratería y por mi parte rompiera para siempre el débil vínculo que me une a mis compatriotas y adoptara como patria esta isla, ¿aceptarías?

–¿Tú, Marianna, quedarte en mi isla?

–¿Lo deseas?

–Sí, y te juro que no tomaré las armas más que en defensa de mi tierra.

–Que sea pues Mompracem también mi patria. ¡Aquí me quedo!

Cien armas se alzaron y se cruzaron sobre el pecho de la joven, que había caído en brazos de Sandokán, mientras los piratas gritaban al unísono:

–¡Viva la reina de Mompracem! ¡Ay de quien la toque!

Capítulo XXVII

EL BOMBARDEO DE MOMPRACEM

Al día siguiente parecía que el delirio se había apoderado de los piratas de Mompracem. No eran hombres, sino titanes que trabajaban con energía sobrehumana para fortificar su isla, que ya no pensaban abandonar, puesto que la Perla de Labuán había jurado permanecer allí.

Se afanaban en torno a las baterías, cavaban nuevas trincheras, golpeaban furiosamente las piedras para desprender masas que debían reforzar los reductos, llenaban los gaviones que disponían frente a los cañones, talaban árboles para construir nuevas empalizadas, alzaban nuevos bastiones en los que instalaban la artillería retirada de los praos, excavaban trampas, preparaban minas, llenaban los fosos de montones de pinchos y plantaban en el fondo puntas de hierro envenenadas con jugo de upas; fundían balas, reforzaban los polvorines, afilaban las armas.

La reina de Mompracem, bella y fascinante, resplandeciente de oro y de perlas, estaba presente para animarlos con su voz y sus sonrisas.

Sandokán se encontraba a la cabeza de todos y trabajaba con una actividad febril que parecía una auténtica locura. Corría hasta donde era necesaria su intervención, ayudaba a sus hombres a colocar en bate-

342

Los tigres de Mompracem

ría la artillería, partía piedras para obtener material, dirigía las obras de defensa en todos los puntos, con la valiosa ayuda de Yáñez, que parecía haber perdido su acostumbrada calma.

El cañonero, que no dejaba de navegar a una distancia que permitía divisarlo desde la isla, para espiar los trabajos, bastaba para azuzar a los piratas, convencidos ya de que esperaba una potente escuadra para bombardear la roca del tigre.

Hacia las doce llegaron al pueblo unos cuantos hombres que habían partido la noche anterior a bordo de tres praos; las noticias que llevaban no eran inquietantes. Un cañonero que parecía español había aparecido por la mañana con rumbo este, pero en las costas occidentales no se había divisado ningún enemigo.

–Temo un gran ataque –dijo Sandokán a Yáñez–. Los ingleses no vendrán solos a por mí, ya lo verás.

–¿Crees que se habrán aliado con los españoles y los holandeses?

–Sí, Yáñez, y el corazón me dice que no me equivoco.

–Se encontrarán con un hueso duro de roer. Nuestro pueblo ha quedado inexpugnable.

–Puede, Yáñez, pero no desesperemos. De todos modos, en caso de derrota los praos están listos para zarpar.

Volvieron al trabajo mientras algunos piratas invadían las aldeas indígenas diseminadas por el interior de la isla para reclutar a los hombres más válidos. Por la noche el pueblo estaba preparado para soportar la lucha y presentaba un cerco de fortificaciones realmente imponente.

Tres líneas de bastiones, unos más robustos que otros, lo cubrían por entero, extendidas en forma de semicírculo.

Empalizadas y amplios fosos hacían casi imposible la escalada de aquellos fortines.

Cuarenta y seis cañones de los calibres doce y dieciocho, y algunos del veinticuatro, colocados en el gran reducto central, media docena de morteros y sesenta espingardas defendían la plaza, dispuestos a vomitar balas, granadas y metralla sobre las naves enemigas.

Durante la noche Sandokán ordenó desarbolar y vaciar por completo los praos, y luego los hundió en la bahía para que el enemigo no se apoderase de ellos ni los destrozara y mandó soltar amarras a unos cuantos botes que debían vigilar los movimientos del cañonero, que sin embargo permanecía quieto.

Al alba Sandokán, Marianna y Yáñez, que desde hacía algunas horas dormían en la gran cabaña, se despertaron bruscamente al oír agudos gritos.

–¡El enemigo! ¡El enemigo! –chillaban en el pueblo.

Salieron precipitadamente y corrieron hasta el borde del gigantesco acantilado.

El enemigo estaba allí, a seis o siete millas de la isla, y avanzaba lentamente en formación de batalla. Al ver aquello, una profunda arruga surcó la frente de Sandokán, mientras que el rostro de Yáñez se ensombreció.

–Pero si es una auténtica flota –susurró éste–. ¿De dónde han sacado esos perros de los ingleses tantas fuerzas?

–Es una alianza que mandan contra nosotros los de Labuán –aseguró Sandokán–. Mira, hay barcos ingleses, holandeses, españoles e incluso praos del canalla del sultán de Varauni, pirata cuando quiere, que tiene celos de mi potencia.

Era cierto, en efecto. La escuadra agresora se componía de tres cruceros de gran tonelaje que llevaban bandera inglesa, de dos corbetas holandesas fuertemente armadas, de cuatro cañoneros y una balandra españoles y de ocho praos del sultán de Varauni. Podían contar entre todos con ciento cincuenta o ciento sesenta cañones y mil quinientos hombres.

–¡Son muchos, por Júpiter! –exclamó Yáñez–. Pero nosotros somos valientes y nuestra roca, fuerte.

–¿Vencerás, Sandokán? –preguntó Marianna con voz temblorosa.

–Esperemos que sí, amor mío –contestó el pirata–. Mis hombres son audaces.

–Tengo miedo, Sandokán.

–¿De qué?

–De que te mate una bala.

–El buen genio que me ha protegido durante tantos años no me abandonará hoy que lucho por ti. Ven, Marianna, que los minutos son preciosos.

Bajaron los peldaños y se dirigieron al pueblo, donde los piratas ya se habían situado tras los cañones, dispuestos a afrontar con gran coraje la titánica lucha. Doscientos indígenas, hombres que, si no sabían resistir una embestida, al menos sí disparar arcabuzazos y también cañonazos, maniobras que habían aprendido con facilidad de sus maestros, se habían reunido ya y estaban situados en los puestos asignados por los jefes de la piratería.

–Bueno –dijo Yáñez–. Seremos unos trescientos cincuenta los que plantaremos cara al ataque.

Sandokán llamó a seis de los hombres más valientes y les confió a Marianna para que la llevasen al bosque y no quedara expuesta al peligro.

–Ve, amada mía –pidió, estrechándola contra su corazón–. Si venzo seguirás siendo la reina de Mompracem, y si la fatalidad me hace perder alzaremos el vuelo y nos iremos a buscar la felicidad en otras tierras.

–¡Ah, Sandokán, tengo miedo! –exclamó la joven entre lágrimas.

–Regresaré a tu lado, no temas, amada mía. Las balas perdonarán al Tigre de Malasia también en esta batalla.

La besó en la frente y luego corrió hacia los bastiones gritando:

–¡Vamos, cachorros, que el tigre está con vosotros! El enemigo es fuerte, pero nosotros seguimos siendo los tigres de la salvaje Mompracem.

Un único clamor le respondió:

–¡Viva Sandokán! ¡Viva nuestra reina!

La flota enemiga se había detenido a seis millas de la isla y muchas embarcaciones se separaban de las naves para llevar de un lado a otro a numerosos oficiales. En el crucero, que había enarbolado las enseñas de mando, se había organizado sin duda una asamblea.

A las diez los barcos, todavía en formación de batalla, se dirigieron hacia la bahía.

–¡Tigres de Mompracem! –gritó Sandokán, que se encontraba de pie sobre el gran reducto central, tras un cañón del calibre veinticuatro–. ¡Recordad que defendéis a la Perla de Labuán y que esos hombres de ahí, que vienen a asaltarnos, son los que asesinaron frente a las costas de Labuán a vuestros compañeros!

–¡Venganza! ¡Sangre! –gritaban los piratas.

Un cañonazo surgió en aquel momento del barco que desde hacía dos días espiaba la isla y por una extraña casualidad la bala abatió la bandera de la piratería, que ondeaba en el bastión central.

Sandokán se sobresaltó y su rostro se tiñó de un color intenso.

–¡Vencerás, oh, flota enemiga! –exclamó con voz triste–. ¡Me lo dice el corazón!

Emilio Salgari

Las embarcaciones seguían acercándose y se mantenían en una línea cuyo centro estaba ocupado por los cruceros y los extremos, por los praos del sultán de Varauni.

Sandokán dejó que se acercaran hasta mil pasos y luego, alzando la cimitarra, bramó:

–¡A la artillería, cachorros! No os retengo más: barred del mar a esos prepotentes. ¡Fuego!

Ante la orden del tigre los reductos, los bastiones y los terraplenes estallaron con una única detonación capaz de oírse hasta en las Romades. Pareció que el pueblo entero saltaba por los aires y la tierra tembló hasta el mar. Una densísima humareda envolvió las baterías y fue creciendo con los nuevos disparos que se sucedían furiosamente y se extendían a diestra y siniestra, donde tiraban las espingardas.

A pesar de haber quedado bastante maltrecha por aquella formidable descarga, la escuadra no tardó mucho en responder.

Los cruceros, las corbetas, los cañoneros y los praos se cubrieron de humo al cargar contra las estructuras de defensa con balas y granadas, mientras un gran número de hábiles tiradores abría un intenso fuego de mosquetería, que, a pesar de resultar ineficaz contra los bastiones, molestaba y no poco a los artilleros de Mompracem.

No cesaban los disparos ni de una parte ni de la otra y los enemigos rivalizaban en celeridad y en precisión, decididos a destrozarse primero de lejos y luego de cerca.

La flota contaba con la superioridad numérica de sus piezas de artillería y de sus hombres y tenía la ventaja de moverse y de aislarse, con lo que dividía el fuego del enemigo, pero a pesar de todo ello no vencía.

Los tigres de Mompracem

Era hermoso ver aquel pueblo, defendido por un puñado de valientes, que estallaba por todos lados respondiendo a un disparo con otro, vomitando torrentes de balas y de granadas y huracanes de metralla, destrozando los flancos de las embarcaciones, despedazando las maniobras y disparando a ráfagas a las tripulaciones.

Tenía hierro para todos, rugía más fuerte que todos los cañones de la flota, castigaba a los bravucones que acudían a desafiarlo a pocos centenares de metros de la costa, obligaba a retroceder a los audaces que trataban de desembarcar a sus soldados y en un radio de tres millas hacía saltar las aguas del mar.

Sandokán, en medio de sus valerosas cuadrillas, con los ojos en llamas, erguido tras un gran cañón del calibre veinticuatro, que escupía por su humeante garganta enormes proyectiles, seguía tronando sin desfallecer:

–¡Fuego, mis valientes! ¡Barred el mar, destripad esas naves que vienen a secuestrar a nuestra reina!

Su clamor no caía en saco roto. Los piratas, conservando una admirable sangre fría entre aquella espesa lluvia de balas que despedazaba las empalizadas, que horadaba los terraplenes, que demolía los bastiones, apuntaban intrépidamente su artillería y se animaban con gritos sobrecogedores.

Un prao del sultán fue incendiado y saltó por los aires cuando buscaba con insolencia alcanzar el pie del gran acantilado. Sus restos llegaron hasta las primeras empalizadas del pueblo y los siete u ocho hombres que salieron indemnes de la explosión cayeron fulminados por una ráfaga de metralla.

Un cañonero español que intentaba aproximarse para desembarcar a sus hombres quedó completamente desarbolado y acabó arenando ante el pueblo, antes de que estallara su máquina. Ni uno de sus tripulantes se salvó.

–¡Venid a desembarcar! –bramó Sandokán–. Venid a mediros con los tigres de Mompracem si os atrevéis. ¡Vosotros sois críos y nosotros, gigantes!

Estaba claro que, mientras se mantuvieran en pie los bastiones y no faltara la pólvora, ninguna nave iba a lograr acercarse a las costas de la temible isla.

Por desgracia para los piratas, hacia las seis de la tarde, cuando ya la flota, terriblemente maltrecha, estaba a punto de retirarse, llegó a las aguas de la isla un inesperado socorro que las tripulaciones recibieron con estrepitosos hurras.

Se trataba de dos cruceros ingleses más y de una gran corbeta holandesa, seguidos de cerca por un bergantín, nave de vela provista sin embargo de abundante artillería.

Al ver a aquellos nuevos enemigos, Sandokán y Yáñez palidecieron. Comprendieron entonces que la caída de la roca era cuestión de horas, pero no se desanimaron y dirigieron una parte de sus cañones contra aquellas nuevas embarcaciones.

La escuadra reforzada dedicó nuevo empeño a aproximarse a la plaza, batiendo con furia las construcciones de defensa, ya gravemente dañadas.

Las granadas caían a centenares ante los terraplenes, los bastiones, los reductos y en el pueblo, y provocaban violentas explosiones que abatían las defensas, destrozaban las empalizadas y se introducían entre los parapetos.

Al cabo de una hora la primera línea de los bastiones había quedado reducida a un amasijo de ruinas.

Los tigres de Mompracem

Dieciséis cañones estaban inservibles y una docena de espingardas yacían entre los escombros y un montón de cadáveres.

Sandokán intentó un último golpe. Dirigió el fuego de sus cañones hacia la nave de mando y dejó las espingardas a cargo de responder al fuego de las demás embarcaciones.

Durante veinte minutos el crucero resistió aquella lluvia de proyectiles, que lo atravesaban de un lado a otro, que le destrozaban las maniobras y que le mataban a la tripulación, pero una granada de veintiún kilogramos lanzada por Giro-Batol con un mortero le abrió en proa una enorme vía de agua.

La embarcación se inclinó hacia un costado y fue hundiéndose rápidamente. La atención de las demás naves se concentró en salvar a los náufragos y muchas de ellas surcaron las olas, pero muy pocos se libraron de la metralla de los piratas.

En tres minutos el crucero se hubo hundido, arrastrando consigo a los hombres que aún quedaban en cubierta.

Durante unos minutos la escuadra detuvo el fuego, pero luego lo reemprendió con mayor furia y avanzó hasta apenas cuatrocientos metros de la isla.

Las baterías de derecha e izquierda, abrumadas por los disparos, acabaron reducidas al silencio al cabo de una hora, y los piratas se vieron obligados a retirarse tras la segunda línea de bastiones y luego tras la tercera, que ya estaba bastante dañada. En pie y todavía en buen estado quedaba tan sólo el gran reducto central, el mejor armado y más robusto.

Sandokán no se cansaba de alentar a sus hombres, pero presumía que el momento de la retirada no estaba lejos.

Al cabo de media hora un polvorín estalló con terrible violencia, hizo trizas las trincheras ya ruinosas y sepultó entre los cascotes a doce piratas y veinte indígenas.

Se hizo otro intento de detener la marcha del enemigo, concentrando el fuego sobre otro crucero, pero los cañones eran muy pocos, pues muchos habían acabado alcanzados o inutilizados.

A las siete y diez minutos también el gran reducto se desmoronó y quedaron soterrados muchos hombres y las piezas de artillería de mayor tamaño.

–¡Sandokán! –gritó Yáñez mientras se precipitaba hacia el pirata, que estaba apuntando su cañón–. La plaza está perdida.

–Es cierto –contestó el tigre con voz ahogada.

–Ordena la retirada antes de que sea demasiado tarde.

Sandokán dirigió una mirada desesperada a las ruinas, entre las que únicamente rugían ya dieciséis cañones y veinte espingardas, y otra a la escuadra, que estaba fondeando para que sus hombres desembarcaran. Un prao había echado ya el ancla a los pies del gran acantilado y sus tripulantes se preparaban para tomar posiciones.

La partida estaba perdida irremediablemente. Al cabo de pocos minutos los agresores, treinta o cuarenta veces más numerosos, tomarían tierra para atacar las maltrechas trincheras a golpe de bayoneta y acabar con los últimos defensores. Unos pocos momentos de retraso podían resultar funestos y comprometer la huida hacia la costa occidental.

Sandokán reunió todas sus fuerzas para pronunciar la palabra jamás surgida de sus labios y ordenó batirse en retirada.

Los tigres de Mompracem

En el momento en que los cachorros de la perdida Mompracem, con lágrimas en los ojos y el corazón desgarrado, se adentraban en los bosques y los indígenas huían en todas direcciones, el enemigo desembarcaba y atacaba furiosamente, con las bayonetas caladas, las trincheras tras las que esperaba encontrar todavía a los piratas.

¡La estrella de Mompracem se había apagado para siempre!

Capítulo XXVIII

EN MITAD DEL MAR

Los piratas, reducidos a tan sólo setenta hombres, en su mayor parte heridos aunque todavía sedientos de sangre, todavía dispuestos a reemprender la lucha, todavía jadeantes de venganza, se retiraron guiados por sus valientes jefes, el Tigre de Malasia y Yáñez, que se habían salvado milagrosamente del hierro y el plomo enemigos.

Aunque había perdido para siempre su potencia, su isla, su mar, todo, Sandokán conservaba en aquella retirada una calma verdaderamente admirable. Sin duda, aquel hombre, que ya había previsto el fin inminente de la piratería y se había hecho a la idea de retirarse lejos de aquellos mares, se consolaba al pensar que entre tanto desastre contaba todavía con su adorada Perla de Labuán.

A pesar de todo, en su semblante se vislumbraban las huellas de una intensa conmoción que en vano se esforzaba en ocultar.

Apretando el paso, los piratas alcanzaron enseguida la orilla de un torrente seco, donde hallaron a Marianna y a los hombres encargados de montar guardia.

La joven se precipitó entre los brazos de Sandokán, que la aferró tiernamente contra su pecho.

Los tigres de Mompracem

–Doy gracias a Dios –exclamó ella–. Regresas a mí con vida.

–Con vida sí, pero derrotado –contestó él, apesadumbrado.

–Así lo ha querido el destino, mi valiente.

–Partamos, Marianna, que el enemigo no está lejos. En fin, cachorros, no dejemos que nos alcancen los vencedores. Puede que aún tengamos que luchar con uñas y dientes.

A lo lejos se oían los gritos de los vencedores y se distinguía una luz intensa, señal evidente de que habían incendiado el pueblo.

Sandokán hizo subir a Marianna a un caballo, llevado hasta allí el día anterior, y la pequeña tropa se puso en marcha rápidamente para alcanzar la costa occidental antes de que el enemigo tuviera tiempo de cortarle la retirada.

A las once de la noche llegaron a una pequeña aldea costera frente a la cual estaban fondeados los tres praos.

–Rápido, vamos a embarcar –ordenó Sandokán–. Los minutos son preciosos.

–¿Nos atacarán? –preguntó Marianna.

–Puede, pero mi cimitarra te cubrirá y mi pecho te servirá de escudo contra los golpes de los malditos que me han abrumado por su número.

Se dirigió a la playa y escrutó el mar, que parecía negro como si fuera de tinta.

–No veo ningún farol –comunicó a Marianna–. A lo mejor podremos abandonar mi pobre isla sin que nos molesten.

Soltó un profundo suspiro y se enjugó la frente, empapada de sudor.

–Vamos allá –dijo al cabo.

Los piratas embarcaron con lágrimas en los ojos; treinta ocuparon sus puestos en el prao menor y los demás se dividieron entre el de Sandokán y el guiado por Yáñez, que llevaba los inmensos tesoros del tigre.

En el momento de levar anclas se vio al pirata llevarse las manos al corazón como si se le hubiera roto algo en el pecho.

–Amigo mío –dijo Marianna, abrazándolo.

–¡Ah! –exclamó él con amargo dolor–. Siento que se me parte el corazón.

–Lamentas la potencia perdida, Sandokán, y la caída de tu isla.

–Es cierto, amor mío.

–Puede que un día la reconquistes y regresemos.

–No, todo ha terminado para el Tigre de Malasia. Además, siento que no soy ya el hombre de otros tiempos.

Inclinó la cabeza sobre el pecho y se apreció una especie de sollozo, pero luego la levantó con energía y bramó:

–¡Zarpemos!

Las tres embarcaciones soltaron las gúmenas y se alejaron de la isla llevando consigo a los últimos supervivientes de la formidable cuadrilla que durante doce años tanto terror había propagado por el mar de Malasia.

Habían recorrido ya seis millas cuando estalló un alarido de furor a bordo de las embarcaciones.

En mitad de las tinieblas habían aparecido inesperadamente dos puntos luminosos que corrían hacia la flotilla con un funesto ímpetu.

–¡Los cruceros! –gritó una voz–. ¡Atentos, amigos!

Sandokán, quien se había sentado a popa con los ojos clavados en la isla, que desaparecía poco a poco entre las tinieblas, se levantó con un auténtico rugido.

Los tigres de Mompracem

—¡De nuevo el enemigo! —exclamó, con un tono inefable, apretando contra el pecho a la muchacha, que estaba a su lado—. ¿También por mar, malditos, venís a seguirme? ¡Cachorros, ahí están los leones que nos hostigan! ¡Venga, todos a empuñar las armas!

No hacía falta más para animar a los piratas, que ardían en deseos de vengarse y que ya se hacían ilusiones, con un combate desesperado, de reconquistar la perdida isla. Todos enarbolaron las armas dispuestos a iniciar el abordaje ante la orden de sus jefes.

—Marianna —dijo Sandokán volviéndose hacia la muchacha, que contemplaba con terror aquellos dos puntos resplandecientes entre las tinieblas—. ¡A tu camarote, alma mía!

—Por el amor de Dios, estamos perdidos —susurró ella.

—Todavía no; los tigres de Mompracem tienen sed de sangre.

—¿Y si son dos poderosos cruceros, Sandokán?

—Aunque viajaran en ellos mil hombres, los abordaríamos.

—No intentes un nuevo combate, mi valiente amigo. Puede que esas dos embarcaciones no nos hayan visto todavía y consigamos engañarlas.

—Es cierto, lady Marianna —reconoció uno de los jefes malayos—. Nos buscan, de eso estoy seguro, pero dudo bastante de que nos hayan visto.

»La noche es oscura y no llevamos a bordo ningún farol encendido, así que es imposible que se hayan percatado ya de nuestra presencia.

»Sea prudente, Tigre de Malasia. Si podemos evitar un nuevo enfrentamiento, saldremos ganando.

—Muy bien —contestó Sandokán, tras algunos instantes de reflexión—. Voy a dominar por el momento la rabia que me abrasa el corazón y a tratar de esquivarlos, pero ay de ellos si me siguen una vez tomado el nuevo rumbo... Estoy decidido a todo, incluso a asaltarlos.

—No comprometamos inútilmente los últimos cartuchos de los tigres de Mompracem —propuso el jefe malayo—. Seamos prudentes por ahora.

La oscuridad favorecía la retirada.

A una orden de Sandokán el prao cambió de rumbo y se dirigió hacia las costas meridionales de la isla, donde había una bahía lo bastante profunda como para dar amparo a una pequeña flotilla. Las otras dos embarcaciones se apresuraron a seguir la maniobra, habiendo comprendido cuál era el plan del Tigre de Malasia.

El viento, más bien fresco, era propicio, pues soplaba del noreste, de modo que cabía la posibilidad de que los praos alcanzaran la bahía antes de que despuntara el sol.

—¿Han cambiado de rumbo las dos naves? —preguntó Marianna, que escrutaba el mar con intensa ansiedad.

—Resulta imposible saberlo por el momento —contestó Sandokán, encaramado a la amurada de popa para observar mejor los dos puntos luminosos.

—Me parece que siguen su curso en alta mar, ¿no es cierto, Sandokán? ¿O quizá me equivoco?

—Te equivocas, Marianna —contestó el pirata, transcurridos unos instantes—. También esos puntos luminosos han cambiado de rumbo.

—¿Y van detrás de nosotros?

—Eso creo.

—¿No lograremos esquivarlos? —preguntó la joven con angustia.

—¿Cómo luchar contra sus máquinas? El viento sigue siendo débil para imprimir a nuestras embarcacio-

Los tigres de Mompracem

nes la velocidad suficiente para competir con el vapor. Sin embargo, ¿quién sabe? No queda mucho para que amanezca y cuando aparece el sol por estos parajes el viento aumenta siempre.

–¡Sandokán!

–Marianna...

–¡Tengo malos presentimientos!

–No temas, muchacha mía. Por ti están dispuestos a morir todos los tigres de Mompracem.

–Lo sé, Sandokán, pero sufro por ti.

–¡Por mí! –exclamó el pirata con fiereza–. Yo no tengo miedo de esos dos leopardos que nos buscan para seguir dándonos batalla. El tigre ha sido derrotado, pero aún no está domado.

–¿Y si te alcanzara una bala? ¡Por el amor de Dios! ¡Qué idea tan terrible, mi valiente Sandokán!

–La noche es oscura, a bordo de nuestras naves no brilla ninguna luz y ...

Una voz surgida del segundo prao lo interrumpió:

–¡Eh, hermano!

–¿Qué quieres, Yáñez? –preguntó Sandokán, que había reconocido la voz del portugués.

–Me parece que esos dos navíos se preparan para cortarnos el camino. Los faroles que antes proyectaban una luz roja se han puesto verdes, lo que indica que las embarcaciones han cambiado de rumbo.

–Entonces los ingleses se han percatado de nuestra presencia.

–Eso me temo, Sandokán.

–¿Qué me aconsejas?

–Salir con audacia hacia alta mar y tratar de pasar entre los enemigos. Mira: se alejan el uno del otro para atraparnos entre ellos.

El portugués no se había confundido.

Las dos embarcaciones enemigas, que desde hacía un tiempo realizaban una maniobra misteriosa, se habían alejado bruscamente.

Mientras una se dirigía hacia la costa septentrional de Mompracem la otra avanzaba con rapidez hacia la meridional.

Ya no cabía duda de sus intenciones. Pretendían interponerse entre los veleros y la costa para impedirles buscar refugio en una ensenada o una bahía y obligarlos a alejarse de la isla para luego asaltarlos en alta mar.

Sandokán se dio cuenta de ello y soltó un alarido de rabia:

–¡Ah! ¿Queréis guerra? Muy bien, pues la tendréis.

–Todavía no, hermano –gritó Yáñez, que se había subido a la proa de su embarcación–. Vayamos hacia delante y tratemos de pasar entre los dos adversarios.

–Nos alcanzarán, Yáñez. El viento es todavía débil.

–Probémoslo, Sandokán. ¡Vamos! ¡A las escotas, viramos al oeste! ¡Los cañoneros a sus puestos!

Al cabo de un instante los tres praos cambiaron de rumbo para dirigirse con determinación hacia el oeste.

Los dos navíos enemigos, como si se hubieran percatado de la audaz maniobra, cambiaron casi de repente de dirección y se alejaron de la costa.

Sin duda alguna, pretendían atrapar entre ellos a los tres praos antes de que pudieran cobijarse en alguna otra isla.

Sin embargo, Sandokán y Yáñez, convencidos de que adoptaban esa dirección por casualidad, no cambiaron de rumbo y de hecho ordenaron a sus tripulaciones que desplegaran algunos estayes para tratar de ganar velocidad.

Los tigres de Mompracem

Durante veinte minutos los tres veleros continuaron su avance, tratando de eludir la pinza de los dos navíos de guerra, que iban el uno al encuentro del otro.

Ninguno de los piratas apartaba los ojos de los faroles, en un intento de adivinar la maniobra de sus enemigos. Estaban preparados para hacer sonar los cañones y los fusiles a una orden de sus jefes. Con unas cuantas bordadas habían avanzado mucho, pero de repente vieron que los faroles cambiaban nuevamente de rumbo.

Al cabo de un momento se oyó a Yáñez gritar:

–¡Atención! ¿No veis que nos dan caza?

–¡Ah, canallas! –aulló Sandokán, con un tono inefable–. ¡También en mitad del mar venís a atacarme! ¡Tendremos hierro y plomo para todos!

–Estamos perdidos, ¿no es cierto, Sandokán? –preguntó Marianna, aferrándose al pirata.

–Todavía no, muchacha –contestó el tigre–. Corre, regresa a tu camarote. Dentro de pocos minutos las balas lloverán con fuerza sobre el puente de mi prao.

–Quiero permanecer a tu lado, mi valiente. Si tú mueres, caeré también yo cerca de ti.

–No, Marianna. Si te viera junto a mí me faltaría la audacia y me invadirían los temores. Tengo que ser libre para que vuelva el Tigre de Malasia.

–Espera al menos a que los barcos lleguen hasta aquí. Puede que no nos hayan visto.

–Vienen hacia nosotros a toda máquina, amada mía. Ya los distingo.

–¿Son embarcaciones potentes?

–Una corbeta y un cañonero.

–No podrás vencer.

–Somos todos aguerridos y vamos a asaltar la mayor de las dos. Vamos, regresa a tu camarote.

–¡Tengo miedo, Sandokán! –exclamó la joven entre sollozos.

–No temas. Los tigres de Mompracem lucharán con un coraje desesperado.

En ese instante retumbó un cañonazo en el mar. Una bala pasó con un estertor ronco por encima del prao y atravesó dos velas.

–¿Lo ves? –preguntó Sandokán–. Nos han descubierto y se preparan para dar guerra. ¡Míralos! ¡Se nos echan encima los dos a la vez para embestirnos!

En efecto, las dos embarcaciones enemigas avanzaban a toda velocidad, como si tuvieran intención de pasar por encima de los tres pequeños veleros.

La corbeta forzaba sus máquinas, arrojando nubarrones de humo rojizo y de escorias, y se dirigía hacia el prao de Sandokán, mientras que el cañonero trataba de arrojarse sobre el que guiaba Yáñez.

–¡A tu camarote! –gritó Sandokán, mientras de la corbeta surgía un segundo cañonazo–. Aquí está la muerte...

Aferró a la joven con los vigorosos brazos y la transportó al aposento. Mientras, una ráfaga de metralla barrió la cubierta de la embarcación y resonó en el casco y contra la arboladura.

Marianna se aferró desesperadamente a Sandokán.

–No me dejes, mi valiente –pidió con voz ahogada por los sollozos–. ¡No te alejes de mi lado! ¡Tengo miedo, Sandokán!

El pirata la apartó con una dulce efusión.

–No sufras por mí. Deja que vaya a combatir en la última batalla y que oiga una vez más el fragor de la artillería. Deja que conduzca de nuevo a los tigres de Mompracem a la victoria.

Los tigres de Mompracem

–Tengo un mal presentimiento, Sandokán. Permite que me quede junto a ti. Te defenderé contra las armas de mis compatriotas.

–Me basto para devolver al mar a mis enemigos.

El cañón tronaba entonces con furia en mitad del mar. En el puente se oían los gritos salvajes de los tigres de Mompracem y los gemidos de los primeros heridos.

Sandokán se liberó de los brazos de la joven y se precipitó hacia la escalerilla, gritando:

–¡Adelante, mis valientes! ¡El Tigre de Malasia está con vosotros!

La batalla arreciaba por ambas partes. El cañonero había atacado el prao del portugués para tratar de abordarlo, pero había fracasado.

La artillería de Yáñez ya lo había dañado bastante, le había destrozado las ruedas, hecho trizas las amuradas y por último derribado el palo.

La victoria lograda por ese lado era bien clara, pero quedaba la corbeta, una nave poderosa, armada con muchos cañones y en manos de una tripulación numerosísima.

Esa embarcación se había abalanzado sobre los dos praos de Sandokán, los había cubierto de hierro y había acabado con muchos piratas.

La aparición del Tigre de Malasia reanimó a los combatientes, que empezaban a sentirse impotentes frente a tanto disparo.

El formidable individuo se abalanzó sobre uno de los dos cañones, gritando en todo momento con fiereza:

–¡Adelante, mis valientes! ¡El Tigre de Malasia tiene sed de sangre! ¡Barramos el mar y echemos al agua a esos perros que vienen a desafiarnos!

Sin embargo, su presencia no bastaba para cambiar la suerte del agrio combate.

Aunque sus ataques no fallaban y barría las amuradas de la corbeta con ráfagas de metralla, las balas y las granadas caían incesantemente sobre su embarcación, la desarbolaban y destripaban a sus hombres.

Era imposible resistirse a tanta furia. Unos pocos minutos más y los dos pobres praos acabarían reducidos a dos pontones descalabrados.

Sólo el portugués disputaba la victoria al cañonero, y con ventaja, lanzándole tremendos ataques.

Con una simple mirada Sandokán comprendió la gravedad de la situación.

Al ver el otro prao ya desarbolado y casi hundido, lo abordó e hizo embarcar en el suyo a los supervivientes. Luego, desenvainando la cimitarra, bramó:

–¡Vamos, cachorros! ¡Al abordaje!

La desesperación centuplicaba las fuerzas de los piratas. Dispararon con una misma descarga los dos cañones y las espingardas para barrer de la amurada a los fusileros que la ocupaban, y después esos treinta valientes lanzaron los arpeos de abordaje.

–¡No tengas miedo, Marianna! –gritó por última vez Sandokán, al oír que la muchacha lo llamaba.

Acto seguido, a la cabeza de sus indomables, mientras Yáñez, el más afortunado de todos, hacía saltar por los aires el cañonero tras lanzarle una granada a la santabárbara, inició el abordaje y se precipitó sobre el puente enemigo como un toro herido.

–¡Allá voy! –bramó mientras blandía la temible cimitarra–. ¡Soy el tigre!

Seguido por sus hombres, fue a embestir a los marineros que acudían con las segures en alto y los hizo retroceder hasta popa, pero de proa llegaba otra riada de hombres guiados por un oficial que Sandokán reconoció de inmediato.

Los tigres de Mompracem

–¡Ah, eres tú, baronet! –exclamó el tigre mientras se precipitaba contra él.

–¿Dónde está Marianna? –preguntó el otro con la voz ahogada por la furia.

–¡Aquí la tienes! –contestó Sandokán–. ¡Tómala!

Con un golpe de cimitarra lo derribó, y luego, lanzándose sobre él, le clavó el kris en el corazón, pero casi en aquel mismo instante se desplomaba sobre el puente de la embarcación, alcanzado en el cráneo con el revés de una segur...

Capítulo XXIX

LOS PRISIONEROS

Cuando volvió en sí, aún algo aturdido por el tremendo golpe recibido en el cráneo, descubrió que ya no estaba libre en el puente de su embarcación, sino encadenado en la bodega de la corbeta.

Al principio creyó hallarse en un terrible sueño, pero el dolor que aún le martilleaba la cabeza, las carnes desgarradas en otros lugares por las puntas de las bayonetas y sobre todo las cadenas que le atenazaban las muñecas lo devolvieron enseguida a la realidad.

Se puso en pie, sacudió con furia los hierros y dirigió a su alrededor una mirada extraviada, como si aún no estuviera muy seguro de no seguir en su velero. Luego surgió un grito de sus labios, un alarido de fiera herida.

–¡Prisionero! –exclamó, apretando los dientes y tratando de retorcer las cadenas–. Pero ¿qué ha sucedido? ¿Han vuelto a derrotarnos los ingleses? ¡Muerte y condenación! ¡Qué terrible despertar! ¿Y Marianna? ¿Qué le ha sucedido a la pobre muchacha? Quizá haya muerto...

Un espasmo tremendo le oprimió el corazón ante aquel pensamiento.

–¡Marianna! –gritó, sin dejar de retorcer los hierros–. Muchacha mía, ¿dónde estás? ¡Yáñez! ¡Juioko!

Los tigres de Mompracem

¡Cachorros! Nadie responde. ¿Es que habéis muerto todos? No puede ser. ¡O sueño o me he vuelto loco!

Aquel hombre, que no había conocido jamás el miedo, lo experimentó en aquel momento. Sintió que perdía la razón y miró en derredor con aprensión.

–¡Muertos! Todos muertos... –exclamó con angustia–. Únicamente yo he sobrevivido a la matanza para que me lleven seguramente hasta Labuán...

»Marianna..., Yáñez, mi buen amigo..., Juioko... También tú, mi valiente, has caído bajo el hierro o el plomo de los asesinos.

»Mejor habría sido morir también y ser arrastrado, junto con mi barco, hasta el fondo del mar.

»¡Dios mío, qué catástrofe!

Luego, presa de un impulso de desesperación o de locura, se arrojó por el entrepuente, sacudiendo las cadenas con furia y gritando:

–¡Matadme! ¡Matadme! El Tigre de Malasia no quiere seguir viviendo.

Al cabo se detuvo al oír una voz que gritaba:

–¡El Tigre de Malasia! ¿Sigue vivo el capitán?

Sandokán miró a su alrededor.

Un quinqué colgado en una punta vertía una luz tenue sobre el entrepuente, pero bastaba para distinguir a una persona.

Al principio Sandokán sólo vio toneles, pero después, al mirar mejor, diferenció una forma humana agazapada cerca de la carlinga del palo mayor.

–¿Quién anda ahí? –gritó.

–¿Quién habla del Tigre de Malasia? –preguntó a su vez la voz de antes.

Sandokán se sobresaltó, pero de inmediato un relámpago de alegría brilló en sus ojos. Aquel tono no le resultaba desconocido.

–¿Está aquí uno de mis hombres? –preguntó–. ¿Tal vez Juioko?

–¡Juioko! ¿Alguien me reconoce? Entonces no he muerto...

El individuo se puso en pie sacudiendo mustiamente las cadenas y dio un paso hacia delante.

–¡Juioko! –exclamó Sandokán.

–¡El capitán!

Entonces se lanzó hacia delante y cayó a los pies del Tigre de Malasia, repitiendo:

–¡El capitán! ¡Mi capitán! Y yo que lo había llorado, dándolo por muerto...

El nuevo prisionero era el comandante del tercer prao, un valeroso dayak que gozaba de una excelente fama entre las cuadrillas de Mompracem por su valor y por su maestría marinera.

Se trataba de un hombre de buena estatura y bien proporcionado, como suele suceder con los del interior de Borneo, de ojos grandes e inteligentes y piel amarillo-dorada.

Como sus compatriotas, llevaba el pelo largo y los brazos y las piernas adornados con gran cantidad de anillos de cobre y de latón. El valiente, al verse frente el Tigre de Malasia lloraba y reía al mismo tiempo.

–¡Vivo! ¡Sigue vivo! –exclamaba–. ¡Ah, qué felicidad! Al menos usted ha escapado a la matanza.

–¡La matanza! –gritó Sandokán–. Entonces, ¿han muerto todos los valientes que he arrastrado al abordaje de esta nave?

–¡Ay, ay! Sí, todos –contestó el dayak con voz quebrada.

–¿Y Marianna? ¿Ha desaparecido junto con el prao? Dímelo, Juioko. Dímelo.

–No, vive.

Los tigres de Mompracem

–¡Vive! Mi muchacha, viva... –chilló Sandokán fuera de sí de tanta alegría–. ¿Estás seguro de lo que dices?

–Sí, mi capitán. Usted había caído, pero yo, junto con cuatro compañeros más, resistía aún cuando se han llevado a la muchacha del cabello de oro al puente de la nave.

–¿Quiénes?

–Los ingleses, capitán. La muchacha, asustada por el agua que debía de haber inundado el camarote, había subido al alcázar y lo llamaba a voz en grito.

»Al verla, algunos marineros se han apresurado a echar al agua una chalupa y recogerla. Si hubieran tardado pocos minutos más la muchacha habría desaparecido en el remolino abierto en el prao.

–¿Y seguía viva?

–Sí, capitán. Lo llamaba todavía cuando se la han llevado al puente.

–¡Maldición! Y yo sin poder correr en su auxilio.

–Lo hemos intentado, capitán. Sólo éramos cuatro y nos rodeaban más de cincuenta hombres que nos ordenaban rendirnos, pero nos hemos abalanzado sobre los marineros que se llevaban a la reina de Mompracem. Éramos muy pocos para proseguir la lucha. A mí me han derribado, me han pisoteado y luego me han atado y me han arrastrado hasta aquí.

–¿Y a los demás?

–Han perdido la vida tras acabar con quienes los rodeaban.

–¿Y Marianna se halla a bordo de esta nave?

–Sí, Tigre de Malasia.

–¿No la han trasladado al cañonero?

–Creo que a estas alturas el cañonero navega por el fondo del mar –repuso Juioko.

–¿Es eso cierto?

–Ha acabado hundido.

–¿Ha sido Yáñez?

–Sí, capitán.

–Entonces sigue vivo.

–Poco antes de que me arrastraran hasta aquí he visto a gran distancia que su prao huía con todo el velamen desplegado.

»Durante nuestra lucha ha dejado fuera de combate al cañonero: le ha destrozado las ruedas y luego lo ha incendiado. He visto las llamas que se alzaban sobre el mar y he oído, poco después, un estruendo lejano. Ha debido de ser el estallido de la santabárbara.

–¿Y de los nuestros no ha escapado nadie?

–Nadie, capitán –contestó Juioko con un suspiro.

–¡Todos muertos! –susurró Sandokán con lánguido dolor, aferrándose la frente con las manos–. Y has visto caer a Singal, el más valiente y el más viejo campeón de la piratería.

–Se ha desplomado a mi lado con una bala de espingarda en el pecho.

–¿Y a Sangan, el león de las Romades?

–Lo he visto caer al mar con la cabeza destrozada por una esquirla de metralla.

–¡Qué carnicería! Pobres compañeros. ¡Ah, la triste fatalidad pesaba sobre los últimos tigres de Mompracem!

Sandokán calló y se sumió en dolorosos pensamientos. Aunque se consideraba fuerte, estaba abatido por aquel desastre que había supuesto la pérdida de su isla, la muerte de casi todos los valientes que lo habían seguido hasta entonces en cien batallas y por último el rapto de la mujer amada.

Sin embargo, en un hombre así el abatimiento no podía durar mucho. No habían transcurrido diez minutos cuando Juioko lo vio ponerse en pie de un salto con los ojos resplandecientes.

–Dime, ¿crees que Yáñez nos sigue? –preguntó, volviéndose hacia el dayak.

–Estoy convencido, mi capitán. El señor Yáñez no nos abandonará en la desventura.

–También yo lo espero –repuso Sandokán–. En su lugar, otro hombre se habría aprovechado de mi infortunio para huir con las inmensas riquezas que lleva en su prao, pero él no lo hará. Me quería demasiado para traicionarme.

–¿Adónde quiere ir a parar, capitán?

–A que vamos a fugarnos.

El dayak lo miró estupefacto, preguntándose en silencio si el Tigre de Malasia había perdido la razón.

–¡A fugarnos! –exclamó–. ¿Y cómo? No tenemos ni una sola arma y además estamos encadenados.

–Tengo un medio para que nos arrojen al mar.

–No lo comprendo, capitán. ¿Quién va a tirarnos al agua?

–Cuando un hombre muere a bordo de un barco, ¿qué se hace con él?

–Se lo mete en un coy con una bala de cañón y se lo manda a hacer compañía a los peces.

–Pues eso van a hacer con nosotros –aseguró Sandokán.

–¿Quiere suicidarse?

–Sí, pero de forma que luego pueda regresar a la vida.

–¡Hum! Tengo mis dudas, Tigre de Malasia.

–Y yo te digo que nos despertaremos vivos y libres en el ancho mar.

–Si usted lo dice, debo creérmelo.

–Todo depende de Yáñez.

–Estará lejos.

–Pero si va tras la corbeta tarde o temprano nos alcanzará.

–¿Y entonces?

–Entonces regresaremos a Mompracem o a Labuán para liberar a Marianna.

–Me pregunto si sueño.

–¿Dudas de lo que te he dicho?

–Un poco, lo confieso, mi capitán. Pienso en que no tenemos ni un mal kris.

–No nos hará falta.

–Y en que estamos encadenados.

–¡Encadenados! –exclamó Sandokán–. El Tigre de Malasia puede hacer pedazos los hierros que lo retienen. ¡A mí mis fuerzas! Mira...

Retorció los grilletes con furia y luego, con un tirón irresistible, los abrió y arrojó la cadena lejos de sí.

–¡El tigre ya se ha liberado! –gritó.

Casi en ese mismo instante se levantó la escotilla de popa y la escalerilla crujió al paso de algunos hombres.

–¡Ahí están! –exclamó el dayak.

–Ahora los mando a todos... –gritó Sandokán, al que dominaba un tremendo arrebato de cólera.

Al ver en el suelo una manivela rota, la cogió e hizo ademán de arrojarse hacia la escalerilla. El dayak se apresuró a detenerlo.

–¿Quiere que lo maten, capitán? –preguntó–. Piense que en el puente hay doscientos hombres más, y armados.

–Es cierto –contestó Sandokán, y arrojó la manivela lejos de sí–. El tigre está domado...

Tres hombres avanzaron hacia ellos. Uno era un teniente de navío, probablemente el comandante de la corbeta; los otros dos, marineros.

Los tigres de Mompracem

A un ademán de su jefe, los dos últimos encajaron las bayonetas y apuntaron con las carabinas a los piratas.

Una sonrisa desdeñosa apareció en los labios del Tigre de Malasia.

–¿Acaso tiene miedo, señor teniente, y por eso ha venido a verme con esos dos hombres armados? –preguntó–. Le advierto que sus fusiles no me asustan, así que puede ahorrarse espectáculo tan grotesco.

–Ya sé que el Tigre de Malasia no tiene miedo –contestó el teniente–. Me he limitado a tomar precauciones.

–Pero si estoy indefenso, caballero.

–Pero ya no encadenado, por lo que veo.

–No soy hombre que aguante las cadenas en torno a las muñecas durante mucho tiempo.

–Una buena fuerza, a fe mía, caballero.

–Déjese de cháchara y dígame qué desea.

–Me han enviado a ver si necesitaba que lo curasen.

–No estoy herido, caballero.

–Pero ha recibido un mazazo en el cráneo,

–Que el turbante ha logrado amortiguar por sí solo.

–¡Qué hombre! –exclamó el teniente, con sincera admiración.

–¿Ha terminado?

–Todavía no, Tigre de Malasia.

–Muy bien, ¿qué quiere?

–Me envía una mujer.

–¿Marianna? –gritó Sandokán.

–Sí, lady Guillonk –prosiguió el teniente.

–Está viva, ¿no es cierto? –preguntó el pirata, mientras un torrente de sangre le subía hasta el rostro.

–Sí, Tigre de Malasia. La he salvado yo en el momento en que su prao estaba a punto de irse a pique.

373

–Oh... Hábleme de ella, se lo ruego.

–¿Al objeto de qué? Le aconsejo olvidarla, caballero.

–¡Olvidarla! –exclamó Sandokán–. Ah... ¡Jamás!

–No tiene nada que hacer con lady Guillonk. ¿Qué esperazas puede albergar todavía?

–Es verdad –susurró Sandokán, con un suspiro–. Estoy condenado a muerte, ¿no es así?

El teniente no respondió, pero su silencio sirvió de confirmación.

–Estaba escrito –contestó Sandokán, transcurridos unos segundos–. Mis victorias tenían que acarrear una muerte ignominiosa. ¿Adónde me conducen?

–A Labuán.

–¿Y me colgarán?

Una vez más el teniente dio la callada por respuesta.

–Puede decírmelo francamente –pidió Sandokán–. El Tigre de Malasia no ha temblado jamás ante la muerte.

–Ya lo sé. La ha desafiado en más de cien abordajes y todo el mundo sabe que es usted el hombre más valeroso que vive en Borneo.

–Entonces cuéntemelo todo.

–No se equivoca: van a colgarlo.

–Habría preferido la muerte del soldado.

–El fusilamiento, ¿no es así?

–Sí –contestó Sandokán.

–En cambio yo le habría perdonado la vida y le habría otorgado un mando en el ejército de las Indias –repuso el teniente–. Los hombres audaces y valerosos como usted son poco comunes hoy en día.

–Gracias por sus buenas intenciones, pero eso no me salvará de la muerte.

–Por desgracia, caballero. ¿Qué quiere? Mis compatriotas, aunque admiran su extraordinario valor, siguen teniéndole miedo y no vivirían tranquilos por mucho que lo vieran lejos de aquí.

–Pues resulta, teniente, que cuando me han atacado estaba a punto de despedirme de mi vida de pirata y de Mompracem.

»Quería irme muy lejos de estos mares, no porque temiera a sus compatriotas, puesto que si hubiera querido habría podido congregar en mi isla a millares de piratas y armar centenares de praos, sino porque, encadenado a Marianna, tras tantos años de luchas sanguinarias, deseaba una vida tranquila al lado de la mujer que amaba. El destino no ha querido que hiciera realidad tan ansiado sueño y ya está. Mátenme, pues: sabré morir con arrojo.

–¿Ya no ama a lady Guillonk?

–¿Que si la amo? –exclamó Sandokán con voz casi desgarradora–. No puede hacerse idea de la pasión que ha despertado esa muchacha en mi corazón. Escúcheme: ponga a un lado Mompracem y a Marianna en el otro y abandonaré la primera por la segunda. Ofrézcame la libertad con la condición de no volver a ver a mi amada y verá que la rechazo.

»¿Qué más quiere?

»¡Mire! Estoy desarmado, prácticamente solo, pero si tuviera la más mínima esperanza de poder salvar a Marianna me sentiría capaz de cualquier esfuerzo, incluso de abrir un boquete en los flancos de este navío para mandarlos a todos al fondo del mar.

–Somos más numerosos de lo que cree –aseguró el teniente con una sonrisa de incredulidad–. Sabemos lo que vale y de lo que es capaz y hemos tomado nuestras precauciones para dejarlo impotente.

»Por lo tanto, no intente nada; sería inútil. Una bala de fusil puede matar al hombre más valeroso del mundo.

–La preferiría a la muerte que me aguarda en Labuán –afirmó Sandokán con lúgubre desesperación.

–Lo creo, Tigre de Malasia.

–Pero aún no estamos en Labuán y podría suceder cualquier cosa antes de llegar.

–¿Qué quiere decir? –preguntó el teniente, mirándolo con cierta aprensión–. ¿Piensa suicidarse?

–¿A ustedes qué más les daría? Muriera de un modo o de otro, el resultado sería idéntico.

–Puede que no se lo impida –replicó el teniente–. Le confieso que lamentaría bastante verlo ahorcado.

Sandokán se quedó en silencio durante un momento, mirando muy fijamente al teniente como si dudara de la veracidad de aquellas palabras, y luego preguntó:

–¿No se opondría si me suicidara?

–No –contestó el teniente–. No negaría un favor así a un valiente como usted.

–Entonces considéreme hombre muerto.

–¿Pero yo no le ofrezco los medios para quitarse la vida!

–Tengo ya lo necesario.

–¿Algún veneno, tal vez?

–Fulminante. De todos modos, antes de irme al otro mundo quiero pedirle un favor.

–A un hombre que está a punto de morir no puede negársele nada.

–Me gustaría ver a Mariana por última vez.

El teniente se quedó mudo.

–Se lo ruego –insistió Sandokán.

–He recibido la orden de mantenerlos separados, en el caso de que tuviera la gran suerte de capturarlos Además, considero que sería mejor para usted y para lady Marianna impedir que volvieran a verse. ¿Qué sentido tiene hacerla llorar?

Los tigres de Mompracem

–¿Me lo niega por pura y simple crueldad? No creía que un valiente marinero pudiera convertirse en cómitre.

El teniente perdió el color.

–Le juro que me han dado esa orden –reiteró después–. Lamento que dude de mi palabra.

–Perdóneme –pidió Sandokán.

–No le guardo rencor y para demostrarle que no he sentido nunca odio alguno contra un valiente de su calibre le prometo que traeré hasta aquí a lady Guillonk. Pero provocará un gran dolor a la muchacha, ya lo verá.

–No le mencionaré el suicidio.

–Entonces, ¿qué quiere decirle?

–He dejado, en un escondrijo, inmensos tesoros que nadie conoce.

–¿Y pretende dárselos a ella?

–Sí, para que disponga de ellos como le plazca. Teniente, ¿cuándo podré verla?

–Antes de la noche.

–Gracias, caballero.

–Prométame que no le hablará de su suicidio.

–Tiene mi palabra, pero créame: es atroz tener que morir cuando creía que gozaría de la felicidad junto a esa muchacha que tanto amo.

–Lo creo.

–Habría sido mejor que me hundieran el prao en alta mar. Al menos habría descendido a los abismos abrazado a mi prometida.

–¿Y adónde se dirigía cuando lo asaltaron nuestras embarcaciones?

–Lejos, muy lejos, tal vez a la India o a cualquier isla del gran océano. En fin, se acabó. Que se cumpla mi destino.

–Adiós, Tigre de Malasia –se despidió el teniente.

–Tengo su promesa.

–Dentro de pocas horas volverá a ver a lady Marianna.

El teniente llamó a los soldados, que habían liberado de las cadenas a Juioko, y regresó lentamente a cubierta. Sandokán permaneció allí observándolo, con los brazos cruzados y una extraña sonrisa en los labios.

–¿Le ha traído buenas noticias? –preguntó Juioko, tras aproximarse.

–Esta noche seremos libres –contestó Sandokán.

–Pero ¿y si la fuga sale mal?

–Entonces abriremos los flancos de este navío y moriremos todos; nosotros, sí, pero también ellos. Pero esperemos; Marianna nos ayudará.

Capítulo XXX

LA FUGA

Tras la marcha del teniente, Sandokán se sentó en el último peldaño de la escalerilla, con la cabeza entre las manos, sumido en insondables pensamientos.

Un dolor inmenso se dejaba ver en sus facciones. Si hubiera sido capaz de llorar no habrían sido pocas las lágrimas que habrían bañado sus mejillas.

Juioko se había sentado en cuclillas a escasa distancia y observaba con inquietud a su jefe.

Al verlo absorto en sus cavilaciones no se atrevió a seguir interrogándolo sobre sus planes.

Habían transcurrido quince o veinte minutos, cuando volvió a levantarse la escotilla.

Sandokán vio entrar un rayo de luz y se levantó precipitadamente, de cara a la escalerilla.

Una mujer bajó con rapidez. Era la joven del cabello de oro, pálida y llorosa.

La acompañaba el teniente, que con la mano derecha aferraba la culata de la pistola que llevaba al cinto.

En pie, Sandokán soltó un alarido y se abalanzó sobre su prometida para aferrarla como un loco contra el pecho.

–Amor mío –exclamó, y se la llevó hacia la parte contraria de la bodega mientras el teniente se sentaba a media escalerilla con los brazos cruzados y la frente fruncida–. ¡Por fin vuelvo a estar contigo!

–Sandokán –susurró ella, entre un estallido de sollozos–. Creía que no volvería a verte...

–Ánimo, Marianna, no llores, no seas cruel. Enjuga esas lágrimas que me torturan.

–Tengo el corazón partido, mi valiente amigo. Ah, no quiero que mueras, no quiero que te separen de mí. Te defenderé contra todos, te liberaré. Quiero que sigas siendo mío.

–¡Tuyo! –exclamó él, soltando un profundo suspiro–. Sí, volveré a serlo, pero ¿cuándo?

–¿Por qué dices eso?

–¿Es que no sabes, desventurada muchacha, que me llevan a Labuán para matarme?

–Pero yo te salvaré.

–Tú, sí; quizá si me ayudas.

–¡Entonces, tienes un plan! –exclamó ella, en un delirio de alegría.

–Sí, si Dios me protege. Escúchame, amor mío.

Dirigió una mirada al teniente, que no se había movido de su sitio, y luego se llevó a la joven todo lo lejos que pudo y le dijo:

–Proyecto una fuga y tengo esperanzas de salir airoso, pero tú no podrás acompañarme.

–¿Por qué, Sandokán? ¿Dudas de que sea capaz de seguirte? ¿Temes tal vez que me falte valor para afrontar los peligros? Soy enérgica y ya no temo a nadie; si quieres apuñalaré a tus centinelas o haré saltar por los aires este navío, con todos los hombres de su tripulación en caso de que sea necesario.

–Es imposible, Marianna. Daría la mitad de mi sangre para llevarte conmigo, pero no puedo. Necesito tu ayuda para huir o todo será inútil, pero te juro que no permanecerás mucho tiempo entre tus compatriotas, aunque tenga que reunir un ejército con mis inmensas riquezas y conducirlo contra Labuán.

Marianna hundió la cabeza entre las manos y grandes lágrimas inundaron su bello rostro.

–Quedarme aquí, sin ti... –susurró con voz desgarradora.

–Es necesario, mi pobre muchacha. Ahora escúchame.

Se sacó del pecho una cajita minúscula, la abrió y mostró a Marianna unas cuantas píldoras de un tinte rojizo que desprendían un olor muy intenso.

–¿Ves estas bolitas? –le preguntó–. Contienen un veneno potente pero no mortal que tiene la propiedad de suspender la vida, en un hombre robusto, durante seis horas. Es un sueño que se parece muchísimo a la muerte y que engaña al médico más experto.

–¿Y qué pretendes?

–Juioko y yo vamos a tragarnos una cada uno. Nos creerán muertos y nos echarán al agua, pero resurgiremos libres en el ancho mar.

–¿Y no os ahogaréis?

–No, ya que cuento contigo.

–¿Qué debo hacer? Habla, ordena, Sandokán. Estoy dispuesta a todo para verte libre.

–Son las seis –dijo el pirata tras extraer el cronómetro–. Dentro de una hora mi compañero y yo nos tragaremos las píldoras y daremos un grito agudo. Tú mirarás exactamente en tu reloj el minuto preciso en el que se oiga el alarido, contarás seis horas, y dos segundos antes harás que nos echen al mar. Procurarás dejarnos sin coy y sin una bala de cañón en los pies y tratarás de arrojar al agua también algo que flote para que luego podamos agarrarnos, y si es posible esconderás algún arma en nuestras ropas. ¿Me has entendido bien?

–Lo he grabado todo en la memoria, Sandokán. Pero luego ¿adónde irás?

–Tengo la certeza de que Yáñez nos sigue y nos recogerá. Después reuniré armas y piratas y acudiré a liberarte, aunque tenga que pasar Labuán a hierro y a fuego y exterminar a sus habitantes. –Se detuvo y se clavó las uñas en la carne–. Maldito sea el día en que decidí llamarme Tigre de Malasia, maldito el día en que me hice vengador y pirata, en que desencadené sobre mí el odio entre pueblos que se interpone, cual horrible espectro, entre esta divina muchacha y yo... Si no hubiera sido un hombre sanguinario, no habría acabado encadenado a bordo de este barco, ni arrastrado hacia el patíbulo, ni separado de la mujer que amo tantísimo.

–¡Sandokán! No hables así.

–Sí, tienes razón, Perla de Labuán. Deja que te contemple por última vez –pidió, al ver que el teniente se levantaba y se acercaba.

Levantó la rubia cabeza de Marianna y le besó el rostro como un poseso.

–¡Cuánto te amo, sublime criatura! –exclamó, fuera de sí–. Y tenemos que separarnos...

Sofocó un gemido y se enjugó rápidamente una lágrima que le caía por la morena mejilla.

–Parte, Marianna, parte –ordenó con brusquedad–. Si te quedaras lloraría como un crío.

–¡Sandokán! ¡Sandokán!

El pirata escondió el rostro entre las manos y dio dos pasos atrás.

–¡Ah, Sandokán! –exclamó Marianna, con voz lastimosa.

Los tigres de Mompracem

Quiso lanzarse sobre él, pero le fallaron las fuerzas y cayó en brazos del teniente, que se había acercado.

–¡Márchense! –gritó el Tigre de Malasia, mientras se daba la vuelta y se cubría el rostro.

Cuando se volvió, la escotilla ya estaba bajada.

–¡Todo ha terminado! –exclamó con tristeza–. No me queda más que dormirme sobre las olas del mar de Malasia. Ojalá algún día logre volver a ver feliz a quien tanto amo.

Se dejó caer a los pies de la escalerilla con la cara entre las manos y permaneció así casi una hora. Juioko lo arrancó de aquella muda desesperación:

–Ánimo, capitán, no desesperemos todavía.

Sandokán se levantó con gesto enérgico.

–Huyamos.

–No pido nada más.

Sacó la cajita y cogió dos píldoras; entregó una al dayak.

–Tienes que tragarla a mi señal –recordó.

–Estoy listo.

Extrajo entonces el reloj y lo miró.

–Son las siete menos dos minutos. Dentro de seis horas volveremos a la vida en el ancho mar.

Cerró los ojos y engulló la píldora mientras Juioko lo imitaba. Rápidamente empezaron los dos hombres a retorcerse como si los hubiera asaltado un espasmo violento y repentino y se derrumbaron emitiendo sendos gritos agudos.

A pesar de los resoplidos de la máquina y del fragor de las olas levantadas por las potentes ruedas, todos los presentes en cubierta oyeron los alaridos, incluida Marianna, que los aguardaba sumida en mil inquietudes.

383

Emilio Salgari

El teniente bajó precipitadamente a la bodega, seguido de algunos oficiales y del médico de a bordo. A los pies de la escalerilla se topó con los dos supuestos cadáveres.

–Están muertos –afirmó–. Ha sucedido lo que me temía.

El médico los examinó, pero aquel buen profesional tan sólo pudo constatar el fallecimiento de los dos prisioneros.

Mientras los marineros los levantaban, el teniente regresó a cubierta y se aproximó a Marianna, que se había apoyado en la amurada de babor, haciendo esfuerzos sobrehumanos para contener el dolor que la oprimía.

–Milady –le dijo–, les ha sucedido una desgracia al tigre y a su compañero.

–La adivino... Han muerto.

–En efecto, milady.

–Caballero –repuso ella con voz quebrada pero enérgica–, los vivos son cosa de usted y los muertos, cosa mía.

–Le doy libertad para hacer con ellos lo que mejor le parezca, pero quiero darle un consejo.

–¿Cuál?

–Ordene que los echen al mar antes de que el crucero llegue a Labuán. Su tío podría hacer colgar a Sandokán incluso muerto.

–Acepto su consejo; que traigan los dos cadáveres a popa y me dejen sola con ellos.

El teniente se inclinó y dio las órdenes necesarias para que se cumpliera la voluntad de la joven lady.

Al cabo de un momento colocaron a los dos piratas sobre sendas tablas y los llevaron a popa, preparados para que los echaran al mar.

Los tigres de Mompracem

Marianna se arrodilló junto al inmóvil Sandokán y contempló enmudecida aquel rostro descompuesto por la potente acción del narcótico, que sin embargo conservaba todavía el varonil empaque que infundía temor y respeto. Dado que nadie la observaba y que habían caído las tinieblas, al cabo extrajo del corsé dos puñales y los escondió bajo la ropa de los piratas.

–Al menos podréis defenderos, mis valientes –susurró con profunda emoción.

Luego se sentó a sus pies y fue contando el reloj hora a hora, minuto a minuto, segundo a segundo, con una paciencia inaudita.

A la una menos veinte minutos se levantó, pálida pero decidida. Se acercó a babor y sin que la vieran tomó dos salvavidas que echó al mar; a continuación se dirigió hacia proa, se detuvo delante del teniente, que parecía esperarla, y dijo:

–Caballero, que se cumpla la última voluntad del Tigre de Malasia.

A una orden del comandante de la nave, cuatro marineros se desplazaron a popa y levantaron las dos tablas sobre las que reposaban los cadáveres hasta la borda.

–Aún no –pidió Marianna, prorrumpiendo en llanto.

Se aproximó a Sandokán y posó los labios sobre los suyos. Ante ese contacto sintió una leve tibieza y una especie de estremecimiento. Tuvo un momento de vacilación y con voz ahogada ordenó:

–¡Suéltenlos!

Los marineros alzaron las dos tablas y los piratas resbalaron hasta el mar y se hundieron en las negras olas mientras el navío se alejaba con rapidez y se llevaba a la desventurada joven hacia las costas de la isla maldita.

Capítulo XXXI

YÁÑEZ

La suspensión vital, como había dicho Sandokán, debía durar seis horas, ni un segundo más ni un segundo menos, y así fue en efecto, ya que en cuanto se sumergieron los dos piratas recuperaron de inmediato el sentido sin sufrir la más mínima alteración de sus fuerzas.

Tras regresar a la superficie con un vigoroso golpe de talón, volvieron los ojos hacia atrás de inmediato. A menos de un cable divisaron el crucero, que se alejaba a escasa velocidad hacia el este.

El primer impulso de Sandokán fue seguirlo, mientras que Juioko, aturdido todavía por aquella extraña y para él inexplicable resurrección, se dirigía prudentemente en dirección contraria.

Sin embargo, el tigre se detuvo casi al instante y dejó que lo mecieran las olas, aunque sin apartar los ojos de la embarcación que arrancaba de su lado a la desgraciada muchacha. Un alarido ahogado surgió de su pecho y se apagó entre los fruncidos labios.

–¡Perdida! –exclamó con una voz casi apagada por el dolor.

Un impulso de locura se apoderó de él y durante un rato se puso a seguir el vapor debatiéndose con furia contra las aguas, mas luego se detuvo, sin dejar de mirar el navío, que poco a poco se perdía entre las tinieblas.

–Huyes de mí, horrible nave, llevándote la mitad de mi corazón, pero por muy ancho que sea el océano te alcanzaré un día y te desgarraré los flancos.

Zozobró rabiosamente sobre las olas y alcanzó a Juioko, que lo esperaba con ansiedad.

–Vamos –dijo con voz sofocada–. Ya ha terminado todo.

–Ánimo, capitán, la salvaremos y tal vez antes de lo que usted cree.

–¡Calla! No vuelvas a abrir una herida sangrante.

–Busquemos al señor Yáñez, capitán.

–Sí, vamos a buscarlo, porque solamente él puede salvarnos.

El vasto mar de Malasia se extendía ante ellos entre densas tinieblas, sin un islote al que arribar, sin una vela o una lumbre que señalara la presencia de alguna nave amiga o enemiga.

En derredor tan sólo se veían olas espumeantes que chocaban unas contra otras con fragor, azuzadas por la brisa nocturna.

Los dos nadadores, en un intento de no consumir sus preciosas fuerzas en circunstancias tan terribles, avanzaban lentamente a breve distancia el uno del otro, buscando con ansia una vela en la oscura superficie.

De vez en cuando Sandokán se detenía para volverse hacia oriente como si tratara de vislumbrar aún los faroles del vapor, y luego proseguía el avance entre profundos suspiros.

Habían recorrido una buena milla y empezaban ya a desembarazarse de la ropa para tener más libertad de movimiento cuando Juioko se topó con un objeto que se movió.

–¡Un tiburón! –exclamó, estremeciéndose y levantando el puñal.

–¿Dónde? –preguntó Sandokán.

–Pero... ¡No, no es un escualo! Parece una baliza.

–¡Es un salvavidas que ha arrojado Marianna! –exclamó Sandokán–. ¡Ah, divina muchacha!

–Esperemos que haya otro.

–Vamos a buscarlo, amigo mío.

Se pusieron a nadar en círculos buscando por todas partes y al cabo de poco minutos dieron con el segundo salvavidas, que no se había alejado demasiado del primero.

–Es un gran hallazgo que no esperaba –aseguró Juioko, con alegría–. ¿Adónde nos dirigimos ahora?

–La corbeta venía del noroeste, así que creo que en esa dirección será donde podremos encontrar a Yáñez.

–¿Y lo hallaremos?

–Eso espero –contestó Sandokán.

–Bueno, harán falta varias horas. El viento es débil y el prao del señor Yáñez no debe de avanzar mucho.

–¿Qué importa? Para dar con él permanecería en el agua incluso veinticuatro horas –aseguró Sandokán.

–¿Y no piensa en los tiburones, capitán? Ya sabe que en estos mares abundan esos ferocísimos escualos.

Sandokán se estremeció sin poder evitarlo y dirigió a su alrededor una mirada de inquietud.

–Hasta ahora no he visto salir ninguna cola ni ninguna aleta –dijo por fin–. Esperemos, pues, que los escualos nos dejen tranquilos.

»En fin, vamos hacia el noroeste. Si no encontramos a Yáñez, siguiendo en esa dirección arribaremos a Mompracem o a los arrecifes que se extienden al sur.

Se acercaron el uno al otro para estar más preparados para defenderse en caso de peligro y se pusieron a nadar en la dirección elegida, aunque tratando de reservar fuerzas, conscientes de que la tierra firme estaba muy lejos.

Pese a que los dos estaban decididos a todo, el miedo a que en cualquier momento los sorprendiera un tiburón se abría camino en sus corazones.

En especial, el dayak sentía que lo asaltaba un auténtico terror. De vez en cuando se detenía para mirar a su espalda, pues creía oír tras de sí coletazos y suspiros roncos, e instintivamente encogía las piernas por miedo a sentir que se las mordían los formidables dientes de aquellos tigres del mar.

–No he conocido el miedo –decía–. He participado en más de cincuenta abordajes, he matado con mis propias manos a unos cuantos enemigos e incluso he medido mis fuerzas con los grandes monos de Borneo y también con los tigres de la jungla, pero ahora tiemblo como si tuviera fiebre.

»Sólo de pensar en encontrarme, de un momento a otro, frente a uno de esos ferocísimos escualos se me hiela la sangre. Capitán, ¿ve algo?

–No –respondía invariablemente Sandokán, con voz tranquila.

–Me ha parecido hace un momento que oía un suspiro ronco a mi espalda.

–Es el miedo. Yo no he oído nada.

–¿Y ese ruido?

–Han sido mis pies.

–Los dientes me rechinan sin control.

–Tranquilízate, Juioko. Vamos armados de buenos puñales.

–¿Y si los escualos llegan por debajo del agua?

–Nos sumergiremos también nosotros y les plantaremos cara resueltamente.

Los tigres de Mompracem

–Y el señor Yáñez no nos verá...

–Aún debe de estar muy lejos.

–¿Cree que lo encontraremos, capitán?

–Tengo esa esperanza... Yáñez me ama demasiado para abandonarme a mi triste destino. El corazón me dice que sigue a la corbeta.

–Pero no se le ve aparecer.

–Paciencia, Juioko. El viento aumenta poco a poco y hará correr al prao.

–Y con el viento tendremos también olas.

–A nosotros no nos dan miedo.

Siguieron nadando, sin separarse, durante una hora más, escrutando siempre con atención el horizonte y dirigiendo la vista a su alrededor con el temor de que aparecieran los temidos escualos, hasta que en un momento dado se miraron el uno al otro.

–¿Has oído? –preguntó Sandokán.

–Sí –contestó el dayak.

–El silbido de una nave a vapor, ¿no es cierto?

–Sí, capitán.

–¡Estate quieto!

Se apoyó en los hombros del dayak y dándose impulso sacó más de medio cuerpo fuera del agua. Al mirar hacia el norte distinguió dos puntos luminosos que surcaban el mar a una distancia de dos o tres millas.

–Una nave se acerca hacia nosotros –anunció con cierta emoción.

–Entonces podremos hacer que nos recojan –propuso Juioko.

–No sabemos a qué nacionalidad pertenece ni si es mercante o de guerra.

–¿De dónde viene?

–Del norte.

–Un rumbo peligroso, mi capitán.

–Lo mismo pienso yo. Puede ser cualquier nave que haya tomado parte en el bombardeo de Mompracem y que vaya en busca del prao de Yáñez.

–¿Y vamos a dejarla pasar sin pedir que nos recoja?

–La libertad cuesta demasiado cara para perderla de nuevo, Juioko. Si volvieran a apresarnos ya nadie nos salvaría y yo debería renunciar para siempre a la esperanza de ver a Marianna.

–Pero puede ser un barco mercante.

–No estamos en el rumbo de esas embarcaciones. Vamos a ver si se distingue algo.

Volvió a apoyarse sobre los hombros del Juioko y a mirar atentamente frente a sí. Al no ser la noche muy oscura, logró distinguir claramente el navío que se dirigía a su encuentro.

–¡Ni un grito, Juioko! –exclamó, mientras volvía a caer al agua–. Es un embarcación de guerra, de eso estoy seguro.

–¿Grande?

–Un crucero, creo.

–¿Será inglés?

–No dudo de su nacionalidad.

–¿Lo dejamos pasar de largo?

–No podemos hacer absolutamente nada. Prepárate para sumergirte, puesto que pasará a poca distancia. Corre, vamos a abandonar los salvavidas y a prepararnos.

El crucero, pues así lo consideraba Sandokán y tal vez con razón, avanzaba rápidamente levantando por los flancos auténticas olas debido a la acción de las ruedas.

Se dirigía hacia el sur, por lo que debía pasar a muy escasa distancia de los dos piratas, que en cuanto lo vieron a ciento cincuenta metros se sumergieron y empezaron a bucear.

Los tigres de Mompracem

En el momento en que regresaron a la superficie para respirar oyeron una voz que gritaba:

–Juraría que he visto dos cabezas a babor. Si no estuviera seguro de que llevamos un pez martillo a popa echaría una chalupa al agua.

Ante aquellas palabras, Sandokán y Juioko se zambulleron de nuevo, pero su inmersión fue breve.

Por suerte para ellos, al resurgir vieron que el barco se alejaba rápidamente hacia el sur.

Se encontraron entonces en mitad de la estela blanquecina de espuma. Las olas levantadas por las ruedas los zarandeaban a diestra y siniestra y tan pronto los empujaban hacia lo alto como los precipitaban de nuevo hacia abajo.

–En guardia, capitán –gritó el dayak–. Tenemos un pez martillo en nuestras aguas. ¿Ha oído al marinero?

–Sí –contestó Sandokán–. Prepara el puñal.

–¿Nos atacará?

–Eso me temo, mi pobre Juioko. Esos monstruos ven mal pero tienen un olfato increíble. El maldito no habrá seguido al barco, te lo aseguro.

–Tengo miedo, capitán –reconoció el dayak, que se agitaba entre las olas como el diablo en la pila del agua bendita.

–Tranquilízate. Hasta ahora no lo he visto.

–Puede alcanzarnos por debajo del agua.

–A lo mejor lo oímos acercarse.

–¿Y los salvavidas?

–Están ahí atrás. Dos brazadas y los alcanzaremos.

–No me atrevo a moverme, capitán.

El pobre hombre tenía un susto tal que las extremidades prácticamente se negaban a obedecerlo.

–Juioko, no pierdas la cabeza –pidió Sandokán–. Si te interesa salvar las piernas no debes quedarte ahí, medio atontado. Aférrate al salvavidas y agarra el puñal.

El dayak se repuso un poco, obedeció y alcanzó su flotador, que ondeaba en plena espuma de la estela.

–Ahora a ver si aparece ese pez martillo –dijo Sandokán–. A lo mejor logramos esquivarlo.

Por tercera vez se apoyó en Juioko y se impulsó fuera del agua; dirigió una rápida mirada a su alrededor.

En mitad de la espuma inmaculada divisó una especie de martillo gigantesco que surgió de repente de las aguas.

–Hay que estar en guardia –anunció a Juioko–. Apenas dista cincuenta o sesenta metros de nosotros.

–¿No se ha ido detrás del barco? –preguntó el dayak, castañeteando los dientes.

–Ha detectado el olor de la carne humana –contestó Sandokán.

–¿Se acercará?

–Enseguida lo veremos. No te muevas y no sueltes el puñal.

Se acercaron el uno al otro y se quedaron inmóviles, esperando con ansiedad el final de aquella peligrosa aventura.

El pez martillo, también llamado «*balance fish*», esto es, pez balanza, es un adversario peligrosísimo. Pertenece a la especie de los tiburones, pero tiene una forma muy distinta, puesto que cuenta con una cabeza que recuerda un martillo.

La boca, por su parte, no tiene nada que envidiar a las de sus congéneres ni por amplitud ni por potencia dental.

Es muy audaz, siente gran pasión por la carne humana y cuando se percata de la presencia de un nadador no duda en atacarlo y partirlo en dos.

Los tigres de Mompracem

Sin embargo, le resulta un poco difícil aferrar a su presa, ya que tiene la boca casi al principio del vientre, por lo que debe colocarse de espaldas para morder.

Sandokán y el dayak permanecieron inmóviles durante algunos minutos, escuchando con atención, pero al no oír nada decidieron iniciar una prudente retirada.

Habían recorrido ya cincuenta o sesenta metros cuando de repente vieron aparecer, a escasa distancia, la repugnante testa de su enemigo.

El monstruo clavó en los dos nadadores una mirada atroz con reflejos amarillentos y luego emitió un suspiro ronco que parecía un trueno muy lejano.

Se quedó quieto unos instantes, dejándose mecer por las olas, hasta que de repente se lanzó hacia delante y azotó poderosamente las aguas.

–¡Capitán! –exclamó Juioko.

El Tigre de Malasia, que empezaba a perder la paciencia, decidió no seguir retirándose, abandonó con brusquedad el salvavidas y se colocó el puñal entre los dientes para dirigirse con determinación contra el escualo.

–¡También tú vienes a por nosotros! –gritó–. ¡A ver si el tigre del mar es más fuerte que el Tigre de Malasia!

–Deje que se vaya, capitán –suplicó Juioko.

–Quiero acabar con él –contestó Sandokán con ira–. ¡A nosotros, condenado escualo!

El pez martillo, quizá asustado por los gritos y la actitud resuelta de Sandokán, en lugar de proseguir con su avance se detuvo, se balanceó a derecha y a izquierda sobre dos olas y luego se sumergió.

–Se nos acerca por debajo, capitán –gritó el dayak.

Se equivocaba. Al cabo de un instante el animal volvía a salir a flote y, en contra de sus instintos feroces, no intentó de nuevo el ataque, sino que se alejó jugueteando por la estela del barco.

Sandokán y Juioko no se movieron durante unos instantes y lo siguieron con la mirada, pero al comprobar que ya no pensaba en ellos, al menos por el momento, reemprendieron la retirada hacia el noroeste.

De todos modos, el peligro no había desaparecido todavía, ya que el pez martillo, pese a que seguía jugueteando, no los perdía de vista. Dando coletazos sacaba una y otra vez más de medio cuerpo del agua para asegurarse de su ubicación, y luego con unas pocas guiñadas recuperaba el trecho perdido, para situarse siempre a una distancia de cincuenta o sesenta metros. Daba la impresión de que aguardaba el momento propicio para intentar de nuevo el ataque.

Así, al poco tiempo, Juioko, que iba un poco retrasado, vio que el escualo avanzaba ruidosamente, sacudiendo la cabeza y dando fuertes coletazos.

Describió entonces un gran círculo en torno a los dos nadadores y siguió dando vueltas, a ratos por debajo del agua y a ratos rozando la superficie, con tendencia a estrechar cada vez más el cerco.

–¡Cuidado, capitán! –exclamó Juioko.

–Estoy preparado para recibirlo –dijo Sandokán.

–Y yo a ayudarlo.

–¿Se te ha pasado el miedo?

–Empiezo a creer que sí.

–No abandones el flotador hasta que te dé la señal. Mientras tratemos de ampliar el círculo.

Con la mano izquierda agarrada al salvavidas y la derecha armada con el puñal, los dos piratas empezaron a batirse en retirada, con el rostro vuelto en todo momento hacia el escualo, que no se apartaba de ellos e insistía en rodearlos a escasa distancia mientras levantaba auténticas olas con la potente cola y mostraba los afilados dientes, que resplandecían siniestramente en la oscuridad.

Al cabo de un rato dio un salto gigantesco con el que salió casi por completo del agua y se precipitó sobre Sandokán, que estaba situado más cerca.

Abandonado el flotador, el Tigre de Malasia se apresuró a sumergirse, mientras Juioko, con la audacia provocada por la inminencia del peligro, se arrojaba hacia delante con el puñal en alto.

El pez martillo, al ver que Sandokán desaparecía bajo la superficie, dio un coletazo para librarse del ataque de Juioko y también se hundió.

El pirata lo esperaba. En cuanto lo vio acercarse se le echó encima y lo aferró por una de las aletas dorsales y con una terrible puñalada le desgarró el vientre.

El enorme pez, herido quizá de muerte, se desembarazó con una brusca contorsión de su adversario, que estaba a punto de asestarle otro golpe, y regresó a la superficie.

Al ver a dos pasos al dayak se echó sobre el dorso para cortarlo en dos, pero Sandokán ya había emergido y el puñal que había herido una vez al animal lo alcanzó en esa ocasión en mitad del cráneo y con tal fuerza que la hoja se le quedó clavada.

–Y toma también esto –gritó el dayak mientras le asestaba más puñaladas.

El escualo se hundió entonces ya para siempre y dejó en la superficie una gran mancha de sangre que iba creciendo con rapidez.

–No creo que vuelva a sacar la cabeza –aventuró Sandokán–. ¿Tú qué dices, Juioko?

El dayak no respondió. Apoyado en el salvavidas, trataba de levantarse para distinguir algo en la lejanía.

–¿Qué buscas? –quiso saber Sandokán.

–Mire... Allí... ¡Hacia el noroeste! –chilló Juioko–. ¡Por Alá! Veo una gran sombra... ¡Un velero!

–¿Yáñez, tal vez? –preguntó Sandokán, con emoción.

–La oscuridad es demasiado densa para asegurarlo a ciencia cierta pero noto que el corazón me late con fuerza, capitán.

–Deja que me suba a tus hombros.

El otro se aproximó y una vez más Sandokán se impulsó sobre él para sacar más de medio cuerpo sobre las olas.

–¿Qué ve, capitán?

–¡Es un prao! Si fuera él... ¡Maldición!

–¿Por qué esa imprecación?

–Son tres los barcos que se acercan.

–¿Está seguro?

–Segurísimo.

–¿Cree que Yáñez habrá encontrado auxilio?

–¡Es imposible!

–¿Qué hacemos, pues? Hace tres horas que nadamos y le confieso que empiezo a estar deshecho.

–Te comprendo: amigos o enemigos, que nos recojan. Pide socorro.

Juioko hizo acopio de fuerzas y con voz atronadora gritó:

–¡Eh! ¡Ah del barco! ¡Socorro!

Al cabo de un momento se oyó a lo lejos un disparo de fusil, seguido de una voz que bramaba:

–¿Quién llama?

–Náufragos

–Esperen.

Las tres embarcaciones viraron de inmediato y se acercaron con rapidez, ya que el viento era bastante fuerte.

Los tigres de Mompracem

–¿Dónde están? –preguntó la misma voz de antes.

–Por aquí –contestó Sandokán.

Se produjo un breve silencio y luego otra voz exclamó:

–¡Por Júpiter! ¡O mucho me equivoco o es él! ¿Quién vive?

De un salto Sandokán salió de las aguas hasta la cintura gritando:

–¡Yáñez! ¡Yáñez! ¡Soy yo, el Tigre de Malasia!

De los tres veleros surgió un único bramido:

–¡Viva el capitán! ¡Viva el tigre!

El primer prao estaba cerca. Los dos nadadores aferraron una gúmena que les lanzaron y subieron al puente con la rapidez de dos auténticos cuadrumanos.

Un hombre se abalanzó sobre Sandokán y lo estrechó con su pecho con frenesí:

–¡Ah, mi pobre hermano! –exclamó–. Creía que no volvería a verte.

Sandokán abrazó al bravo portugués, mientras las tripulaciones seguían gritando:

–¡Viva el tigre!

–Ven a mi camarote –pidió Yáñez–. Tienes que contarme muchas cosas que deseo saber ardientemente.

Sandokán lo siguió sin abrir la boca y bajaron mientras las embarcaciones proseguían su camino con todas las velas desplegadas.

El portugués destapó una botella de ginebra y sirvió a Sandokán, que vació, uno tras otro, muchos vasos.

–Bueno, cuenta. ¿Cómo te he sacado del mar si te imaginaba prisionero o muerto a bordo del vapor que desde hace veinte horas sigo tenazmente?

–¡Ah! ¿Ibas detrás del crucero? Lo sospechaba.

–¡Por Júpiter! ¿Dispongo de tres embarcaciones y de ciento veinte hombres y querías que no lo siguiera?

–Pero ¿ dónde has reunido tantas fuerzas?

–¿Sabes quiénes guían los dos praos que van tras de mí?

–No tengo ni idea.

–Paranoa y Maratua.

–Pero ¿no se habían hundido durante la tormenta que nos vapuleó cerca de Labuán?

–No, como ves. Maratua acabó empujado hacia la isla de Pulo Gaya y Paranoa se refugió en la bahía de Ambong. Se quedaron allí durante muchos días para reparar los graves desperfectos sufridos y luego se dirigieron a Labuán, donde se encontraron. Al no vernos en la pequeña bahía, pusieron rumbo a Mompracem; me topé con ellos ayer noche cuando se dirigían a la India, pues sospechaban que allí habíamos ido.

–¿Y desembarcaron en Mompracem? ¿Quién ocupa ahora mi isla?

–Nadie, puesto que los ingleses la abandonaron tras incendiar nuestro pueblo y hacer saltar por los aires los últimos bastiones.

–Mejor así –susurró Sandokán con un suspiro.

–Y, ahora, ¿qué fue de ti? Te vi abordar el navío mientras yo destripaba el otro a cañonazos, luego oí hurras de victoria de los ingleses y después nada más. Huí para salvar al menos los tesoros que transportaba, pero luego me puse tras las huellas del crucero con la esperanza de alcanzarlo y abordarlo.

–Caí sobre el puente de la embarcación enemiga, medio muerto debido a un mazazo, y me hicieron prisionero junto a Juioko. Me han salvado las píldoras que, como bien sabes, llevaba siempre encima.

–Comprendo –repuso Yáñez, y estalló en carcajadas–. Os han echado al mar creyéndoos muertos. ¿Y de Mariana qué se ha hecho?

Los tigres de Mompracem

—Está prisionera en el crucero —contestó Sandokán con aflición.

—¿Quién lo llevaba?

—El baronet, pero en la trifulca lo maté.

—Me lo había imaginado. ¡Por Baco! ¡Qué mal final ha tenido ese pobre rival! ¿Qué piensas hacer ahora?

—¿Qué harías tú?

—Yo seguiría al vapor y lo abordaría.

—Es lo que quería proponerte. ¿Sabes adónde se dirige?

—Lo ignoro, pero me dio la impresión de que navegaba hasta las Tres Islas cuando lo dejé.

—¿Qué irá a hacer en ese lugar? Me huele mal, hermano mío. ¿Iba muy rápido?

—Rondaba los ocho nudos por hora.

—¿Qué ventaja puede habernos sacado?

—Quizá unas treinta millas.

—Entonces podemos alcanzarlo, si el viento sigue bueno. Pero... —Se detuvo al oír sobre el puente un movimiento insólito y un agudo griterío—. ¿Qué sucederá?

—¿Habrán visto el crucero?

—Subamos, hermano mío.

Abandonaron precipitadamente el camarote y subieron a cubierta. En ese preciso instante algunos hombres sacaban del agua una cajita metálica que un pirata había divisado con la primera luz del alba a pocas docenas de metros a estribor.

—¡Ah! ¡Ah! —exclamó Yáñez—. ¿Qué quiere decir esto? ¿Contendrá algún documento precioso? No me parece una caja común y corriente.

—Seguimos tras las huellas del vapor, ¿no es cierto? —preguntó Sandokán, que sin saber por qué se sentía alterado.

–En efecto –contestó el portugués.

–¡Ah! Si fuera...

–¿El qué?

En lugar de responder Sandokán sacó el kris y con un golpe rápido destripó la caja. De inmediato se distinguió en su interior un papel algo húmedo, sí, pero aún capaz de revelar con claridad unas cuantas líneas escritas con una letra fina y elegante.

–¡Yáñez, Yáñez! –balbuceó Sandokán con un temblor en la voz.

–¡Lee, hermano mío, lee!

–Me parece que me he quedado ciego...

El portugués le arrebató el papel y leyó:

¡Auxilio! Me conducen a las Tres Islas, donde mi tío se reunirá conmigo para llevarme a Sarawak.

MARIANNA

Al oír aquellas palabras Sandokán emitió un alarido de fiera herida. Levantó los brazos y se llevó las manos al pelo, estirándoselo con rabia, y después vaciló como si lo hubiera alcanzado una bala antes de exclamar:

–¡Perdida! ¡Perdida! ¿El lord...?

Yáñez y los piratas lo habían rodeado y lo contemplaban con ansiedad, con profunda conmoción. Parecían sufrir las mismas penas que asolaban el corazón de aquel desventurado.

–¡Sandokán! –exclamó el portugués–. Nosotros la salvaremos, te lo juro, aunque tengamos que abordar la embarcación del lord o atacar Sarawak y a James Brooke, que allí gobierna.

El tigre, abatido un instante antes por el tremendo dolor, se puso en pie de un brinco con el rostro retorcido y los ojos en llamas.

Los tigres de Mompracem

–¡Tigres de Mompracem! –bramó–. Tenemos enemigos que exterminar y una reina que salvar. ¡Todos a las Tres Islas!

–¡Venganza! –gritaron los piratas–. ¡Mueran los ingleses y viva nuestra reina!

Capítulo XXXII

LA ÚLTIMA BATALLA DEL TIGRE

Cambiado el rumbo, los piratas se pusieron febrilmente manos a la obra, con el fin de prepararse para la batalla, que sería terrible, sin lugar a dudas, y tal vez la última que entablaban con el aborrecido enemigo.

Cargaban los cañones, montaban las espingardas, abrían los barriles de pólvora, apilaban a proa y a popa enormes cantidades de balas y de granadas, retiraban las maniobras inútiles y reforzaban las más necesarias, improvisaban las barricadas y preparaban los arpeos de abordaje. Por fin llevaron a cubierta los recipientes de bebidas alcohólicas, al objeto de derramarlas sobre el puente de la embarcación enemiga e incendiarlo.

Sandokán los animaba a todos con el gesto y con la voz, prometiéndoles que mandaría a pique aquel navío que lo había encadenado, que le había arrebatado a los más valientes campeones de la piratería y que había arrancado de su lado a su prometida.

–¡Sí, voy a destruir a ese maldito, voy a incendiarlo! –bramaba–. Que Dios me ayude a llegar a tiempo de impedir que el lord me la quite.

–Atacaremos también al lord, si es necesario –apuntó Yáñez–. ¿Quién resistiría el asalto de ciento veinte tigres de Mompracem?

Los tigres de Mompracem

–Pero ¿y si llegamos demasiado tarde y el lord se ha ido ya a Sarawak a bordo de una embarcación rápida?

–Lo alcanzaremos en la ciudad de James Brooke. En realidad lo que me inquieta es cómo apoderarnos del crucero, que a estas horas ya debe de estar fondeado en las Tres Islas. Habría que sorprenderlo, pero... ¡Ah! ¡Qué poca memoria tenemos!

–¿Qué quieres decir?

–Sandokán, ¿te acuerdas de lo que trató de hacer lord James cuando lo atacamos en el camino de Victoria?

–Sí –susurró Sandokán, que notó que se le ponían los pelos de punta–. Por el amor de Dios... ¿Y tú crees que el comandante...?

–Puede haber recibido la orden de matar a Marianna antes de permitir que vuelva a caer en nuestras manos.

–¡No es posible! ¡No es posible!

–Pues yo te digo que temo por tu prometida.

–¿Y entonces? –dijo Sandokán con un hilo de voz.

Yáñez no contestó; parecía absorto en un profundo pensamiento. Al cabo de un rato se golpeó la frente con violencia y exclamó:

–¡Pues claro!

–Habla, date prisa, hermano. Si tienes un plan, suéltalo.

–Para impedir que suceda una catástrofe hará falta que uno de nosotros, en el momento del ataque, esté cerca de Marianna para defenderla.

–Es cierto, pero ¿cómo conseguirlo?

–Aquí está el proyecto. Sabes que en la escuadra que nos asaltó en Mompracem había praos del sultán del Borneo.

–No lo he olvidado.

–Yo me camuflo de oficial del sultán, enarbolo la bandera de Varauni y subo al crucero haciéndome pasar por enviado de lord James.

–Perfecto.

–Al comandante le diré que debo entregar una carta a lady Marianna y en cuanto me encuentre en su camarote me atrincheraré con ella. Cuando oigáis que silbo abordáis el barco y empezáis la lucha.

–¡Ah, Yáñez! –exclamó Sandokán, estrechándolo contra el pecho–. ¿Cuánto te deberé si lo logras?

–Lo lograré, Sandokán, siempre que lleguemos antes que el lord.

En ese instante se oyó gritar en el puente:

–¡Las Tres Islas!

Sandokán y Yáñez se apresuraron a subir a cubierta.

Las islas señaladas aparecían a siete u ocho millas. Todos los ojos de los piratas sondearon aquel montón de piedras, buscando ávidamente el crucero.

–Ahí está –exclamó un dayak–. Veo humo allá a lo lejos.

–Sí –confirmó Sandokán, cuyos ojos parecían arder–. Se distingue un penacho negro que surge tras aquellos arrecifes. ¡Es el crucero!

–Procedamos con orden y preparémonos para el ataque –ordenó Yáñez–. Paranoa, que embarquen cuarenta hombres más en nuestro prao.

El trasvase se hizo de inmediato y la tripulación, compuesta por setenta hombres, se congregó en torno a Sandokán, que hacía ademán de querer hablar.

–Cachorros de Mompracem –empezó, con aquel tono de voz que fascinaba e infundía en aquellos hombres un coraje sobrehumano–. La partida que jugamos será terrible, puesto que tendremos que luchar contra una tripulación aguerrida y más numerosa que la nuestra, pero recordad que será la última batalla que combatiréis bajo el mando del Tigre de Malasia y la última vez que os hallaréis frente a quienes han destruido nuestra potencia y han asaltado nuestra isla, nuestra patria adoptiva.

»Cuando dé la señal irrumpiréis con el antiguo valor de los tigres de Mompracem en el puente de la embarcación: ¡es mi deseo!

–Los exterminaremos a todos –bramaron los piratas, agitando frenéticamente las armas–. Ordene, tigre.

–Allí, en el barco maldito que estamos a punto de asaltar, se encuentra la reina de Mompracem. ¡Quiero que vuelva a ser mía, que vuelva a ser libre!

–La salvaremos o moriremos todos.

–Gracias, amigos; y ahora, a vuestros puestos de combate, y en los palos desplegad las banderas del sultán.

Una vez izados los estandartes, los tres praos se dirigieron hacia la primera isla y más en concreto hacia una pequeña bahía en cuyo fondo se veía confusamente una masa negra de la que surgía un penacho de humo.

–Prepárate, Yáñez –pidió Sandokán–, que dentro de una hora estaremos en la bahía.

–De inmediato –contestó el portugués, que desapareció bajo el puente.

Mientras, los praos seguían avanzando con las velas arrizadas y las grandes banderas del sultán de Varauni en lo alto de los palos mayores.

Los cañones estaban preparados, lo mismo que las espingardas, y los piratas tenían las armas a mano, listos para lanzarse al abordaje.

Sandokán, a proa, espiaba atentamente el crucero, que minuto a minuto resultaba más visible y parecía fondeado, aunque aún tenía la máquina en marcha. Podría haberse dicho que el formidable pirata trataba, con la potencia de la mirada, de descubrir a su adorada Marianna.

Profundos suspiros surgían de vez en cuando de su ancho pecho, se le arrugaba la frente y con las manos retorcía impacientemente la empuñadura de la cimitarra.

Luego sus ojos, que brillaban con un fuego intenso, recorrían el mar que rodeaba las Tres Islas como si tratara de descubrir algo. Sin duda temía que lo sorprendiera el lord en el furor de la batalla y lo atacara por la espalda. El cronómetro de a bordo señalaba las doce cuando los tres praos llegaron a la embocadura de la bahía.

El crucero había fondeado en el centro mismo. En lo alto de la vela cangreja ondeaba la bandera inglesa, y de la mayor, la gran cinta de las embarcaciones de guerra. En el puente se veía pasear a muchos hombres.

Al verlo a tiro de sus cañones, los piratas se precipitaron sobre ellos como un solo hombre, pero Sandokán los detuvo con un gesto.

–Todavía no –recordó–. ¡Yáñez!

El portugués subió entonces a cubierta, disfrazado de oficial del sultán de Varauni, con una casaca verde, largos pantalones y un gran turbante en la cabeza. En la mano llevaba un papel.

–¿Qué es eso? –quiso saber Sandokán.

–Es la carta que voy a entregar a lady Marianna.

–¿Y que has escrito?

–Que estamos preparados y que no nos traicione.

–Pero tendrás que entregársela tú, si quieres atrincherarte con ella en el camarote.

–No se la cederé a nadie, de eso puedes estar seguro, hermano mío.

–¿Y si el comandante te acompaña a ver a la lady?

–Si veo que el asunto se complica, lo mato –contestó Yáñez con frialdad.

–Juegas una carta arriesgada, Yáñez.

–Me juego la piel, querrás decir, pero espero conservarla intacta. En fin, escóndete y déjame el mando de las embarcaciones durante unos pocos minutos, y vosotros, cachorros, a ver si os presentáis un poco cristianamente y recordáis que somos súbditos sumamente fieles de ese gran canalla que se hace llamar sultán de Borneo.

Estrechó la mano de Sandokán, se recolocó el turbante y gritó:

–¡A la bahía!

El velero entró osadamente en la pequeña ensenada y se aproximó al crucero, seguido a escasa distancia por los otros dos.

–¿Quién vive? –preguntó un centinela.

–Borneo y Varauni –contestó Yáñez–. Noticias importantes de Victoria. Eh, Paranoa, echa el anclote y suelta cadena. Y los demás, colocad las defensas. Atentos a los flancos...

Antes de que los centinelas pudieran abrir la boca para impedir que el prao se pegara borda contra borda, la maniobra ya estaba terminada. El velero fue a dar contra el crucero bajo el ancla de estribor y se quedó como prendido de ella.

–¿Dónde está el comandante? –preguntó Yáñez a los centinelas.

–Aparten el barco –ordenó un soldado.

–Al diablo con el reglamento –contestó Yáñez–. ¡Por Júpiter! ¿Tenéis miedo de que mis embarcaciones hundan la vuestra? Venga, daos prisa, llamad al comandante, que tengo órdenes que comunicarle.

El teniente subía en aquel momento al puente con sus oficiales. Se aproximó a la amurada de popa y, al ver que Yáñez le mostraba una carta, hizo bajar la escalerilla.

–Ánimo –murmuró el portugués, volviéndose hacia los piratas, que observaban el vapor con mirada torva.

Dirigió entonces la mirada a popa y se topó con la llama que había en la de Sandokán, que se había ocultado bajo una tela echada sobre la escotilla.

En un abrir y cerrar de ojos, el bravo portugués se plantó en el puente del vapor. Sintió que lo invadía un intenso temor, pero su rostro no traicionó la turbación del alma.

–Capitán, tengo una carta que entregar a lady Marianna Guillonk –señaló, con una inclinación.

–¿De dónde viene?

–De Labuán.

–¿Qué hace el lord?

–Está armando un barco para venir a su encuentro.

–¿Y le ha dado alguna misiva para mí?

–Ninguna, comandante.

–Es extraño. Entrégueme la carta, que yo mismo se la daré a lady Marianna.

–Perdone, comandante, pero debo entregarla yo –contestó Yáñez con audacia.

–Acompáñeme, pues.

Yáñez sintió que se le helaba la sangre en las venas.

–Si Marianna hace un gesto, estoy perdido –musitó.

Dirigió una mirada a popa y vio encaramados a las vergas del prao a diez o doce piratas, y a otros tantos amontonados en la escalerilla.

Los tigres de Mompracem

Parecía que estaban a punto de lanzarse sobre los marineros ingleses, que los observaban con curiosidad.

Siguió al capitán y bajaron juntos la escalerilla que llevaba a popa. Al pobre portugués se le pusieron los pelos de punta al oír al capitán llamar a una puerta y a lady Marianna responder:

–Adelante.

–Un enviado de su tío, lord James Guillonk –anunció el capitán al entrar.

Marianna estaba de pie en mitad del camarote, pálida pero altiva. Al ver a Yáñez no pudo reprimir un sobresalto, pero no se le escapó ningún grito. Lo había entendido todo.

Aceptó la carta, la abrió mecánicamente y la leyó con una calma admirable.

Al cabo de unos instantes, Yáñez, que se había quedado blanco como un muerto, se aproximó al ojo de buey de babor y exclamó:

–Capitán, veo un vapor que se dirige hacia aquí.

El comandante se precipitó hacia la abertura para verlo con sus propios ojos y, veloz como un relámpago, Yáñez le cayó encima y lo golpeó violentamente en el cráneo con la empuñadura del kris. El inglés se desplomó medio muerto, sin soltar ni un suspiro.

Marianna no pudo contener un grito de horror.

–Silencio, hermana mía –pidió Yáñez, mientras amordazaba y ataba al pobre comandante–. Si lo he matado, Dios me perdonará.

–¿Y Sandokán dónde está?

–Preparado para empezar la lucha. Ayúdame a atrincherarnos, hermana.

Agarró un pesado armario y lo empujó hasta la puerta, para luego reforzar el parapeto con cajas, vitrinas y mesas.

–Pero ¿qué va a suceder? –preguntó Marianna.

–Lo sabrás enseguida, hermana mía –contestó Yáñez, que ya sacaba la cimitarra y las pistolas.

Se asomó al ojo de buey y emitió un silbido agudo.

–Cuidado, hermana –dijo entonces, mientras se colocaba detrás de la puerta empuñando las pistolas.

En ese instante estallaron unos terribles gritos en el puente.

–¡Sangre, sangre! Viva el Tigre de Malasia...

Se oyeron disparos de fusil y de pistola, luego gritos indescriptibles, blasfemias, invocaciones, gemidos, lamentos, un choque furioso de hierros, ruido de pasos, una carrera precipitada y el ruido sordo de los cuerpos al caer.

–¡Yáñez! –gritó Marianna, que se había quedado pálida como una muerta.

–¡Ánimo, por los truenos de Dios! –voceó el portugués–. ¡Viva el Tigre de Malasia!

Se oyeron pasos que bajaban precipitadamente los peldaños y algunas voces que llamaban:

–¡Capitán, capitán!

Yáñez se apoyó contra la barricada y Marianna lo imitó.

–¡Por mil escotillas! Abra, capitán –bramó una voz.

–¡Viva el Tigre de Malasia! –rugió Yáñez.

En el exterior se oyeron imprecaciones y gritos de rabia, y luego un golpe violento sacudió la puerta.

–¡Yáñez! –exclamó la joven.

–No temas –contestó el portugués.

Tres golpes más desencajaron la puerta y se abrió una gran fisura de un mazazo de segur. Introdujeron un cañón de fusil, pero Yáñez, rápido como un relámpago, lo levantó y descargó una pistola por la apertura.

Los tigres de Mompracem

Se oyó entonces que un cuerpo se desplomaba pesadamente, mientras los demás subían a toda prisa por la escalerilla, gritando:

–¡Traición, traición!

En el puente del navío proseguía la lucha y los gritos retumbaban más fuertes que nunca, mezclados con los disparos de fusiles y pistolas. De cuando en cuando, entre todo aquel estruendo, se oía la voz atronadora del Tigre de Malasia, que mandaba a sus cuadrillas al asalto.

Marianna había caído de rodillas y Yáñez, ansioso de saber cómo iban las cosas en el exterior, se afanaba en retirar los muebles.

De repente unas voces gritaron:

–¡Fuego! ¡Sálvese quien pueda!

El portugués palideció.

–¡Por los truenos de Dios! –exclamó.

Con un esfuerzo desesperado volcó la barricada, cortó con un golpe de cimitarra las cuerdas que retenían al pobre comandante, aferró a Marianna entre los brazos y salió corriendo.

Densas nubes de humo habían invadido ya la crujía y al fondo se veían llamas que irrumpían en los camarotes de los oficiales.

Yáñez subió a cubierta con la cimitarra entre los dientes.

La batalla tocaba a su fin. El Tigre de Malasia atacaba entonces con rabia el castillo de proa, en el cual se habían atrincherado treinta o cuarenta ingleses.

–¡Fuego! –bramó Yáñez.

Ante aquel grito los ingleses, que se veían perdidos, saltaron en tropel al mar. Sandokán se volvió hacia Yáñez y apartó con ímpetu irresistible a los hombres que lo rodeaban.

Los tigres de Mompracem

–¡Marianna! –exclamó, y tomó entre sus brazos a la joven–. ¡Mía! ¡Mía por fin!

–¡Sí, tuya y esta vez para siempre!

En ese instante se oyó un cañonazo que retumbó en mar abierto. Sandokán soltó un auténtico rugido:

–El lord... ¡Todos a bordo de los praos!

Sandokán, Marianna, Yáñez y los piratas supervivientes de la batalla abandonaron el crucero, que ardía ya como un haz de leña seca, y embarcaron en los tres veleros, llevando consigo a los heridos.

En un abrir y cerrar de ojos se desplegaron las velas, los piratas se colocaron a los remos y los praos salieron a gran velocidad de la bahía para adentrarse en alta mar.

Sandokán llevó a Marianna a proa y con la punta de la cimitarra le señaló un pequeño bergantín que navegaba a una distancia de setecientos pasos en dirección a la bahía.

A proa, apoyado contra el bauprés, se distinguía a un hombre.

–¿Lo ves, Marianna? –preguntó Sandokán.

La muchacha soltó un grito y se cubrió el semblante con las manos.

–Mi tío... –balbuceó.

–Míralo por última vez.

–¡Ah, Sandokán!

–¡Por los truenos de Dios! Es él –exclamó Yáñez.

Luego arrancó a un malayo la carabina y la apuntó hacia el lord, pero Sandokán le hizo bajar el arma.

–Para mí es sagrado –declaró con aire sombrío.

El bergantín avanzaba rápidamente para tratar de cortar el paso a los tres praos, pero ya era demasiado tarde. El viento empujaba las veloces embarcaciones hacia el este.

Emilio Salgari

–¡Fuego contra esos miserables! –se oyó gritar al lord.

Hubo un cañonazo y la bala abatió la bandera de la piratería, que Yáñez acababa de hacer desplegar.

Sandokán se llevó la diestra al corazón y su rostro se ensombreció aún más.

–¡Adiós, piratería! ¡Adiós, Tigre de Malasia! –murmuró dolorosamente.

Abandonó repentinamente a Marianna y se inclinó sobre el cañón de popa para mirar a lo lejos. El bergantín bramaba entonces con furia y arrojaba sobre las tres embarcaciones balas y una ráfaga de metralla. Sandokán no se movía ni apartaba la vista.

De repente se irguió y acercó la mecha. El cañón se inflamó con un rugido y al cabo de un instante el trinquete del bergantín, partido por la base, se precipitó al mar y destrozó las amuradas.

–¡Mira, mira! –exclamó Sandokán–. Sígueme ahora.

El bergantín se detuvo en seco y cambió de rumbo, pero no dejó de lanzar cañonazos.

Sandokán cogió a Marianna, la llevó a popa y, mostrándosela al lord, que chillaba como un poseso en la proa de su embarcación, dijo:

–¡Mira a mi mujer!

Después retrocedió con paso lento y la frente fruncida, la mirada torva, los labios apretados y los puños cerrados, para ordenar:

–¡Yáñez, rumbo a Java!

Giró dos veces sobre sí mismo y luego cayó entre los brazos de su adorada Marianna. Entonces aquel hombre, que no había llorado en toda su vida, prorrumpió en sollozos musitando:

–¡El tigre ha muerto por siempre jamás!

FIN